grafit

Die niederländische Originalausgabe »Rosa« erschien 2003 bei
Uitgeverij Luitingh-Sijthoff B. V., Amsterdam

Deutsche Erstausgabe

Chemnitzer Str. 31, D-44139 Dortmund
Internet: http://www.grafit.de
E-Mail: info@grafit.de

Umschlaggestaltung: Peter Bucker
unter Verwendung eines Fotos von Adam Kurzok
Druck und Bindearbeiten: GGP Media GmbH, Pößneck
ISBN 3-89425-541-2
1. 2. 3. 4. 5. / 2007 2006 2005

Felix Thijssen

Rosa

Kriminalroman

Aus dem Niederländischen von
Stefanie Schäfer

grafit

Der Autor

Felix Thijssen, geboren 1933 in Rijswijk/Niederlande, lebt mit seiner Frau seit 1985 in den französischen Cevennen in einem alten Templerschloss, wo er sechs Stunden täglich schreibt. Er ist Autor von zahlreichen Büchern, darunter Krimis, Western, Sciencefiction, und von Drehbüchern für Film und Fernsehen.

Rosa ist der siebte Fall für den Privatdetektiv Max Winter. Die sechs Vorgänger, *Cleopatra* (1999 ausgezeichnet mit dem ›Gouden Strop‹ für den besten niederländischen Kriminalroman), *Isabelle, Tiffany, Ingrid, Caroline* und *Charlotte*, sind ebenfalls bei Grafit erschienen.

Mit Dank an Henk Bos,
Annig V Hogg Der Boghossian,
Jelte Rep, Dr. René Michon, Elke Geurts und Rolf Hendriksen
und Els Wouters in Antwerpen

Denn wo euer Schatz ist, dort ist auch euer Herz.
(Lukas 12, 34)

1

Abraham Kars fluchte innerlich auf die kleingeistigen Verleger und Cheflektoren, die Karriere machten und dabei sein Leben ruinierten. Wenn der letzte in ihrer Reihe seinen Verstand benutzt hätte, anstatt über Flugtickets und Hotelrechnungen zu meckern und talentlose Arschkriecher zu begünstigen, säße er jetzt in Genf oder beim Sicherheitsrat in New York, er würde George W. Bush an Bord der Air Force One oder Angelina Jolie auf ihrem Diwan in Hollywood interviewen. Stattdessen hatten es diese fantasielosen Versager erreicht, dass er in diesem Moment in einem mit Schweinsköpfen und antiken Eggen ausstaffierten Dorfsaal pubertären Unsinn über Europa verzapfen musste, nur um sich ein paar Hundert Euro zu verdienen, und dass er von Angelina Jolie nichts als den abgenutzten Videofilm hatte, in dem sie sich alle fünf Minuten für Sexfotos ausziehen musste und am Ende als Crackabhängige zusammengeschlagen wurde.

»Für die junge Generation haben unsere Eltern die liberale Gesellschaft nach der Revolution in den Sechziger- und Siebzigerjahren zu sehr ausufern lassen, was zu weit geführt und ansehnlichen Schaden angerichtet hat«, sagte Kars. »Wir jungen Europäer wissen nicht einmal, ob diese Gesellschaft noch die unsrige ist, und verlangen mehr und Besseres als das ewige Dulden, die viel zu milden Strafen für Kriminelle, die uneingeschränkten Zugeständnisse sowie die kritiklose Subventionierung von Einrichtungen, die unsere Kultur, weiß Gott, größtenteils nur untergraben.«

Wir jungen Europäer? Er war, verflucht nochmal, achtundvierzig!

Kars ließ den Blick über die Sonntagsanzüge und -kleider des hiesigen Kulturvereins schweifen, die rechtschaffenen Bürger, die als gute Tat oder aus schlechtem Gewissen sogar den alten Dorfdeppen in den abgelegten Dreiteiler eines verstorbenen Notars gesteckt und im hinteren Teil des Saals geparkt hatten. Wahrscheinlich hörten sie es nicht gern, dass der Name des Herrn missbraucht wurde, aber die meisten waren glücklicherweise inzwischen längst eingenickt oder unterhielten sich flüsternd über den Anbau von eigenem Pfeifentabak oder den Niedergang der Veluwe als Folge der Zugereisten und des wilden Zeltens. Die wohlbeleibte, immer verkniffener dreinschauende Vorsitzende in der ersten Reihe war die Einzige, die zuhörte, und natürlich der Notarsanzug, der an seinen Lippen hing, als sei er Jesus Christus mit dem revolutionären Plan, den Planeten in ein Paradies für die geistig Armen zu verzaubern.

»Das Europa unserer Eltern ...« Kars warf einen Blick auf sein Konzept. »Unsere Kinder fordern ein modernes, westliches Imperium mit einer klaren Außenpolitik, das seinen wichtigsten Bündnispartner nicht im Regen stehen lässt, wenn die Kastanien aus dem Feuer geholt werden müssen, und das in der Lage ist und über die nötigen Mittel verfügt, sein kulturelles Erbe zu schützen, anstatt in einem fernen Brüssel einen unverständlichen Dschungel von Regeln und bürokratischen Vorschriften auszubrüten, über die Spanier in Madrid, die Ungarn in Bukarest und die ...«

»In Budapest«, sagte die Vorsitzende.

Sie hatte eine Warze auf der Oberlippe und zweihundert Pfund in ihrem geblümten Kleid. Kars griff nach seinem Glas. Leider nur Wasser. »Das meine ich ja. Das alte Europa. Das neue ist ein Land, das es bisher noch nicht gibt.«

Der Widerwille wuchs an zu einem Geschwür, dem mit Whiskey nicht mehr beizukommen war. Er stand hier nur deshalb, weil sein Name noch immer auf einer dieser Listen von Rednern prangte, die Lesungen auf Jubiläumsfeiern von Dahlienzüchtervereinen und für den Bund der Landfrauen hielten. Kars schaute auf die Uhr zwischen den toten Schweinen. Zeit, den Rückzug anzutreten. »Vielleicht sollten wir auf den französischen Staatsmann Giscard d'Estaing hören, bevor wir in Erwägung ziehen, auch noch die Türkei aufzunehmen«, sagte er.

Hinten im Saal fing der Notarsanzug laut an zu applaudieren.

Die Vorsitzende erhob sich aus ihrem Stuhl. »Ich glaube, wir haben genug gehört«, schnaufte sie. »Hat noch jemand Fragen?«

Sie schaute sich pflichtschuldig im Saal um. Die Kulturbeflissenen von Otterlo strömten bereits in die angrenzende Kneipe. Der Einzige, der die Hand hob, war der Notarsanzug. Die Vorsitzende ignorierte ihn; Mildtätigkeit hatte ihre Grenzen.

»Vielen Dank, Meneer Kars, Sie müssen jetzt sicher zurück nach Amsterdam? Kann ich noch etwas für Sie tun?«

Für mich tun?, dachte Kars. Was konnte sie schon für ihn tun? Wollüstige Vorsitzende waren etwas für Bestsellerautoren. Der Dorfdepp kam auf ihn zu, gegen den Strom. Kars steckte den Text in sein Jackett. »Wenn wir nur noch rasch die Kleinigkeit meines Honorars regeln könnten. Wir hatten Barzahlung vereinbart, richtig?«

»Mal sehen … Ja, Meneer Dufour?« Sie wandte sich irritiert an den Notarsanzug.

»Ich hätte noch ein paar Fragen.«

»Natürlich. Ich bin gleich wieder da.« Sie nickte Kars zu und watschelte zu einem Tisch an der Seitenwand, an dem der Schatzmeister eine rostige Keksdose umgedreht hatte und Geld zählte.

»Glauben Sie, dass solch eine Zeitschrift überhaupt eine Chance hätte?«

»Zeitschrift?« Kars drehte sich um.

Dorfdeppen hatten rote Gesichter von der gesunden frischen Luft. Dieser sah jedoch aus, als habe er hundert Jahre bei Wasser und Brot in einem dunklen Schrank verbracht: weiße Haut, fiebrige Augen, der Fischgrät-Dreiteiler hing ihm wie ein Sack um das Gerippe. *Dufour?* Vielleicht war es sein eigener bester Anzug, der eines vergessenen Junggesellen, von der verarmten Hugenottenfamilie aufs Land abgeschoben. Kars schaute hinüber zum Zahltisch, wo sich der Schatzmeister und die Vorsitzende nicht darüber einig zu werden schienen, was aus der Dose heraus und in den Umschlag hinein sollte. Eine kalte Stille hatte sich über den nun fast leeren Saal gelegt.

Der Mann räusperte sich. »Sie sagten, es bestehe Bedarf an einer Zeitschrift, in der das Gedankengut der jungen Generation …«

»Ganz richtig.« Er hatte unter anderem über eine Schule für Europa-Parlamentarier geredet, über den Islam, Stadtrandbezirke, die Todesstrafe, Terrorismus und die Monarchie. Kars sagte: »Ich muss leider gehen.«

Die Vorsitzende kehrte zurück, aber der Mann zupfte ihn weiter am Ärmel. »Ich würde mich gerne mit Ihnen darüber unterhalten …«

»Wir haben ein etwas heikles Problem.« Die Vorsitzende warf einen nervösen Blick zu dem Zahltisch hinüber, von wo aus der Schatzmeister sie finster anstarrte.

»Der Verein ist pleite.«

Sie war wohl für Witze unempfänglich. »Bar können wir Ihnen das Honorar keinesfalls auszahlen«, sagte sie. »Wir müssen über sämtliche Ausgaben Rechenschaft ablegen, wegen der Gemeindesubventionen. Aber das ist nicht der Punkt. Mein Mann möchte die Angelegenheit erst mit dem Vorstand besprechen.«

Vielleicht hätte er die Agrarsubventionen überspringen sollen. »Ich kann Ihnen nicht folgen«, sagte Kars. »Ihr Mann?«

»Der Schatzmeister.« Sie errötete, als verdächtige Kars sie eines außerehelichen Verhältnisses. »Und ich bin ganz seiner Meinung.«

»Inwiefern?«

»Mit dieser Art von Propaganda hatten wir nicht gerechnet.«

Kars wurde wütend. »Sie wünschten eine Lesung über das Thema Europa und die haben Sie bekommen.«

»Über europäische Kultur. Aber Ihr Vortrag klang mehr nach ultrarechter Propaganda.«

Kars betrachtete die Perlen um ihren dicken Hals und beschloss, sich nicht auf eine Diskussion einzulassen. »Ich will nur mein Honorar.«

Sie holte Luft. »Der Vorstand wird darüber beraten. Ihre Kontoangaben haben wir ja, Sie hören von uns.« Ihre Augen flüchteten zu dem mageren Mann, der wie angewurzelt daneben stand. »Meneer Dufour, es tut mir leid, wir haben Vorstandssitzung, Meneer Riemers kann Sie daher doch nicht nach Hause fahren …«

»Das riecht nach Vertragsbruch«, sagte Kars. »Sie haben keinerlei Recht dazu.«

Die Frau hörte geflissentlich weg. »Warten Sie, vielleicht kann Meneer Kars Sie absetzen, er fährt praktisch bei Ihnen vorbei.«

Dufour trat schüchtern von einem Fuß auf den anderen. Kars schnaubte. Die Vorsitzende wagte kaum, ihn anzusehen. »Meneer Dufour fährt nicht Auto, wissen Sie«, erklärte sie.

Kars drehte sich um und ging mit dem Notarsanzug auf den Fersen zur Tür, ein unbezahlter Taxichauffeur für Dorfdeppen.

Dufour lotste ihn aus dem spärlich erleuchteten Dorfkern hinaus. Er roch nach Kampfer. Links ab, hier nach rechts; sie irrten durch dunkle Alleen mit von Nadelbäumen umgebenen Villen, und Kars fragte sich, wie er zur Autobahn zurückfinden sollte. Dies sah nicht nach einer Wohngegend für Habenichtse aus, aber mitten in einer der Alleen verkündete Dufour: »Hier ist es.«

Sie waren schon vorbei und Dufour griff nach dem Armaturenbrett, als Kars abrupt bremste. Er setzte zurück und hielt vor einem eisernen Gartentor in einer Ligusterhecke. Das Haus lag dreißig Meter von der Straße entfernt, eine dunkle Silhouette mit spitzem Dach. Kars ließ den Motor laufen.

»Vielen Dank fürs Mitnehmen«, sagte Dufour. »Sind Sie sicher, dass Sie keine Zeit haben, auf einen Sprung mit hineinzukommen?«

»Nein, ich muss los.« Kars reichte gereizt an dem Mann vorbei und drückte die Beifahrertür auf.

Dufours Augen glänzten im Schein der Innenbeleuchtung. »Ich würde gern etwas mit Ihnen besprechen«, sagte er.

»Ein andermal vielleicht.«

»Bitte.« Er ließ sich nicht abweisen. »Ich muss wissen, ob Sie es ernst gemeint haben, das mit dieser Zeitschrift. Dass Sie vielleicht Interesse hätten …«

Kars unterbrach ihn. »Hören Sie mal, Meneer …«

»Hendrik Dufour.«

»Ich habe einen vollen Terminkalender, die Zeitschrift ist nur eines von vielen Projekten.«

»Dieses eine interessiert mich«, erwiderte Dufour.

Herrgott, dachte Kars. »Sind Sie Journalist?«

»Ich könnte Ihnen helfen, sie auf die Beine zu stellen.«

Kars schaute ihn an. Man musste völlig von Gott und der Welt verlassen sein, um sich im Zeitalter der elektronischen Datenautobahnen und tausender Publikationen zu jedem Thema noch von irgendeiner Zeitschrift Gewinn zu erhoffen. »Um ein solches Projekt auf die Beine zu stellen, braucht man schon von vornherein eine Million«, sagte er.

Der Mann nickte freundlich, als sei er Beleidigungen gewöhnt. »Mein Vater war Journalist, genau wie Sie.«

Aha, dachte Kars. Vor hundert Jahren. Er gab ein wenig Gas, trat die Kupplung und legte den ersten Gang ein. Viel deutlicher konnte er nicht werden, außer, er hätte ihn gleich hinausgeworfen. »Genau das ist das Problem«, sagte er. »Journalisten sind gut für die Ideen, das Geld gibt's woanders.«

Dufour zog eine verschlissene Brieftasche heraus. »Das hätte von meinem Vater stammen können«, sagte er. »Im Übrigen glaube ich nicht, dass die Sie bezahlen werden, obwohl Ihre Lesung das Honorar mehr als wert war.« Er kramte drei Geldscheine aus der Brieftasche, faltete sie um eine Visitenkarte und drückte Kars das Ganze in die Hand. »Sie können es mir später einmal zurückzahlen«, sagte er.

»Später?« Das Geld fühlte sich an wie ein Lolly von einem taubstummen Kind im Rollstuhl.

»Da Sie ja jetzt keine Zeit haben. Ich würde mich gerne mit Ihnen über diese Zeitschrift unterhalten.«

Die Straße war dunkel. Junkies und Künstler und angekettete, gestohlene Fahrräder. Kars hatte einen Schlüssel und stieg die gestrichene Holztreppe hinauf. Er lehnte sein Autoradio auf der obersten Stufe an das Geländer, betrat das Wohnzimmer und schaltete das Licht ein. Orangefarbene Möbel und rosa Wände, eine Nuttenwohnung mit Reproduktionen von roten Pferden und Blumen, einem Ficus. Kleine Stehlampen und eine größere neben dem schmalen Wandtisch, auf dem ihr Computer und der Drucker standen. Betty war keine Nutte, noch nicht.

Kars sah, dass sie schlief. Er hörte Schritte auf dem Holzfußboden der Wohnung im oberen Stockwerk, kurz darauf Wasser in einem Spülbecken. Er warf seine Kleider auf das Sofa und schob die Glastür auf. Der Raum dahinter war gerade groß genug für das Bett und ein weißes Regalbrett mit den Werken von Robin Cook und Stephen King, ein Radio, einen Teddybären. Betty lag auf dem Bauch, die untere Körperhälfte mit einem Laken zugedeckt, das kurze Hemd bis über die Taille hochgerutscht, ihr Gesicht auf der Seite, ein Arm davor, die Hand auf dem rosa Kissen. Eine blonde Haarlocke war ihr über Nase und Lippen gefallen und bewegte sich bei jedem

Atemzug. Sie fand sich selbst zu dick und machte sich Sorgen um ihre Hüften und Brüste. Sie war achtundzwanzig. Kars schlüpfte neben sie. Sie erwachte, als er sie am Oberschenkel griff und mit dem Rücken zu sich drehte.

»Verdammt!«, sagte sie.

»Komm schon.«

Kars war schon hart geworden, als er sie nur anschaute. Er drückte ihren Rücken nach vorn, packte sie an den Hüften, zog ihren Hintern an sich. Er schob die Hand über ihren Bauch und zwischen ihre Beine und hob ihren rechten Oberschenkel an, um in sie eindringen zu können. Sie maulte und drehte sich weg. Er zwang sie wieder in die richtige Haltung. »Ich brauche dich«, brummte er. »Gottverdammt.«

»Nicht so!«

Seine Erektion sank in sich zusammen, als sei er irgend so ein Psychopath. Er drehte sie auf den Rücken, stützte sich auf einem Ellbogen ab, saugte an einer Brustwarze und massierte die andere. Sie entspannte sich und er fasste nach unten und bewegte ungeduldig den Finger hin und her, bis sie feucht wurde. Gehorsam zog sie ein Knie an und er drehte sich darunter, schob seine halbe Erektion in sie und streichelte sie weiter, bis sie mit einem heiseren Laut zum Höhepunkt kam. Danach spürte er sie kaum mehr. Es war immer dasselbe. Wenn es zu lange dauerte, klappte es nicht mehr, wenn sie vor ihm kam, machte er ebenfalls schlapp und musste ihren Schenkel mit aller Kraft zwischen seine Knie geklemmt halten und alle Muskeln anspannen, um kommen zu können. Sie hatte die Brüste und den Mund von Angelina Jolie, und wenn sie ihn gewähren ließ, war sie die tollste Frau auf dieser Seite der Nordsee.

Sie rollte sich von ihm weg. »Es hätte ein anderer Mann bei mir sein können«, sagte sie.

»Du träumst wohl, was?« Er war kurz davor, einzuschlafen.

»Hilfst du mir denn noch?«, fragte sie.

Vielleicht hätte er das vorher tun sollen. »Schau mal in meiner Jackentasche nach.«

Sie stand auf, dunkle Flecken auf den Pobacken, wo er sie gepackt hatte. Sie ließ die Glastür offen stehen und er verfolgte ihre Bewegungen im anderen Zimmer, sein Jackett, das Geld, eine Schublade im orangefarbenen Büfett, ihre zurückkehrenden nackten Füße.

»Wow«, sagte sie. »Aber ich meinte eigentlich den Job.«

Kars schloss die Augen. »Bald ist es so weit.«

»Du kannst nicht einschlafen.«

Er dachte an Julia. »Was du nicht sagst.«

Julia war eine hübsche Frau gewesen, vor langer Zeit, vor dem Gezänk und der Scheidung. Nun hing das Leben um sie wie eine verschlissene Jacke, ebenso wie das Haus mit seinen knarrenden Betten, unbezahlten Rechnungen und den verwohnten Ikea-Furniermöbeln, mit denen junge Paare anfingen. Die Versprechen waren im Nebel ihrer monotonen Wiederholungen verblasst und schließlich vergessen worden. Er hatte seine Wohnung aufgeben müssen und war wieder zu ihr zurückgekehrt, mal ins Bett, mal auf den Dachboden, der frei wurde, als seine ältere Tochter zu einem Freund zog. Er hatte einen Arbeitsplatz, seinen Computer und ein paar Videos, ein Dach über dem Kopf. Kars beugte sich nach vorn und küsste sie auf die Wange.

»Was für eine Überraschung«, sagte sie kühl.

Ihre Stimme war das Erste gewesen, was ihm an ihr aufgefallen war, ein wenig tief, mit einem leichten Kupferklang, wie eine Sängerin von damals, Barbara. Er war ein aufstrebender junger Journalist gewesen, in den Startlöchern, das Universum zu erobern, sie ein mediterranes Gemälde mit weißem Hut, warmen, vollen Lippen und glänzenden Augen, ein Fest auf einem Boulevard, eine Szene, die unter den Spinnweben der Zeit verloren gegangen war. Wenn die Stimmen in seinem Kopf schwiegen, konnte er vergessen, was seine Augen gesehen hatten und seinem Pech den Anstrich des Vorübergehenden verleihen, es hinter neuen Plänen verdrängen. Abraham Kars hatte noch nicht ausgespielt.

»Es war spät geworden, ich wollte dich nicht wecken. Ich habe oben geschlafen.«

Er hängte sein Jackett über den Stuhl und setzte sich. Julia schenkte Tee ein. Ihre Augen und die zusätzliche Falte über der Nasenwurzel verhießen Unheil. Kars faltete ein Butterbrot um eine Scheibe Käse und stellte sich ein Frühstück im Pariser Hotel Georges V. vor, zusammen mit Melanie Griffith.

»Hätte ich dich etwa wecken sollen?«, fragte er mit vollem Mund.

»Nein danke.«

»Danke? Wofür?«

Aus dem oberen Stockwerk hörte man Krach, als würden Gegenstände umhergeworfen. »Dass du so aufmerksam warst, mich schlafen zu lassen.«

Vor hundert Jahren hätte er Blumen mitgebracht, Theaterkarten, andere Beweise seiner Schuld. Jetzt las er nur noch in ihrem Gesicht. »Was hast du denn?«

»Ich denke darüber nach, wieder Vollzeit arbeiten zu gehen.«

»Warum?«

Sie schaute ihn an. »Ist das dein Ernst?«

Der Toast brach unter seinem Messer. Er puzzelte mit den Stücken herum und leimte sie mit Butter wieder zusammen. Das Genörgel fiel ihm von Tag zu Tag mehr auf die Nerven.

»Ich dachte, das Altersheim könnte nicht mehr als drei halbe Tage bezahlen.«

»Ich war mal eine tüchtige Arzthelferin.«

»In der Medizin hat sich vieles verändert.«

Noch bevor sie etwas erwidern konnte, kam Vicky lärmend herein, mit Schultasche, roten Wangen. »Hat jemand mein Referat gesehen? Ich muss es abgeben und kann es nirgendwo finden.«

»Hallo Vicky«, sagte Kars. »Komm und frühstücke gemütlich mit uns.«

»Ich habe schon gefrühstückt.« Seine Tochter zeigte auf einen leeren Teller und ein Glas mit Milchsatz auf der Anrichte.

»Ist es schon so spät?« Kars griff nach seinem Jackett.

Julia spitzte die Lippen. »Musst du auch weg?«

Kars zog die losen Blätter aus der Jackentasche und reichte sie Vicky. Sie schaute sie erst verblüfft, dann wütend an. »Du hast in meinem Zimmer herumgeschnüffelt!«

»Du redest schon seit einer Woche von nichts anderem, also habe ich sie kurz für dich durchgeschaut. Ich habe ein paar Stellen angestrichen.«

»Ich bin nicht eine deiner Redakteurinnen!«

Vicky lief noch röter an. Sie war sechzehn und ein paar Kilo zu schwer, hatte es jedoch auf dem Weg durch die

Gebärmutter geschafft, an seinem Erbgut vorbeizuschlüpfen, und würde genauso schön werden wie ihre Mutter: dasselbe Gesicht, dieselben Augen, dasselbe dunkle Haar.

»Dein Vater hat keine Redakteurinnen mehr«, bemerkte Julia.

Kars ignorierte es. »Bukarest, die Hauptstadt von Ungarn? Ich würde es nochmal neu ausdrucken. Und was sind das überhaupt für komische Ideen?«

Vicky stopfte die Blätter wütend in ihre Schultasche. »Ich könnte mich besser auf die Schule konzentrieren, wenn ich ausziehen dürfte, wie Elaine. Oder wenn ich ein Moped kriegen würde, damit ich nicht mehr stundenlang durch die Stadt radeln müsste. Aber für mich ist ja alles zu teuer.«

»Und wie war das mit der Todesstrafe?«, sagte Kars.

Sie stand an der Tür, biss die Zähne zusammen. »Fünfundsechzig Prozent der Jugendlichen sind für die Wiedereinführung der Todesstrafe. Schau mal ein bisschen über den Tellerrand.«

»Hör mal, junge Dame ...«

Vicky zog die Tür hinter sich zu. Kars rieb sich über die Stirn. Manchmal fühlte er einen Tumor, dicht unter dem Schädel.

»Sie hat Recht«, sagte Julia.

»Mit der Todesstrafe?«

»Mit der Armut.«

Kars stand auf. »Ich habe Termine.« Er öffnete eine Klappe oben in dem schwedischen Küchenschrank und holte eine Zigarrenkiste heraus. »Ich leihe mir mal eben was aus der Haushaltskasse, okay?«

»Wie war die Lesung?«

»Sie waren begeistert, wollten mich aber partout nicht

bar bezahlen, und ich konnte noch keine Rechnungen schreiben.«

»An wen denn alles?«

Kars stellte die Kiste zurück und drückte gegen die Klappe. Der Magnetverschluss funktionierte nicht mehr, und wenn man zu fest drückte, schwang sie wieder auf. Sie schloss nur dann richtig, wenn man sie vorsichtig zumachte. Doch Kars war nur noch selten in der Stimmung für sanftes Zudrücken oder Auf-Eiern-Laufen.

»Jetzt reg dich nicht auf«, sagte er.

»Tue ich nicht.« Sie schwieg zwei Sekunden und sagte dann: »Gestern habe ich Kneshof getroffen.«

»Ah.« Daher die Falte. Kars steckte das Geld in die Innentasche und trat hinaus auf den Holzbalkon. Gärten und Zäune, Sträucher, Gartenhäuschen, Tauben. Als sie das Haus gekauft hatten, erschien ihnen der Balkon wie eine Loge hoch über einem Kaleidoskop von Menschen, die sich ebenso unbeobachtet wähnten wie die Vögel und Katzen, eine sicher umschlossene Stille, als wohne man nicht in einer Stadt, sondern in der Dauervorstellung eines Haanstra-Films. Sie hatten auf dem Balkon Tomaten angepflanzt, eine riesige Fuchsie, Geranien.

Jeden Abend nach dem Abendessen gingen sie spazieren, außer bei starkem Regen, und selbst dann noch, ohne Regenschirm. Man brauchte nur der Straße bis ans Ende zu folgen und auf die andere Seite zu wechseln, schon war man unter den Bäumen entlang der Amstel. Man konnte unter der Utrechtsebrug hindurch und an den Hausbooten entlangschlendern und sich Geschichten über die Bewohner ausdenken, wie sie lebten und was sie dachten, und vor allem über die eigene Reise sinnieren, die sie gerade erst angetreten hatten, bis das Fantasieren ein Ende nahm, die Kinder geboren wurden, die rückwärtigen Fassaden der Nachbarhäuser immer näher rückten und alles kleiner und beengender wurde.

Die Farbe blätterte von dem Holzgeländer ab. Kars hielt sich daran fest. Diese verdammten Möwen waren immer da. Sie flatterten einem dicht über dem Kopf herum und lauerten auf Brot. Er wünschte, er hätte eine Pistole.

»Kneshof«, sagte er. »Da würde jeder nachdenklich werden.«

Er spürte Julia hinter sich. »Er hat mir lediglich die Augen über deinen Weggang von HP geöffnet.«

»Der Mistkerl«, sagte Kars. »Noch ein Jahr und Kneshof wird zu einem Schatten in den Straßen, sie werden ihn zum Archivar machen, ihn dann und wann ein Buch besprechen lassen oder ihm eine Schachtel mit alten Ausschnitten geben, aus denen er einen Artikel über die vor hundert Jahren verstorbene Anna Pavlova zusammensetzen darf, um die Zeit bis zu seiner Pensionierung totzuschlagen. Danach überwintert er dann von seiner Rente auf Mallorca und spielt Bridge mit den anderen Alten.«

»Nur weiter so«, sagte Julia.

Schräg gegenüber begann ein alter Türke, mit einem dicken Pinsel Buchstaben auf die Rückseite seines Gartenhauses zu malen. »Oder er kauft sich einen gebrauchten Wohnwagen«, fuhr Kars fort, »und fährt zum Camping in die Veluwe.«

Weiße Lettern, heimliche Graffiti, nur sichtbar für die Nachbarn. *JESUS LEBT.* Die Ehefrau erledigte mit Kopftuch die Einkäufe im Supermarkt, die Kinder waren in der Schule, Großvater würde mit Genickschuss in den Sarg gelegt und in den Zug nach Istanbul verfrachtet, wenn die Familie dahinterkäme, wer sein neuer Erlöser war. Wenigstens hatte Kneshof das mit der Polizei nicht erwähnt.

»Besser Mallorca, als entlassen zu werden«, entgegnete Julia.

Kars sah, wie die Knöchel seiner Hände um das Geländer weiß wurden. Noch brauchte er sie. »Ich habe gekündigt.«

Irgendwo anders im Paradies erwachte kreischend eine Kettensäge zum Leben. Die junge Birke, irgendwann einmal ein leuchtend grüner Fleck, war zu einem kranken alten Riesen geworden. Weg damit. Kars holte tief Luft, drehte sich um. Julia stand mit gefalteten Händen da und schaute ihn an, wie sie einen angeschwemmten Walfisch angesehen hätte. Er dachte an die Kettensäge und küsste sie auf die Wange. »Lass dir nichts einreden«, flüsterte er über den Lärm hinweg.

2

Die Haustür schlug in ihrem Traum zu, doch die Schritte auf der Treppe waren bereits Realität, und sie war wach, als ihre eigene Tür knarrte. Sie suchte unter dem Laken nach ihrem T-Shirt, konnte es nicht finden.

»Viel Schlaf und wenig Sex, das macht träge.«

»Halt die Klappe. Ich dachte schon...« Ihre Augen fanden Victor in der offenen Glastür, geronnenes Blut im Gesicht. »Was hast du jetzt schon wieder angestellt?«

»Da hat einer mit seinem Glas herumgefuchtelt. Damit rechnet man nicht.«

Sie erschrak. »Du musst zum Arzt.«

»Zum Teufel mit den Ärzten.«

Er hatte seinen kobaltblauen Anzug und das knallrosa Hemd zu Hause gelassen und anlässlich Gerdas Geburtstag einen beigefarbenen Pullover und eine braune Kordhose angezogen, doch mit seinem dunkelhäutigen Gesicht, dem platt an den Kopf gekämmten, fettigen schwarzen Haar und den falschen Goldringen an den Fingern sah er trotzdem aus wie eine Halbweltfigur. Schlafmangel hing ihm in Ringen unter den schwarzen Augen. Er schwor, dass er nur ganz wenig trank und die Finger von den Drogen ließ. Betty hasste das Verantwortungsgefühl, das er jedes Mal unwillkürlich in ihr wachrief.

Sie bedeckte mit dem Laken ihre Brüste. »Dreh dich um.«

»Ich bin dein Bruder, Schätzchen.«

»Gerda hätte dich damals vor die Kirchentür legen sollen.«

»Dann wäre ich Messdiener geworden.«

»Ich will, dass du mir meinen Schlüssel wiedergibst«, sagte sie.

»Deinen Schlüssel hast du, der hier gehört mir. Ich habe mir überlegt, noch ein paar davon nachmachen zu lassen und sie meistbietend im Club zu versteigern, mit Fotos.« Victor feixte. Er hatte wieder einmal einen von diesen Scheißjobs als Barkeeper in einem Nachtclub, wo mit Gläsern geschmissen wurde.

Ihr Hemd lag in der schmalen Ritze zwischen Matratze und Bettgestell. Sie fischte es heraus, zog es über den Kopf, stand auf, streifte ihren Slip über und zupfte das Bettzeug provisorisch zurecht. Es verlangte einige Akrobatik, in einem so kleinen Raum ein Bett zu machen, das nicht viel besser war als eine Matratze auf dem Fußboden, verjährte Studentenromantik. Jeden Tag sehnte sie sich mehr nach einer normalen Wohnung, einem normalen Aufzug, normalen Schlafzimmern, einem richtigen Bad, Türschlössern, einem normalen Leben. Einem normalen Mann.

Victor lümmelte sich auf dem orangefarbenen Sofa und betrachtete ihren Hintern. »Du kannst schon mal Kaffee aufsetzen«, fauchte sie ihn an, bevor sie die beiden Stufen zum Flur hinaufstieg, der zur Küche führte. Auf halbem Weg lag das winzige Bad mit Dusche, Toilette, Wäscheleinen und Geburtstagskalender, alles in einem Raum. Man konnte Platzangst kriegen.

Sie duschte, trocknete sich ab. Ihre Kleider hingen am Haken an der Tür, doch der Rock war zu kurz für einen Besuch bei Gerda, deshalb ging sie mit dem Handtuch um sich gewickelt zum Schrank auf dem Flur, um ihr rostbraunes Kleid zu holen. Ihre Mutter war das Einzige, was sie mit Victor gemeinsam hatte. Sie zog das Kleid an, kämmte sich die Haare und nahm ihren Mantel von der Garderobe.

Die Kaffeemaschine blubberte. Victor stand vor dem Büfett. Die Schublade war offen und er hielt drei Hundert-Euro-Scheine in der Hand. In der anderen Hand hatte er etwas, das er von Nahem anstarrte. »Ein neuer Freund?«

»Pfoten weg von meinem Geld!« Betty ging wütend drei Schritte auf ihn zu, warf ihren Mantel über eine Stuhllehne und riss ihm die Scheine aus der Hand.

»Alter Schick. Jede Menge Antiquitäten im Haus, wetten?« Er hielt ihr die Visitenkarte vor die Nase. Sie kniff die Augen zusammen.

»Sagt mir nichts. Bist du wieder blank?«

»Eine kleine Spende ist immer willkommen.«

Sie zog ihm die Karte aus den Fingern, legte alles zurück in die Schublade und schloss sie mit einem Knall. Davor, sie zu bestehlen, würde er gerade noch zurückschrecken, aber ansonsten konnte man Victor so wenig vertrauen wie einem Skorpion. Einmal musste sie ihn mit Gewalt abwehren, als er eine Situation, in der sie ihn tröstete, auszunutzen versuchte, nach dem Motto, die Adeligen trieben es doch auch alle mit ihren Nichten und Halbschwestern. Vor drei Jahren, nach seinem Unfall, hatte sie geglaubt, er habe sich geändert, sei nun weniger grob und egoistisch, doch das war nur eine vorübergehende Fassade gewesen, weil er sie gebraucht hatte. Jetzt war er wieder genauso schlüpfrig wie zuvor.

Victor fragte: »War dein Journalist wieder da?«

Manchmal hatte sie Angst vor ihm. Das lag an seinen Augen, die in unbeobachteten Momenten aussahen, als fehle in ihnen etwas oder, im Gegenteil, als liege zu viel darin, ein verstohlenes Glitzern, als sei das Gehirn dahinter eine Maschine, die seit seinen Kinderjahren versuchte, auf Touren zu kommen, eine Zeitbombe mit verborgener Uhr, die auf ein plötzliches Zeichen hin eine Explosion der Hysterie oder Gewalt auslösen würde. Manchmal war er wie ein Fremder, kalt und bösartig, aber im nächsten Moment zauberte er wieder sein einnehmendes Lächeln hervor und sie fragte sich, ob sie die Einzige war, die es sah, oder ob sie sich irrte.

»Misch dich nicht in mein Leben ein.«

»Wenn du nicht meine Schwester wärst, würde ich dir Arbeit besorgen, die dir mehr einbringt. Du lässt dich von diesem Kerl ausnutzen.« Victor schenkte Kaffee für sie beide ein und blickte auf, als er unten die Haustür hörte. »Erwartest du jemanden?«

Betty erwartete niemanden, doch von einer unguten Vorahnung getrieben huschte sie in zwei Schritten zur Tür, öffnete sie einen Spalt und schaute hinunter. Sie erbleichte, schloss die Tür wieder und lehnte sich mit dem Rücken dagegen. »Cor.«

Victor war für einen Augenblick wie gelähmt. »Shit«, sagte er dann. »Shit, *shit!*« Er rannte durch das Wohnzimmer, stolperte über die Stufen und verschwand in dem kleinen Flur. Betty hörte Cor die Treppe heraufpoltern und auf der anderen Seite ihren Bruder die Tür zum Vordach öffnen. Er würde außen hinunterklettern müssen. Die Tür drückte gegen ihren Rücken. Cor machte sich nicht einmal die Mühe, anzuklopfen. Sie trat beiseite.

»Tag, Schatz«, sagte Cor. »Du guckst ja, als wäre ich der Weihnachtsmann. Warst du etwa unartig, als ich mal kurz nicht da war?«

Sie wich zurück. »Mal kurz?«

»Ein Jahr im Knast – unter Freunden redet man gar nicht darüber, es sei denn, sie sind schuld daran. Freust du dich denn gar nicht, deinen Ehemann zu sehen?«

»Du bist nicht mein Ehemann.« Ihr Leben ging den Bach hinunter, und sie spürte, wie Tränen der Ohnmacht in ihr aufstiegen. Und der Wut. »Gib mir meinen Schlüssel wieder! Als könnte hier jeder einfach so rein- und rausspazieren!«

»Ach nein?« Er ging einfach an ihr vorbei. »Und der Kaffee steht schon für mich bereit. Oder etwa nicht?« Er schnupperte. »Rieche ich da den widerlichen Gestank von deinem lieben Bruderherz?«

Sie unterdrückte ihren Ärger. Sie hatte nie Angst vor ihm gehabt. »Der Einzige, der stinkt, bist du«, erwiderte sie. »Nach Kneipe und Knast.«

»Ich gehe mich ja vorher duschen.« Er drehte sich um und fasste sie am Oberarm. »Du könntest ruhig ein bisschen lieb zu mir sein.«

Er neigte ihr sein Gesicht zu, das die ungesunde Gefängnisfarbe hatte, an die sie sich von früheren Gelegenheiten erinnerte. Sie roch Jenever und blickte ihm weiterhin fest in die Augen. »Wenn du nicht weggehst, rufe ich die Polizei. Ich kann ohne Weiteres durchsetzen, dass du mir nicht mehr zu nahe kommen darfst.«

Er starrte sie seinerseits an. »Ich hätte Blumen mitbringen sollen, so was Dummes, hab es einfach vergessen, weil ich an nichts anderes denken konnte, als so schnell wie möglich zu dir zu kommen.«

»Und in die Kneipe.« Wenn er dort nicht zuerst gewesen wäre, hätte er mich im Bett vorgefunden, dachte sie wütend.

»Nur auf ein Gläschen, um mir Mut anzutrinken. Du siehst hübsch aus, Bets. Das Kleid steht dir gut.«

»Ich muss zu meiner Mutter, sie hat heute Geburtstag.«

»Ah.« Er ließ ihre Arme los. »Kommt Victor auch?«

»Weiß ich nicht.«

»Komm schon, Bets. Wo kann ich ihn finden? Hat er einen Job? Ich bin bei seiner alten Adresse gewesen, aber dort wohnt er nicht mehr.«

»Ich dachte, du wolltest unbedingt zuerst zu mir?«, bemerkte sie höhnisch.

»Geschäft ist Geschäft. Ich kriege eine Menge Geld von Victor.«

»Davon weiß ich nichts.«

»Willst du damit sagen, ich mache einen Bruch mit diesem Idioten, wandere in den Knast, und du weißt von nichts?« Er holte ein Päckchen Zigaretten aus der Tasche, zog eine heraus und zündete sie an.

»Und ich will es auch nicht wissen.«

Cor legte sein Feuerzeug auf den niedrigen Tisch und griff nach einer der Kaffeetassen. Er trank einen Schluck. »Noch warm«, sagte er. »Soll ich in den Schränken nachgucken?«

»Ich habe Victor ewig nicht gesehen«, behauptete sie. »Und dich muss ich nicht mehr sehen, ganz offiziell.« Sie ging ans Büfett und nahm den Telefonhörer ab.

Blitzschnell war er bei ihr und schlug mit der Hand auf die Gabel. »Keine faulen Tricks, Bets.«

Ihr lief es kalt den Rücken hinunter. »Dann lass mich in Ruhe!«

Er nahm ihr den Hörer aus der Hand, legte ihn zurück auf den Apparat und blies ihr Rauch ins Gesicht. »Worauf hatten wir uns geeinigt?«

Sie hörte, wie ihre Stimme zitterte. »Wir haben sogar die nötigen Papiere unterzeichnet.«

»Die Papiere waren doch nur zum Schein, weil du nirgendwo eine Stelle bekommen hättest mit einem Ehemann, der im Knast sitzt. Das war der Deal. Aber hast du denn eine Stelle gekriegt? Wohl nicht, sonst würdest du irgendwo in einem Maklerbüro sitzen oder wieder bei so einem Grapscher von Verleger anstatt zu Hause. Also ist die Scheidung null und nichtig. Du brauchst mich, ich muss für dich sorgen.« Seine Augen glitzerten. »Versuch nicht, mich für dumm zu verkaufen!«

Sie holte tief Luft. »Ich habe die Scheidung eingereicht und durchsetzen können, weil ich dich loswerden wollte. Ich will, dass du dich aus meinem Leben raushältst.« Sie nahm ihren Regenmantel und legte ihn über den Arm. »Gib es mir schriftlich, was du meinst, von Victor zu bekommen, dann werde ich sehen, was ich tun kann.«

Er lachte auf. »Das sind keine Schulden, die man schriftlich angibt.«

»Ist mir doch egal.« Sie verlor die Beherrschung. »Jetzt mach, dass du wegkommst, ich muss los!«

»Vielleicht sollte ich dich begleiten. Und unterwegs kaufen wir Blumen für dich und Gerda.«

»Du bist nicht eingeladen.«

»Gerda würde sich freuen, wetten?«

»Ihr Freund kann Karate. Der wirft dich einfach so zum Fenster raus. Verziehst du dich jetzt oder nicht?«

Cor drückte seine Zigarette im Aschenbecher aus und legte sein Jackett ab. »Lassen wir die Dusche einfach weg. Ich kann's gut gebrauchen.« Er warf die Jacke auf das orangefarbene Sofa, setzte sich auf die Lehne und bückte sich zu seinen Schuhen.

Betty blieb einen Augenblick lang verdattert stehen. Cor versperrte ihr den Weg zur Tür. Sie ließ ihren Regenmantel zu Boden fallen und ging die zwei Stufen zum Flur hinauf. Sie öffnete den Kleiderschrank und tastete zwischen den Kartons und Pullovern im obersten Regal umher. Als sie zurückkehrte, hielt sie eine kleine Pistole in der Hand und richtete sie auf Cor.

»Cor«, sagte sie. »Verpiss dich.«

Er hob den Blick und erschrak. Dann grinste er ungläubig. »Ist die aus Plastik?«

»Zieh die Schuhe an und verpiss dich.«

Er stand auf und wandte sich zu ihr, mit diesem dämlichen Grinsen, das sie ihm am liebsten aus dem Gesicht geschossen hätte. »Bleib stehen«, befahl sie.

»Jesus Christus, du siehst zum Anbeißen aus, wenn du wütend bist.«

Die Pistole knallte und er musste den Luftzug gespürt haben, als die Kugel ihn knapp verfehlte und ein Loch in die Tür schlug. Stocksteif blieb er stehen.

Das ganze Haus war plötzlich still.

»Verdammte Scheiße«, sagte Cor.

»Ich wiederhole es nicht noch einmal«, sagte Betty. Sie umklammerte die Waffe fester. Von dem Rückschlag tat ihr die Hand weh. Die Chancen standen gut, dass niemand den Schuss gehört hatte. Die Nachbarn oben waren arbeiten, der alte Mann unten halb taub.

Cor bückte sich zu seinem Schuh. »Ein guter Rat für den Knast: Hüte dich vor den Aufsehern, das sind alles Ratten.«

»Dafür würde mich kein Richter verurteilen.«

Er hatte die Schuhe wieder an und nahm sein Jackett. »Das wird dir noch leid tun«, sagte er.

Sie zielte auf sein Gesicht. »Meinen Schlüssel.«

Cor griff in die Tasche, warf ihr den Schlüssel vor die Füße und grinste. »Die Tür muss noch erfunden werden, für die ich einen Schlüssel brauche.«

»Hau ab.«

Er nickte, drehte sich um, betrachtete kopfschüttelnd das Einschussloch und öffnete die Tür. »Du glaubst doch nicht, dass dein Bruder mich jetzt los ist?«

»Das nächste Mal erschieße ich dich«, sagte sie.

Cor gab einen verächtlichen Laut von sich und verschwand. Sie wartete, bis sie die Haustür hörte. Dann ließ sie sich mit einem Seufzer auf das Sofa fallen und starrte die rosa Wand ihres Wohnzimmers an, die Pistole auf den Knien.

3

Kars saß zwanzig Minuten lang auf einem unbequemen Stuhl im luxuriösen Büro der Sekretärin, die eifrig mit ihrem Computer beschäftigt war, ins Telefon quasselte und hin und wieder mit einem abfälligen Blick seinen verschlissenen Anzug und seine alten Halbschuhe musterte. Das hohe Fenster bot einen Panoramablick auf die Ringstraße, Buitenveldert und den Rest der Niederlande.

Er verfügte über genügend Erfahrung mit luxuriösen Büros, um sich nicht mehr davon beeindrucken zu lassen. Reinders hatte seine Sekretärin garantiert nicht wegen ihres Hühnerhirns und ihrer sorgfältig blondierten Haare ausgewählt, und auch nicht wegen ihrer platten Redeweise, die sich all diese Mädels durch die völlig sinnentleerten Talkshows im Privatfernsehen angewöhnten.

»Meneer Reinders kann nicht länger wie fünf Minuten Zeit freimachen«, sagte sie, als die zwanzig Minuten verstrichen waren. Zeit freimachen.

»Nicht länger *als*«, verbesserte Kars. »Sie können sich das mithilfe einer Eselsbrücke merken.«

»Einer was?«, fragte sie.

»Als ist anders, wie bleibt wie zuvor. Mehr *als*. Kleiner *als*. Genauso groß *wie* das, was du unter der Bluse hast. Und niemand kann Zeit *freimachen.*«

»Meneer Reinders schon«, erwiderte die Sekretärin. »Und außerdem ist jetzt schon gut eine Minute rum.«

Kars ging zur Eichentür, setzte sein fröhliches Gesicht auf und spazierte in das Direktionsbüro. »Morgen, Hugo!«, sagte er jovial. »Ich habe gute Nachrichten für dich.«

Er watete mit ausgestreckter Hand durch den Teppich und machte vor dem Schreibtisch Halt. Reinders blieb sitzen und ignorierte seine Hand. »Das Gleiche gilt für mich«, sagte er.

Sein Tonfall gefiel Kars nicht. Er wusste nicht, ob er sich setzen sollte, also blieb er stehen. »Ich weiß, dass du viel zu tun hast, und wollte dich eigentlich heute nicht belästigen«, sagte er. »Aber unten hat man mir gesagt, dass du mich erst noch einmal sehen wolltest, bevor mir mein Honorar ausbezahlt würde.«

»Stimmt.«

Kars setzte sich unaufgefordert hin. »Und?«

Reinders seufzte, zog eine Schublade auf und holte eine dünne Mappe heraus. »Du hattest versprochen, einen exklusiven Medienkurs für uns auf die Beine zu stellen.«

»Ich arbeite Tag und Nacht daran.«

Reinders nickte. Mit einem seiner Wurstfinger klappte er die Mappe auf. »Das hat uns bis jetzt gut zehntausend Euro gekostet, und alles, was ich nach vier Monaten zu sehen bekomme, sind zwei Blätter mit Ideen, die meine Sekretärin aus den Broschüren jeder beliebigen Medienschule abtippen könnte, während sie auf dem Kopf steht und dabei Plinius den Jüngeren liest.«

Kars zuckte mit den Schultern. »Das mit Plinius dem Jüngeren bezweifle ich.«

Reinders war ein beleibter Mann in den Fünfzigern mit dicken Doppelkinnen, die auf und ab wogten, wenn er sein schallendes Lachen ertönen ließ. Diesmal lächelte er jedoch nicht einmal, sondern schaute Kars nur abwartend an.

»Tja«, sagte Kars. »Die Grundprinzipien sind nun mal überall dieselben. Darum geht es auch gar nicht. Es geht um die Namen ...«

»Ich sehe nur wenige Namen.«

»Du verlangst Niveau und Exklusivität. Das kostet Zeit und Mühe. Und ein bisschen Geld, schließlich kann ich mit Leuten wie Stephane Rothenberg und Anne Sinclair schlecht bei McDonald's essen gehen.«

»Anne Sinclair klingt ziemlich passé.«

»Aber sie ist wieder da, wie sie leibt und lebt, mit einer neuen Talkshow. Dahinter steckt ein ganzer Schatz an Erfahrung ...«

Reinders hob seine massive Hand. »Wenn das deine guten Nachrichten waren, wird es Zeit für meine.«

Kars geriet ins Schwitzen. »Ich habe einen Termin mit Jon Steward, in London.«

»Wer ist Jon Steward?«

»Einer der Topleute bei CNN.«

Reinders nickte. »Dann mach doch ein Interview mit ihm. Vielleicht kannst du damit wieder bei HP landen.«

Kars legte zwei Finger an die Stirn. Er hatte keinen Tumor, und doch konnte er ihn fühlen. Hatte der Scheißkerl bei HP angerufen? »Was willst du damit sagen?«

»Ich will damit sagen, dass die Stiftung Merlbach beschlossen hat, den Plan auf Eis zu legen.«

»Ich kann dir nicht folgen.«

Reinders zog eine Augenbraue hoch. »Wenn ich den Mund aufmache, kommt doch Niederländisch raus.«

»Das kannst du nicht machen!« Kars war heiser vor Wut.

»Bram, es tut mir leid, aber wir ziehen einen Schlussstrich darunter. Und zwar definitiv.«

»Warum?«

»Warum?« Reinders nahm die dünne Mappe zwischen zwei Finger und ließ sie in den Papierkorb neben seinem

Schreibtisch fallen. »Willst du die Wahrheit oder eine barmherzige Lüge hören?«

Kars stand auf. Er zitterte. »Ich habe meinen Job dafür aufgegeben«, sagte er.

»Das Leben ist hart«, antwortete Reinders gleichgültig.

Julia stand auf dem Kopf, das nahm er zumindest an, denn ihr Kopf war unter dem nach außen gekehrten Rock unsichtbar. Er sah nur ihren rosa Slip, lange Beine und ihre nackten Füße an der Zimmerwand. Die Szene erinnerte ihn unangenehm an Reinders' Bemerkung über seine Sekretärin.

»Julia?«

Mit einer Hand hob sie den Rocksaum an, verlor dadurch das Gleichgewicht und fiel unkoordiniert auf den Boden. Er wartete, bis sie sich aufgerappelt hatte und den Rock glatt strich.

»Ich versuche, wieder in Form zu kommen«, erklärte sie mit rotem Kopf. »Ich dachte, du kämst zum Mittagessen nicht nach Hause.«

»In Form wofür?«, fragte er.

»Es heißt, mit gut durchblutetem Kopf meditiere es sich leichter«, antwortete Julia. »Hast du was? Ist dir heute Morgen eine Laus über die Leber gelaufen?«

»Ich bin immer wieder platt, wie sorgfältig du eine Antwort auf meine Fragen umgehst«, erwiderte Kars steif. Er drehte sich um und ging in die Küche. Natürlich war nichts vorbereitet, sie hatte ja nicht mit ihm gerechnet. Es war einfach nicht sein Tag. Kars nahm Brot aus dem Kasten und öffnete den Kühlschrank, um die Butter herauszuholen und nachzusehen, was noch an Schinken und Käse da war.

»Ich möchte für meine Bewerbungen in Form kommen«, antwortete Julia schließlich doch. »Doktor Beuling hat bei einer Praxis in Duivendrecht einen Termin für mich vereinbart. Dort suchen sie jemanden.«

»Du machst dich lächerlich.« Er drehte sich um. Ihre Gesichtsfarbe war wieder einigermaßen normal, aber das lange Haar lag ihr wie verschossenes Seegras um die Schultern.

»Du sollst jemanden zurückrufen«, sagte sie. »Einen Meneer Dufour aus Otterlo. Er klang sehr höflich.«

»Sieh mal an«, sagte Kars.

»Er sagte, es sei dringend.«

»Ich werde mich schon irgendwann bei ihm melden.«

Seine Bemerkung, sie werde sich bei einer Bewerbung lächerlich machen, hatte sie getroffen, und sie reagierte gereizt. »Tu nicht so, als wärst du Chefredakteur bei der Herald Tribune oder was weiß ich und hättest keine freie Minute! Der Mann wartet auf deinen Anruf.«

So fingen die Streitigkeiten an.

»Reg dich nicht auf«, sagte Kars. *Zwei Monate, und es funktionierte hinten und vorne nicht.*

»Ich rege mich nicht auf, aber der Mann war nett und nette Leute werden allmählich selten in unserem Leben. Das Mindeste, was du tun kannst, ist, nett zu reagieren, oder, wenn dir das zu viel ist, wenigstens höflich. Hier ist seine Nummer.«

Kars knallte den Kühlschrank zu, riss ihr den Zettel aus der Hand und ging an ihr vorbei ins Wohnzimmer. Er schloss die Tür hinter sich.

Dufour meldete sich sofort: »Hendrik Dufour.«

»Hier Kars«, sagte Kars. »Es tut mir leid, mir war Ihre Karte abhanden gekommen, ich stecke mitten in der Arbeit an einem Roman und sie muss zwischen meine Unterlagen gerutscht sein. Wenn Sie mir Ihre Bankadresse geben, überweise ich Ihnen die dreihundert Euro sofort, und nochmals vielen Dank für das Leihen.«

Er blickte auf und sah Julia in der offenen Tür stehen. Er legte eine Hand auf die Sprechmuschel und fragte: »Darf ich mal kurz?«

»Ich habe nicht wegen des Geldes angerufen«, sagte Dufour. »Ich möchte mich mit Ihnen über unser Projekt unterhalten. Ich habe einen konkreten Vorschlag für Sie.«

Julia blieb stehen, und in seinem Ärger darüber verstand Kars kaum, was Dufour sagte. »Wie bitte?«

»Wenn Sie interessiert sind, kann ich das finanzielle Problem für Sie lösen«, sagte Dufour.

Kars runzelte die Stirn. »Das würde mich wundern.«

»Sie und ich brauchen uns nur über die Richtung zu einigen«, fuhr Dufour freundlich fort. »Ich habe darüber nachgedacht. Was mich betrifft, können wir uns so bald wie möglich treffen. Ich bin immer zu Hause.«

Kars hatte nichts zu tun und noch weniger zu verlieren. »Ich lasse mich gern überzeugen«, sagte er.

»Ginge es heute noch?« Dufour schien es wirklich eilig zu haben. Vielleicht hatte er Bedürfnis nach Gesellschaft. Und, wer weiß, vielleicht trog der Schein ja und er war ein Sonderling mit Sparstrumpf.

»Okay«, sagte Kars.

Er legte den Hörer auf und ging in den Flur, nahm sein Jackett von der Garderobe und bückte sich zu seiner alten Tasche, die darunter stand.

»Du hast dir Geld von diesem Mann geliehen?«, fragte Julia. »Und trotzdem brauchtest du mein Haushaltsgeld?« Sie wurde laut. »Wo willst du hin?«

Kars war schon die Treppe hinunter. Julia konnte nur noch die Tür hinter ihm schließen.

Kars kam ziemlich spät nach Hause. Sie machte ihm etwas zu essen und setzte sich zu ihm an den Tisch. Vicky war bei Elaine, jedenfalls hatte sie das am Telefon behauptet, und Julia brachte es nicht fertig, sie zu kontrollieren. Kars befand sich in einer sonderbaren, selbstzufriedenen Stimmung im Vergleich zu seiner Laune am Vormittag. Das irritierte sie am meisten. Er hatte nicht den geringsten Grund, über irgendetwas zufrieden zu sein. Er flüchtete sich in vage Pläne, während sie ihre Mutter um den soundsovielten Kredit anbetteln musste.

»Erst wolltest du diesen Mann in Otterlo gar nicht anrufen, dann bist du auf der Stelle zu ihm gefahren«, begann sie. »Was gab es denn so Dringendes?«

Er lächelte. »Geschäfte.«

»Was für Geschäfte?«

»Wird sich noch zeigen. Genaueres steht noch nicht fest. Vielleicht ergibt sich etwas.«

»Was denn?«

Er schüttelte den Kopf, trank aus seinem Glas. »Vielleicht kommt irgendwann mal besserer Wein auf den Tisch.«

Vielleicht stoßen wir im Garten auf eine Goldader, dachte sie. »Es hat noch jemand aus Otterlo angerufen«, sagte sie. »Eine Mevrouw Hulst. Von dem Verein, für den du die Lesung gehalten hast?«

»Die kann mir mal im Mondschein begegnen«, sagte Kars.

»Ich hatte den Eindruck, dass die nicht ganz so begeistert waren, wie du behauptet hast«, bemerkte Julia.

»Die Leute werden eben nicht gern wachgerüttelt.«

Sie seufzte. »Okay. Interessiert dich vielleicht, was mit Vicky los ist?«

Er zuckte mit den Schultern. »Sag ihr, dass sie bald ihr Moped bekommt. Siehst du eigentlich diesen alten Freund von dir noch manchmal? Ben?«

»Welchen Ben?«

Er wischte sich den Mund ab. »Den geschiedenen Ben.«

Sie schaute ihn mit gerunzelter Stirn an. »Was willst du damit sagen?«

Er grinste weiterhin so selbstzufrieden, als säße er Kokain schnupfend auf dem Olymp. »Nichts Besonderes«, antwortete er. »War nur eine Frage.«

»Es klang, als wolltest du einen Zusammenhang andeuten zwischen Bens Scheidung und der Frage, ob ich ihn sähe.«

Er zog eine abfällige Grimasse. »Er hatte immer ein Auge auf dich. Willst du etwa behaupten, dass er dich in all der Zeit nie mal zu einem netten Abend eingeladen hat?«

»Ich frage dich ja auch nicht, was du in all der Zeit getrieben hast, ich dachte, das hätten wir so vereinbart.« Sie wünschte, ihr wäre eine schlagfertigere Antwort eingefallen.

»Ich wollte ja nur wissen, ob er immer noch diesen kleinen Verlag hat.«

»Brauchst du Ben für dein Meisterwerk?«

»Du musst nicht gleich sauer werden.«

Das machte sie nur noch wütender. »Ich habe gehört, wie du dem Mann aus Otterlo gegenüber mit deinem Roman angegeben hast, den ich nicht lesen darf, bevor er im Buchhandel liegt. Du hast behauptet, du würdest genug damit verdienen, um mir alles doppelt und dreifach zurückzuzahlen. Und jetzt fragst du nach jemandem, der nur Fachzeitschriften herausgibt. Willst du ein Blättchen für Metzger oder Krankenschwestern gründen, weil die Verleger deinen Roman für unverkäuflich halten?«

Endlich hatte sie ihn getroffen. Sein Roman war und blieb seine Achillesferse. Er hatte ihr weisgemacht, dass er zwei Jahre lang wie ein Einsiedler in seiner Mietwohnung in Bijlmermeer gelebt und seine gesamte Zeit in das Buch investiert hatte und dass er nicht zu ihr zurückkehren wollte, bevor es fertig war.

»Das Manuskript liegt beim Bert-Bakker-Verlag«, sagte er.

»Der wievielte wäre das dann?« Sie hörte nicht auf, obwohl das dämliche Grinsen längst von seinem Gesicht gewichen war. Ihre Mutter hatte Recht. Sie hätte ihn rauswerfen können, zur Not mithilfe der Polizei, aber er war nun mal der Vater ihrer Töchter. »Bei einem Krankenschwesternblättchen sieht meine Mutter ja vielleicht ihre zweitausend Euro wieder, die ich von ihr für das Abtippenlassen borgen musste. Wobei sie immer glaubte, Journalisten könnten selber tippen. Sogar ich kann das.«

»Ich dachte, ich hätte das erklärt«, sagte Kars abweisend. »Ein Buch muss lektoriert werden.«

»Deine Schreibkraft war also gleichzeitig Philologin?«

»Wenn so ein Manuskript nicht vernünftig aussieht, gucken die es sich gar nicht erst an. Weißt du, wie viele Manuskripte Verleger täglich erhalten?«

Sie gab es auf. »Ganz Holland schreibt.«

Kars erhob sich wortlos von seinem Stuhl und verschwand im Wohnzimmer. Der Fernseher ging an. Sie räumte die Unordnung weg wie ein Roboter. Danach ging sie hinauf und legte sich ins Bett. Sie nahm sich den neuesten Roman von Donna Tartt vor, den Elaine zum Geburtstag bekommen hatte, konnte sich aber nicht darauf konzentrieren. Sie schaltete das Licht aus und versuchte, zu schlafen. Sie war noch wach, als ihr Exmann in sein Arbeitszimmer auf dem Dachboden ging. Sie hörte ihn telefonieren, war jedoch zu deprimiert, um sich unten an die Treppe zu stellen und zu lauschen.

Der Verlag befand sich in einem schmalen Gebäude am Cornelis Troostplein. Direkt hinter der Eingangstür saß eine rothaarige junge Frau vor Telefonen und einem Computer inmitten eines Chaos aus Papieren und Zeitschriften. Sie schaute kaum auf, als er nach Ben Laacken fragte, und deutete mit einem Wink auf die Treppe: »Erste Tür rechts.«

Kars musste einem Mann in Hemdsärmeln ausweichen, der einen Bocktisch hinuntertrug. Er fand die Tür, klopfte an und öffnete sie. Zwei Männer und eine Frau saßen in einem schmalen, langen Raum an Schreibtischen und arbeiteten an Computern und Layouts. Niemand beachtete ihn. An der Decke hingen rechteckige Kästen mit Neonröhren und fahles Tageslicht fiel durch die geschlossene Jalousie vor dem Fenster zur Straße. Die Wände waren bedeckt mit Fotos, Ausdrucken verblichener Texte, Titelblättern von Fachzeitschriften, Kalendern. Es sah aus wie im Büro einer Lokalzeitung, eine Erinnerung aus seiner Jugend, vor der Zeit der Datenautobahn, eine halbe Stunde bevor der Kurier mit der Kopie in die Zentralredaktion musste.

Ben Laacken stand neben einem seiner Redakteure und blätterte Druckfahnen durch. Er hatte einen Bleistift zwischen die Zähne geklemmt und trug verchromte Gliederbänder als Ärmelhalter um die Oberarme. Sein strähniges Haar war dünner und ein wenig grau geworden, sein Gesicht etwas aufgedunsen, nur die Habichtsnase war dieselbe geblieben. Als er aufblickte, runzelte er kurz die Stirn, als könne er Kars nicht gleich einordnen.

Nach einer Sekunde zog er eine Augenbraue hoch, murmelte dem Redakteur etwas zu und kam auf Kars zu. »Bram. Was machst du denn hier?«

Kars reichte ihm die Hand. »Ich hätte besser vorher angerufen, aber ich war gerade in der Nähe. Können wir uns irgendwo unterhalten?«

Laacken öffnete die Tür. »Hinten rechts, gib mir eine Minute.«

Kars ging den Flur entlang und fand ein leeres Büro mit einem Fenster, von dem aus man auf Backsteinwände und Balkone blickte, einem massiven Schreibtisch mit einer schweren Lampe, Fotos von Laackens Tochter Maya, einem Regal mit Fachzeitschriften und Stühlen um einen runden Tisch, der mit Papieren und Mappen bedeckt war. Keine Fotos von seiner Exfrau. Kars blickte auf die Balkone an den Rückfassaden alter Häuser und das kalte Licht im Innenhof unterhalb von ihm, in den vermutlich niemals ein Sonnenstrahl fiel. Er war nicht neidisch. Ben besaß einen eigenen Betrieb, verdiente seine Brötchen, arbeitete hart, ein Bürger ohne Fantasie.

Laacken kam herein. »So«, sagte er. »Tut mir leid. Wie geht es dir? Kann ich dir eine Tasse Kaffee anbieten?«

»Gern.«

Laacken griff zum Telefon. »Els, zweimal Kaffee bitte.« Er nahm einen Stapel bedrucktes Papier von einem Stuhl und setzte sich. »Nichts als Ärger hat man.«

»Viel Arbeit?«

»Ja, und zu wenige Leute.« Er zupfte an seinen Ärmeln. »Aber ich kann auch niemanden zusätzlich einstellen, es ist und bleibt ein Grenzbetrieb.« Es klang, als wolle er die mögliche Frage nach Arbeit von vornherein abwehren. »Lange her, dass wir uns gesehen haben, ich weiß gar nicht mehr, wie lange.«

»Auf einer Geburtstagsfeier von Vivian bei euch im Garten.«

»Also schon gar nicht mehr wahr. Ich wohne da nicht mehr.«

»Und Vivian?«

»Die schon, deshalb arbeite ich mich ja dumm und dämlich. Sie hat das Haus, das Geld, unsere Tochter. Ich habe den Hund gekriegt. Ich hätte besser Julia geheiratet. Neulich bin ich ihr in der Stadt begegnet. Stimmt es, dass du wieder bei ihr wohnst?«

»Ja, mit zweifelhaftem Erfolg.«

Laacken grinste schwach. Die junge Frau vom Empfang brachte Kaffee und fragte, ob Kars Zucker und Milch wollte. Er nahm ein wenig Rahm und dankte ihr.

»Ich habe gehört, du bist nicht mehr bei HP«, sagte Laacken, als sie die Tür hinter sich zuzog.

»Von Julia?«

»Kann sein.«

Kars unterdrückte seinen Ärger. Er brauchte Laacken, sonst säße er nicht hier. »Ich hatte die Nase voll. Ich stecke mitten in dem Entwurf für einen Medienkurs, habe aber auch ein Zeitschriftenprojekt, und genau darüber wollte ich mit dir reden.«

Laacken gab einen verächtlichen Laut von sich, als bestätige sich ein Verdacht. »Dafür bist du bei mir an der falschen Adresse, ich kann dir nicht helfen. Es sind zehntausend Zeitschriften auf dem Markt und ich bin nicht interessiert an Nummer zehntausendundeins.«

»Diese ist eine Ausnahme.«

»Soll das heißen, dass du eine feste Abnehmerzahl dafür garantieren kannst, eine Gewerkschaft, die sie ihren Anhängern zwangsweise in den Rachen stopft, einen reichen Verein mit zwanzigtausend Mitgliedern, die das Abonnement gratis zur Mitgliedschaft erhalten? Oder ein Ministerium, das eine bestimmte Auflagenhöhe garantiert? Der freie Markt verheißt Armut. Fachzeitschriften bieten noch eine gewisse Sicherheit, weil es die Leute interessiert, wer eine neue Schinkenschneidemaschine erfunden hat oder welcher Verkehrspolizist Karriere macht, wer sein Ladeninventar verkauft und welche Krankenschwester sich einen Chirurgen geangelt hat. Aber selbst mit diesem Geschäft geht es bergab.«

»Es handelt sich um eine europäisch orientierte Kulturzeitschrift, basierend auf einer bestimmten politischen Anschauung.«

Laacken verschluckte sich an seinem Kaffee. Er stellte seine Tasse auf den Tisch und sagte: »Hast du mir nicht richtig zugehört? Kultur ist das Allerschlimmste.« Er fing an zu lachen. »Im Übrigen hätte ich dir nie politisches Engagement zugetraut.«

Kars lächelte. »Außer, es erscheint mir lukrativ.«

»Sie wird dir aber nichts als trockenes Brot und Kopfzerbrechen einbringen, das garantiere ich dir. Bleib lieber bei deinem Medienkurs.«

»Ich kann mich auch an jemand anderen wenden, aber dann wüsste ich nicht, mit wem ich mich einlassen würde. Es könnte auch sein, dass ich auf einen anderen Plan zurückgreife, und dann brauche ich dich gar nicht.«

Laackens Augen verengten sich. »Ich weiß nicht, was du damit sagen willst.«

»Ich habe mir gedacht: Ben ist ein alter Bekannter, ich weiß, was ich an ihm habe. Er ist in der Lage, sich in einen Anzug zu schmeißen und einen Plan zu verkaufen. Sogar mir. Ich schreibe, du machst was draus und verkaufst es, an wen nochmal, den Don-Bosco-Orden?«

»Erinnere mich bitte nicht daran.«

Kars nickte. »Diesmal habe ich den Plan. Wir verkaufen ihn gemeinsam, er bringt mehr ein und er ist hundertprozentig wasserdicht.«

Laacken legte den Kopf schief. »Dann hättest du den letzten Kirchenbruder entdeckt, der nicht weiß, was Marketing kostet oder was Gemeinkosten sind. Oder wie ein Vertrag aufgebaut ist. Und dem es nichts ausmacht, wenn er hunderttausend in den Sand setzt, falls seine Zeitschrift nach zwei Nummern eingeht, weil sich kein Hund für Sozialarbeit mit schwierigen Jugendlichen interessiert.«

»Ich frage dich nur, ob du mitmachst.«

Laacken stand auf, wanderte zum Fenster und redete zur schmutzigen Scheibe. »Und wieder vor den Kadi gezerrt werden? Nein danke.«

Kars schaute seinen Rücken an. »Die Anlaufkosten könnten so zusammengestrickt werden, dass jeder von uns hunderttausend in die eigene Tasche stecken könnte, noch bevor die erste Ausgabe erscheint. Und das ist nur der Anfang.«

»Das habe ich doch schon einmal gehört.«

»Diesmal ist es bombensicher.«

Laacken drehte sich um. Irgendwie fand er Kars' Selbstsicherheit faszinierend. Der Mann redete, als habe er schon jetzt einen Ferrari vor der Tür stehen. »Eine Stiftung? Eine politische Partei? Bei denen wird doch jede Ausgabe vorher von Juristen und Buchhaltern auf Herz und Nieren geprüft.«

Kars lächelte. »Ich habe einen Privatfinanzier an der Hand.«

»Wen denn?«

»Einen Mann mit einem Ideal und einem Vermögen. Ich glaube, er langweilt sich.«

Laacken kam zurück an den Tisch, setzte sich und rührte in seinem kalten Kaffee. »Ein Vermögen an was? Euros oder Sprüchen?«

»Ich möchte einzig und allein von dir wissen, ob du bereit bist, die Rolle des Verlegers zu spielen, wenn ich irgendwann in den nächsten Tagen mit diesem Mann bei dir vorbeikomme.« Er blickte sich um. »Aber nicht hier. Wir mieten wieder so ein schickes Tagesbüro an, okay?«

»Mach, was du willst.« Laacken schwankte zwischen der Aussicht auf Gewinn und einem lästigen Déjà-vu.

Sein Zögern ging Kars allmählich auf die Nerven. »Es kostet dich lediglich ein paar Stunden deiner Zeit«, sagte er. »Wenn du dann nichts davon hältst, brauchst du nur deiner Wege zu gehen und darüber zu schweigen, wie es kommt, dass ich nächstes Jahr in einer Villa an den Loosdrechtse Plassen wohne.«

4

Hinter den Fassaden mancher Grachtenhäuser verbergen sich die reinsten Paläste, inklusive Butler. Dieser hier hatte graues Haar, ein schmales, knochiges Gesicht, weiße buschige Brauen über forschenden Augen und eine Aussprache wie aus der Umgebung von Haarlem, wo Kennern zufolge das reinste Niederländisch gesprochen wird.

»Mevrouw meditiert«, verkündete er. »Ich bin Henri, der Hausdiener. Bitte folgen Sie mir.«

Er ging mir durch eine Diele mit Gewölbedecke voraus zu einer bordeauxrot ausgelegten Treppe, ein wenig steif in seinem grauen maßgeschneiderten Beerdigungsanzug. Seine mageren Finger flatterten über das verschnörkelte Geländer. Im Haus war es totenstill. Er brachte mich in ein hohes Zimmer mit Samtgardinen und antiken Teppichen und Möbeln. »Falls Sie etwas brauchen sollten, drücken Sie diesen Knopf.« Henri zeigte zu einem Holzkästchen auf einem massiven Büfett neben der Tür. *Der Hausdiener.*

Ich ging zu einem der hohen Fenster wenige Meter über der Gracht. Autos, Fahrradfahrer, ein Rundfahrtboot. Mir wurde bewusst, dass ich einen Stummfilm ansah. Ich befand mich im Herzen der Stadt und hörte nichts. Ich klopfte an die Scheibe und drehte mich um, als ich gedämpftes Räuspern hörte. Henri stand neben dem Büfett.

»Vor zwei Jahren wurde das ganze Haus schalldicht verkleidet«, erklärte er. »Mevrouw verträgt keinen Lärm.«

»Hat sie vorher Ohropax getragen? Oder wohnt sie erst seit zwei Jahren hier?«

Er zuckte nicht mit der Wimper. »Mevrouw wurde in diesem Haus geboren«, antwortete er unbewegt.

»Wenn Sie Stille sucht, sollte sie besser nach Grönland ziehen. Dauert die Meditation lange?«

»Sie sind zehn Minuten zu früh. Möchten Sie eine Tasse Tee?«

»Später vielleicht. Arbeiten Sie schon lange hier?«

Der Hausdiener nickte abweisend. Sein Privatleben ging mich nichts an. Die Stille wurde bedrückend, als er mich allein ließ. Ich setzte mich in einen Sessel. Es gab weder Zeitschriften, in denen ich hätte blättern können, noch einen Fernseher. Außer der dunklen Wandverkleidung und der zierlichen Stuckdecke bestand die einzige Dekoration aus einem großen, silbern gerahmten Schwarz-Weiß-Foto, das genau gegenüber der Fenster über dem Büfett hing.

Das Fehlen jeglicher anderer Wanddekoration hatte etwas Gewolltes, so wie ein einziges, subtil ausgeleuchtetes Gemälde, umringt von Samtdraperien im Schaufenster eines exklusiven Kunsthandels dazu dient, alle Blicke auf sich zu ziehen.

Es handelte sich um das Porträt einer jungen Frau mit einem schmalen, klassischen Gesicht, das schräg nach oben gerichtet war, als suche sie am Himmel nach einem Grund zum Lächeln. Das Foto musste in einem Studio aufgenommen worden sein. Das künstliche Licht hatte sich wie eine Aureole auf ihr dunkles Haar gelegt und ihre ausländischen Züge akzentuiert. Sie war sehr schön. In ihren Augen lag das Funkeln jugendlicher Erwartung, jedoch, in diesem in der Zeit eingefrorenen Moment, auch etwas Verletzliches und Ernsthaftes, wodurch sie älter wirkte, als sie vermutlich war.

Eine Frau kam herein. Sie trug ein langes, wallendes goldbraunes Kleid und war eine fünfundzwanzig Jahre ältere Kopie des Porträts.

»Es tut mir leid, dass ich Sie habe warten lassen. Ich bin Arin Reider.«

»Max Winter.« *Arin?*

Sie begrüßte mich mit kräftigem Händedruck. »Mein Rechtsanwalt, Hendrik Rupke, hat Sie mir empfohlen.« Auf mein Stirnrunzeln hin erklärte sie mir, Rupke sei Partner in der Kanzlei von Louis Vredeling.

Jetzt begriff ich den Zusammenhang. Ich hatte Thom Niessen, einem jungen Rechtsanwalt und inzwischen Schwiegersohn und angehender Nachfolger des alten Louis, einmal aus einer heiklen Lage geholfen. Seitdem äußerte er seine Dankbarkeit, indem er mir regelmäßig Klienten vermittelte. »Was kann ich für Sie tun?«, fragte ich.

Ihre dunklen Augenseen musterten mich so lange, dass es schon fast peinlich wurde. »Gut«, sagte sie dann. »Kann ich Ihnen eine Tasse Tee anbieten?«

»Nein, vielen Dank. Was meinen Sie mit ›gut‹?«

»Für mich ist der erste Eindruck wichtig.«

»Dabei ist kaum etwas so trügerisch.«

»Aber in diesem Fall doch nicht?«

Ihre Frage suggerierte Gegenseitigkeit. Mein erster Eindruck war jedoch zwiespältig. Sie wirkte wie eine intelligente, selbstbewusste und äußerst attraktive Frau, doch neben der Sinnlichkeit, die sie gewiss ausstrahlte, umgab sie auch etwas Düsteres und Unnahbares, als sei die Zeit des ernsthaften Fotos von vor fünfundzwanzig

Jahren zu einem permanenten Rätsel geronnen. »Vielleicht meditiere ich nicht genügend«, sagte ich.

Sie lächelte nachsichtig. »Ich wahrscheinlich auch nicht. Was immer Henri auch sagt.«

»Jetzt bin ich aber gespannt.«

»Manchmal möchte ich ganz einfach allein sein. Dazu brauche ich kein Zen und keine Sitharmusik und die Menschen in meiner Umgebung halten die Chefin sowieso für ein wenig sonderbar.«

»Die Chefin?«

»Seit dem Tod meines Mannes bin ich Hauptaktionärin der europaweit größten Firma für Spezialverpackungsmaschinen.« Sie lächelte verbittert und durchquerte den Raum. »Schauen Sie mal eine halbe Stunde lang einer Maschine zu, die Teebeutel verpackt. Dann fangen Sie von selbst an zu meditieren.«

Sie bewegte sich, als wolle sie, dass ich mir ihres Körpers unter dem fließenden goldbraunen Kleid ständig bewusst sei. »Und worüber?«

»Den menschlichen Geist?«

Ihr Lächeln weckte in mir die Erinnerung, dass ich sie schon einmal gesehen hatte, im Fernsehen, in einem ähnlichen Kleid, nur in Schwarz, neben einem imposanten Mann im Smoking, der eine Auszeichnung als Exportgröße oder für irgendeine andere herausragende unternehmerische Leistung entgegennahm. Damals hatte sie dasselbe faszinierende Lächeln gezeigt, das weniger Stolz auf ihren Ehemann auszudrücken schien als innerliches Amüsement über die gekünstelte Zeremonie. Sie erinnerte mich an Prinzessin Irene, der sie zwar nicht ähnelte, die aber genauso ein Gesicht machen konnte und wahrscheinlich genauso unglücklich gewesen war.

»Joachim Reider«, sagte ich.

Das Lächeln verschwand. »Mein Mann ist vor drei Jahren verunglückt.« Ihre Stimme und ihr energischer Wink auf die Sessel gegenüber des Porträts drückten aus, dass sie keine nachträglichen Beileidsbekundungen wünschte. »Hier geht es um meine Tochter.«

Sie drapierte das Kleid über ihre hübschen Knöchel und wir saßen nebeneinander und studierten das Foto wie zwei Kunstliebhaber in einem geräuschlosen Museum.

»Die Stille dient dazu, sie besser hören zu können«, erklärte sie nach einer Weile.

»Sie ähnelt Ihnen. Ich habe es für ein Jugendfoto von Ihnen gehalten.«

»Siroun war damals achtzehn. Sie ist jetzt fast einundzwanzig.«

»Siroun?« Sie wirkte nicht wie eine Frau, die sich von der Mode fremdländischer Vornamen leiten ließ, obwohl ihr eigener ebenfalls ungewöhnlich klang.

»Siroun ist Armenisch und bedeutet ›lieblich‹«, erklärte sie. »Sie wurde nach ihren beiden Großmüttern genannt, Rosa Siroun. Mein Mädchenname lautet Bodosian. Sie suchen doch auch nach vermissten Personen?«

»Ja, aber wenn sie schon einundzwanzig ist … Haben Sie sich gestritten?«

»Ich kann mich nicht erinnern, mich jemals mit Siroun gestritten zu haben. Haben Sie Kinder?«

»Ja, einen Sohn in Neuseeland und eine ganz kleine Tochter.«

»Dann wissen Sie, was das bedeutet.«

Ich verstand sie nicht. »Mit meinem Sohn habe ich wenig Kontakt, außer dann und wann einen Brief. Ich habe ihn schon seit zehn Jahren nicht mehr gesehen.«

Sie war zu sehr mit ihrer eigenen Geschichte beschäftigt, um sich für meine zu interessieren. »Ein Kind bewirkt, dass man in ständiger Angst lebt, für den Rest seines Lebens von dem Moment an, in dem es geboren wird«, sagte sie. »Es ist so verletzlich. Man findet es auf dem Bauch in der Wiege und das Herz steht einem still. Es klettert aus seinem Laufstall, fällt auf den Marmorfußboden, und man denkt, es wäre tot. Es geht in die Schule, man weiß nicht, mit wem es Umgang hat, es fährt in einem Auto mit, jeden Moment kann es einem entrissen werden. Sie kommt zu spät nach Hause und unterbewusst wartet man auf einen Anruf mit der Nachricht, dass sie tot ist. Man redet sich ein, diese Erwartungshaltung sei ein Mittel, um sich auf den Schock des Verlusts vorzubereiten, ein Mechanismus, der einem zu überleben hilft. Doch wenn es so weit ist, gibt es nichts mehr, was man sich einreden kann, und man steht der Situation völlig schutzlos gegenüber.«

Ich betrachtete ihr Profil. »Sie brauchen nicht gleich das Schlimmste zu befürchten, solange sie nur vermisst wird«, sagte ich.

Sie lächelte dem Porträt rätselhaft zu. »Hinterher wurde mir natürlich klar, dass ich den Schock nur überleben konnte, weil sie noch lebt.«

Vielleicht saß sie zu oft vor der Teeverpackungsmaschine. »Ich kann Ihnen nicht folgen«, sagte ich.

»Ich träume von ihr«, sagte sie. »Es sind unruhige Träume, sie ist sehr durcheinander und orientierungslos.« Sie schwieg und wies mit einem Nicken auf das Porträt. »Die Quelle des Bewusstseins sind die Organe, in erster Linie das Gehirn, aber der Sitz der Seele ist das Herz.«

»Ist Ihre Tochter verstorben?«

»Das versuche ich Ihnen ja zu erklären«, sagte sie. »Sie saß bei meinem Mann im Auto.«

»Vor drei Jahren?«

Sie wandte kurz den Blick ab. »Am vierten Januar, nachts, kurz hinter Utrecht. Ein betrunkener Autofahrer.«

Bevor sie sich wieder dem Porträt zuwandte, sah ich einen Funken der Wut in ihren Augen aufblitzen. Oder der Entschlossenheit, manchmal kann man den Unterschied nicht erkennen. »Was genau erwarten Sie von mir?«, fragte ich.

»Ich möchte, dass Sie ihr Herz finden.«

Die Stille legte sich bleiern über den Raum. Mir kam nichts Besseres in den Sinn, als einfältig zu wiederholen: »Ihr Herz?«

»Ja, ist das ein Problem?«, fragte sie, als besprächen wir das ganz alltägliche Aufspüren einer vermissten Person.

Ich fing an zu begreifen. »Wurde ihr Herz transplantiert?«

»Als Siroun noch zur höheren Schule ging, kam sie eines Tages mit so einer Broschüre der Stiftung für Organspende nach Hause, sie hatten einen Informationsnachmittag gehabt. Das war mir ganz entfallen.«

»Und Sie wussten nicht, dass sie sich als Organspenderin hatte registrieren lassen?«

»Nein.« Eine verbitterte Pause. »Das kam mir gar nicht in den Sinn. Ich dachte, man müsse für so etwas doch wenigstens volljährig sein, aber inzwischen weiß ich, dass selbst ein zwölfjähriges Kind sich eintragen lassen kann. Sie trug auch keinen Organspendepass bei sich, davon hätte ich garantiert gewusst, aber es reicht offenbar, dass man in ein zentrales Register aufgenommen wurde.«

Das klang ziemlich missbilligend.

»Besitzen Sie selbst einen solchen Ausweis?«

»Nein.«

Eine dumme Frage. Diese Frau glaubte, dass das Herz der Sitz der Seele war. Als ihre Tochter an jenem Nachmittag aus der Schule kam, hatte sie sicher ebenso ablehnend reagiert, was für Rosa womöglich der Grund gewesen war, ihr zu verschweigen, dass sie sich aus Solidarität mit dem Rest der Klasse hatte registrieren lassen. Es fiel mir auf, dass sie ihre Tochter kein einziges Mal Rosa nannte, obwohl dies ihr erster Name war. Für alle anderen war das Mädchen wahrscheinlich einfach Rosa Reider gewesen.

»Irgendjemand lebt mit dem Herzen Ihrer Tochter«, sagte ich. »Und Sie möchten, dass ich diese Person aufspüre. Warum?«

Sie zögerte, doch ihr erster Eindruck hatte ihr vielleicht auch verraten, dass ich kein Roboter war. »Sie braucht mich«, sagte sie.

»Möchten Sie wissen, ob es an der richtigen Stelle ist?«

»Darum geht es nicht.«

»Worum dann? Um Reinkarnation?«

Sie erhob sich mit einem Ruck. »Sie sollten nicht spotten.«

Ich stand ebenfalls von meinem Sessel auf und kehrte dem Porträt den Rücken zu, um ihr in die Augen schauen zu können. »Ich spotte nicht«, erklärte ich. »Aber ich kann keinen Auftrag annehmen, ohne zu wissen, was ich tue und warum.«

Ich liebe die Stille. Discos und Supermärkte vermitteln mir häufig das Gefühl, dass Stille ein Attribut des Himmels ist. In manchen Städten gibt es spezielle Stillezentren, kapellenartige Räumlichkeiten, in denen man für kurze Zeit dem Tumult der Kalverstraat oder Hoog Catharijne entgehen kann. In einem solchen Andachtsraum herrscht normale Stille. Hier jedoch herrschte die totale Stille, in einem Zimmer, in dem sich nur ein Porträt, eine armenische Frau und ich befanden. Als keiner von uns etwas sagte, begann die Stille so ohrenbetäubend zu dröhnen, dass ich mich nach einer Weile fragte, ob die Hölle nicht dem Himmel vorzuziehen war.

»Ich habe niemanden mehr«, erklärte Arin Reider schließlich. »Ich bin reich und allein. Siroun war alles, was ich besaß. Sie lebt noch, in ihrem Herzen. Sie versucht, in meinen Träumen Kontakt zu mir aufzunehmen. Ich spüre, dass sie Hilfe braucht.« Wieder schwieg sie für einen Augenblick und sagte dann, als wolle sie mir entgegenkommen: »Vielleicht hat die Frau, die ihr Herz trägt, Hilfe nötig. Ich kann ihr helfen, ich habe keinen anderen Erben.«

Die Menschen brauchen von jeher mehr als das, was das normale Leben zu bieten hat, vielleicht weil sie selten an sich selbst genug haben. Wir kämpfen uns durch eine Epoche der Sekten, der Religion und der fanatischen Auswüchse, als seien wir zurückgefallen in die dunklen Jahrhunderte der Kreuzzüge und der Inquisition. In früheren Jahren hatten sich ganze Bevölkerungsgruppen eifrig mit spiritistischen Experimenten, Telepathie, Ufos, übersinnlichen Wahrnehmungen und Wunderheilern beschäftigt. CyberNel war so sensibel wie ein FBI-Profiler für Atmosphären und Stimmungen und dafür, was die Wände rund um einen Tatort ihr verrieten, und auch ich hatte Träume, die ich schwer erklären konnte. Zum Beispiel von einem Freund, der Abschied von mir nahm. Am nächsten Tag erfuhr ich, dass er in derselben Nacht verunglückt war. Ein Parapsychologe erklärte mir, dass der Geist in Verwirrung geraten kann, wenn er durch ein gewaltsames, plötzliches Ereignis aus dem Leben gerissen wird, und dass er eine Zeit lang orientierungslos umherirrt, weil er den Weg zu seinem nächsten Ziel nicht finden kann.

Vielleicht war es Rosa Siroun ähnlich ergangen.

Aber vielleicht sollte ich die Metaphysik auch einfach vergessen und mit den Füßen auf dem Boden bleiben. Vielleicht suchte Arin Reider Bodosian nach einem Erben, das war wenigstens etwas Konkretes. Eine einsame Frau, die in der Hölle ihrer Stille lebte. Sie wollte ihre Tochter wiederhaben, oder jemanden, in dem sie ihre Tochter sehen konnte, eine Illusion von Verwandtschaft, eine Stellvertreterin.

»Bei dem Empfänger kann es sich ebenso gut um einen Mann handeln«, bemerkte ich.

»Es ist eine Frau«, erwiderte sie.

»Hat man Ihnen das gesagt?«

»Nein, das braucht man mir nicht zu sagen.« Sie ging abrupt zur Tür. »Wir können nebenan weiterreden.«

Ich seufzte und warf einen letzten Blick auf das Porträt. Ein normaler Auftrag wäre mir lieber gewesen, eine vermisste Tochter, die von ihrer Mutter genug hatte und in eine Sekte von Gehirnwäschern gelockt worden war oder sich Hals über Kopf in einen Langstrecken-Solosegler verliebt hatte, sodass Nel und ich endlich einmal auf die Jungferninseln kamen. Außerdem sehnte ich mich inzwischen nach der normalen Welt, in der man eine Viertelstunde herumkurven musste, um einen Parkplatz an der Gracht zu ergattern, ja sogar nach der Radkralle, die man mir inzwischen garantiert verpasst hatte, nach frischer Luft, der Straße nach Rumpt, den Armen und dem klaren Kopf von CyberNel.

Wir überquerten den Flur und betraten einen Raum, der ebenfalls zur Vorderseite hin lag und ein großes Fenster auf die Gracht besaß. Die Stille wirkte hier weniger drückend, vielleicht weil es sich um ein Direktionsbüro handelte, mit lebendigen Dingen wie einem Telefon auf dem antiken Schreibtisch, einem Computer, einem Monitor, über den Kurse und Börsenberichte wanderten, einem Konferenztisch, Büchern, Dokumenten, einer Luftaufnahme von einer Fabrik in Zaandam. Arin Reider schaltete den Monitor aus. Sie sah, dass ich die Luftaufnahme betrachtete, und sagte: »Ich fahre nie mehr dorthin. Wenn die Direktion mich geschäftlich braucht, kommt man hierher zu mir.«

Wir saßen an dem Konferenztisch, sie am Kopfende. Ich zückte mein Notizbuch, wählte einen Kugelschreiber mit dem Logo *Reider Industries* aus einem Lederbehälter auf dem Tisch und notierte mir das Datum des Unfalls.

»Das wird nicht einfach werden«, gab ich zu bedenken. »Soweit ich weiß, sind Organspenden anonym. Die Familie erfährt nie, wohin ein Organ gelangt ist, wobei das überall in ganz Europa sein könnte, und der Empfänger erfährt nie, woher es stammt. Das ist gesetzlich so geregelt, wahrscheinlich um ein Anliegen wie ihres von vornherein zu verhindern. Nicht jeder hegt gute Absichten.«

»Man hat mir viel Positives über Ihren Einfallsreichtum berichtet«, erwiderte sie.

»Über welche Informationen verfügen Sie genau?«

»Lediglich das Datum des Unfalls.«

»Wurde nur ihr Herz transplantiert?«

Ihr Gesicht wurde ernst. Bevor sie den Blick abwandte,

sah ich, dass ihre Augen feucht wurden, und ihre Stimme stockte kurz. »Es war ein furchtbares Unglück. Mein Mann war auf der Stelle tot. Der Körper meiner Tochter war schlimm zugerichtet, nur ihr Herz war unversehrt. Als wollte es nicht sterben.« Sie schwieg einen Augenblick. »Wussten Sie, dass das Herz der Johanna von Orléans das Einzige von ihr war, was nicht verbrannt werden konnte?«

Ich dachte an mittelalterliche Pathologie und exaltierte Geschichtsschreibung und schüttelte den Kopf. Mich überkam nicht nur das Bedürfnis nach Lärm, sondern auch nach einem Schnaps. »Haben Sie Ihre Zustimmung zur Transplantation erteilt?«

Das brachte sie auf den Boden der Tatsachen zurück. »Nein.«

»Bei Spendern über sechzehn ist das auch offiziell nicht nötig, aber ich dachte, dass dennoch stets die Eltern oder andere Angehörige gefragt würden, und sei es nur als Akt der Höflichkeit.«

»Sie haben es versucht, konnten mich aber nicht erreichen.«

Ich runzelte die Stirn. »Warum nicht?«

»Ich war in Armenien.« Wieder schwieg sie für einen Moment. »Ich erfuhr es zwei Tage später von meinem Anwalt, da war schon alles zu spät. Ich kam gerade noch rechtzeitig zur Beisetzung.«

»Ist Ihr Anwalt dieser Meneer Rupke?«

»Ja.«

»Konnte er nicht mehr herausfinden?«

Sie schüttelte den Kopf. »Rupke erledigt nur geschäftliche Angelegenheiten, und ich habe ihm nicht erzählt, wofür ich einen Privatdetektiv benötige. Dabei will ich es vorläufig auch belassen. Ich verlange absolute Diskretion.«

Ich nickte. Ich sah schon die Boulevardblätter vor mir. *Mutter sucht Herz ihrer Tochter.* »Sie hören von mir.«

»Sie müssen sie vor September finden«, sagte sie.

»Was ist im September?«

»Sirouns einundzwanzigster Geburtstag. Wir hatten vor, ihn in Armenien zu feiern.« Sie zögerte einen Moment. »Wir wollten für immer dort bleiben.«

»Für immer?«

»Wir haben dort ein Projekt ...« Ihre dunklen Augen. »Dort liegen unsere Wurzeln.« Sie lachte leise, sie war jetzt freundlicher. »Vielleicht meinen Sie, Armenier hätten keine Wurzeln. Wir sind das am weitesten verstreut lebende Volk der Welt, daran sind hauptsächlich die Türken schuld. Meine Familie lebte in Frankreich. Vor sechs Jahren bin ich das erste Mal nach Armenien gereist, zusammen mit Siroun. Damals war sie vierzehn. Wir waren kaum angekommen, da wusste ich, dass wir dort hingehörten.«

»War Rosa der gleichen Meinung?«

Ich hatte wohl etwas Falsches gesagt. »Mir wäre es lieber, wenn Sie sie Siroun nennen würden.«

»Haben Sie sie immer so genannt?«

»Anfangs nicht ...« Sie sprach den Satz nicht zu Ende. »Joachim und ich hatten vor, uns scheiden zu lassen«, fuhr sie dann fort. »Aber das spielt ja jetzt keine Rolle mehr. Sein Tod macht alles einfacher.«

Das klang ziemlich kalt und so konterte ich mit einer sachlichen Frage. »Finanziell gesehen?«

»Wir hätten uns schon geeinigt. Er wusste von unserem Projekt. Ich bin schon seit Langem dabei, mich von dem

Betrieb unabhängig zu machen. Finanziell gesehen.« Sie lächelte ein wenig spöttisch. »Mit Ihren Bedingungen bin ich einverstanden.«

»Aber ich habe sie Ihnen doch noch gar nicht genannt.«

»Ich werde zehntausend Euro auf Ihr Konto überweisen«, sagte sie. »Ich nehme an, wir sehen uns, bevor dieser Betrag aufgebraucht ist? Sonst lassen Sie es mich einfach wissen.«

Reichtum ist doch etwas Schönes. Ich schrieb ihr meine Bankdaten auf und behauptete, sie würde ordentliche Abrechnungen erhalten.

Wir verließen den Raum. Ihr Kleid rauschte vor mir her die Treppe hinunter. Henri, der Hausdiener, war nirgends zu sehen. Der Lärm und die Geräuschfetzen der normalen Welt drangen gedämpft durch das Holz oder die Spalten der Eingangstür herein. Vielleicht hatte Arin Reider vor einiger Zeit entdeckt, dass ihr Leben eine recht willkürliche Größe war, und hatte sich auf die Suche nach einem Anker begeben, einem Halt, einem armenischen Projekt, irgendetwas für ihre und mit ihrer Tochter. Ohne die Tochter verlor das Projekt seine Bedeutung, doch sie träumte weiter, in dem Wahn, dass ein *Ding* sie glücklich machen konnte.

»Ich hoffe, dass Sie sie bald finden«, sagte sie.

»Ich werde mein Bestes tun.«

Sie nickte. Wahrscheinlich ahnte sie, dass ich an ihren Motiven zweifelte, denn bevor sie mir die Tür öffnete, fügte sie hinzu: »Ich will nur das Beste für die Trägerin von Sirouns Herz.«

Wow, dachte ich. Das Herz und das Vermögen.

5

»Schickt ruhig eine gesalzene Rechnung«, sagte Nachbar Harm Bokhof, als ich ihn abends beim Nachhausekommen mit CyberNel im Heuschober antraf.

Ich grinste ihn an. »Und das aus dem Mund des Vorsitzenden!«

Er zog ein Gesicht wie eine scheinheilige Bulldogge. »Die können sich das leisten.«

»Ich habe nicht viel mehr getan, als eine Nacht in den Computern herumzuschnüffeln«, meinte Nel bescheiden.

Ich fuhr mit einer Hand durch ihr braunes Haar, das länger und glänzender geworden war. CyberNel war noch immer meine kapriziöse kleine Freundin mit den klugen grünen Augen, dem Wölkchen Sommersprossen um die Nase und dem messerscharfen Verstand. Das einzig Neue seit ihrer Mutterschaft war, dass sie sich weniger bereitwillig Kugeln oder Fäusten entgegenwarf und dann und wann besorgt über die überbevölkerte Welt voller Terroristen und Fundamentalisten philosophierte, in der Hanna Cornelia aufwachsen musste.

Harm Bokhof, einer der großen Obstbauern, hatte mir schon früher einmal Arbeit im Zusammenhang mit vermuteten Unregelmäßigkeiten bei der Kooperative Obstversteigerung besorgen wollen, deren Vorsitzender er war. Es war nur ein unbedeutender kleiner Auftrag, und ich wusste, dass Harm ihn uns vor allem deswegen zuschanzte, weil er glaubte, wir verdienten nicht genug. Er würde mich lebenslang begünstigen, weil ich ihm damals, als er des Mordes an meiner ehemaligen Nachbarin verdächtigt wurde, viel Ärger erspart hatte. Er hatte ein wasserdichtes Alibi gehabt, das ihn jedoch sowohl seinen guten Ruf als Mitglied des Kirchenbeirats als auch seine Ehe gekostet hätte, wenn die Details publik geworden wären. Da ich inzwischen ahnte, wer der wirkliche Täter war, wurde die Tatsache, dass sich Harm dienstagnachts regelmäßig mit seiner Lieblingsprostituierten in einem Sexclub amüsierte, was mich betraf, irrelevant, aber Harm blieb felsenfest davon überzeugt, dass ich mich unglaublich anstrengen musste, um seine Eskapaden geheim zu halten. Seitdem lieferte er uns seine Dankbarkeit regelmäßig frei Haus: in Form von Äpfeln, Birnen und Wagenladungen Brennholz, denn so geht es nun mal auf der Welt.

Das bisschen Arbeit hatte Nel erledigt.

»Hast du etwas gefunden?«, fragte ich.

»Ja. Eine Ladung Obst, Handelsklasse B, verwandelt sich irgendwo auf dem Weg zur Versteigerungsglocke in Klasse D, gut für die Musfabrik, wird aber vor dem Transport zum Großhändler wieder zu B. Die Differenz bleibt irgendwo hängen. Die sind schlau genug, das nur zwei-, dreimal pro Jahr zu machen, und dann nur mit Ware von den Großbauern, die zehn Partien gleichzeitig versteigern und nur auf den Endbetrag schauen. Ich bin zufällig dahinter gekommen, weil die vergessen haben, die alten Anlieferlisten zu vernichten. Auf denen notieren die Bauern selbst eine vorläufige Klassifizierung, die Leute wissen ja ungefähr, was sie verkaufen.«

Ich hatte keine Ahnung, wovon sie redete, aber Harm natürlich schon. »Kleine Fische«, sagte er. »Einer von den Warenprüfern, ich weiß auch schon, wer. Er macht fifty-fifty mit einem Großhändler.« Er steckte Nels Bericht in die Innentasche und ging zur Tür.

»Betrug? Polizei? Gefängnis?«, fragte ich.

Das bremste ihn. »Und womöglich auch noch Presse und Fernsehen?« Er klopfte auf seine Innentasche. »Schickt ihr das an die Polizei?«

»Der Klient erhält die einzige Kopie«, erklärte Nel. »So gehört sich das.«

»Und der Klient kümmert sich um die Angelegenheit«, sagte Harm.

»Willst du damit sagen, dass in Kürze jemand mit Gipsbeinen durch die Versteigerungshallen hinkt?«

Er lachte, ohne beleidigt zu sein. »Solltet ihr mal wieder eine flaue Auftragslage haben, suche ich euch ganz schnell ein paar neue Klienten.«

»Ist unsere Auftragslage flau?«, fragte Nel mich.

Ich zuckte mit den Schultern. »Ab sofort beschäftigen wir uns mit Metempsychose.«

»Mit was?«, fragte Harm.

»So was Ähnliches wie Reinkarnation«, riet Nel. »Genau wie die Sache mit den Äpfeln.«

»Ich stelle euch morgen eine schöne Kiste vor die Tür«, versprach Harm.

CyberNel schloss die Tür des quadratischen Häuschens, das nicht viel mehr als ein Reetdach auf vier Balken gewesen war, bis Harm Bokhof entdeckte, dass Obst mehr einbrachte als Milch, und Touristen mehr als Heu. Nach dem Mord an der ersten Bewohnerin hatten wir es von ihm gemietet, wegen der zusätzlichen Gästezimmer und vor allem als Büro für Nel und ihre Computer.

Wir schlüpften durch die Lücke in der Hecke hinüber zu unserem Haus und ich blieb im Mondlicht mit ihr stehen und küsste sie auf den Mund. Die Nacht war kühl.

Eine Kröte quakte unter dem Lavendel und man hörte Geflatter in einer der Pappeln, in der junge Stare so lange Unfug trieben, bis einer von ihnen aus dem Nest fiel.

»Was hast du vor?«, fragte Nel.

Ich knöpfte ihre Bluse auf, unter der sie nichts anhatte, und zog sie vorn auseinander. Ihre Brüste glänzten mattsilbrig. Ich zog sie in die Arme und beugte mich nach vorn, um sie zu küssen. Nel hörte auf zu kichern, griff mich fest an den Schultern und sagte: »Es gibt Frost.«

»Als ich heute Morgen losgefahren bin, hatten wir den 12. Juni.«

Ich schob eine Hand an ihrem Rücken hoch, um sie noch dichter an mich zu ziehen. Es war ein langer Tag gewesen. Erst war ich nach Groningen gefahren, wo ich meine Tochter abgeliefert hatte, und von da aus über den Abschlussdeich nach Amsterdam.

»Der Mond!« Nel zog an meinem Kopf. »Schau doch selbst.«

Ich richtete mich auf, sie in meinen Armen haltend, und schaute hoch. Der Mond sah hart und kalt aus und war umgeben von einer merkwürdigen Aura, nicht diesem nebligen, nahen Dunst, der Regen prophezeit, sondern einem haarscharfen Ring winterlichen Silbers, breiter, als ich je gesehen hatte. Er bedeckte den halben Himmel.

»Das bedeutet Frost«, meinte Nel.

»Im Juni?«

»Schnee in Algerien, Überschwemmungen, Vulkanausbrüche«, sagte Nel.

»Du klingst ja wie die Offenbarung des Johannes. In einer Stunde ist das wieder weg.«

Nel erschauerte. »Es ist ein Omen«, flüsterte sie.

Wir schalteten das Licht ein. Nel knöpfte ihre Bluse zu und ging schnurstracks zu meinem Schreibtisch und ans Telefon. Sie blickte sich nicht um, ob das Omen noch zu sehen war.

»Schläft sie?«, fragte sie in den Hörer. »Ist alles gut gegangen?«

Sie hörte eine Weile ihrer Mutter zu und versprach, jeden Tag anzurufen.

»Sorry hat es schon wieder getan«, erzählte ich, um sie aufzuheitern. »Wir kommen rein, dein Vater und deine Mutter haben nur Augen für Hanna und fangen an, sie zu knuddeln und zu betütteln, und Sorry steht mit puterrotem Gesicht daneben, weil sie denkt, dass man sie ganz vergisst, und dann streckt sie die Hand aus und sagt: ›Sorry, mein Name ist Corrie.‹ So wahr ich hier stehe!«

»Ich hoffe, es passiert nichts«, sagte Nel.

»Jetzt komm schon. Sie hat ihr eigenes Kindermädchen, das sogar bei ihr schläft, im ehemaligen Zimmer deiner Schwester. Tagsüber spazieren sie mit dem Kinderwagen durch das Dorf und geben mit ihr an. Deine Eltern sind überglücklich und Feerweerd ist wahrscheinlich der sicherste Ort der Welt.«

»Sie ist nicht geimpft.«

»Nel.« Ich zog sie die zwei Stufen hinauf ins Wohnzimmer, führte sie zum Sofa und schenkte zwei Gläser Cognac ein. Nel war noch nie einen Tag ohne Hanna gewesen, geschweige denn zwei Wochen, sie brauchte eine Weile, um sich daran zu gewöhnen. Nach ein paar weiteren Besuchen würde sie vielleicht normaler reagieren, aber Mütter sind merkwürdige Wesen. Ich dachte an Arin Reider und ihre lebenslangen Ängste. Sie fallen immer aus Laufställen.

Wir hatten Pläne für eine Tour durch Andalusien geschmiedet und Hannas Großeltern bettelten schon seit Wochen, ob ihre Enkelin sie nicht einmal für eine Weile besuchen kommen könne. Meiner Meinung nach wusste Nels Mutter noch sehr gut, wie man mit einem Kleinkind umgehen musste, doch Nel hatte beschlossen, dass Corrie mitfahren sollte, um ihren Eltern nicht zu viel Arbeit zuzumuten. Corrie war die älteste Tochter einer der letzten einheimischen Familien in unserem Dorf am Deich. Sie hatte als Babysitter bei uns angefangen und war inzwischen zur Haushaltshilfe und zum Ganztags-Kindermädchen aufgestiegen, eine tüchtige, aber schüchterne Heuschrecke, die ihre Sätze meist mit *Sorry* begann, weshalb wir ihr diesen Spitznamen gegeben hatten.

Nel trank ein Schlückchen von ihrem Cognac. »Hast du schon was gegessen?«

»Du wirst es nicht glauben«, sagte ich. »Mia hat mir einen strammen Max angeboten, aber ich hatte keine Zeit und bin stattdessen zu einem McDonald's Drive-in gefahren, wo all die hübschen Mädchen an den Schaltern sitzen. Zwei Cheeseburger, ein Erdbeermilchshake. Du ahnst ja gar nicht, wie lecker das schmeckt.«

»Du meine Güte«, sagte Nel. »Was wolltest du bei Mia?«

»Ich brauchte Barts neuen Zugangscode. Ich wollte ihm erklären, warum, und wenn ich das am Telefon getan hätte, hätte er sich noch mehr wie ein ausgenutztes Waisenkind gefühlt. Du weißt ja, wie er ist. Er hat mich eindringlich gebeten, dir ans Herz zu legen, keine dummen Scherze mehr in den Computern zu hinterlassen, weil ihm sonst garantiert die Kollegen von der Kripo auf den Pelz rücken und er es mit ausbaden muss. Um die Pille zu versüßen, habe ich sie für ein Wochenende im Juli zu uns eingeladen.«

»Wozu brauche ich seinen Zugangscode?«

»Damit du ohne tagelanges Herumfummeln reinkommst, schließlich wollten wir doch auch noch nach Spanien.«

Sie zog eine Augenbraue hoch. »In die Polizeicomputer?«

»Du kannst ihn selbst fragen. Sämtliche Codes wurden erneuert, und du wirst in null Komma nichts erwischt. Außerdem musst du in Krankenhauscomputer rein oder in die von der NTS.«

»Ist das ein Fernsehsender?«

»Nein, die Niederländische Transplantationsstiftung.«

Sie schwieg einen Augenblick. »Um eine vermisste Person aufzuspüren?«

»Das Mädchen wird nicht vermisst. Sie ist vor drei Jahren verunglückt, aber ihre Mutter glaubt, dass sie noch lebt, in gewissem Sinne.«

Ich erklärte es ihr. CyberNel schaute mich ungläubig an. »Ihr Herz? Ich verstehe ja, dass die Frau trauert, aber das ist wirklich verrückt.«

»Wir haben schon verrücktere Aufträge gehabt.«

Sie trank ein wenig Cognac und sagte: »Finde ich nicht.«

Ich lachte. Nel hatte Recht, viel verrückter konnte es nicht werden. »Wir brauchen den Polizeibericht und den des Krankenhauses. In den Niederlanden werden Transplantationen nur im Erasmus-Krankenhaus in Rotterdam und im Universitair Medisch Centrum in Utrecht durchgeführt. Der Unfall geschah auf dem Weg von Zeist nach Utrecht, und die Klientin sagte, ihr Mann und ihre Tochter wurden dorthin ins Krankenhaus gebracht.«

»Ist das alles, was sie weiß? Musste sie nicht ihre Zustimmung geben?«

»Das Mädchen war achtzehn, und in dem Fall braucht das Krankenhaus die Zustimmung der Angehörigen nicht. Außerdem war die Mutter in Armenien, also nicht erreichbar. Sie kam gerade noch rechtzeitig zur Beerdigung.«

»Keine anderen Verwandten?«

Ich schüttelte den Kopf.

»Was machten ihr Mann und ihre Tochter mitten in der Nacht auf der Straße von Zeist nach Utrecht?«

»Keine Ahnung.«

CyberNel runzelte die Stirn. »Die Klientin muss sehr attraktiv sein.«

»Sie ist ziemlich sexy. Wieso?«

»Weil sie es geschafft hat, dich die grundlegenden polizeilichen Fragen vergessen zu lassen. Was tat sie in Armenien?«

»Ich weiß es wirklich nicht. Sie ist Armenierin und betreibt dort irgendein Projekt.«

»Mit wem war sie dort?«

»Nel, bitte. Wir suchen ein Herz, wir wollen kein Komplott aufdecken.«

»Und was wissen wir über den Ehemann? Gab es Probleme in der Ehe? Hat sie einen Liebhaber?«

Das meinte ich damit, dass Nel scharfsinniger ist als ich und schneller. »Es war von Scheidung die Rede«, musste ich zugeben.

»Und es geht um Millionen.« Sie schwieg einen Moment. »Wenn es keine anderen Verwandten gibt, kamen sie also nicht vom Geburtstag einer Tante in Zeist.«

»Du kannst sie ja bei Gelegenheit selbst fragen.«

Sie machte ein Sphinx-Gesicht wie früher, als ich sie

noch nicht so gut kannte. »Das werde ich garantiert tun«, sagte sie.

Das Glas in meiner Hand wurde warm und ich trank es aus. »Unser Auftrag besteht darin, das Herz zu suchen.«

»Okay.«

»Es gibt eine Warteliste von Patienten, die ein Spenderherz brauchen. Normalerweise hätte der Empfänger am Tag des Unfalls ganz oben auf dieser Liste stehen müssen.«

Nel schüttelte den Kopf. »Und was ist mit Eurotransplant? Soweit ich weiß, könnte es theoretisch auch eine Frau in Slowenien bekommen haben.«

»Warum eine Frau?«

»Warum nicht?«

Sie schaute mich genauso erstaunt an wie Arin Reider. Als käme selbstverständlich nur eine Frau infrage. »Ein Herz ist ein Herz«, bemerkte ich.

Nel schüttelte den Kopf. »Ein Frauenherz schlägt schneller, um nur ein Argument aufzuzählen.«

Ich grinste.

»Ich weiß es ganz genau«, sagte sie dickköpfig.

»Und sonst? Es ist eine Pumpe, mehr nicht. Du hast Arin Reiders Vorstellung übernommen, dass es eine Frau sein müsse, weil sie sich eine Tochter zurückwünscht.«

Nel stand auf. »Ich mache mich aber erst morgen an die Arbeit, ich weiß zu wenig über Transplantationen.«

Ich wollte nicht, dass sie allein zu Hause hockte. »Die Feldforschungen betreiben wir gemeinsam«, beschloss ich.

»Außer an den Wochenenden«, erwiderte sie. »Da bin ich nämlich in Groningen.«

»Wenn wir den Auftrag schnell ausführen, schaffen wir es noch, nach Andalusien zu fahren.«

»Das glaube ich nicht«, erwiderte sie. »Wir haben diesen Fall und außerdem habe ich heute Nachmittag eine Einladung zu einer Konferenz über Musikpiraterie erhalten, nächste Woche Donnerstag und Freitag, in Breda. Da möchte ich gerne hin, dann kann ich am Samstag wieder in Groningen sein und am Montag Hanna mit nach Hause nehmen.« Sie wirkte plötzlich unsicher. »Ob ich nochmal kurz anrufen soll?«

»Unsinn, es ist fast zwölf Uhr, die schlafen alle schon.«

Trotzdem ging sie an meinen Schreibtisch statt ins Badezimmer.

»Nel!«, sagte ich, doch sie ließ den Hörer auf der Gabel liegen, drehte den Apparat um und fuhr über das kleine Rädchen auf der Unterseite.

»Ich stelle die Klingel ganz laut«, erklärte sie. »Sonst hören wir das Telefon oben nicht.«

Am liebsten hätte sie wahrscheinlich auf dem Boden neben dem Apparat geschlafen. Ich räumte die Gläser weg und dachte bei mir, dass dieser unerwartete Herz-Auftrag die perfekte Ausrede für mein Muttertier darstellte – von morgen an würde der Süden Spaniens in unüberbrückbare Ferne gerückt sein. Hoffentlich gewöhnte sie sich nicht erst in achtzehn Jahren an den Gedanken, dass Töchter ihre eigenen Wege gehen.

Ich schaltete das Licht aus und durch die Terrassentüren war wieder der helle Nachthimmel zu sehen. Der Mond war westwärts gewandert und sah ganz normal aus, ohne diesen unheimlichen Schicksalskreis.

6

Die Adresse in Beusichem erwies sich als umgebauter Bauernhof hinter knorzigen Linden entlang einer Straße, die zum Deich an den Überschwemmungsgebieten des Leks hinaufführte. Die imposante Eingangstür wurde von hohen Fenstern mit dunkelgrünen Läden flankiert.

Ich parkte meinen BMW im Schatten der Linden und fuhr dann noch einen Meter weiter, weil Nel sonst nicht hätte aussteigen können. Sie sah heute sehr weiblich aus in ihrem blauen Sommerkleid und dem fuchsiafarbenen Pullover, den sie um die Schultern gelegt hatte. Seit wir in Rumpt wohnten, holte sie ihre schwarzen Jeansanzüge nur noch aus dem Schrank, wenn wir irgendwo einbrechen mussten oder hinter zwielichtigem Volk her waren.

Niemand reagierte auf das Läuten der altmodischen Zugklingel. Vielleicht ging es in diesem Dorf genauso zu wie in unserem gemütlichen Rumpt, wo nur Steuerfahnder noch so weltfremd waren, an der Vordertür zu schellen. Wir hatten die Linge, hier hatten sie den Lek und eine Viehfutterfabrik, die ziemlich viel Lärm machte und die leichte Sommerbrise mit gärender Pulpe würzte.

»Vielleicht ist Nummer zwei auch gestorben«, murmelte ich.

»Nach drei Jahren sind achtzig Prozent noch am Leben«, erwiderte Nel.

»Wir erwischen öfter die falsche Seite der Statistik.«

CyberNel gehörte einer weltweiten Bruderschaft von Hackern und Cybernauten an, die sich Hintertürchen in hunderten von Institutionen und Betrieben offen hielt.

Sie spielten sich Hinweise über Websites zu, zu denen gewöhnliche Sterbliche nie im Leben Zugang fanden. Nicht einmal die genialen Freimaurer hatten es geschafft, in die hermetisch abgesicherte aktuelle Warteliste der Herzpatienten einzudringen, aber Nel war es nach viel Herumprobiererei mit ihrem deutschen HackMac-Programm und mithilfe eines Pflegers, der dicht bei der NTS-Quelle saß, gelungen, aus gelöschten Daten die Liste vom 1. Januar 2001 zu rekonstruieren. Der Unfall war am 4. Januar geschehen, daher durften wir annehmen, dass der Empfänger von Rosa Sirouns Herz ganz weit oben auf dieser Liste gestanden hatte.

Frederik Lessing aus Zevenaar war am 6. Januar 2001 in einem Arnheimer Krankenhaus gestorben. Nel fand heraus, dass sein Tod infolge eines Stillstands seines eigenen Herzens eingetreten war und nicht aufgrund einer missglückten Transplantation. Lessing war also aus irgendeinem Grund übergangen worden.

Die Zweite auf der Liste war Barbara Maria Steenwijk, 43 Jahre alt, wohnhaft in Ede. Ede klang gut, denn die Wahrscheinlichkeit war groß, dass die Frau Patientin des UMC in Utrecht war. Natürlich musste die Kreuzprobe, das so genannte Cross-match, ergeben, dass das Herz des Spenders für den Empfänger geeignet war, doch logisch denkenden Amateuren wie uns erschien es unsinnig, ein Herz über Eurotransplant anderswohin zu transportieren, wenn es eine geeignete Kandidatin gab, die oben auf der Liste stand und innerhalb einer Stunde im Krankenhaus sein konnte. Umso mehr, weil ein Spenderherz innerhalb von vier Stunden transplantiert werden musste.

Die Telefonnummer in Ede war nicht mehr gültig, doch als Nel nach einigem Hin und Her die neue Nummer zu der entsprechenden Adresse herausgefunden hatte, erfuhr sie, dass die Steenwijks gesund und wohlauf raus nach Beusichem gezogen waren. Der Mann wusste zwar ihre neue Nummer nicht, hatte aber die Adresse, weil er ihnen noch manchmal Post nachschickte.

Wir wandten uns zur linken Seite des Hauses, wo eine Einfahrt zu einem Carport führte. Es stand kein Auto darin. Ich klopfte an eine Seitentür, drehte am Knauf, öffnete sie einen Spalt und rief »Hallo«. Eine Katze schlüpfte an mir vorbei nach draußen. Wir folgten der Katze zu einer Wiese und einem Gemüsegarten hinter dem Haus. Gartenmöbel aus Holz, ein niedriges Gartenhaus und ein Stück weit entfernt ein Obstgarten mit altem Baumbestand.

Wir hörten ein Auto, als wir auf halbem Wege über den Rasen in Richtung Haus waren. Eine Frau stieg aus einem Toyota aus und öffnete den Kofferraum, um eine Tasche mit Einkäufen herauszuholen. Sie hob den Blick, offensichtlich erstaunt über die entlaufene Katze, die auf sie zurannte und ihr um die Beine strich. Dann sah sie uns. Gott sei Dank erschreckte sie sich nicht. Ich wusste nicht viel über transplantierte Herzen, aber Aufregung hielt ich für ungesund.

»Mevrouw Steenwijk?«

»Ja?«

Sie nahm die Einkaufstasche auf den Arm und lächelte uns freundlich zu. Sie hatte hellblondes Haar, das an Friesland oder Schweden erinnerte, kornblumenblaue Augen und ein rundliches Gesicht, eine gesunde Hautfarbe und die Fältchen einer erwachsenen Frau. Ihr Anblick machte mir bewusst, dass unsere Klientin bei dem Gedanken an das Herz ihrer Tochter sicher nie eine andere vor sich sah als eine achtzehnjährige Halbarmenierin von dunklem Typ. Gewiss würde sie für einen Moment aus der Fassung geraten, wenn sie einer stämmigen, hellblonden Friesin in ihrem eigenen Alter gegenüberstand, einer erwachsenen Frau mit eigener Geschichte und eigenen Auffassungen anstatt einer Ersatztochter und Erbin. Vielleicht würde Arin Reider-Bodosian schon bei der ersten Begegnung einsehen, dass die ganze Idee ein grotesker Irrtum war.

»Es hat niemand aufgemacht und ... Ich bin Nel van Doorn, das ist Max Winter.«

Die Frau nickte, die Hände um die Basttasche gelegt, und ging auf die Seitentür zu. »Was kann ich für Sie tun?«

»Wir würden uns gerne einen Augenblick mit Ihnen unterhalten«, sagte Nel. »Über Ihr Herz.«

Die Frau drückte die Tür auf. »Schreiben Sie, dass ich brav meine Medikamente einnehme und alle Kontrolltermine rechtzeitig wahrnehme.«

»Darum geht es nicht«, sagte ich.

Sie blieb stehen. »Geht es nicht um eine Untersuchung?«

»Nein, jedenfalls keine medizinische«, antwortete ich.

»Kommen Sie etwa von der soziologischen Fakultät?« Sie schaute mich an. Wir waren zu alt für Studenten. »Oder sind Sie Sozialarbeiter?«

Ich lächelte, weil ich mir manchmal wie ein Sozialarbeiter vorkam und man mir das womöglich inzwischen ansah. Die Unterwelt dagegen brauchte selten länger als eine Sekunde, um in mir den Polizisten zu erkennen. Es kam einfach darauf an, wer mich anschaute.

»Es geht um die Herkunft Ihres Herzens«, erklärte Nel.

»Ach, es kommen immer neue Doktorarbeiten und Forschungsprojekte«, sagte die Frau. »Inzwischen hat man sogar herausgefunden, dass wir kein Tüpfeljohanniskraut zu uns nehmen dürfen. Nicht dass ich das je getan hätte, aber offenbar verträgt es sich nicht mit dem Ciclosporin. Es wird viel geforscht, vor allem über die verschiedensten Formen von Abstoßungsreaktionen. Die Frage nach der Herkunft ist etwas Neues.« Sie seufzte und drückte mit der Tasche die Tür auf. »Dann kommen Sie doch einen Moment herein.«

Wir folgten ihr durch einen kleinen Flur in die ehemalige Tenne, die zu einem riesigen Wohnzimmer mit hohen Deckenbalken, offenem Kamin und einer Küche hinter einer gekachelten Bar umgebaut worden war.

»Ich räume nur kurz die Sachen weg.« Die Frau forderte uns mit einer Geste auf, uns an einen langen Holztisch gegenüber den Glastüren zum Garten zu setzen, und ging um die Küchenbar herum.

»Sie haben ein schönes Haus«, sagte Nel.

»Ja. Und sehr teuer. Wir sind erst vor kurzem hierher gezogen.« Sie lachte. »Mein Mann fand die Investition lohnend, weil ich nach Meinung der Ärzte wahrscheinlich zu den fünfzig Prozent gehöre, die nach zehn Jahren noch leben. Wenn man das schafft, sind auch zwanzig Jahre drin.«

»Sie haben Ihr Herz doch Anfang 2001 bekommen?«, fragte ich.

»Ja, das neue Jahr hatte gut angefangen. Sagen Sie ruhig Barbara zu mir. Soll ich Tee kochen? Ich habe Kräutertee.« Wieder lachte sie. »Allerdings kein Tüpfeljohanniskraut, nur normalen Lindenblütentee.«

»Den mögen wir gern«, behauptete Nel.

Barbara füllte einen Wasserkocher. »Ich bin inzwischen nicht mehr so schnell bereit, an all diesen Forschungsprojekten mitzuarbeiten«, bekannte sie dann.

»Ich verstehe«, sagte Nel.

»Das bezweifle ich.« Barbara drehte den Hahn zu und schaute CyberNel an. »Das heißt nicht, dass wir unsozial sind oder so etwas. Alles, was wir uns wünschen, ist, ein so weit wie möglich normales Leben führen zu können.«

»Wir?«

»Menschen wie ich. Wir stehen unter einem enormen Druck. Manche haben es nach einer Weile so satt, dass sie ihre Medikamente nicht mehr regelmäßig einnehmen und Kontrolltermine vernachlässigen. Ich glaube, das können nur Neuherzler verstehen.«

»Neuherzler?«

»Das Wort habe ich erfunden.« Sie hantierte mit der Teekanne.

»Es tut mir leid«, sagte Nel. »Sie haben Recht, ich kann es mir wirklich nicht so richtig vorstellen.«

Barbara setzte sich auf den Lehnstuhl am Kopfende des Tisches. »Man hat das Herz eines anderen erhalten«, sagte sie. »Jemand ist für mich gestorben, jedenfalls fühlt es sich so an, vor allem in der ersten Zeit. Man ist dankbar dafür, man verdankt dieser Tatsache sein Leben, aber auf der anderen Seite will man auch nicht jede Sekunde für den Rest seines Lebens daran erinnert werden. Man versucht, es als eine Pumpe zu betrachten. Ein Ersatzteilherz, das kann man verdrängen.«

»Überlebensinstinkt«, meinte Nel.

Barbara nickte. Ich hielt wohlweislich den Mund.

»Das Frustrierende ist, dass man dennoch jeden Tag daran erinnert wird, weil nichts mehr so ist wie früher.

Alles hat sich verändert. Bevor ich an Herzproblemen zu leiden begann, war ich Mitglied der ersten Volleyballmannschaft von Ede und joggte jeden Tag drei Kilometer.«

»Welche Probleme hatten Sie denn?«, fragte Nel.

»Das Hauptproblem besteht darin, dass es kein anderes Gesprächsthema mehr gibt.« Der Wasserkocher brodelte und schaltete sich mit einem Klicken aus. »Fibrose des Herzmuskels«, sagte sie von der Küche aus. »Andere wursteln sich jahrelang damit durch, aber für mich war eine Herztransplantation die einzige Chance. Ich stand nur ein halbes Jahr auf der Warteliste.«

Sie kehrte zurück und schenkte Tee in die Gläser ein. »Du darfst dies nicht, du darfst jenes nicht«, sagte sie. »Man muss eine Diät einhalten, Untersuchungstermine, zweimal am Tag eine Hand voll Pillen mit Wasser und Orangensaft schlucken. Man wünscht sich, man wäre ein Auto mit einem Austauschmotor.« Sie wandte sich an Nel. »Der Lebenswille ist stark. Aber manchmal zweifelt man, ob man *so* leben will.«

Wir schwiegen eine Weile und sie trank von ihrem Tee und lachte leise, als wolle sie sich für irgendetwas entschuldigen. »Aber es geht aufwärts«, sagte sie. »Die schweren Jahre liegen hinter mir. Ich arbeite wieder, drei Vormittage die Woche in einem Maklerbüro. Wir führen eine gute Ehe, womit ich meine, dass mein Mann nicht mehr so tut, als wäre ich aus Porzellan, und wir brauchen uns auch nicht mehr anzustrengen, um das Thema möglichst zu vermeiden. Ich will nicht klagen, nur weil ich den Himalaya nicht mehr besteigen kann.«

»Es tut uns leid, dass wir auch wieder das Gespräch darauf bringen«, sagte Nel.

Barbara nickte. Die Katze sprang auf den Tisch und

rollte sich neben ihrer Teetasse zusammen. »Ich weiß nichts über die Herkunft. So ist es gesetzlich geregelt und das ist auch am besten so. Die NTS darf keine Informationen über den Spender weitergeben, noch nicht einmal an meinen Arzt.« Ihre Augen verengten sich. »Sie kommen aber doch hoffentlich nicht von einer dieser Initiativen gegen Organspenden, oder?«

Ich schaute Nel an, die mit den Schultern zuckte. Ich zog meine Brieftasche hervor und reichte ihr meinen Ausweis der Firma Meulendijk. »Wir sind Privatdetektive«, erklärte ich.

Barbara verfiel in Schweigen. Sie gab mir den Ausweis zurück. »Was wollen Sie von mir?«, fragte sie dann.

»Unsere Klientin sucht das Herz ihrer Tochter.«

»Du lieber Himmel«, sagte Barbara.

»Genau«, entgegnete Nel.

Ich erkannte, dass Barbara sich unbehaglich fühlte. »Die Frau ist ja nicht ganz bei Trost, wenn sie an diese Geschichten von Claire Sylvia und Konsorten glaubt.«

»Wer ist Claire Sylvia?«, fragte Nel.

»Eine Schicksalsgenossin.« Barbara trat an den Bücherschrank. Es war offensichtlich, dass sie nicht wegen Claire Sylvia nervös war, wer immer das sein mochte. Sie holte ein Buch aus dem Schrank und die Katze erwachte mit einem Schrecken, als sie es zwischen uns auf den Tisch warf. *A Change of Heart.*

»Claire Sylvia hat selbst ein neues Herz bekommen und behauptet, sie sei nach der Operation ein anderer Mensch geworden, mit einer unbezähmbaren Lust auf Bier, Brathähnchen, Motorräder und jüngere Männer. Außerdem fing sie an, von einem jungen Mann namens Tim zu träumen. Organspenden sind zwar anonym, aber nach zweijähriger Suche fand sie die Familie des Spenders, ein achtzehnjähriger Junge, der tatsächlich Tim hieß. Sylvia spricht von einem zellulären Gedächtnis. Ich persönlich halte das für Unsinn. Forschungen zufolge berichten die meisten Neuherzler über keinerlei Veränderungen oder Einflüsse ihres neuen Herzens auf sie.«

»Und wie denken Sie über Ihr neues Herz?«, fragte ich.

Sie wirkte angespannt. Ich hatte das Gefühl, dass sie lieber über Transplantationen im Allgemeinen oder das schöne Wetter geredet hätte. »Nun ja«, sagte sie widerwillig. »Ich versuche schon, auf mein Herz zu hören, ich glaube, das tun wir alle. Und ich beobachte mich, ob ich neben den körperlichen auch andere Veränderungen spüre. Man hört nun einmal von diesen Geschichten. Habe ich plötzlich Appetit auf Erdnussbutter? Kommt es mir in den Sinn, eine Bank zu überfallen? Vielleicht habe ich mehr Lust auf Sex, das müssten Sie meinen Mann fragen.« Sie lachte spöttisch und sagte dann: »Manche Neuherzler geben zu, dass sich ihre Persönlichkeit verändert hat, fügen aber hinzu, dass das an der Operation liegt, dass sich dadurch ihre Sicht auf das Leben verändert hat. Und das glaube ich durchaus. Auch meine Einstellung zum Leben ist eine andere geworden.«

»Hat es Sie nie interessiert, wer der Spender war?«

Barbara streichelte abwesend die Katze. »Ich habe meine Neugier absichtlich unterdrückt«, sagte sie. »Man darf erfahren, ob es sich um einen Mann oder eine Frau gehandelt hat und wie alt die Person war, aber nicht einmal danach habe ich gefragt.«

»Die Tochter unserer Klientin war achtzehn«, sagte Nel.

Barbara hob die Hand. »Ich halte es für gesünder, es

nicht zu wissen, jedenfalls für mich.« Sie stand auf, wirkte aufgewühlt. »Entschuldigen Sie mich, ich bin gleich zurück. Trinken Sie noch eine Tasse Tee.« Sie wies mit einem Nicken auf die Teekanne und verschwand hastig im vorderen Teil des Hauses. Die Katze sprang vom Tisch und lief ihr hinterher, wurde jedoch von einer energisch geschlossenen Tür aufgehalten.

Nel brütete eine Weile vor sich hin. »Hattest du vor, sie an Arin Reider auszuliefern?«

»Vielleicht heitert es sie auf, wenn sie von dem Erbe erfährt.«

Nels Augen schossen Blitze. »Du kannst manchmal so furchtbar dumm sein«, sagte sie. »Hast du auch nur eine Sekunde über den Preis dieses Erbes nachgedacht?«

Eine zweite Mutter, die sich stärker in ihr Leben einmischte als die erste, jeden Tag ein Anruf oder ein Besuch. Platten von Charles Aznavour und Gedichtbände von Saroyan, geliefert vom Chauffeur oder von Henri, dem Hausdiener. Wirst du schon armenischer? *Ähnelst du schon meiner Tochter?* Und das war nur der Anfang. Man konnte sich den Rummel in den Medien vorstellen, wenn der Streit so weit eskalierte, dass Barbara die unerhörte Forderung nach einem Erbteil erhob, weil sie das Herz der Erbin in sich trug.

»Es gibt da nichts zu grinsen«, bemerkte Nel.

»Entschuldigung.« Ich riss mich zusammen. »Wir wissen bis jetzt ja noch nicht einmal, ob sie die Richtige ist.«

Nel biss sich auf die Unterlippe und beobachtete die Katze, die miauend vor der Tür zum vorderen Teil des Hauses stand. Sie wusste, was ich dachte. »Ich kann mich da nicht hineinversetzen«, sagte sie. »Und ich habe immer weniger Lust, es zu versuchen. Die alte Warteliste war eine Sache, aber diese Informationen möchte ich nicht in meinem Computer haben. Es gibt ein Gesetz zum Schutz der Privatsphäre, und zwar zu Recht.«

»Wenn wir den Auftrag ablehnen, heuert sie jemand anderen an, der sich einen Haufen Geld damit verdient, die komplette Liste meistbietend an Interessierte oder die Boulevardpresse zu verkaufen.«

Sie schnaubte pikiert. »Wenn ich nicht reinkomme, kommt niemand rein. Ich mache da nur mit, wenn wir, ohne allzu viel Schaden anzurichten, diesen einen Fall lösen können. Es geht hier um Herzpatienten.« Sie nickte in Richtung Tür. »Ich frage mich immer noch, ob das wirklich richtig ist. Ich kenne diese Frau ja noch nicht mal.«

»Arin Reider?«

»Arin Reider *Bodosian*, genau.«

»Vertraust du meinem Urteil nicht mehr?«

»Du hast sie doch auch nur kurz kennen gelernt. Die Frau hat eine fixe Idee und sie wird einen Schock erleiden. Kannst du dir vorstellen, was sie tut, wenn sie es nicht aushält, dass das armenische Herz ihrer Tochter in einer blonden Frau ihres Alters schlägt, die lieber auf den Himalaya klettert, als Musik von Cher zu hören?«

Sie hatte natürlich auch an diesen großen Unterschied gedacht. »Cher?«

»Ihr Vater war Armenier. Außerdem ist Barbara katholisch.«

»Woher weißt du das?«

»Wer mit zweitem Namen Maria heißt, muss katholisch sein. Außerdem hängen Palmzweige neben der Tür, von Palmsonntag.« Nel mit den Fahnderaugen.

»Armenier sind christlich-orthodox, da ist eine katholische Erbin immer noch besser als beispielsweise eine Muslimin.«

»Das meine ich. Wir wissen nichts darüber, was es heißt, armenisch zu sein, und über diese Armenierin wissen wir nur, dass sie merkwürdig ist.«

Wir hörten die Tür. Barbara kam herein, ein Mobiltelefon in der Hand. Sie sah aus, als hätte sie einen Entschluss gefasst, allein oder gemeinsam mit jemand anderem. Sie klappte das Telefon zu, legte es auf die Bar und sagte: »Wenn Sie unbedingt ausführlicher mit mir reden wollen, werden Sie wiederkommen müssen, wenn mein Mann zu Hause ist.«

»In Ordnung.« Nel stand sofort auf und scheuchte mich mit einer gebieterischen Kopfbewegung ebenfalls von meinem Stuhl. »Danke für den Tee.«

Barbara brachte uns an die Seitentür. Ich sah das Büschel Palmzweige an der Wand der kleinen Diele, gegenüber der Garderobe. »Die Operation wurde doch im UMC vorgenommen?«, fragte ich.

»Ja.« Sie lächelte, als wolle sie ihre Zurückweisung wieder gutmachen. »Für mich hatte das neue Jahr mit großen Ängsten und einem neuen Herzen begonnen.«

Ich runzelte die Stirn. »Sie wurden an Neujahr operiert?«

»Nein, ich meine den Tag, an dem für mich das neue Jahr anfing. Das war gut eine Woche später.« Sie öffnete die Tür. »Ich bin davon ausgegangen, dass Sie das wussten.«

»Nicht das genaue Datum«, sagte ich.

»Es war der neunte, ein Dienstag.«

Nel lächelte.

Ich reichte Barbara die Hand und dankte ihr. »Wir werden Sie höchstwahrscheinlich nicht noch einmal belästigen.«

Sie wirkte überrascht und erleichtert und sonderbarerweise auch ein wenig enttäuscht. Menschen sind komplizierte Wesen.

Ich lenkte den BMW zum Deich hinauf und hielt mitten auf der Straße an. »Zeitverschwendung«, meinte ich.

»Finde ich nicht«, entgegnete Nel.

»Du hast einen ziemlich unzufriedenen Eindruck gemacht.«

Sie nickte. »Sie ist eine nette Frau, und ich hatte das Gefühl, dass wir dabei waren, ihr Leben durcheinander zu bringen.«

Wir schauten die Landstraße hinunter, die sich vor uns durch die sonnenbeschienenen Überschwemmungsgebiete zum Lek hin schlängelte. Ich fasste Nel am Knie. »Wenn deine Warteliste die richtige ist, stehen wir vor einem riesengroßen Rätsel.«

»An der Liste brauchst du nicht zu zweifeln«, sagte Nel.

»Wer ist Nummer drei?«

Sie wusste es auswendig. »Ein Mann aus Utrecht. Wir könnten ihn unter einem Vorwand anrufen und nach dem Datum fragen. Was wir auch in diesem Fall hätten tun können.«

»Sie sagte, sie habe das Jahr mit einem neuen Herzen begonnen.«

»Neujahrsempfänge werden bis in den Februar hinein gehalten.«

»Nicht in meinem Bekanntenkreis.«

»Es hätte nicht viel gefehlt, und du hättest auch noch die Millionen zur Sprache gebracht.«

Ich biss mir auf die Zunge. »Ich will mich nicht mit dir

streiten. Am 4. Januar steht ein Herz zur Verfügung. Nummer eins auf der Liste ist tot.«

»Wurde übergangen«, sagte Nel.

»Ja, vielleicht war er als Empfänger ungeeignet oder das Cross-match ergab, dass das Herz nicht passte. Also wenden wir uns der Zweiten auf der Liste zu. Barbara wohnt nur eine halbe Stunde entfernt und scheint die geeignete Kandidatin zu sein. Aber sie erhielt ihr Herz erst fünf Tage später, also kann es nicht von Rosa Siroun stammen, weil Herzen innerhalb von vier Stunden transplantiert werden müssen. Wo also ist Rosas Herz geblieben? Müssen wir die ganze Liste abtelefonieren?«

»Wir übergehen eine Phase«, bemerkte Nel. »Den Unfall.«

Ein Traktor mit einem Heuanhänger näherte sich und ich fuhr weiter, um nicht zerquetscht zu werden. Der Traktor folgte uns über die Landstraße, und es war zu wenig Platz zum Ausweichen, sodass ich einfach weiterfuhr, an Weiden und Wiesen entlang bis zu einem Gebäude, das aussah wie ein Fährhaus, sich aber als Café-Restaurant entpuppte. Drei Autos warteten auf die Fähre, die sich vom anderen Lekufer her näherte.

»Komm, lass uns mitfahren«, sagte Nel.

»Warum?«

»Ich fahre gerne mit der Fähre und wir müssen sowieso in diese Richtung.«

»Wolltest du nach Zevenaar?«

»Nein, natürlich nicht.«

Ich reihte mich in die kürzere Schlange ein. »Nach Utrecht geht es schneller über die Hauptstraße.«

»Ich will nicht nach Utrecht. Es ist auf dem alten Utrechtseweg passiert, zwischen Zeist und Utrecht, kurz vor der Biltse Hoek. Erstens gehört das zum Bezirk der Polizei von De Bilt und zweitens ist die Strecke über Land schöner.«

»Die gehen sofort auf Distanz, wenn wir ihnen diese Herzgeschichte auftischen, und mir fällt im Augenblick keine Ausrede ein. Wie wäre es mit einer von Meulendijk veranlassten Untersuchung des Zentralen Rechnungshofs über Unfälle im Jahr 2001, im Auftrag des Innenministeriums?«

Nel lächelte. »Bring mich einfach zu einem Fax. Lily Bals in der Zentralregistratur hat den Bericht im Nu für mich rausgesucht.«

»Nicht lieber per E-Mail?«

»Nein, per Fax ist es sicherer für sie.«

Die Stahlrampe rummste über den Asphalt. Eine Kette wurde gelöst, Autos fuhren von der Fähre herunter und wir hinauf. Nel winkte mich aus dem Auto heraus und griff zum Handy.

Die Diesel nahmen mit Getöse die Arbeit für die Überfahrt auf. Ein Mann mit Schirmmütze und einer Geldtasche kam vorbei und ich kaufte eine Fahrkarte. Zwei Euro. Na ja, ein Euro neunzig, aber die Leute rechneten mit dem »Ist gut so«. Das Wasser kräuselte sich, in der Ferne näherte sich ein Frachtschiff. Es wehte eine frische Brise, und als Nel sich zu mir gesellte, legte ich ihr zur Sicherheit den Arm um die Schultern.

Im Biltse-Hoek-Restaurant ging Nel als Erstes an die Rezeption, um nach der Faxnummer zu fragen und Lily Bals zurückzurufen. Ich fand die Terrasse auf der Vorderseite und bestellte Kaffee. Es war nicht viel los. Schmetterlinge und Bienen tanzten über Blumenkästen mit blühenden Fuchsien und Petunien. Hinter Rasengrün dröhnte der Verkehr über den Utrechtseweg. Der Unfall war hier ganz in der Nähe geschehen.

Fünf Minuten später kam Nel mit einem Faxausdruck heraus auf die Terrasse. Der Kellner stellte Kaffee vor sie hin und ich bestellte mir noch eine Tasse und las den Bericht durch.

Das Unglück hatte sich gegen Viertel vor drei am Morgen des 4. Januar ereignet. Es war kaum Verkehr auf der Straße gewesen und es hatte keine Zeugen gegeben. Die Polizei war von einem Autofahrer benachrichtigt worden, der die Stelle kurz nach dem Unfall erreichte. Fünf Minuten später traf ein Streifenwagen ein. Laut Rekonstruktion der Beamten fuhren Reider und seine Tochter in einem Honda in Richtung Utrecht und wurden einige hundert Meter hinter der Abzweigung nach Bilthoven von einem alten Peugeot gerammt, den entweder sie überholten oder der versuchte, den Honda rechts zu überholen. Es gab kaum Bremsspuren. Der linke Vorderreifen des Peugeot war geplatzt, entweder vor oder während des Unfalls. Der Honda wurde seitlich von der Straße gedrängt und prallte gegen einen Lichtmast. Der Fahrer des Peugeot war nicht angeschnallt. Er wurde durch die Windschutzscheibe und über das Wrack des Honda hinweggeschleudert und lag beim Eintreffen der Polizei nach Luft ringend an einem Zaun. Der Autofahrer, der die Polizei angerufen hatte, saß bei ihm.

Da das Uithof-Krankenhaus, zu dem das UMC gehört, nicht weit entfernt liegt, waren Rettungswagen rasch zur Stelle. Die Insassen des Honda wurden umgehend ins UMC gebracht, doch der Zustand des Peugeot-Fahrers war derart ernst, dass ein Rettungshubschrauber angefordert wurde. Das Hubschrauberteam führte eine Notoperation durch, wonach der Peugeot-Fahrer in den zweiten Rettungswagen geladen und ebenfalls ins UMC transportiert wurde.

Die Polizei identifizierte den Fahrer des Honda als J. W. Reider (51), das Mädchen als R. S. Reider (18) und den Fahrer des Peugeot als G. V. de Vries (23).

Später erhielt die Polizei die Bestätigung des UMC, dass der Fahrer des Peugeot unter Alkoholeinfluss gestanden hatte und dass es einem Operationsteam gelungen war, sein Leben zu retten. Reider starb noch auf dem Weg zum Krankenhaus, seine Tochter wenig später auf dem Operationstisch.

»Reider war wahrscheinlich schon tot, als sie ihn in den Krankenwagen luden«, meinte ich.

Nel nickte. Krankenwagen transportieren offiziell keine Leichen, aber wenn die Alternative darin besteht, mitten in der Nacht eine Stunde auf einen Leichenwagen zu warten, während alle gern die Fahrbahn frei machen und die Unfallstelle räumen würden, ist die Besatzung manchmal so nett und tut es trotzdem. In den Berichten stand dann *Tod bei Ankunft im Krankenhaus.*

»Komischer Unfall«, bemerkte Nel. »Ob dem Peugeot in dem Moment der Reifen geplatzt ist, als der Honda ihn überholte?«

»Dann hätte es stärkere Bremsspuren gegeben.«

»Vielleicht gehörte dieser de Vries zu den Typen, die es nicht ausstehen können, überholt zu werden, oder die Frauen in anderen Autos belästigen. In dem Fall hätte er Gas gegeben, um neben dem Honda zu bleiben und obszöne Gesten zu der Tochter hinüber zu machen. Also beschleunigt der Honda, um ihn loszuwerden. Keine

Bremsspuren, hohe Geschwindigkeit, dieser Depp achtet nur auf die Tochter anstatt auf die Straße, touchiert den Honda, der Reifen platzt und Bumms.«

Manche Kerle sind dumm genug für solche Spielchen, vor allem nachts, wenn ihnen langweilig ist und sie etwas getrunken haben. »Das hat aber nichts mit der Transplantation zu tun.«

Nel zögerte immer noch. »Und trotzdem wüsste ich gerne, was die Reiders dort zu suchen hatten«, sagte sie. »Sie wohnen in Amsterdam, seine Fabrik steht in Zaandam, also warum fuhr er um drei Uhr nachts mit seiner Tochter über eine Landstraße von Zeist nach Utrecht?«

»Man hat Arin bestimmt ihre Sachen übergeben. Vielleicht sind Karten für ein Rockkonzert in Zeist dabei. Aber das hilft uns bei der Frage nach dem Herzen keinen Deut weiter. Wir müssen uns etwas einfallen lassen, um die Namen des Operationsteams in Erfahrung zu bringen.«

Nel grinste. »Was hältst du von dem ›Goldenen Skalpell‹ für das beste OP-Team der letzten fünf Jahre?«

In moderne Krankenhäuser wird viel Geld und Platz investiert. Rund um manche von ihnen findet man mehr Natur als bei einem Spaziergang um den Wassee in Breda. Die Einwohner von Nimwegen unternehmen mit Besuchern Exkursionen zu den Dachgärten des neuen Canisius oder in den überdachten Innenhof, wo Kranksein zu einer Erinnerung wird und man besser und preiswerter zu Mittag essen kann als irgendwo sonst in der Stadt. Der Uithof in Utrecht sieht ganz ähnlich aus, nur größer, mit einem Wegenetz innerhalb des Komplexes, das an den Flughafen Charles de Gaulle in Paris erinnert. Das Ganze ist umringt von Bäumen und Rasenflächen und vom

Parkhaus aus sind es über die Fußgängerbrücke kaum hundert Meter bis zum Hauptgebäude. Man fühlt sich darin wie in einer kleinen Stadt, Gebäude innerhalb eines Gebäudes, hohe und niedrige Räume, Gänge, Giebel, Pflanzkästen und Springbrunnen, eine Mischung aus Kunstlicht und Sonnenlicht, das durch hohe Glaskuppeln über offenen Galerien und Verbindungsbrücken hereinfällt.

Kardiologie, 24 B.

Wir irrten durch Flure und an kleinen Caféterrassen sowie der Studentenkantine vorbei, wo wir lasen, dass heute Abend das Professorenkabarett im Jubiläumszelt auftreten würde. In einem Teil des Stillezentrums lagen nach Mekka gerichtete Teppiche auf dem Boden und dort lernten wir, dass *Lütfen Ayak Kabbinizi Cikariniz* so viel heißt wie *Bitte Schuhe ausziehen.*

Die Informationen, nach denen wir suchten, befanden sich wahrscheinlich in den dicken braunen Mappen, die die Wände eines langen, in Abteile getrennten Raumes bedeckten und von zwei Damen bewacht wurden. Die ältere flirtete ein wenig mit einem Mann in gestreiftem Bademantel, der sich über den Schalter beugte, als würde ihn ihr Parfüm süchtig machen. Die jüngere füllte eine Patientenkartei aus.

»Hallo«, sagte Nel mit ihrem strengen Lächeln. »Ich hoffe, Sie können uns weiterhelfen.«

»Was kann ich für Sie tun?« Sie trug ein Namensschildchen. *Lisette Ernst.* Sie schien kaum zwanzig Jahre alt und sah müde aus. Vielleicht neigte sich ihr Dienst dem Ende zu, es war Viertel vor fünf.

»Wir sind auf der Suche nach einer Kollegin von Ihnen, die in dieser Abteilung gearbeitet hat«, sagte Nel. »Ihr Name ist Emily Brandsma.«

»In welcher Angelegenheit?«

»Wir versuchen im Auftrag des Staatsanwalts von Amsterdam, ihren Aufenthaltsort zu ermitteln.« Nel wies mit einer lockeren Handbewegung auf mich. »Das hier ist mein Kollege.«

Ich wedelte flüchtig mit meinem Meulendijk-Ausweis. Das Wörtchen *Ex* vor *Staatsanwalt* ist noch immer in der kleinstmöglichen Schriftgröße gedruckt. Seit wir Winter & Van Doorn waren, hatte Nel ebenso einen Ausweis.

Das Interesse der jungen Frau war geweckt. »Warum wird sie gesucht?«

»Dies hier war ihre letzte bekannte Arbeitsstelle«, antwortete ich ausweichend. »Haben Sie vielleicht noch eine Liste der Mitarbeiter, die damals zum Herzoperationsteam gehörten? Soweit wir wissen, war sie OP-Schwester.«

Sie schüttelte den Kopf. »Martha? Erinnerst du dich an eine Emily …«

»Emily Brandsma«, ergänzte Nel.

»Sie hat hier gearbeitet«, erklärte Lisette voller Überzeugung.

Martha dachte nach und schüttelte den Kopf. Der Mann im Bademantel schaute zu uns herüber und hörte interessiert zu.

»Es gibt eine hohe Fluktuation, auch innerhalb des Krankenhauses zwischen den einzelnen Stationen«, sagte Martha. »War sie noch in der Ausbildung?«

»Dann wäre sie nicht im Herztransplantationsteam gewesen«, entgegnete Lisette.

Der Bademantel grinste. »Auf die lassen sie keine Auszubildenden los.«

»Misch du dich da nicht ein, Berend, sonst merke ich dich für ein Klistier vor«, sagte Martha.

Sie wandte sich wieder an Lisette: »Schick sie doch zu Rutger.«

»Wenn der noch da ist.« Lisette zog die Stirn kraus. »Ich begleite Sie.«

Sie trat hinaus in den Flur und wir folgten ihr zu einer unauffälligen Tür mit der Aufschrift CADM. Lisette klopfte an und öffnete. »Ach, du bist noch da«, sagte sie. »Rutger, hier sind Leute von der Staatsanwaltschaft. Vielleicht kannst du ihnen weiterhelfen.«

Ein untersetzter Mann in den Vierzigern blickte von einem Archivschrank auf. Er war der einzige Bewohner eines kleinen Raums mit viel Papierkram, zwei Stühlen und einem Computertisch an der Wand. Er schob eine Schublade zu und rückte seine Brille zurecht.

»Wobei soll ich ihnen helfen?«

»Bei einer Fahndung.« Lisette lief langsam warm. »Eine Krankenschwester ist verschwunden.«

Ich hielt meinen Ausweis hoch, den er sich dank Lisettes überzeugendem Auftritt nicht näher anschaute.

»In Ordnung, ich regle das schon.« Der Mann ging an uns vorbei, verabschiedete Lisette mit einem Wink und schloss die Tür hinter ihr. »Die Mädels würden zu gerne mal in einer dieser Reality-Soaps im Fernsehen auftreten«, sagte er. »Als sei es hier nicht aufregend genug. Rutger Hogendoorn, angenehm.«

Er nahm zwei Bücher von einem Stuhl, für Nel. Sie drehte ihn halb zum Computer und setzte sich.

»Ich muss in ein paar Minuten weg«, sagte Rutger. »Und wenn es um eine Strafsache geht, bin ich wahrscheinlich sowieso nicht befugt, Ihnen Auskunft zu erteilen. Hat diese Frau sich strafbar gemacht?«

»Nein«, sagte ich. »Sie soll lediglich als Zeugin aussagen. Laut einer Freundin, mit der sie sich eine Wohnung in Utrecht teilte, hat sie hier mindestens bis Januar 2001 gearbeitet, in der Kardiologie.«

Rutger war stehen geblieben, genau wie ich. »Wird sie seitdem vermisst?«

»Ja, aber das muss nicht unbedingt etwas zu bedeuten haben. Es kommt öfter vor, dass Leute umziehen, ohne sich offiziell abzumelden. Vielleicht hat sie hier bei ihrem Weggang eine Adresse hinterlassen. Wenn ja, sind wir schon einen Schritt weiter und brauchen Sie nicht weiter zu belästigen.«

Rutger schüttelte den Kopf. »Leute verschwinden nicht einfach so«, meinte er. »Und schon gar nicht qualifizierte Kardiologie-Schwestern.« Nel rückte ein Stück beiseite, als er sich mit einem Seufzer an seinen Computer setzte und eine Datenbank aufrief. »Wie war noch ihr Name?«

»Emily Brandsma«, sagte Nel.

Sie schaute auf den Bildschirm, als er den Namen eingab und wieder den Kopf schüttelte. »Wir haben einen Johan Brandsma auf der Kinderstation und eine Helga Brandsma, Diätassistentin. Das sind alle im ganzen UMC.« Er tippte noch etwas herum und ein paar Namen in der Liste änderten sich. »Auch nicht 2001, keine Emily Brandsma, schon gar nicht in der Kardiologie.«

»Sie war OP-Schwester im Transplantationsteam«, beharrte Nel. »Vielleicht unter ihrem Mädchennamen. Können Sie feststellen, wer in diesem Jahr alles zum Team gehörte?«

»Das ändert sich regelmäßig ...«

»Im Januar 2001.«

Ich sah, wie es CyberNel in den Fingern juckte, als Rutger die Daten der Kardiologiestation aufrief und eine neue Liste erschien. »Einen Augenblick«, sagte Nel und schaute mich an. »Was hat die Freundin nochmal erzählt? Emily konnte nicht zu ihrer Hochzeit kommen, weil sie bei einer Herztransplantation assistieren musste. Die Hochzeit war am 4. Januar.« Sie lächelte Rutger strahlend an. »Kann man das überprüfen?«

»Das macht die Sache einfacher.« Rutger gab das Datum ein und eine kürzere Liste erschien. »Stimmt, an dem Tag wurde operiert«, sagte er, offensichtlich beruhigt, weil wenigstens etwas von unserer Geschichte stimmte. »Professor Kuller, also muss es eine Transplantation gewesen sein. Aber ich sehe keine Brandsma. Wie lautete ihr Mädchenname?«

Nel schaute auf den Bildschirm. »Gericks«, sagte sie. »Mit ck.«

»Auch keine Gericks«, bemerkte Rutger.

Ich sah, wie sich Nel die Namen einzuprägen versuchte. »Könnten Sie uns die Liste vielleicht ausdrucken?«, fragte ich.

Rutger blickte sich verwundert zu mir um. »Aber sie steht doch gar nicht drauf!«

»Gerade deshalb. Das nennen wir einen Negativbeweis«, erklärte ich. »Die Liste beweist, dass sie hier überhaupt nicht gearbeitet und die Freundin uns an der Nase herumgeführt hat. Das erspart den Justizbehörden eine Menge Zeit.«

Rutger schaute auf die Uhr. »Ich weiß nicht, ob ich das ohne die Zustimmung von Dorfman, unserem Chef, darf, aber der ist, glaube ich, schon weg ...«

»Ach, das ist bestimmt gar nicht nötig«, wandte ich ein. »Das hier geht sowieso nicht weiter als bis zur Staatsanwaltschaft.«

Er zögerte noch einen Augenblick, zuckte dann mit den Schultern und wandte sich zum Bildschirm. »Ich weiß im Grunde sowieso nicht, was daran geheim sein soll«, murmelte er.

Er drückte einige Tasten und der Drucker schaltete sich ein.

7

Nach dreimaligem Klingeln wurde der Hörer abgenommen. »Hier bei Lessing.« Wieder ein dienstbarer Geist.

Ich verstellte meine Stimme, sodass ich zwanzig Jahre jünger klang. »Guten Tag, Mevrouw, hier spricht Willem Hofstra von der Medizischen Fakultät in Utrecht. Ist Mevrouw Lessing zu Hause?«

»Nein, tut mir leid, meine Schwester ist bei ihrer Tochter in Arnheim. Soll ich Ihnen die Nummer geben?«

Ich bewegte mich auf dünnem Eis und vielleicht war ein dienstbarer Geist sogar besser als die Witwe selbst. An wunde Punkte zu rühren, bereitete den Menschen nur unnötigen Schmerz und konnte sie außerdem auf die Idee bringen, wegen medizinischer Fahrlässigkeit Anzeige zu erstatten. Heutzutage musste man schon höllisch aufpassen, wenn man nicht selbst zum Gegenstand einer Untersuchung werden wollte.

»Vielleicht können Sie mir weiterhelfen, dann brauche ich Ihre Schwester gar nicht zu belästigen. Es geht um ihren Mann, Frederik Lessing.«

»Er ist tot.«

»Ja, deswegen rufe ich an, Mevrouw. Ich führe eine Untersuchung durch, in der es um die Aufklärungsmethoden von Herzpatienten und ihrer Angehörigen hinsichtlich des Cross-match vor Transplantationen geht.«

»Das ist mir zu hoch«, sagte die Frau.

Ging mir genauso. »Ihr Schwager stand doch auf der Warteliste für ein Spenderherz und er ist am 6. Januar 2001 gestorben, richtig?«

»Ja, das war sehr schlimm für meine Schwester. Und für Fred natürlich.«

»Es gibt einfach zu wenige Spenderherzen.«

»Ja, ich weiß, aber noch schlimmer ist es, wenn es heißt, dass ein Herz zur Verfügung steht, und man es dann doch nicht erhält.« Sie klang verbittert.

»Wann war das genau?«

»Am 4. Januar um vier Uhr morgens. Der Krankenwagen stand schon vor der Tür, als der Anruf kam, dass es doch nicht klappte.«

»Waren Sie dabei?«

»Ja, ich war bei meiner Schwester zu Besuch, um ihr zur Seite zu stehen. Es war eine schwere Zeit, nicht nur für Fred, auch für sie.«

»Das verstehe ich, Mevrouw. Das Problem besteht darin, dass man nur so wenig Zeit hat. Ein Spenderherz muss innerhalb von vier Stunden transplantiert werden. Deshalb benachrichtigt man einen Kandidaten oft schon, wenn das Spenderherz kaum herausgenommen ist und noch die Kreuzprobe wegen eventueller Abstoßungsreaktionen durchgeführt werden muss. Diese Methode bezeichnet man als Cross-match. Normalerweise müssten Sie darüber informiert sein.«

»Das Herz war ungeeignet, aber man hat uns nicht gesagt, warum.«

»Das hat etwas mit dem Datenschutzgesetz zu tun, aber es kann viele Gründe dafür gegeben haben. Zum Beispiel, dass der Spender Drogen nahm oder Medikamente gegen Herzbeschwerden oder hohen Blutdruck. Es ist immer tragisch, aber es kommt öfter vor, dass ein Kandidat im letzten Moment erfährt, dass die Operation nicht stattfinden kann. Das ist leider unvermeidlich.«

»Das hat man uns auch erklärt. Geht es darum?«

»Ja, Mevrouw. Ich untersuche anhand der Wartelisten der letzten fünf Jahre, ob die Patienten und Angehörigen ausreichend informiert wurden oder ob es Klagen wegen mangelnder Aufklärung gegeben hat. Es ist Thema meiner Staatsexamensarbeit.«

»Nun, dann schreiben Sie, dass wir durchaus verstanden haben, dass eine Operation nicht möglich war, obwohl wir gerne Näheres gewusst hätten. Möchten Sie meine Schwester auch noch befragen?«

»Nein, ich glaube, das ist nicht nötig, Mevrouw. Vielen Dank, dass Sie bereit waren, mir zu helfen.«

Sie schwieg einen Augenblick. Dann sagte sie: »Es bringt uns Fred nicht mehr zurück, aber Els und ich haben uns beide als Spenderinnen registrieren lassen.«

»Das sollte jeder tun«, sagte ich. »Vielen Dank, Mevrouw.«

Ich roch die Forellen, eilte zum Elektroherd, um Saft über die gebräunten Rücken zu löffeln, und hoffte, dass sich niemand nach Willem Hofstra an der Utrechter Universität erkundigen würde. Ich deckte den weißen Küchentisch. Als wir nach Hause gekommen waren, war CyberNel sofort in ihrem Heuschober verschwunden, um sich per Telefon und mit ihren Computern an die Arbeit zu machen, und, wie ich vermutete, auch noch kurz in Groningen anzurufen.

Ich hatte einen Muscadet im Kühlschrank, öffnete eine Dose Erbsen und Möhren als Beilage zu den Forellen und wärmte sie in einer Glasschüssel in der Mikrowelle auf. Ich suchte im Küchenschrank nach einer Vorspeise und fand eine Dose Schellfischleber, die ich über Salatblättchen auf zwei provenzalischen Keramiktellern verteilte und mit ein wenig Fischöl beträufelte. Ein paar Tröpfchen Zitrone, etwas Selleriesalz. Selleriesalz passt gut zu Schellfischleber. Brötchen in den Elektroofen. Mineralwasser. Der gedeckte Tisch sah gut aus.

Ich nahm die Zeitung zur Hand. Die Welt arbeitete noch immer eifrig an ihrem Untergang: diverse Nachkriegstumulte im Irak, Blutvergießen in Israel und Afrika, nukleares Schachspiel von Korea-Kim und Touristen, die an verschiedenen Küsten durch Öl aus geborstenen Ur-alt-Tankern wateten. In den Niederlanden gewann Ajax Amsterdam, wie es sich gehörte. Forschungen hatten ergeben, dass das Gehirn beim Fernsehen auf Sparflamme schaltet und dass Lesen besser ist. Der alte Mandela behauptete, die Weltpolizei würde von einer Person geführt, die kaum denken, geschweige denn vorausschauend planen könne. Das einundzwanzigste Jahrhundert musste bis auf Weiteres ohne Figuren mit genügend Verstand und Charisma zurechtkommen, die wirklich etwas hätten ändern können. Es war nicht schwer, sich auf dem Laufenden zu halten, obwohl es Mode wurde, sich aus allem herauszuhalten und den Kopf in den eigenen Quadratzentimeter Sand zu stecken. Die Bastille war schon erstürmt worden und auch das hatte nicht viel mehr gebracht als eine Menge Bürokratie und einen seltsamen Kalender.

Im Westen nichts Neues.

CyberNel kam mit verschiedenen Papieren in der Hand in die Küche und sagte: »Das riecht aber gut.«

»Das ist der Schweiß des Kochs.« Ich servierte die warmen Brötchen, stellte den Muscadet in den Kühler und setzte mich ihr gegenüber. Sie wollte zuerst Wasser, dann Wein.

»Irgendwie werde ich das merkwürdige Gefühl nicht los, dass wir Rosas Herz nie finden werden«, sagte ich.

»Darüber würde ich mir keine Sorgen machen.«

Nel kostete meine Vorspeise. »Ganz nett, für Schweißfüße.«

Jenseits der offenen Fenster lag der Sommerabend. Ein Frosch quakte im Wassergraben unter den Pappeln. »Wie geht's denn so in Feerweerd?«

»Die beiden machen sich nützlich. Sorry weckt Bohnen ein und Hanna flickt Fahrradschläuche.«

»Ich dachte, ihr Großvater hätte sich zur Ruhe gesetzt.«

»Ein echter Fahrradmechaniker geht nie in den Ruhestand. Jedenfalls nicht in Groningen, wo es nur einen gibt. Woher rührt dein merkwürdiges Gefühl?«

»Der Bauunternehmer aus Zevenaar erhielt am 4. Januar einen Anruf mit der Nachricht, man hätte ein Herz für ihn. Der Krankenwagen stand schon vor der Tür, als er erfuhr, dass die Operation nicht stattfinden könne, weil das Herz nicht passte.«

Sie runzelte die Stirn. »Hast du von diesem Telefon aus angerufen?«

»Erschien mir einfacher, als hinzufahren.« Ich grinste, um sie zu beruhigen. »Willem Hofstra reicht in Kürze seine Examensarbeit über die Aufklärung von Angehörigen ein. Ich glaube nicht, dass die einen Anruferdetektor haben.«

»Das heißt Rufnummernanzeige und jeder Bauunternehmer hat so eine.«

»Reg dich doch nicht über solche Kleinigkeiten auf.«

Sie lächelte lieb. »Ich werde meinen Kopf schon aus der Schlinge ziehen, aber Hanna kriegt ein Trauma, wenn ihr

Vater ihr bis zu ihrem fünfzehnten Lebensjahr nur einmal die Woche zur Besuchszeit Märchen erzählen kann.«

Ich trank einen Schluck Wein. »Es geht jedenfalls darum, dass sie nicht sagten, Lessing sei nicht der geeignete Empfänger, sondern es sei nicht das geeignete *Herz*«, erklärte ich. »Und warum hätten sie ihn anlügen sollen? Wenn beim Cross-match Schwierigkeiten auftreten, liegt es häufiger am Herzen als am Empfänger. Es könnte also sein, dass es überhaupt nicht verpflanzt wurde.«

»Warum hat man das dann Arin Bodosian erzählt?«

»Arin Bodosian hat man gar nichts erzählt, die hielt sich in Armenien auf und man konnte nur ihren Anwalt erreichen.« Ich holte die Schüssel aus dem Ofen, schob Nel eine Forelle auf den Teller und streute Petersilie über die Erbsen und Möhren.

»Und was macht das für einen Unterschied?« Nel legte ihren Fisch zurecht und trennte geschickt den Rücken auf. »Hm, sogar mit Mandeln«, bemerkte sie. »Meneer versucht, ein törichtes Mädchen ins Bett zu kriegen.«

Ich nahm die Flasche aus dem Kühler. »Trink vor allem noch ein bisschen Wein.«

»Was macht es aus, wem sie es erzählt haben?«, wiederholte Nel.

»Während ich die Ausrede mit der Zeitnot erfand, fiel mir ein, dass das vielleicht gar keine Ausrede war«, erklärte ich. »Alles dreht sich um die Eile, mit der das Krankenhaus handeln muss. Sie haben nur vier Stunden. Sie versuchen, Rosa zu retten, was ihnen nicht gelingt. Als sie hirntot ist, schneiden sie sie auf und finden ein Herz, das brauchbar aussieht. Sie checken das Register, sehen, dass sie Spenderin ist. Von dem Moment an läuft die Uhr. Lessing steht ganz oben auf der Warteliste. Er muss aus

Zevenaar kommen, deshalb rufen sie ihn so bald wie möglich an. Aber sie können ihm die frohe Botschaft nicht überbringen, bevor sie mit den Angehörigen gesprochen haben. Die mussten sie zuerst anrufen.«

»Rosa war älter als sechzehn, also brauchten sie die Zustimmung der Angehörigen gar nicht«, erwiderte Nel.

»Die Regel lautet, dass die Angehörigen immer benachrichtigt werden, schon allein aus Höflichkeit. Das Krankenhaus hält sich an die Regeln. Leute wie Reider tragen Papiere bei sich, in denen steht, an wen man sich im Falle eines Unglücks wenden soll. Das sind seine Frau und sein Anwalt. Seine Frau ist nicht zu Hause, sein Anwalt schon. Der kann zwar keine Entscheidung treffen, aber die Zeit drängt und das Krankenhaus teilt ihm daher höflich mit, dass sie das Herz für eine Transplantation verwenden werden. Erst dann rufen sie Lessing an. Eine halbe Stunde später wird festgestellt, dass das Herz doch nicht brauchbar ist, und sie sagen ihm telefonisch ab. Ich könnte mir vorstellen, dass man es nicht für nötig hielt oder gar nicht daran gedacht hat, auch den Anwalt darüber zu informieren, der es daher nicht besser wusste, als dass Rosas Herz transplantiert wurde. Das erzählt er später der Mutter. Die Mutter ist schockiert und erkundigt sich nicht näher.«

»Woher willst du das wissen?«

»Sie wusste nicht einmal, ob es sich bei dem Empfänger um einen Mann oder eine Frau handelte. Wenn die Angehörigen es wünschen, können sie das Alter und das Geschlecht des Empfängers in Erfahrung bringen. Wenn sie sich erkundigt hätte, hätte sie erfahren, dass das Herz gar nicht eingepflanzt wurde, und dann säßen wir nicht in Rumpt bei Forelle, sondern in Spanien bei Paella.«

Nel trank einen Schluck Wein. »Ich mag keine Paella«, sagte sie. »Wie kommst du an diese medizinischen Weisheiten?«

»Aus Broschüren der Stiftung für Organspenden. Wenn das Herz nicht geeignet war, ist auch das Rätsel mit der Warteliste gelöst. Wäre Lessing nicht als Empfänger infrage gekommen, hätte Barbara Steenwijk das Herz erhalten. Du kannst ruhig alle auf der Liste anrufen, ich wette, niemand hat am 4. Januar ein neues Herz erhalten.«

»Wo ist es dann geblieben?«, fragte Nel.

»Im Grab oder im Verbrennungsofen.«

Sie dachte nach und schüttelte den Kopf. »Du vergisst eine Kleinigkeit. Professor Kuller hat am 4. Januar eine Transplantation durchgeführt.«

»Und wenn die nicht geklappt hat?«

Sie schaute mich mitleidig an. »Unmöglich. Kuller kommt nicht, um Herzen herauszunehmen, das erledigt ein anderer Chirurg. Kuller kommt nur, wenn ein Herz überprüft wurde und eingepflanzt werden kann.«

»Ich glaube, du willst gar nicht nach Spanien.«

Sie klopfte auf die Papiere. »Ein Herztransplantationsteam von acht Leuten war bei einem Eingriff eingesetzt, der deiner Meinung nach nicht stattgefunden hat. Beweise das erst mal. Such dir irgendeinen aus.«

»Mit welcher Ausrede?«

Sie lächelte mich an. »Deine ganze Geschichte ist eine einzige Ausrede.«

Am nächsten Morgen fingen wir oben auf der Liste an. Professor Kuller stand vermutlich in irgendeinem Flur, unterwegs zur nächsten Operation, als ich ihn nach viel Hin und Her mit seiner Sekretärin an den Apparat bekam.

»Ich habe wirklich keine Zeit«, sagte er. »Außerdem rede ich nicht über meine Arbeit.« Er lachte. »Da müssen Sie sich schon an die Dandys vom Dijkzicht-Klinikum oder die Glamourboys von der plastischen Chirurgie und den Brustvergrößerungen wenden. Wir sind die normalen Jungs.«

»Ich bin nicht von der Presse«, sagte ich. »Es geht um eine Transplantation im Januar 2001.«

»Die meisten Informationen über Transplantationen fallen unter das Datenschutzgesetz. In wessen Auftrag fragen Sie eigentlich? Meine Sekretärin hat sich nicht besonders klar ausgedrückt.«

»Es geht um eine Transplantation am 4. Januar 2001.«

»Tut mir leid, ich kann Ihnen nicht weiterhelfen.«

Er unterbrach die Verbindung.

Ich hätte einen Termin mit dem Anästhesisten vereinbaren können, aber erst in drei Wochen, sofern es sich nicht um einen Notfall handelte. Die sterile Schwester war in Urlaub. Der Perfusionist, was immer das auch sein mochte, wenn nicht ein neuartiger Schlagzeuger im Concertgebouworchester, steckte mitten in einer Operation; ob ich es später noch einmal versuchen könne.

Das UMC verfügte Gott sei Dank über eine gut besetzte Zentrale, wieder meldete sich eine andere Stimme. »Universitair Medisch Centrum?«

Oft klingen die Meldungen der Telefonistinnen wie eine Frage, als seien sie sich nie hundertprozentig sicher, wo sie eigentlich arbeiteten. »Könnten Sie mich bitte mit Mevrouw Anna Vogel verbinden? Sie ist OP-Schwester in der Kardiologie.«

»Einen Augenblick bitte.«

Ich schaute nach draußen, wo Nel halb nackt in der

Sonne saß. Niederländische Frauen sind die schönsten der Welt. Das ist allgemein bekannt. Vor kurzem kratzten sich eintausend wunderschöne Mädchen aus aller Herren Länder gegenseitig die Augen aus, um einen der zehn Ausbildungsplätze an der schicksten Mannequinakademie von Paris zu ergattern. Fünf der zehn Gewinnerinnen waren Niederländerinnen. Nur mal so am Rande.

Natürlich waren diese Mädchen alle größer und besaßen außerdem die erforderlichen Mannequinmaße, aber Nel hätte leicht die Endrunde erreicht, wenn sie jemanden mit sexy Größe 38 gesucht hätten und ich Mitglied der Jury gewesen wäre. Doch CyberNel hätte sowieso nicht mitgemacht, denn seit ihr Vater, der Fahrradmechaniker, ihr zu ihrem sechsten Geburtstag einen gebrauchten IBM geschenkt hatte, war sie für die Mode für immer verloren. Vor einem Monat erhielt sie von einer großen Londoner Sicherheitsagentur mit dem bizarren Namen Mi2g einen Haufen Geld für etwas, was sie als Conditional Access System bezeichnete und das Computer vor einer neuen Variante des Wurms *Slammer* schützte. Für mich waren das böhmische Dörfer, für CyberNel das tägliche Brot. Nel erhielt keinen zusätzlichen Glanz durch das Geld – obwohl das ja nie zu verachten war –, sondern weil sie in der Lage war, es zu verdienen. Nel hatte mir erklärt, dass der jährliche wirtschaftliche Schaden durch digitale Angriffe von Cyberterroristen und Hackern auf den weichen Unterleib der Breitbandnetze und drahtlosen Highspeednetzwerke in die 100 Milliarden geht, und sie versicherte mir, das Schlimmste stehe noch bevor.

Darüber denkt man erst nach, wenn Armageddon hereinbricht.

»Hallo, Meneer? Mevrouw Vogel arbeitet nicht mehr hier. Ich vermute, sie ist in Rente.«

Manchmal muss man in diesem Beruf schneller denken als ein Computer.

»Das kann gut sein«, antwortete ich. »Es geht nämlich um eine kleine Rentenversicherung bei der Amersfoortse. Mevrouw Vogel hat damals zwei Jahre lang in einer Privatklinik gearbeitet, das fällt unter eine gesonderte Gruppenversicherung. Das Problem ist, dass sie nicht mehr unter der auf der Police angegebenen Adresse wohnt. Wenn Sie mir ihre letzte Adresse nennen würden, könnte ich ihr die Unterlagen zuschicken.«

Auch die schönsten Telefonistinnen der Welt arbeiten nach einigen Jahren in diesem Beruf wie Automaten, sie verbinden einen weiter, fragen selten oder nie, wer man ist, haben keine Zeit, Unsinn zu überprüfen, solange der plausibel klingt, und suchen, noch ehe man richtig ausgeredet hat, in ihren Computern herum.

Die Adresse hörte sich gut an, und wenn Anna Vogel tatsächlich in Rente war, hatte sie wahrscheinlich genügend Zeit für ein Schwätzchen.

Das Mietshaus befand sich in einem Viertel von Utrecht, das man ebenso wie Hoog Catharijne und den Vleutenseweg schon längst hätte abreißen sollen, und Anna Vogel sah ungefähr genauso heruntergekommen aus, eine magere, ungesunde Frau Mitte fünfzig in einem verschlissenen, schwarz-weiß gestreiften Kleid. Ihr stark ergrautes Haar trug sie in einem glatten Pagenschnitt und ihre mattbraunen Augen waren hinter einer Hornbrille verborgen, die von Schweiß und Alter trübe geworden war. Vielleicht war sie früher einmal hübsch gewesen, doch ein hartes Leben hatte ein Netzwerk von Falten und Furchen und hier und da eine Warze auf ihrem Gesicht hinterlassen und ihren Augen den Glanz geraubt. Die Augen vermieden direkten Blickkontakt und verrieten nicht, ob sie eine alte Jungfer war, eine im Stich gelassene Ehefrau, eine Hausmaus oder eine aufbrausende Kneipengängerin. Sie besaß den hohen, steifen Rücken eines überarbeiteten Zechenkumpels und ihr Atem roch nach Jenever.

Nel erklärte, weshalb wir kamen, und sie erwiderte sofort: »Das dürfen Sie nicht mich fragen, ich bin in Frührente. Mein Rücken ...«

»Aber vor zwei Jahren waren Sie noch Operationsschwester.«

»Die nichtsterile Schwester«, sagte sie mit überraschender Selbstironie.

»Es geht um eine Herztransplantation am 4. Januar 2001. Können Sie sich daran noch erinnern?«, fragte ich.

Der Ausdruck in ihren Augen veränderte sich kaum merklich. »Ich weiß nicht, warum ich Ihnen darüber Auskunft geben sollte.«

Ich zögerte keinen Augenblick. »Unsere Klientin wird Sie für Ihre Zeit und Mühe gern entschädigen.«

Sie reagierte, wie ich erwartet hatte, doch sie schien sich dafür zu schämen. »Was meinen Sie mit ›entschädigen‹?«

»Dreihundert Euro?«

Sie wollte uns erst nicht hereinlassen, bis Nel ihr versicherte, dass wir ebenfalls in einem Augiasstall lebten, und wir folgten ihr in eine nach Katzen und zerkochtem Gemüse stinkende Mietwohnung. Die Fenster im Wohnzimmer waren geschlossen. Ein Kruzifix hing an der Wand über dem Tisch. Zwei Katzen lagen auf einem verschlissenen Sofa und sahen fern, Schälchen mit Katzenfutter und Wasser auf dem Fußboden vor ihnen. Anna Vogel deutete auf zwei Korbsessel und blieb selbst abwartend stehen. Ich zückte mein Portmonee und blätterte dreihundert Euro auf den Tisch. Sie schaute sie mit gemischten Gefühlen an und ließ sie liegen. »Wie sind Sie auf mich gekommen?«

»Meneer Hogendoorn dachte, Sie könnten uns helfen.«

»Hat Rutger Sie geschickt?«

Ich erriet nicht, ob das gut oder schlecht war, doch Nel sagte: »Wir sollen Sie von ihm grüßen.«

»Oh.« Sie lächelte nicht, wirkte eher verwirrt. »Was möchten Sie eigentlich wissen?«

»Wir arbeiten für die Mutter der jungen Frau, die am 4. Januar verunglückt ist.« Ich wies mit dem Kinn auf die Geldscheine. »Sie war ihre einzige Tochter und die Dame verlor bei dem Unfall zugleich ihren Mann. Das Mädchen war Organspenderin, und die Mutter möchte gerne wissen, ob ihr Herz damals wirklich verpflanzt wurde. Das wäre ihr ein Trost.«

»Warum zweifelt sie daran?«

»Weil Nummer eins auf der Warteliste ihr Herz nicht bekommen hat und der nächste Patient erst am 9. Januar ein neues Herz erhielt«, sagte Nel.

Anna Vogel setzte sich endlich und schaute Nel an. Sie fragte nicht nach, woher unsere Informationen stammten. »Kann sein, dass Sie die falsche Liste haben.«

»Ich habe die vom 1. Januar 2001«, entgegnete Nel.

»Sie bräuchten vielleicht die vom 5. oder 6. Januar.«

Nels Verstand arbeitete schnell. »Sie meinen, dass der Empfänger gar nicht auf der Liste stand und im Nachhinein an den Anfang gesetzt wurde?«

Wir schwiegen abwartend. Die Frau biss sich auf die

Lippe. »Nicht alle waren damit einverstanden«, sagte sie dann.

»Womit?«

»Ich darf keine Namen nennen, dafür kann ich ins Gefängnis wandern.« Sie wandte den Blick ab. »Wenn irgendjemand anfängt zu suchen, landet man in null Komma nichts bei mir, und Rutger Hogendoorn wird mich garantiert nicht decken.«

»Sie brauchen uns keine Namen zu nennen«, sagte ich. »Sie brauchen uns nur zu erzählen, woran Sie sich erinnern.«

»Ich erinnere mich an alles«, antwortete sie. »Das liegt daran, dass es Streit gab. Hinterher. Während einer Operation ist keine Zeit dazu, da gilt es nur, Entscheidungen zu treffen. Auslöser war im Grunde die medizinische Regel, die besagt, dass in dem Moment, wenn der Chirurg eines Krankenhauses jemanden berührt, diese Person automatisch Patient des jeweiligen Krankenhauses wird. Verwaltungstechnisch musste ein wenig gemauschelt werden und es verstieß, genau genommen, gegen das internationale Abkommen, aber darum ging es bei dem Streit gar nicht.«

»Worum denn dann?«, fragte ich.

Sie legte eine Hand auf den Tisch, rieb mit der anderen Hand darüber und sagte: »Ich glaube, Mevrouw wird das nicht gerne hören wollen.«

»Wir gehen immer äußerst taktvoll vor«, meinte Nel.

Die Frau schwieg hartnäckig.

»Dieser Chirurg, war das Professor Kuller?«, fragte ich, um sie in Gang zu bringen.

»Nein, natürlich nicht, der kam nur zur Transplantation. Es war die junge Traumachirurgin aus dem Helikopter. Ihr kann man auch keinen Vorwurf machen, sie hat nur ihre Arbeit getan, und zwar gut, denn sie hat diesem Mann das Leben gerettet.«

Ich runzelte die Stirn und Nel und ich schauten uns an. Wir dachten beide dasselbe. »Meinen Sie den Fahrer des anderen Pkws?«, fragte Nel.

Anna Vogel hob den Blick. »Woher wissen Sie das?«

»Wir haben den Polizeibericht gelesen«, sagte ich. »Der Hubschrauber wurde angefordert, weil die Besatzung des Rettungswagens dem dritten Unfallopfer nicht helfen konnte.«

Sie nickte eifrig. Die meisten Verräter sind dankbar, wenn man ihnen die Gelegenheit bietet, ihr Gewissen zu beruhigen, indem man ihnen suggeriert, dass sie nur bereits bekannte Informationen bestätigen. »Der Mann war aus dem Auto herausgeschleudert worden, und sie sahen nicht sofort, dass sein Herz durchbohrt worden war, ob von einer losen Zierleiste oder einem Stück Zaun, weiß niemand, denn der Gegenstand war herausgezogen worden. Es war mitten in der Nacht, man stellt zwar Scheinwerfer auf, aber alle haben nur Augen für die Opfer, nicht für den Unfallhergang.« Wieder schwieg sie. Der Unfall machte ihr zu schaffen.

»Er war durch die Windschutzscheibe geschleudert worden und lag an einem Zaun«, sagte ich, um den Eindruck, dass wir bereits alles wussten, zu verstärken. »Der Autofahrer, der die Polizei gerufen hatte, kniete neben ihm. Vielleicht hatte der versucht, ihm zu helfen?«

»Das haben wir uns hinterher auch überlegt«, sagte sie. »Ein Notarzt oder Sanitätsassistent würde so etwas nie tun, aber der Mann hat garantiert nach Atem gerungen, und dann tun Laien oft das Falsche, obwohl sie es gut meinen. Jedenfalls hatte er keinen Blutdruck mehr und auch keinen Puls und die Pupillen waren starr. Da muss man schnell handeln. Das Helikopterteam konnte nicht mehr tun, als das Herz freizulegen. Sie durchtrennten das Brustbein, was bei einem jungen Mann nicht einfach ist, setzten den Schnitt, zogen die Rippen auseinander und fanden eine Asystolie mit Herzbeuteltamponade vor.«

»Bitte helfen Sie einem Laien auf die Sprünge.«

»Die Herzkammer war mit Blut gefüllt, was sehr schnell zum Tode führt.« Anna Vogel zuckte mit den Schultern. Sie flüchtete sich in Professionalität, sie wusste, wovon sie redete, und auf dieses Wissen war sie stolz. »Ich würde das gern weglassen, aber es hat letztendlich dazu geführt, dass das Krankenhaus die Verantwortung für diesen Mann übernehmen musste.«

»Weil die Chirurgin ihn operierte?«, fragte Nel.

Sie nickte. »Sie setzten einen Schnitt und kurz darauf begann das Herz unregelmäßig zu schlagen. Dadurch schoss ein Blutstrahl aus dem Herzen. Es gab nur eine Möglichkeit, die Blutung zu stillen: Die Chirurgin steckte den Finger in die Öffnung und ließ ihn dort, bis sie im Krankenhaus eintrafen, das man bereits alarmiert hatte. Der Patient wurde an die Herz-Lungen-Maschine angeschlossen, doch der Kardiologe, der den Fall übernahm, erkannte bereits nach fünf Minuten, dass das Herz nicht zu retten war. Wir glaubten schon, alle Mühe sei umsonst gewesen, doch dann hörten wir, dass man Professor Kuller gerufen hatte, weil auf dem Tisch im Operationssaal nebenan eine verstorbene Patientin lag, die Spenderin war.« Sie stand auf, ging zu einem Schrank. »Ich brauche einen Schnaps«, sagte sie. »Für Sie auch einen?« Sie hielt eine Flasche hoch.

»Wir müssen noch Auto fahren.«

Sie nickte gleichgültig, schenkte Jenever in ein kleines Glas und trank es halb aus, bevor sie an den Tisch zurückkehrte. »Aber ich darf Ihnen wirklich keine Namen nennen.«

Ich sehnte mich nach frischer Luft, wagte aber die vertrauliche Atmosphäre nicht zu stören, indem ich von mir aus die Fenster öffnete. »Unsere Klientin möchte nur wissen, ob das Herz verwendet wurde oder nicht«, sagte ich. »Die Spenderin war ihre Tochter.«

Anna Vogel blickte von mir zu Nel und wieder zurück. »Sie sollten gut darüber nachdenken, was sie ihr erzählen«, meinte sie.

»Das ist uns nur allzu deutlich bewusst«, sagte ich.

»Und Sie dürfen meinen Namen nicht nennen.«

»Versprochen«, sagte Nel.

»Das Problem für einige von uns ergab sich erst hinterher, ich hoffe, Sie können das verstehen. Wir fragen uns nicht, was genau geschehen ist, wir sehen nur Opfer, Patienten.« Anna Vogel verzog den Mund. »Wir gerieten in eine Situation, die niemand je zuvor erlebt hatte und die höchstens einmal in hundert Jahren vorkommt. Auf dem einen Operationstisch liegt ein Mann, der stirbt, wenn ihm kein neues Herz eingepflanzt wird. Auf dem Tisch daneben liegt eine hirntote Person, die ein geeignetes Herz besitzt und überdies Organspenderin ist. Was soll man tun? Dieser Mann ist unser Patient, wir sind für ihn verantwortlich. Alles war umsonst, wenn man diese eine Chance nicht beim Schopfe ergreift.«

»Das klingt logisch«, sagte Nel.

Die nichtsterile Operationsschwester umfasste das Jeneverglas mit Daumen und Zeigefinger. »Das Cross-match war ruck, zuck erledigt, alles stimmte. Der Mann hätte auf die Warteliste gesetzt werden müssen, aber das hat im Grunde niemanden interessiert. Das Schlimme war, dass man die offizielle Nummer eins auf der Liste bereits benachrichtigt hatte, obwohl das öfter vorkommt.«

»Der Patient aus Zevenaar«, sagte Nel.

Anna Vogel strich über das Glas. »Die Rechnung geht immer auf. Ein Mensch stirbt, weil er kein Herz bekommt, aber das Herz wurde jemand anderem eingepflanzt und dieser Mensch lebt.« Sie hob den Blick. »Der Patient von der Warteliste war angerufen worden und hatte sich auf eine Transplantation vorbereitet. Später haben wir erfahren, dass er zwei Tage nach dem Ereignis gestorben ist. Dieser Mann liegt in seinem Bett, starrt an die Decke und weiß, dass er noch zehn oder zwanzig Jahre hätte leben können, wenn er dieses Spenderherz erhalten hätte. Natürlich hat man ihm erzählt, das Herz sei nicht geeignet gewesen, was soll man sonst machen. Aber als wir erfuhren, wie sich der Unfall ereignet hatte, ging es der anderen Schwester und mir ziemlich schlecht.« Sie presste die Lippen aufeinander. »Wollen Sie der Mutter wirklich erzählen, dass das Herz ihrer Tochter dem Verkehrsrowdy eingepflanzt wurde, der sie totgefahren hat?«

Sie griff hastig nach ihrem Glas und trank es aus.

»Von uns erfährt sie das nicht«, sagte Nel nach einer Weile.

Die Frau stand auf, sie wollte uns loswerden. Wir hatten keine weiteren Fragen mehr. Sie ging uns voraus durch den Flur, mit den hohen, steifen Schritten eines alten Pferdes. Frische Utrechter Stadtluft wehte zur Tür herein.

»Eine Tochter zu verlieren ist schon schlimm genug«, sagte Anna Vogel, als wir ihr die Hand schüttelten. »Vielleicht war das die Strafe für die Abtreibung.«

Ich war einigermaßen überrumpelt. »Eine Abtreibung?«

»Das wurde erst auf der Suche nach weiteren brauchbaren Organen oder Gewebe entdeckt, oder bei der Autopsie, das weiß ich nicht mehr. Das Mädchen hatte kurz vor ihrem Tod eine Abtreibung vornehmen lassen.«

CyberNel setzte sich im Heuschober an ihren Computer und ich kehrte gerade die Terrasse, als sie zurückkam. Vielleicht konnten wir mit dem Ruderboot rausfahren und in Rustwat etwas essen gehen.

»De Vries hat ein halbes Jahr auf Bewährung mit drei Jahren Bewährungsfrist wegen fahrlässiger Tötung gekriegt«, verkündete Nel.

»Da ist er aber glimpflich davongekommen.«

Sie schaute mich an. »Im Urteil steht, dass ihm eine schwere Herzoperation und eine lange Heilungs- und Rehaphase als mildernde Umstände angerechnet wurden.«

»Der Richter hätte sicher weniger milde geurteilt, wenn er gewusst hätte, von wem das Herz stammte.«

»Kann sein. Aber die Polizei weiß es nicht und die Justizbehörden werden es auch nie erfahren.«

Strafakten waren ein Kinderspiel für Nel und die Polizeicomputer waren und blieben ihr vertrauter Tummelplatz, obwohl sie aus Gründen der Zeitersparnis die Einwahl und den Zugangscode von Bart benutzt hatte. Victor de Vries war ein Kleinkrimineller, der mit achtzehn zum ersten Mal in den Registern auftauchte, wegen Ladendiebstahl in einem Herrenbekleidungsgeschäft. Offenbar liebte er gute Anzüge, denn er wurde noch zweimal in

Modegeschäften erwischt und saß kurze Haftstrafen ab, weil er die Geldstrafen, die ihm der Einzelrichter für einfache Strafsachen auferlegte, nicht zahlen wollte oder konnte. Danach wurden seine Vergehen ernster: Wohnungseinbrüche bis zum Raubüberfall auf einen amerikanischen Touristen. Drei Monate im Knast Bijlmermeer. Er hatte eine Adresse in der Goudsbloemstraat in Amsterdam angegeben.

»Der scheint ja nicht gerade helle zu sein«, meinte Nel. »Auf offener Straße, neben der Bar, in der er arbeitete. Der Tourist wehrt sich, Victor fuchtelt mit einem Stilett herum, der Tourist fängt an zu schreien, Victor kriegt einen Mordsschrecken und der Besitzer der Bar springt ihm an den Hals.« Sie lachte. »Fristlos entlassen.«

»Ist er Barkeeper von Beruf?«

»Ja, laut seinen Angaben. Auftrag erledigt, oder? Soll ich einen Bericht schreiben?«

»Ein Blatt mit sämtlichen Angaben reicht.« Ich schwieg einen Moment und sagte dann: »Das sieht ein bisschen mager aus, oder, nur ein Name und eine Adresse?«

Sie schaute mich an. »Aber das war es doch, was sie wollte? Und wir haben es schneller herausgefunden als erwartet. Lass uns den Fall abschließen. Wir erzählen ihr nichts von dem Unfall, der Abtreibung. Davon weiß sie bestimmt nichts, und es würde ihr nur wehtun.«

Nel setzte sich an meinen Schreibtisch, schaltete meinen Mac ein und fing rasch an zu tippen. Ich legte schon mal ein Blatt Papier mit unserem Briefkopf in den Drucker ein. *Max Winter / Nel van Doorn. Ermittlungen.*

»Die Abtreibung muss der Grund dafür gewesen sein, warum sie in der Nacht dort waren«, sagte Nel, als sie den Druckauftrag startete. »Vielleicht ist der Vater dahintergekommen, dass Rosa schwanger war, und hat sie dazu gezwungen?«

In Feerweerd vielleicht, nicht in Amsterdam. »Nel, eine achtzehnjährige junge Frau? Ich glaube eher, dass sie die Abtreibung selbst wollte und ihren Vater um Hilfe gebeten hat. Aber das spielt ja doch keine Rolle mehr, sie sind alle beide tot und Arin war in Armenien.«

CyberNel nickte. »Wie dem auch sei. Reider wollte die Sache garantiert diskret abwickeln, irgendwo an einem abgelegenen Ort. Ich habe die Umgebung überprüft, es gibt eine Privatklinik bei Huis ter Heide. Wenn Rosa dort morgens oder mittags eine Abtreibung hatte, hat sie sich womöglich erst in einem Zimmer erholt, bis es Reider irgendwann in der Nacht zu viel wurde, weil er morgens wieder seine Funktion als Direktor ausüben musste oder was auch immer. Er checkt aus und sie schlagen den Utrechtseweg ein, um bei Rijnsweerd auf die Autobahn nach Amsterdam zu fahren.«

Sie nahm das Blatt aus dem Drucker, faltete es zweimal zusammen und steckte es in einen Umschlag. »Ich fahre morgen mit dir nach Amsterdam, steige da in den Zug nach Groningen und nehme ein Taxi nach Feerweerd. Okay?«

»Mit dem Auto geht's schneller und du kannst eine Kiste Äpfel mitnehmen.«

»In Groningen gibt es auch Äpfel«, sagte sie. »Und ich möchte mir die Dame gerne selbst mal anschauen.«

8

»Hier ist es so still wie auf dem Mond«, bemerkte Nel, nachdem Henri die Tür hinter uns geschlossen hatte.

»Ganz recht, Mevrouw«, sagte Henri. »Bitte folgen Sie mir.«

»Dabei hat Amsterdam doch eine Atmosphäre, also gibt es auch Schallwellen«, murmelte Nel hinter seinem Rücken.

»Cornelia, benimm dich«, mahnte ich.

Der Hausdiener ließ sich nicht aus dem Konzept bringen und führte uns ins Büro. Arin Reider wirkte nicht erfreut über Nels Anwesenheit. Die Stimmung war von Anfang an gespannt. »Sind Sie auch in diesem Beruf tätig?«, begann sie mit jener herablassenden Freundlichkeit, mit der Frauen einander zu Leibe rücken.

Nel war weniger subtil. »Sollten Sie Probleme mit einem bösartigen Virus haben, kann ich Sie Ruck, zuck davon befreien.« Sie wartete eine volle Sekunde, bevor sie mit einem Nicken zu den Computern auf Arins Schreibtisch wies. »Ich bin Computerspezialistin.«

»Interessant«, sagte Arin, und mit einer Geste zum Konferenztisch: »Soll ich Kaffee bringen lassen?«

»Vielen Dank«, sagte Nel. »Ich muss gleich wieder weiter.«

»Lassen Sie sich durch mich nicht aufhalten. Sie vielleicht?«

Ich lehnte dankend ab und setzte mich. »Unsere Arbeit wird zu siebzig Prozent mit dem Computer erledigt«, sagte ich.

Nel gab mir mit einem kühlen Blick zu verstehen, dass sie keine Schützenhilfe von mir brauchte. Sie zog den Umschlag aus der Tasche, schob ihn über den Tisch der Armenierin zu und sagte: »Wir haben den Auftrag schnell erledigt. Ich werde die Hälfte des Vorschusses an Sie zurücküberweisen.«

Arin nahm den Umschlag vom Tisch, ohne Nel anzuschauen. Sie zog das Blatt heraus und las den kurzen Text. Sie erbleichte. »Ein Mann?«

»Sonst hätte es Victoria ...« Nel klappte den Mund zu, als ich sie unter dem Tisch an den Fußknöchel trat.

Ich erkannte, dass Arin ihre Enttäuschung nur mühsam beherrschte. »Es hätte auch jemand aus Österreich sein können«, bemerkte ich. »Das hätte die Suche erheblich erschwert.«

»Sind Sie sich sicher?« Ihre Stimme zitterte.

»Hundertprozentig.«

»Wie haben Sie es erfahren?«

»Wir haben mit einem Mitglied des Transplantationsteams gesprochen.«

»Mit wem?«

Ich schüttelte den Kopf. »Die betreffende Person möchte anonym bleiben. Das hat sie zur Bedingung gemacht und wir respektieren das.«

Sie bewegte das Blatt Papier. »Ich habe also nur Ihr Wort?«

»Wenn Sie nicht zufrieden sind, überweisen wir den gesamten Vorschuss zurück«, sagte Nel. Mir wurde auf einmal klar, dass sie nicht auf Arin böse war, sondern auf die Mutter, die so wenig von ihrer Tochter wusste.

Arins Gesicht schien plötzlich gealtert. »Nehmen Sie es mir nicht übel«, sagte sie. »So habe ich es nicht gemeint.

Ich meine ja nur ...« Sie warf Nel einen fast flehentlichen Blick zu. »Verstehen Sie, was ich meine?«

»Ja«, sagte Nel.

»Ich kann mir vorstellen, dass Sie enttäuscht sind«, sagte ich. »Aber ein Irrtum ist ausgeschlossen. Dies ist der junge Mann, der das Herz Ihrer Tochter erhalten hat.«

»Haben Sie mit ihm gesprochen?«

»Das war nicht Teil unseres Auftrags, aber wir haben versucht, ihn anzurufen, um die Adresse zu überprüfen. Wir haben allerdings niemanden erreicht.«

Sie spitzte die Lippen. »Was ist er für ein Mensch?«

»Fünfundzwanzig Jahre alt, unverheiratet, arbeitet in einer Bar.«

Sie zuckte zusammen. »Ein Barkeeper? Ist das alles, was Sie über ihn wissen?«

Ich wechselte einen Blick mit Nel und zuckte mit den Achseln. »Er ist einige Male mit dem Gesetz in Konflikt geraten«, sagte Nel. »Diebstahl und Einbruch.«

Arin starrte mit leerem Blick vor sich hin. Ich sah, wie ihre Augen feucht wurden. »O mein Gott«, flüsterte sie. »Deswegen braucht sie meine Hilfe.«

»Warum glauben Sie das?«, fragte Nel.

»Sie besucht mich jede Nacht im Traum. Jetzt verstehe ich. Ich muss sie retten ...«

Nel runzelte die Stirn und erwiderte: »Ihre Tochter ist tot, Sie leben Ihr eigenes Leben. Es wäre gesünder, die ganze Sache zu vergessen.«

Arin schüttelte den Kopf. »Das kann ich nicht. Es ist das Herz, das Gott fühlt, nicht der Verstand. Das hat doch Ihr Pascal selbst gesagt.«

»Pascal hat so viel über alles Mögliche gesagt, dass man eine Privatbibel damit füllen könnte«, erwiderte Nel.

»Unter anderem, dass der Mensch am bereitwilligsten Böses anrichtet, wenn er aus religiöser Überzeugung handelt.«

Arin biss die Zähne zusammen. »Es ist gerade ein neuer Film angelaufen«, antwortete sie. »*Ararat*. Vielleicht sollten Sie sich den mal ansehen, wenn Sie etwas über die bereitwillige Durchführung von Völkermord wissen wollen.«

Sie nahm den Umschlag und ging damit ans Fenster. Ich starrte Nel an. Sie zog die Augenbrauen hoch. Na und?, besagte ihr Blick. Die Stille hing drückend im Raum, während Arin mit dem Rücken zu uns unverwandt aus dem Fenster schaute.

Sie drehte sich um und sah mich an, nicht Nel. »Ich möchte alles über diesen Mann wissen«, sagte sie. »Nicht nur seinen Namen und seine Adresse, sondern einen vollständigen Bericht. Glauben Sie, dafür könnten Sie sorgen?«

Ich zögerte, doch Nel antwortete spontan: »Natürlich, Mevrouw, kein Problem.«

Arin nickte, als habe sie meinen Widerwillen nicht bemerkt. »Ich möchte auch wissen, was Joachim und meine Tochter dort mitten in der Nacht zu suchen hatten, wenn das möglich ist.«

»Wissen Sie das wirklich nicht?«, fragte Nel.

»Ich war in Armenien.«

»Haben sie Ihnen keine Briefe geschrieben oder mal eine Ansichtskarte?«

Arin ignorierte Nels Ironie. »Wenn ich es wüsste, würde ich Sie nicht damit beauftragen«, antwortete sie kurz angebunden. Sie streckte den Arm aus und betätigte einen Knopf auf dem Schreibtisch.

Ich stand auf. »Wir werden es herausfinden, Mevrouw. Sie hören so bald wie möglich von uns.«

Sie schaute mir tief in die Augen und hielt meine Hand einen Augenblick fest. »Noch ist Zeit«, sagte sie.

Henri kam geräuschlos herein.

Nel wurde mit einem kurzen Nicken verabschiedet und wir folgten Henri zur Haustür. Samstagvormittag, die Sonne schien, ich hatte einen Parkplatz in der Nähe der Gracht ergattert und die Parkzeit war noch nicht abgelaufen.

Wir fuhren durch das shoppende Amsterdam zum Bahnhof. Ich fragte mich, was Nel aufgefallen war beziehungsweise was ihr auf dem Herzen lag, schwieg jedoch, bis ich in der Nähe des Taxistandes anhielt und sie küsste.

»Ich hatte den Eindruck, dass dir unsere Klientin ziemlich unsympathisch ist«, bemerkte ich, wobei ich mich noch vorsichtig ausdrückte. »Und trotzdem hast du dich entschieden, weiterzumachen, obwohl ich aufhören wollte.«

Nel zog ihre Reisetasche von der Rückbank. »Ich möchte dieses Weib lieber im Auge behalten«, meinte sie.

»Warum?«

»Besser wir als ein Auftragskiller.« Nel stieg aus, beugte sich zum offenen Fenster herunter, schenkte mir ein sonniges Lächeln und rannte zum Bahnhof, zum Zug und zu Hanna.

Alle hatten es eilig, obwohl es Samstagmittag war und die Amsterdamer es ruhig hätten angehen lassen können. Die Stadt erschien mir verändert, aggressiver. Vielleicht bildete ich mir das auch nur ein, weil ich mich an die Geruhsamkeit der Provinz gewöhnt hatte, wo man niemanden unterwegs treffen konnte, ohne zu grüßen und ein Schwätzchen über das Wetter zu halten. Hier dagegen nahm einen keiner zur Kenntnis und an der Ecke der Goudsbloemdwarsstraat, gegenüber der Akademie für Sozialwesen, wo ich mein Auto geparkt hatte, wurde ich von einem ungehobelten Kerl beinahe über den Haufen gerannt, der nur einen Fluch für mich übrig hatte.

Die Adresse entpuppte sich als schmales, düsteres Haus, ohne den Knöterich und den Efeu, für die die neue Generation der Jordaanviertel-Bewohner hier und da Bürgersteigplatten entfernt hatte. Ich schellte und sofort wurde die Haustür von oben mit einem Seil aufgezogen. Ich sah niemanden und stieg durch das dunkle Treppenhaus hinauf. Eine Tür stand halb offen, ich hörte Gepolter und eine Frau stand schreiend in einem rosa Zimmer.

»Du kannst mich mal mit deinem Scheißjob! Leck mich doch ...«

Als sie mich sah, wurde sie still. Sie hielt eine Pistole in der Hand, die sie mit einer schreckhaften Bewegung hinter dem Rücken verbarg, wodurch ihr Morgenmantel vorne aufging. Der Raum war gerade hell genug, um die Blutergüsse auf ihren Brüsten erkennen zu können. Sie war um die dreißig, eine üppige blonde Frau mit blitzenden Augen. Die Schwellung auf ihrer Wange, unter dem rechten Auge, hatte noch keine Zeit gehabt, blau anzulaufen. »Und wer bist du?«, fauchte sie mich an.

»Max Winter«, sagte ich. »Eine Pistole kann nützlich sein, aber mir liegt was an meiner Gesundheit, also legen Sie sie doch bitte kurz beiseite.«

Sie ließ die Hand mit der Pistole sinken und schloss mit der anderen ihren Morgenmantel. »Shit«, sagte sie aus vollem Herzen. »Ich dachte ...«

»Nehmen Sie's mir nicht übel.«

Sie drehte sich um, marschierte an einem orangefarbenen Sofa vorbei zu ein paar weiß gestrichenen Treppenstufen und verschwand in einem schmalen Flur. Ich hörte einen Wasserhahn und schloss die Tür hinter mir, um nicht von demjenigen überrascht zu werden, der sie so zugerichtet hatte. Tageslicht fiel durch das Fenster zur Straße und durch die Glastür gegenüber. Dahinter lag ein zwei mal drei Meter kleiner Raum mit einem Fenster und einer zerwühlten Doppelmatratze, neben der ein Fernseher stand. Sie mochte die Frau oder die Freundin von Victor de Vries sein, doch ich sah nichts, was auf einen Mann hinwies. Dies hier war die Wohnung einer allein stehenden Frau mit romantischen Neigungen: *Der Spaziergang* von Monet und rote Chagall-Pferde an den rosa Wänden, Frauenkleidung auf einem Bügelbrett, ein iMac. Auf dem Mehrzweckschrank stand ein gerahmtes Foto von einem etwa dreizehnjährigen Mädchen und einem dunkelhaarigen, etwa acht Jahre alten Jungen rechts und links neben einer blonden Frau. Ihre Mutter.

Sie kam aus dem kleinen Flur und blieb stehen. Sie hatte den Morgenmantel fest zugebunden und ihr Gesicht ein wenig zurechtgemacht, jedoch nicht genug, um die Schwellung auf ihrer Wange zu verbergen. »Bitte verraten Sie nichts von der Pistole.«

»An Ihrer Stelle würde ich damit zur Polizei gehen.«

Sie lachte abfällig. »Dafür kriege ich garantiert keinen Waffenschein und ich würde sie gern behalten, bei dem ganzen Ungeziefer, das hier ein und aus geht.«

»Vielen Dank.«

»Sie meine ich nicht.«

Ich lächelte. »Die Pistole ist mir egal. Ich mache mir mehr Sorgen um den Kerl, der Ihnen das angetan hat.« Ich tippte mir auf die Wange. »War das Victor?«

Sie schaute mich voller Erstaunen an. »Victor?«

»Victor de Vries wohnt doch hier?«

»Das hätte mir gerade noch gefehlt.«

»Wer war es dann? Ein rabiater Kunde?«

Ihre Augen wurden schmal. »Glauben Sie, ich bin eine Hure?«

»Noch glaube ich gar nichts.«

»Dieser Mistkerl. Erst hat er behauptet, er wäre geschieden, dann war er es doch nicht. Diese Typen sehen einen schönen Körper und auf der Stelle versprechen sie dir das Blaue vom Himmel herunter.« Ihr Gesicht verdüsterte sich.

»Einen Scheißjob zum Beispiel?«

Sie lachte sarkastisch. »Ich falle jedes Mal auf schöne Reden rein. Ich habe bei einem Verleger gearbeitet, deswegen. Der konnte übrigens auch seine Pfoten nicht bei sich behalten.«

»Manchmal hat man wirklich Pech.«

»Ab und zu sage ich mir: Warum eigentlich nicht? Wissen Sie, was man bei so einer Escortagentur verdient?« Sie streckte die Brust heraus. »Talent genug habe ich.«

»Das kann ich bestätigen.« Ich lächelte ihr zu.

»Tut mir leid.« Sie drehte sich zu der Schrankwand um. »Möchtest du eine Tasse Kaffee? Wie heißt du nochmal?«

»Max Winter.«

»Du hast mich ziemlich überfallen.«

»Ich werde meine Hände bei mir behalten und dir keine leeren Versprechungen machen.«

Sie zog die Kanne aus der Kaffeemaschine und betastete mit der anderen Hand ihre Wange. »Dieser widerliche Mistkerl«, schimpfte sie. »Nimmst du Zucker?«

»Nur ein bisschen Milch.« Ich setzte mich in einen Sessel dem Sofa gegenüber. »Du bietest mir Kaffee an, dabei weiß ich noch nicht einmal deinen Namen.«

»Na ja, ich hätte dich beinahe über den Haufen geschossen.« Sie betrachtete mich aufmerksamer. »Ich heiße Betty. Bist du verheiratet?«

»Ich lebe glücklich und zufrieden mit der Mutter meiner Tochter zusammen.«

Sie seufzte. »Immer dasselbe. Und du kriegst ihn natürlich auch noch hoch, ohne deine Frau verprügeln zu müssen.«

Der Morgenmantel öffnete sich wieder, als sie den Kaffee hinstellte. Ich antwortete nicht, denn es war keine ernsthafte Frage gewesen. Manchen Frauen spielt das Leben einfach übel mit.

Ich wies mit einem Nicken auf den Computer. »Arbeitest du von zu Hause aus?«

Sie folgte meinem Blick. »Manchmal. Ich lektoriere Manuskripte. Wie gesagt, ich habe bei einem Verleger gearbeitet, aber seine Frau hat dafür gesorgt, dass ich nach vier Monaten wieder auf der Straße stand.«

Ich rührte in meinem Kaffee und sagte: »Eigentlich wollte ich zu Victor de Vries.«

»Er ist mein Bruder.«

»Er hat diese Adresse angegeben.«

Sie strich sich das blonde Haar aus den Augen. »Das muss aber eine Weile her sein.«

»Also hat er hier gewohnt?«

»Nein, nie. Vielleicht hat er meine Adresse angegeben, weil … Ach, was weiß ich.« Eine Falte erschien über ihrer Nasenwurzel. »Du bist doch kein Bewährungshelfer?«

Ich schaute sie an und beschloss, ihr keine Lügenmärchen aufzutischen. »Nein.«

»Victor ist ein guter Junge.«

»Aber natürlich«, erwiderte ich freundlich. »Ich habe sein Vorstrafenregister gesehen, weißt du.«

»Shit«, sagte sie erneut. »Hat er etwas ausgefressen?«

»Keine Ahnung. Ich komme wegen seines Herzens. Er hatte doch vor ungefähr drei Jahren eine Herztransplantation?«

Die Vorstellung, dass ich nur eine Art Beamter war, schien sie zu enttäuschen. »Geht es wieder mal um eine von diesen Untersuchungen? Da macht er bestimmt nicht nochmal mit. Aber er schluckt brav seine Medikamente, und soweit ich weiß, nimmt er alle Kontrolltermine wahr.«

»Wann hast du ihn zum letzten Mal gesehen.«

»Vor etwa einer Woche. Er kommt gelegentlich vorbei. Hauptsächlich, wenn er Geld braucht.«

»Hat er einen Job?«

»Er arbeitet im *Chez Minette* an der Bar, das ist ein Nachtclub.«

Ich erinnerte mich an das *Chez Minette*, eine drittklassige Kaschemme, in der man abgezockt wurde und wo sich niemand daran stören würde, wenn Victor einen betrunkenen Gast draußen vor der Tür noch schnell beklaute. »Ich würde ihn trotzdem gern persönlich sprechen. Kannst du mir seine Adresse geben?«

Sie nickte und stand auf, fand einen Zettel in der Schrankwand und schrieb etwas auf.

»Wie geht es seinem Herzen inzwischen, was meinst du?«, fragte ich.

Sie zuckte mit den Schultern. »Victor trinkt nicht mehr, das behauptet er zumindest. Er ist immer robust gewesen, ziemlich gesund. Die ersten beiden Jahre nach so einer Operation sind die schwierigsten, darüber ist er jetzt hinweg, aber er muss immer noch so viele Vorschriften beachten. Manchmal befürchte ich, dass er sich nicht besonders strikt daran hält.«

»Das wäre aber dumm von ihm.«

Sie schüttelte den Kopf. »Er hat es einfach satt, so leben zu müssen. Wenn ich nur niese, darf er mir nicht zu nahe kommen. Er muss sich vor Infektionen und Bakterien in Acht nehmen, er darf auf keinen Fall etwas von der Frittenbude essen, er muss eine Maske tragen, wenn er einen Kranken besucht, sich andauernd die Hände waschen. Er muss sein Gewicht und seinen Blutdruck kontrollieren, Pillen schlucken, sein Armband tragen und seine Patientenkarte bei sich tragen.«

Chez Minette. »Was Keimfreiheit angeht, ist eine Bar aber nicht gerade der ideale Arbeitsplatz«, bemerkte ich.

Betty zuckte mit den Schultern. »Ich hab zu ihm gesagt, er solle wenigstens Handschuhe tragen. Aber er ist dickköpfig. Er rechnet damit, dass er die zwanzig Jahre schafft. Gerda wäre schon mit zehn oder fünfzehn zufrieden.«

»Gerda?«

»Unsere Mutter, sie wohnt in Amstelveen.« Sie gab mir den Zettel. »Darunter steht meine Telefonnummer.« Sie lächelte verführerisch und zupfte vorn an ihrem Morgenrock herum. »Wenn du nochmal vorbeischauen willst, ruf mich vorher an, dann lasse ich die Pistole im Schrank.«

Es war eine der Straßen am Fluss in der Nähe des Messegeländes, keine schlechte Gegend, eher gutbürgerlich und ziemlich langweilig. Nummer 16 erwies sich als solides Wohnhaus aus dunklen Backsteinen, mit schmutzigen

Fenstern, Namensschildchen und Klingelknöpfen im Eingang, angeketteten Fahrrädern vor der Tür. In vielen dieser Amsterdamer Häuser hatten schlaue Besitzer fünf oder zehn kleine Wohnungen mit Kochnische und Duschecke eingerichtet, für Studenten oder andere Kurzzeitbewohner, die ihnen an Miete das Vielfache von dem einbrachten, was sie früher für das ganze Haus erhielten.

Ich drückte ein paar Mal auf die Klingel neben dem Schild *V. de Vries.* Keine Reaktion. Ein paar Meter weiter standen drei alte Männer, die sich miteinander unterhielten und einer Frau hinterherschauten, die einen Kinderwagen vor sich herschob. Das unterste Namensschild wirkte dauerhafter als die übrigen: *W. Lommerijns.*

Eine Surinamerin zog die Tür ein kleines Stück auf und fragte durch den Spalt: »Ja?«

»Guten Tag, Mevrouw, sind Sie die Vermieterin?«

»Ja?«

Ich tippte auf die Namensschildchen. »Ich bin auf der Suche nach einem Ihrer Mieter, Victor de Vries.«

»Ja?«

Ich kramte vorsorglich schon mal in meiner Innentasche. »Bei ihm hat niemand aufgemacht.«

»Er ist nicht zu Hause.«

»Kommt er bis heute Abend wieder?«

»Ich habe ihn schon seit drei Tagen nicht gesehen«, antwortete sie.

Ich nickte, als hätte ich nichts anderes erwartet, und sagte streng: »Er hätte sich gestern melden müssen, wissen Sie.«

»Weswegen?«

»Ich bin von der Bewährungshilfe.« Ich wedelte mit Meulendijk. Ihr Gesichtsausdruck wurde abweisend. Egal ob Victor jetzt Probleme mit seiner Vermieterin bekam, aber ich musste sein Zimmer sehen und hier einzubrechen wäre nicht einfach gewesen. »Seit drei Tagen, sind Sie sicher?«

Sie nickte und öffnete die Tür ein Stück weiter. »Ich behalte für meinen Mann die Mieter etwas im Auge«, erklärte sie. »Sonst wohnen am Ende plötzlich vier Leute in einer Wohnung. Oder die nehmen den Fernseher mit. Was hat er denn getan?«

»Nichts, Mevrouw, das hoffe ich zumindest. Aber vor einiger Zeit hat er einen Unfall verursacht und dafür eine Bewährungsstrafe erhalten. Deswegen muss er sich regelmäßig melden, und wenn er das versäumt, muss einer von uns ihn aufsuchen. Ist Ihr Mann zu Hause?«

»Walter geht samstags auf dem Ij angeln, jedenfalls bei schönem Wetter. Ein Freund von ihm hat ein kleines Boot. Vor heute Abend kommt er bestimmt nicht nach Hause.«

»Bekommt Meneer de Vries oft Besuch?«

»Nein, eigentlich nie ...«

»Damenbesuch?«

Sie schüttelte den Kopf und ließ die Tür los. »Diese Woche hat jemand nach ihm gefragt, aber er war nicht zu Hause.«

»Wann war das genau?«

Sie runzelte die Stirn. »Dienstagabend?«

»An dem Abend, bevor er verschwand?«

»Ja, genau. Ich habe ihn am Mittwochmorgen weggehen sehen, es war noch sehr früh. Meistens schläft er lange.«

»Wer war dieser Besucher?«

»Er hat mir seinen Namen nicht genannt.«

»Wie sah er aus?«

»Ein ganz normaler Mann.« Sie zuckte mit den Schultern. »Ich habe ihn nicht deutlich gesehen, ich hatte die Tür nur einen Spalt geöffnet und es war dunkel. Er fragte, ob Victor zu Hause sei, und ich antwortete, er sei wahrscheinlich arbeiten. Ist das wichtig?«

»Wir wissen gerne, mit wem unsere Leute Umgang haben. Haben Sie Victor von dem Besuch erzählt?«

»Nein, aber der Mann hat einen Brief für ihn hinterlassen, den habe ich auf den Posttisch gelegt.«

Sie antwortete mir äußerst bereitwillig. Ich repräsentierte die Obrigkeit und mit der stehen Vermieterinnen gern auf gutem Fuß, sonst kommen wir vorbei und prüfen die Bücher. »Wissen Sie, was darin stand?«

»Natürlich nicht.« Sie machte ein gekränktes Gesicht. »Es war ein verschlossener Umschlag, adressiert an Victor de Vries. Mein Mann hat gesehen, wie Victor um zwei Uhr nachts nach Hause kam und ihn mit nach oben nahm.«

Der Besucher hatte damit gerechnet, dass Victor nicht zu Hause war, sonst hätte er keinen Brief für ihn bei sich gehabt. »Hat de Vries etwas gesagt, als er am Morgen wegging?«

»Kein Wort, er hatte es eilig.«

»Hatte er Gepäck bei sich?«

»Eine Reisetasche. Das ist mir aufgefallen.«

»Was für ein Auto fährt er?«

»Einen kleinen Japaner, blau, ein Nissan? Er stellt ihn meistens um die Ecke an der Kirche ab, hier kriegt man nicht so leicht einen Parkplatz.«

»Kennen Sie zufällig sein Autokennzeichen?«

»Nein, keine Ahnung. Aber der Wagen ist mindestens sechs Jahre alt, bestimmt gebraucht gekauft.«

Ich nickte. »Zahlt er pünktlich seine Miete?«

»Bis jetzt schon. Er wohnt hier erst seit vier Monaten. Normalerweise verlangen wir Referenzen, aber er machte einen ordentlichen Eindruck und war sofort bereit, die zwei Monatsmieten Kaution zu zahlen. Er sagte, er habe eine feste Anstellung in einem Restaurant. Ich konnte ja nicht ahnen ...«

Ich hatte schon bei Victors ›Restaurant‹ angerufen. Im *Chez Minette* hatte man ihn seit Dienstag nicht mehr gesehen und war stinksauer auf ihn. »Sie brauchen sich nichts vorzuwerfen, Mevrouw. Wir versuchen, den Leuten so gut es geht bei der Wiedereingliederung in die Gesellschaft zu helfen. Haben Sie einen Schlüssel für sein Zimmer?«

»Natürlich, aber ...« Sie wirkte plötzlich verunsichert.

»Wenn Sie wollen, besorge ich eine Vollmacht, aber dann müssen zwei Polizeibeamte mitkommen, das ist Vorschrift. Den meisten Hauseigentümern ist das eher unangenehm, deshalb regeln wir das meistens so. Ich möchte mich nur mal kurz umschauen, vielleicht liegt irgendwo eine Adresse oder ein Hinweis darauf, wo ich ihn finden kann.«

Niemand ist erpicht auf die Anwesenheit der Polizei und die Surinamerin ließ mich dankbar herein. Der Flur roch muffig, aber alles machte einen sauberen Eindruck und neben dem Posttisch stand ein großer Ficus in einem Kupfertopf. Für Pflanzen war es hier eigentlich zu dunkel und ich befühlte eines der Blätter. Plastik. Ich ging rasch die Briefe und Drucksachen durch, fand aber nichts für Victor de Vries.

Ich stand höflich lächelnd an der Treppe, als die Vermieterin mit erhobenem Schlüssel zurückkehrte, und ich folgte ihren braunen Waden in den zweiten Stock. Hinter einer der Türen lief alter Jazz, Miles Davis. Ich dachte an Andalusien. Die Surinamerin steckte den Schlüssel in eine Tür am Ende des Flures und öffnete sie.

»Vielen Dank, Mevrouw«, sagte ich, bevor sie eintreten konnte. »Warten Sie ruhig unten, ich klopfe, wenn ich fertig bin.«

»Sollte ich nicht lieber hier bleiben?«

»Nein, Mevrouw, das würde ich an Ihrer Stelle nicht tun.« Ich schaute mich um und dämpfte meine Stimme für den Fall, dass Jurastudenten nebenan wohnten. »Wir nehmen nie Wirtinnen oder Vermieterinnen mit, zu ihrer eigenen Sicherheit. Falls de Vries mit seiner Abwesenheit gegen die Bewährungsauflagen verstößt, kommt die Sache vor Gericht, und dann müssen Sie oder Ihr Mann vielleicht aussagen. Ich habe entsprechende Befugnisse, aber wenn sein Anwalt erfährt, dass die Vermieterin in seiner Wohnung war, wird Ihnen das als Hausfriedensbruch ausgelegt. Rechtsanwälte wenden jeden Trick an, um ihre Mandanten freizukriegen.«

»Ach so ... Ich habe so was ja noch nie erlebt.«

Ich lächelte. »Seien Sie froh.«

Sie nickte nervös und verschwand hastig in Richtung Treppe. Ich drückte die Tür mit den Fingerknöcheln auf und schob sie mit dem Fuß zu. Ich zog ein Paar Plastikhandschuhe aus der Tasche und streifte sie über. In der Wohnung herrschte Halbdunkel. Victor war frühmorgens aufgebrochen und hatte nicht an die Gardinen gedacht. Ich bewegte mich vorsichtig hinüber zu den beiden Fenstern und zog sie auf. Gärten, Gartenhäuschen, Balkone. Victor hatte keinen Balkon, nur ein vier mal fünf Meter großes Zimmer mit einem schmalen Bett, Pensionsmöbeln, einem kleinen Fernseher auf einer Wandkonsole, einer Kochnische mit Küchenblock, einem Gaskocher auf einem Einbaukühlschrank. Alles wirkte sehr unpersönlich: helle Tapete, beige lackiertes Holz. Zwei Reproduktionen von einem Hotelkünstler an der Wand, zweifellos vom Vermieter aufgehängt. Zwar wurden die Mieter nicht über den Tisch gezogen, aber für die Gemütlichkeit mussten sie offensichtlich selbst sorgen.

Victor tat nichts dergleichen. Alles deutete darauf hin, dass er nur zum Essen und Schlafen hierher kam. Lediglich die Waage gehörte, wie ich annahm, ihm, denn Herztransplantierte müssen sich jeden Morgen nackt darauf stellen, um zu kontrollieren, ob sich alarmierende Wasseransammlungen bildeten. Der Kühlschrank roch nicht sehr nach Herzpatientenhygiene und der Käse wies beginnende Schimmelbildung auf. Gekochter Schinken und Tomaten in Plastikbehältern. Limo und Fruchtsaft in der Tür. Herztransplantierte spülen ihre dutzende Tabletten häufig mit Orangensaft hinunter. Kein Alkohol. Die Kochnische war sauber, bis auf ein Glas in der Spüle. Victor hatte nicht gefrühstückt, es sei denn, er hatte sich die Zeit zum Abwaschen und Aufräumen genommen, aber dann hätte er bestimmt auch die Gardinen aufgezogen.

Das Bett war gemacht, aber zerknautscht, als habe er darauf gelegen, um fernzusehen oder den Brief zu lesen und zu dem Entschluss zu kommen, sich aus dem Staub zu machen. Victor hatte eine Reisetasche mitgenommen. Im Einbauschrank hingen Kleidungsstücke, darunter ein ziemlich auffälliger violettblauer Anzug, rosafarbene und blaue Hemden. Ich durchsuchte die Schubladen. Unterwäsche und Socken, ein Vorrat an Plastikhandschuhen, sterile Masken und Taschenflakons mit wasserfreier antibakterieller Handwaschseife. Nichts Besonderes, keine Pistolen oder Schlagringe. Auch keine Kondome, die man ansonsten bei einem jungen, allein stehenden Mann normalerweise vorfindet. Allerdings ein Paket Monatsbinden.

Die starrte ich eine Weile an, wobei ich absurderweise daran denken musste, dass in Victors Brust das Herz einer Frau schlug.

Doch eine Freundin?

Ich suchte im Bad nach Utensilien einer Frau. Nichts. Es gab eine Toilette, ein Waschbecken, einen Heizkörper und eine gekachelte Dusche. Spezialseife. Medikamente mit Namen wie Prednison und Ciclosporin im Hängeschrank. Herztransplantationspatienten besitzen Medikamentenrationen für unterwegs oder bewahren Vorräte an verschiedenen Orten auf. Das musste also nichts zu bedeuten haben. Ich entdeckte weder Zahnpasta noch Zahnbürste, allerdings hatte er seinen Rasierer zurückgelassen, was merkwürdig war. Vielleicht hätte Claire Sylvia daraus geschlossen, dass ein Frauenherz nicht nur schneller schlug, sondern dadurch auch der Bartwuchs nachließ und man sich plötzlich für Binden interessierte.

Ich fragte mich, ob er verreist oder geflüchtet war. Er war Dienstagnacht von seiner Arbeit im *Chez Minette* zurückgekehrt und danach nicht wieder dort aufgetaucht, ohne sich abzumelden. Er hatte nicht geschlafen, nur auf dem Bett gelegen. Irgendjemand hatte einen Brief für ihn hinterlassen.

Keine Bücher. Ein paar *Playboys* unter dem Wecker auf dem Weichholznachtschränkchen. Das Telefon stand auf einem kleinen Schreibtisch am Fußende des Bettes. Sonst lag nichts darauf, auch kein Adressbuch. Ein zerknüllter

Umschlag im Weidenpapierkorb daneben. Ich strich ihn glatt. Eine schräge, ziemlich krakelige Handschrift. *Victor de Vries.* Der Brief war natürlich nicht mehr drin. Ich steckte den Umschlag ein.

Ich nahm den Hörer vom Apparat und drückte auf Wahlwiederholung. Es läutete dreimal.

»Betty de Vries.«

»Betty, ich bin's, Max. Dein Bruder ist seit Tagen nicht mehr zur Arbeit erschienen, und zu Hause ist er auch nicht. Wo kann ich ihn erreichen?«

»Woher soll ich das wissen? Wo bist du denn?«

Ich zögerte. *Was hast du im Zimmer meines Bruders zu suchen?* Ich zog die Schreibtischschublade auf. Ein Stapel Umschläge, ein Schulheft, eine kleine Pappschachtel ohne Deckel mit ein paar Kugelschreibern, Briefmarken, Büroklammern, ein verschlissener kleiner Umschlag mit Inhalt. »Seine Vermieterin hat ihn seit Mittwoch nicht mehr gesehen«, sagte ich. »Aber er hat bei dir angerufen, Dienstagnacht oder Mittwochmorgen.«

»Woher weißt du das?«

»Ich habe die Wahlwiederholung gedrückt.«

Sie schwieg einen Augenblick. Ich schüttete den Inhalt des Umschlags auf dem Tisch aus. Eine Telefonkarte, die inzwischen Sammlerwert hatte, eine noch ältere Kopie von Teil III der Zulassung für den Nissan, offensichtlich zweiter Hand, weil als Vorbesitzer *Johanson – Maler- und Lackierbetriebe GmbH* in Ramsdonkveer eingetragen war. Zwei Passfotos in einem Mäppchen für vier Stück, von Foto De Bock, und eine drei Jahre alte Museumseintrittskarte. Ein Barkeeper mit Vorstrafenregister, der sich für Rembrandt und van Gogh interessierte?

»Was machst du in seinem Zimmer?«

»Die Vermieterin und ich haben zur Sicherheit mal kurz reingeschaut, hätte ja sein können, dass er krank ist, schließlich weiß man ja nie, oder? Aber hier ist er nicht.« Ich betrachtete die beiden identischen Fotos, die einen Mann mit jugendlich-glattem, schmalem Gesicht, bleicher Haut, dunklen Augen und dunklem Haar zeigten. Er sah aus wie dreiundzwanzig, eher jünger. Bestimmt stammten die Bilder aus der Zeit vor dem Unfall.

»Oh.« Die Erwähnung der Vermieterin schien sie zu beruhigen. »Am Mittwochmorgen hat er mich angerufen«, bestätigte sie dann.

Ich nahm eines der Fotos und steckte die anderen Sachen zurück in den Umschlag. »Was wollte er?«

»Was er wollte? Wie meinst du das?«

Ich nahm das Heft und blätterte es mit der freien Hand durch. Drei Seiten mit Zahlen in Spalten untereinander. »Ich versuche nur, zu helfen, Betty«, sagte ich. »Machst du dir denn gar keine Sorgen? Oder verschwindet er öfter für eine Weile?«

»Nein, na ja, eigentlich weiß ich es nicht. So oft sehe ich ihn nicht.«

»Warum hat er dich angerufen?«

Ich hörte, wie sie zögerte. »Er wollte die Telefonnummer von Cor haben.«

»Wer ist Cor?«

»Mein Exmann. Aber ich konnte ihm nicht helfen.«

Die Zahlen variierten kaum, aber ich erkannte die Ziffern davor als Daten. Offenbar hatte Victor, wie alle Herztransplantierten, täglich seinen Blutdruck gemessen und notiert. Ich schloss das Heft. »Ist Cor der mit dem wilden Sex?«

»Nein, natürlich nicht. Shit.«

»Okay, tut mir leid. Wo wohnt Cor?«

»Keine Ahnung.«

»Jetzt komm schon. Du weißt nicht, wo dein Exmann wohnt?«

»Er, äh …« Sie hörte sich unsicher an. »Er ist gerade erst umgezogen.«

Eine Familie von Umzüglern. »Wie heißt er mit Nachnamen?«

»Cor van Nool, aber Victor wirst du dort nicht finden. Er hält sich lieber von ihm fern.«

»Warum?«

Wieder zögerte sie. »Sie können sich nicht leiden.«

»Warum hat Victor dann nach ihm gefragt?«

»Ich mische mich da nicht ein.«

»In was?«

»Das geht mich nichts an.«

Ich beließ es dabei. »Könnte er bei deiner Mutter sein?«

»Das wüsste ich, ich habe gerade mit ihr telefoniert. Sie beklagt sich immer darüber, dass er sie nie besucht.« Ihre Stimme wurde weicher. »Rufst du mich an, wenn du ihn findest?«

»Mache ich, aber wahrscheinlich wirst du eher von ihm hören als ich. Ich gebe dir meine Nummer, okay?«

Sie schrieb sich die Nummer auf und sagte: »Vielen Dank für deine ganze Mühe. Ich hoffe, wir sehen uns irgendwann nochmal.«

Das Telefon wackelte ein wenig, als ich den Hörer auflegte und meine Hand darauf liegen ließ. Ich hob den Apparat hoch und fand ein halb aufgebrauchtes gelbes Post-it-Blöckchen darunter.

Ich blätterte es durch. Es war unbenutzt, aber als ich es dicht vor die Augen hielt und zum Licht kippte, erkannte ich undeutliche Abdrücke. Ich zog die Schublade auf, fand einen Bleistift in der Pappschachtel und fuhr damit leicht über die Vertiefungen. *Otterlo.* Die Zahl 26 und davor *Wehmalaan* oder *Werlnabaan* oder so ähnlich. Gab es in Otterlo eine Wehrmachtlaan?

Ich legte das Schulheft zurück und schloss die Schublade. Ich schaute auf die Uhr. Kurz vor sechs. Die Zeit verging wie im Flug, und die Vermieterin fragte sich wahrscheinlich allmählich, ob ich den Fernseher abmontierte.

Ich ging neben dem Bett auf die Knie und schaute darunter. Bewohner möblierter Zimmer verstauen oft ihre leeren Koffer unter dem Bett. Ich zog das graue Exemplar hervor, drückte auf die Verschlüsse und öffnete es. Der Koffer war leer. Ich fuhr mit der Hand in das Seitenfach des verschlissenen Polyesterfutters im Deckel und berührte einen Gegenstand aus dickem Papier oder dünner Pappe. Ich fasste ihn mit zwei Fingern und zog ihn heraus. Ein Schwarz-Weiß-Foto im Ansichtskartenformat.

Entgeistert starrte ich es an.

9

Ich wusste nie so recht, wie ich sie anreden sollte. Mutter? Auke?

»Hallo, ich bin's, Max, ist Nel in der Nähe?«

»Ja, Augenblick. Und, kommst du auch?« Ich hörte sie rufen. »Lia! Für dich!« Und wieder näher am Hörer: »Da ist sie.«

»Hallo Schatz«, sagte Nel in mein Ohr. »Wo bist du?«

Manchmal vergesse ich, dass sie dort Lia genannt wird. »Ich fahre gerade durch die ehemalige Zuiderzee.«

»Du kommst also doch?«

»Na klar. Ich rufe eigentlich an, weil du vielleicht noch etwas erledigen könntest. Arbeitet Lily samstags oder hat sie Zugang zu den Computern?«

»Was möchtest du wissen?«

»Ich habe einen Namen, Cor van Nool, aus Amsterdam, etwa dreißig Jahre alt. Ich vermute, dass er ein Vorstrafenregister hat. Er ist der Exmann von Betty de Vries, der Schwester von unserem Victor.«

»Du hast Victor also nicht gefunden?«

»Victor hat ein Zimmer in der Nähe des Messegeländes, aber da wurde er seit letzten Mittwoch nicht mehr gesehen, und an seinem Arbeitsplatz auch nicht. Ich glaube, er hält sich bei diesem Cor van Nool auf oder er ist vor ihm auf der Flucht.«

»Weil Cor vielleicht auch vorbestraft ist?«

»Am Dienstagabend hat sich ein Mann nach Victor erkundigt, aber er war nicht zu Hause. Der Mann hinterließ einen Brief. Victor hat am Mittwoch in aller Herrgottsfrühe das Haus verlassen. Sein Bett sah aus, als habe er gar nicht darin geschlafen. Ich glaube, dass Cor van Nool dieser Besucher war und wir über ihn Victor auf die Spur kommen können.«

»Ich rufe Lily an. Sonst noch was?«

»Nein, das war's so ungefähr.«

Nel genügt der Tonfall meiner Stimme. »Was meinst du mit ›so ungefähr‹?«

»Ich habe Victors Zimmer durchsucht«, antwortete ich. »Jetzt halt dich fest. Er besitzt einen Abzug des Fotos, das bei Arin Reider hängt.«

»Ein Foto von Rosa?«

»Was hältst du davon?«

CyberNel schwieg einen Augenblick. »So, so«, sagte sie dann. »Du lieber Himmel.« Ich konnte ihr Gehirn förmlich arbeiten hören. »An der Wand?«

»Nein, versteckt in einem Koffer unter seinem Bett.«

»Vielleicht bedeutet das nur, dass er herausgefunden hat, wem er sein neues Herz zu verdanken hat.«

»Ja, aber wie kommt er an das Foto?«

»Tja, das ist die Frage. Nimm dich lieber ein bisschen in Acht.«

»Vor Victor?« Ich lachte. »Der kriegt doch schon einen Herzinfarkt, wenn ich ›Buh‹ rufe.« Ich legte auf.

Die Autobahn war frei, ein später Juninachmittag, Segelboote trieben zu beiden Seiten der Ketelbrug. Im Frühsommer ist der Norden am schönsten, das Licht malerisch wie auf den Gemälden niederländischer Meister.

Abends mit Kaffee und einem alten Jenever und Großvater Roelof im Garten, innerhalb des alten Feerweerder Rings, und eine Nacht Groninger Folklore in Nels französischem Bett, das war das Angenehme. Danach wurde es unweigerlich betulicher, Familienfrühstück mit weich gekochten Eiern, Groninger Stuten und Katenspeck, alle zusammen in die Kirche, weil Hanna ihre Großmutter im Chor sehen und hören sollte, ein Spaziergang durch Feerweerd und Umgebung, das Gurren der Großeltern mit Hanna, errötendes Gekicher von Corrie. Hanna war ein Prachtkind, sie genoss alles außerordentlich, das schöne Wetter, einen Schwan unter der Brücke, Opas Grinsen, einen Wurm im Garten. Kinder konzentrieren sich voll und ganz auf jede Kleinigkeit, ihr Gehirn ist noch nicht voll gestopft mit Erinnerungen, jedes Wort bedeutet etwas, jedes Bild ist neu.

Nel hatte Lily Bals angerufen, doch die lag samt Handy, Mann und Kindern am Strand von Wijk aan Zee, und die Damen einigten sich mühelos darauf, dass Cor van Nool bis nach dem Wochenende warten konnte. Wir tranken Tee im Garten, Corrie hatte eine Torte gebacken, Hanna bekam Orangenlimonade.

Nel hatte Verständnis dafür, dass ich nach dem Sonntagsmahl, als Hanna im Bett lag, der Tisch abgeräumt war und das Monopolybrett aufgebaut wurde, unter dem Vorwand eines Telefongesprächs in den Garten ging und anschließend leider dringend wegmusste.

»Du bist ein asozialer Grobian«, sagte sie mit einem Abschiedskuss durch mein offenes Autofenster. »Ich fahre morgen wieder, ruf mich an, wo du bist, dann kannst du mich an Ort und Stelle vom Bahnhof abholen.«

Keine Ahnung, woher die Anwandlung kam, aber hinter Zwolle fuhr ich in Richtung Apeldoorn ab anstatt weiter geradeaus nach Amersfoort und zurück in ein leeres Deichhaus.

Das Zentrum von Otterlo bestand aus wenig mehr als einer Hand voll erleuchteter Häuser, einem Hotel mit Touristen auf der Restaurantterrasse sowie einem Platz mit Schule und Kirche. Da Touristen erfahrungsgemäß kaum den Weg zurück zu ihrem Campingplatz oder ihrer Pension kennen, hielt ich an dem Hotel. Der Kellner meinte, es gäbe bei ihnen keine Wehrmachtlaan und die Weringlaan läge ein Stück außerhalb des Zentrums. Ich musste an diversen Ecken anhalten und Schilder lesen. Es war eine dunkle, stille Allee mit Gärten und von zahlreichen Bäumen umgebenen, einzeln stehenden Villen. Mehrmals stieg ich aus, um Nummern auf Briefkästen und Gartenzaunpfählen zu suchen. Die Straße war nur spärlich beleuchtet, aber an einigen Häusern brannten Lampen über den Eingängen.

Nummer 26 war stockdunkel. Ich fuhr daran vorbei und parkte hinter einer Reihe anderer Autos, die kreuz und quer zwischen den Bäumen und auf dem Fahrradweg vor Nummer 28 standen. Ich schaltete die Innenbeleuchtung aus, bevor ich die Autotür öffnete. Nummer 28 war hell erleuchtet und hinter dem Haus ertönten Musik und fröhliche Stimmen, Gelächter. Ich roch den Grill. Ein Gartenfest bei den Nachbarn.

Ich nahm meine Beretta und eine Taschenlampe mit, schloss den Wagen ab und spazierte an den Ligusterhecken entlang zurück zu Nummer 26. Ich fand ein geschlossenes Gartentor. Ich stieg darüber und blieb stehen, bis meine Augen sich an die Dunkelheit gewöhnt hatten. Es war ein schmales, fahlweißes Haus mit spitzem Dach. Zum Eingang führte ein weißer Plattenweg, der undeutlich aufleuchtete, als Autoscheinwerfer in die Allee einschwenkten. Ich hockte mich hinter den Liguster und wandte die Augen ab. Das Auto hielt ein paar Häuser weiter, schlagende Türen, die Scheinwerfer erloschen. Stimmen.

Als es wieder still war, ging ich auf das Haus zu. Nirgendwo brannte Licht. Ich stieg vorsichtig die Stufen zum Eingang hinauf, bedeckte mit den Fingern meine Taschenlampe und betrachtete die Tür mit Minimalbeleuchtung. Eine solide Tür, eine vergitterte Scheibe, ein Klingelknopf mit einem abgenutzten Kupferschild: *H. Dufour.*

Der Name sagte mir nichts. Ich schaltete die Lampe aus und legte mein Taschentuch um den Türknauf, bevor ich ihn ausprobierte. Natürlich abgeschlossen. Die Familie Dufour war auf dem Gartenfest der Nachbarn oder auf Urlaub in ihrem alten Heimatland. Warum besaß Victor de Vries ihre Adresse? Verwandte? Victors Mutter wohnte in Amstelveen.

Ich hatte meinen Finger schon auf dem Klingelknopf, zog ihn aber wieder zurück. Falls Victor hier untergetaucht war, würde er womöglich in Panik geraten, flüchten oder einen Herzinfarkt erleiden.

Der Streifen rund um das Haus bestand mehr aus platt getretenem Veluwesand als aus Kies und verursachte keinen Lärm. Fenster in altmodischen Erkern vorn und an der Seite. Dunkle Farbe, dunkle Fensterläden. Sämtliche Gardinen waren zugezogen. Ein Holzschuppen hinter dem Haus, eine Terrasse mit Gartenstühlen und einem zugeklappten Sonnenschirm. Wenn sie in Urlaub wären, hätten sie die Gartenmöbel in den Schuppen gestellt.

Als ich meine Lampe wieder abschirmte und auf das Schloss der Hintertür richtete, sah ich, dass eine der kleinen Scheiben knapp darüber eingeschlagen war. Damit sank wohl die Wahrscheinlichkeit, dass die Dufours bei den Nachbarn waren.

Ich streifte meine Kunststoffhandschuhe über und probierte den Türknopf aus. Einbrecher machten sich so gut wie nie die Mühe, die Tür wieder abzuschließen, doch diese war verschlossen. Ich beleuchtete die Scheibe, um meine Hand unverletzt durch die Glasscherben hindurchzuschieben, und fühlte einen Schlüssel im Schloss.

Merkwürdig.

Ich drehte den Schlüssel, drückte die Tür auf und vermied es, auf das Glas zu treten. Ich sah eine blaue Zündflamme und ließ meine Lampe durch eine kalte Küche wandern, in der gelb gestrichene Schränke über einer altmodischen Marmoranrichte sowie ein Gasboiler hingen. Die Tür zum Flur stand offen. Hier wohnte keine Familie mit Kindern, eher ein älteres Ehepaar. Der Flur roch muffig, eine unangenehme Mischung aus frischem Bohnerwachs und altem Verputz, Abfluss, WC, Verfall. Einsamkeit.

Ich blieb stehen und lauschte. Durch die geschlossenen Gardinen und die Entfernung zur Straße war die Gefahr gering, dass die Nachbarn oder Passanten Licht bemerken würden, trotzdem ließ ich die Finger von den Schaltern und beschränkte mich auf meine Taschenlampe. Ich hörte nichts. Die Tür zum großen Wohnzimmer mit den Erkern stand offen. Die Einbrecher waren garantiert nicht mehr im Haus. Ich konnte mir nicht vorstellen, dass ein Ehepaar nach einem Einbruch den Schlüssel unter einer kaputten Scheibe an der Hintertür hatte stecken lassen und unbekümmert zu Bett gegangen war, aber ich konnte keine Überraschungen gebrauchen und kontrollierte zuerst das obere Stockwerk.

Die Stufen waren von einem Läufer mit Treppenstangen aus Kupfer bedeckt und knarrten kaum. Ich öffnete vorsichtig die Türen der Schlafräume und des Badezimmers. Zwei der Zimmer wurden offenbar nicht benutzt. Im dritten stand ein schmales Holzbett. Eine gehäkelte Tagesdecke lag ordentlich gefaltet am Fußende und die Laken und Decken waren zurückgeschlagen, als habe sich jemand zum Zubettgehen bereitgemacht. Die Gardinen waren zugezogen, aber niemand lag im Bett. Dafür hingen Kleidungsstücke über einem Stuhl und Herrenschuhe, auf denen dünne Socken lagen, standen auf dem Fußboden. Neben dem Bett ein Paar ausgetretene Pantoffeln, fertig zum Hineinschlüpfen. Seltsam. Hatte der Bewohner Geräusche gehört und war auf bloßen Füßen nachsehen gegangen?

Auch hier waren die Gardinen zugezogen und ich benutzte meine Lampe, um in den Schrank zu schauen. Einige Anzüge, Jacketts und Westen hingen darin, Krawatten an der Tür, in einem Fach lagen Hemden. Das Ganze machte einen altmodischen Eindruck, das Schlafzimmer eines älteren Mannes, eines Junggesellen oder eines Witwers, der alles, was an seine Frau erinnerte, weggeräumt hatte. Überall in diesem Stockwerk sah es sauber und ordentlich aus. Keinerlei Einbruchsspuren. Vielleicht waren sie nur unten gewesen.

Es war auch keine Spur von Victor zu sehen, und mir wurde klar, dass ich hier nichts zu suchen hatte, das hier war etwas für die örtliche Polizei. Vielleicht war die bereits hier gewesen und der Mann saß im Pyjama am Grill und erholte sich von seinem Schrecken.

Der Gestank wurde stärker, als ich die Treppe hinunterging. Es war dunkel im Wohnzimmer und ich benutzte meine Lampe. Alte Möbel, Bücherschränke, schwere Samtgardinen, ein Kaminsims, offene Schiebetüren mit Bleiglasscheiben, die zu einem Esszimmer führten. Doch der Gestank kam von rechts, wo in einer Nische ein alter Rattanschaukelstuhl stand. Ich roch Urin und verbranntes Fleisch.

Der Schein meiner Lampe fiel auf einen grauen Schädel. Ich lief um den Sessel herum und hockte mich vor den mageren Mann, der darauf gefesselt war. Er trug eine graue Wollstrickjacke über einem gestreiften Pyjama. Ich brauchte nicht an seinem Hals zu fühlen, um zu wissen, dass er tot war.

Ich hatte schon viele Verbrechensopfer gesehen, aber dieser Mann war auf eine grauenvollere Art gestorben als durch einen eingeschlagenen Schädel oder eine Kugel. Seine Handgelenke waren mit Nylonschnur an den Rattanlehnen festgezurrt, seine dünnen Knöchel an den Schaukelrundungen, die nackten Fußsohlen hoch genug, um ein Feuerzeug oder eine brennende Zigarre darunter halten zu können.

Die Brandwunden auf seinen Händen boten einen schrecklichen Anblick. Man hatte eine Flamme benutzt, denn es waren Brandspuren auf der Lehne zu sehen, aber ich sah auch Asche und eine Zigarettenkippe auf dem Teppich vor dem Stuhl. Und das typische Brandmal einer ausgedrückten Zigarette, knapp unter der linken Brustwarze. Ein Taschentuchknebel und eine Wollkrawatte lagen auf den Knien des Mannes. Die Krawatte hatte den Knebel an seinem Platz gehalten, um die Schreie zu ersticken, und war abgenommen worden, weil der Mann reden wollte oder tot war. So weit die festgebundenen Knöchel es zuließen, hatte er die Knie angezogen, als schämte er sich für den Urin, der eingetrocknete Flecken auf seiner Pyjamahose hinterlassen hatte.

Es war deutlich, dass es unnötig lange gedauert hatte. Der Mann sah nicht aus wie ein Held, eher wie jemand, der schon beim Anblick der Zigarette alles erzählt hätte, was sie wissen wollten. Doch sie hatten den Knebel in seinem Mund gelassen und trotzdem weitergemacht, einfach weil sie Spaß daran hatten.

Ich betrachtete die aufgerissenen Augen und die erstarrte Grimasse auf dem Gesicht des Mannes. Es gibt kaum etwas Furchtbareres, als zum hilflosen Opfer eines Sadisten zu werden, kaum etwas Schlimmeres als die Hölle, durch die das Opfer hindurchmuss, bis der Tod es erlöst. Ich fühlte seine Angst.

Wut darüber, was Menschen einander antun, trägt wenig zur Lösung eines Falles bei, aber sie facht das Bedürfnis an, den Täter zu fassen und vor Gericht zu schleifen. Ihn zusammenschlagen darf man nicht. Manchmal ist das frustrierend.

Ich suchte mit meiner Lampe nach Schaltern und machte Licht. Im Schein einer Stehlampe stand das Telefon auf einem Eichenschreibtisch in der Nische neben dem Schaukelstuhl.

Ich musste die Polizei anrufen.

Wieder hockte ich mich vor den Stuhl und versuchte, den linken großen Zeh und einen versteiften Finger des toten Mannes zu bewegen, um eine Ahnung vom Todeszeitpunkt zu erhalten. Die Leichenstarre war vollständig. Zahlreiche Faktoren beeinflussen den *Rigor mortis,* aber stets hat die Starre nach sieben bis acht Stunden den ganzen Körper erfasst. Nach drei Tagen ist sie wieder abgeklungen, wonach die Leiche sich weich und kalt anfühlt.

Hier herrschten keine extremen Temperaturen, deshalb konnte ich wohl davon ausgehen, dass der Tod vor acht bis zweiundsiebzig Stunden eingetreten war. Gewiss nicht heute Abend, und tagsüber waren sie sicher auch nicht gekommen. Ich tippte auf gestern Abend oder Nacht. Angenommen, er ging gegen elf Uhr zu Bett. Im Schlafzimmer gab es keine Kampfspuren, aber die Pantoffeln vor dem Bett wiesen darauf hin, dass er sich entweder nicht die Zeit genommen hatte, sie anzuziehen, oder nicht freiwillig hinuntergegangen war. Vielleicht hatte er gar nichts gehört und sie hatten ihn überrascht, als er sich gerade die Zähne putzte und sich auf das Zubettgehen vorbereitete. Vor vierundzwanzig Stunden.

Ich sah dunkle Blutergüsse an seinem Hals. Möglicherweise hatte er noch gelebt, als sie mit ihm fertig waren, und die Täter hatten ihn erwürgt, weil er sie kannte oder hätte wiedererkennen können. Viel Kraft hatte es nicht erfordert.

Wir denken immer an *sie.* Die Täter. Dabei mussten sie keineswegs zu mehreren gewesen sein. Jeder beliebige Passant hätte diesen zerbrechlichen Junggesellen überwältigen können.

Vielleicht hätte er noch gelebt, wenn ich auf der Hinfahrt nach Feerweerd bei ihm vorbeigeschaut hätte anstatt auf dem Rückweg. Wenn, wenn. Als Polizist macht man sich solche Gedanken. Wenn ein Streifenwagen vorbeigekommen wäre. Wenn jemand Glas splittern gehört und die Polizei gerufen hätte. Wenn er einen Hund gehabt hätte.

Ich musste die Polizei benachrichtigen.

Ich hielt mich exakt an den Weg, auf dem ich das Zimmer durchquert hatte, um so wenige Spuren wie möglich zu zerstören. Sie hatten keine Unordnung verursacht und auch hier sah ich keine Spuren eines Kampfes, außer einem schief stehenden Sessel, eventuell beiseite gestoßen, als sie ihn daran vorbei zum Schaukelstuhl brachten. Alte Schwarz-Weiß-Fotos in Silberrahmen an den Wänden. Ein Mann mit einem kleinen Jungen, zwei ältere Leute. Ein Foto von Leuten vor einem Haus im Kolonialstil mit Säulen, weißen Gartensonnenschirmen und schwarzen Bediensteten in weißen Uniformen. Indonesien vielleicht. Das Haus strahlte die gesetzte, koloniale Atmosphäre aus, wie sie typisch für Den Haag ist. Batik über dem Kaminsims, dazu ein Kris und Kupfergegenstände. Ein Sofa, ein Fernseher auf einem Tischchen neben dem Kamin. Ein Radio, eine Bronzefigur, einige echte oder nachgemachte klassische Gemälde, keine helleren Rechtecke auf der gestreiften Tapete. Sie waren nicht wegen des Fernsehers oder der Bilder gekommen. Das hier war kein gewöhnlicher Einbruch.

Was wollten sie herausfinden?

Einbrecher konnten von einem alten, allein lebenden Mann nur eines wissen wollen. Sie kannten seine Besitzverhältnisse. Alles, was sie brauchten, war die Safekombination, das Versteck des Sparstrumpfs oder den Aufbewahrungsort der wertvollen Münzsammlung.

Ich folgte meiner Spur zurück zur Nische, griff zum Telefon und rief die Polizei an. Ich nannte ihnen die Adresse und meldete, dass ein alter Mann ermordet worden war. Sie wollten wissen, wer ich war und was ich dort machte. Ich hatte mir noch keine passende Antwort überlegt, wich der Frage aus und versprach, auf sie zu warten.

Neben dem Schreibtisch stand ein offener Wandschrank mit Stapeln von Stoffmappen, Ringbüchern und

Pappkartons. Ich behielt meine Handschuhe an, hob Deckel hoch und schlug Mappen auf. Ich sah gelbliche, dicht beschriebene Blätter von brüchigem Durchschlagpapier aus der Mitte des vorigen Jahrhunderts, Ausschnitte aus alten Zeitungen, Mappen voller handgeschriebener Briefe. Ich ließ sie an Ort und Stelle und betrachtete eine vergilbte Zeitschrift, die neben dem Telefon lag und den Titel *Europa* trug. Das orangefarbene Titelblatt zeigte die Abbildung einer Frau, die ziemlich unbequem, die Hände in Ketten über dem Kopf, die Haare im Wind, auf einem heranstürmenden Stier saß. *Nummer I, November 1955, Kunst & Kultur.*

Dem Impressum zufolge war es eine Ausgabe des Verlages De Spiraal in Brügge, in Zusammenarbeit mit der Christlichen Arbeitsgemeinschaft für Westeuropa. Ich konnte mir rein gar nichts darunter vorstellen, doch die Redaktion besaß, wie damals üblich, sowohl einen kulturellen als auch einen geistlichen Berater, Hochwürden Pater Jowan de Kever. Die Mitarbeiter stammten aus aller Herren Länder, sogar aus dem Kongo, und es befanden sich bekannte Namen darunter, etwa Giovanni Papini, Heinrich Böll, der Ungar Bela Just, Gerrit Achterberg, André Demedts. Auf dem oberen Rand stand eine mit Bleistift gekritzelte Notiz, dahinter ein Fragezeichen. Sie schien neueren Datums zu sein: *Ben Laacken, Verleger aus Amsterdam?* Ich kontrollierte den Lederbecher unter der Schreibtischlampe. Neben einem Füller und einer Schere standen auch zwei Bleistifte darin.

Ich blätterte mit einem behandschuhten Finger die Zeitschrift durch.

Nach Ansicht von Doktor Tschu hat sich Europa stark verändert, schrieb Papini. Dabei fiel Doktor Tschu wohl hauptsächlich auf, dass *in letzter Zeit immer deutlicher ein gewisser Niedergang vom Höheren zum Niedrigeren in der geistigen Anatomie der Menschen wahrnehmbar* sei.

Ich warf einen Blick auf den Mitleid erregenden toten Mann in seinem Kolonial-Schaukelstuhl und dachte bei mir, dass Doktor Tschu wahrhaftig Recht hatte, selbst wenn er sich, als Chinese, ziemlich merkwürdig ausdrückte. Der Interviewer hatte offenbar auch nicht begriffen, was mit ›geistiger Anatomie‹ gemeint war, und der Doktor erklärte, nach chinesischen Vorstellungen könne der menschliche Körper entlang einer imaginären Linie in Nabelhöhe in zwei Hälften aufgeteilt werden. Die Körperteile über dieser Linie seien die edlen, die darunter die weniger edlen.

Ich las, dass Doktor Freud sowie der Romanautor Lawrence das Lebenszentrum in ihren Theorien nach unten verlagert hätten, von den oberen, edlen Teilen zu den so genannten erogenen Zonen unten, und dass sie *der überhöhten Bedeutung des Sexuellen zum Triumph verholfen* hätten. Mein Interesse war geweckt, aber ich hörte eine Autotür schlagen und ließ Papini und den Rest Europas liegen, um die Haustür zu öffnen.

Es gab eine altmodische Diele mit Regenmantel an der Garderobe und einer Haustür mit Kupferknauf und einem Riegel, der nicht vorgeschoben war. Ich fand den Schalter für die Lampe im Hauseingang und öffnete die Tür. Ein kräftig gebauter Mann in Zivil kam über den Plattenweg auf mich zu. Er hatte einen grauen Bürstenschnitt, ein quadratisches Gesicht und ich schätzte ihn auf Mitte sechzig.

»Ist Dufour tot?«, fragte er.

»Sie kennen ihn?«

»Jeder kennt Dufour. Wer sind Sie?«

»Mein Name ist Max Winter.«

»Haben Sie irgendetwas angefasst?«

Ich hob meine Hände mit den Gummihandschuhen. »So wenig wie möglich.«

»Warum tragen Sie Handschuhe?«

»Ich hielt es für sinnvoll. Sind Sie von der Polizei?«

»Mein Name ist Jan Hulst. Bitte lassen Sie mich durch.«

»Polizei Ede?«

»Polizei Otterlo.«

Ich sah seine Reaktion, als ich in meine Tasche griff. Unter den grauen, buschigen Wimpern lagen kühle Augen, hell und wachsam. »Ich habe ein zusätzliches Paar, wenn Sie möchten«, erklärte ich.

»Ich komme schon zurecht. Wo ist er?«

»Im Wohnzimmer.«

Hulst ging an mir vorbei, drückte mit dem Ellbogen die Dielentür auf und zog auf dem Weg durch den Flur zum Wohnzimmer Latexhandschuhe aus seiner Jackentasche. Ich hatte die Tür zum Wohnzimmer halb offen gelassen und er stieß leicht mit dem Fuß dagegen, während er die Handschuhe überstreifte. Er mochte ein alter Dorfpolizist sein, doch Nachhilfestunden von mir brauchte er nicht. Ich sah, wie sich seine Nasenflügel bewegten.

»Rechts, bei dem Schreibtisch«, sagte ich hinter ihm. »Ich bin dort am Büfett entlanggegangen.«

Er ging zum Schaukelstuhl, und ich hörte, wie sein Atem stockte. Er seufzte, murmelte eine Verwünschung und schaute sich die Szene eine halbe Minute lang an. Dann hockte er sich vor den Stuhl und bewegte einen Finger des Toten, genau wie ich es getan hatte.

»An zwei Vormittagen pro Woche kommt eine Putzfrau«, sagte er. »Das letzte Mal wohl am Freitag.« Er richtete sich auf und warf einen Blick auf das Telefon. »Haben Sie diesen Apparat benutzt?«

»Ja, um die Polizei zu benachrichtigen.« Ich hob meine Vinylhand. »Die Wahlwiederholung hat nichts ergeben.«

Er nickte, nahm den Hörer am oberen Ende ab und wählte eine Nummer. »Hier Hulst«, sagte er. »Euer Fall, und bringt die Spurensicherung und einen Leichenwagen mit.« Er hörte einen Moment zu und sagte dann: »Ich glaube, gestern Nacht.« Hulst legte auf und schaute mich an. »Wir haben Sonntag, es kann eine Weile dauern. Woher wissen Sie so genau über das korrekte Verhalten an einem Tatort Bescheid?«

»Ich war zwölf Jahre lang bei der Kripo in Amsterdam.«

Er zog eine Augenbraue hoch. »Vorzeitig pensioniert?«

Ich schüttelte den Kopf. »Ich habe eine Kugel abgekriegt und hatte keine Lust, am Schreibtisch zu sitzen. Deshalb habe ich mich selbstständig gemacht. Das ist die Kurzfassung.«

Ich reichte ihm meinen Meulendijk-Ausweis. Normale Bürger konnte man mit dem Titel *Exstaatsanwalt* beeindrucken. Polizisten ließen sich zwar nicht so leicht an der Nase herumführen, aber ihnen sprang sofort der Name ins Auge. »Ist das *der* Meulendijk?«

»Er kannte mich noch aus seiner aktiven Zeit als Staatsanwalt und hat mir einen Vertrag auf freiberuflicher Basis angeboten.«

Jeder Polizeibeamte hat Respekt vor Meulendijk, der damals landesweit für Aufregung sorgte, weil er lieber zurücktrat, als sich auf einen Deal mit dem organisierten Verbrechen einzulassen. Zu der Zeit, als seine Kollegen mit der IRT-Drogenaffäre und der parlamentarischen Untersuchung beschäftigt waren, stand Meulendijk bereits an der Spitze einer renommierten Privatdetektei mit fünfzig festen sowie einer Hand voll freien Mitarbeitern.

Ich achtete auf seinen Gesichtsausdruck. Der Name Meulendijk öffnete Türen, doch Polizisten sind nicht immer begeistert über Exkollegen in ihrem Fahrwasser. Hulst machte den Eindruck eines gesunden Landbewohners, der nicht so schnell aus der Fassung zu bringen war. Wenn er ein wenig aufgeregt wirkte, dann wegen des Ermordeten, nicht wegen mir. »In Amsterdam haben Sie bestimmt mehr Mordfälle erlebt als wir hier in der Veluwe«, bemerkte er.

Ich warf einen Blick auf den Toten und erwiderte: »Kaum derart sadistische. Meiner Meinung nach hätten sie ihm nur ein bisschen drohen müssen, um etwas aus ihm herauszukriegen, aber so hat es ihnen mehr Spaß gemacht. Hatte er Geld im Haus?«

»Erklären Sie mir erst, was Sie bei Dufour wollten.«

Ich konnte Victor nicht erwähnen, ohne eine landesweite Jagd nach ihm auszulösen, und abgesehen von den Verpflichtungen meiner Klientin gegenüber fiel es mir schwer, einen Herztransplantierten mit diesen Gräueltaten in Verbindung zu bringen. »Meneer Dufour rief mich letzte Woche an und bat um einen Termin«, behauptete ich.

»An einem Sonntagabend?«

»So schnell wie möglich. Ich sagte ihm, ich hätte erst am Montag Zeit, war aber heute Abend auf der Rückreise von Groningen und dachte mir, dass ich ebenso gut jetzt bei ihm vorbeischauen könne, es war ja noch nicht spät.«

»Was haben Sie in Groningen gemacht?«

»Wir waren das Wochenende über bei meinen Schwiegereltern, meine Tochter ist bei ihnen zu Besuch. Meine Frau kommt morgen wieder.« Ich drückte mich absichtlich etwas weitschweifig aus, vor allem weil mir Hulst wie ein Familienmensch aussah.

Er nickte unbewegt. »Was wollte Dufour von Ihnen?«

»Keine Ahnung. Er suchte einen Privatdetektiv, wollte am Telefon aber nicht sagen, warum.« Mir war klar, dass sie seine Anrufe überprüfen würden, deshalb fügte ich hinzu: »Ich hatte das Gefühl, dass er von einer Telefonzelle aus anrief oder aus einem Lokal.«

»Könnte es etwas damit zu tun haben, was hier geschehen ist?«

»Alles ist möglich. Im Haus war es dunkel und niemand öffnete. Da bin ich außen herumgegangen ...«

»Warum?«

»Tja, warum?« Ich zuckte mit den Schultern. »Das alte Gefühl. Sie wären auch nachsehen gegangen. Eine Scheibe in der Hintertür war eingeschlagen und das alles hat mich misstrauisch gemacht.«

Hulst war stehen geblieben, ebenso wie ich. An dem Ort eines Verbrechens setzt man sich nicht hin, nicht auf einen Stuhl, auf dem womöglich der Täter gesessen hatte und der Spuren aufweisen könnte. Hulst ging zum Schaukelstuhl hinüber und bückte sich zum Hals des Toten. »Erwürgt«, sagte er.

»Vielleicht, um eine Identifizierung zu verhindern.«

Er nickte und ging an mir vorbei. Er hielt sich an den Laufgang. Am Büfett blieb er plötzlich stehen und starrte etwas an, das auf dem Fußboden davor lag. Er ging in die Hocke. Ich wollte eine Bemerkung machen, hielt mich aber zurück. Er war erfahren genug, nichts anzufassen.

Ich hockte mich neben ihn. Dort lag ein kanariengelbes Feuerzeug mit einer Disney-Ente darauf.

»Ich habe Dufour nie rauchen sehen«, bemerkte er.

»Hier stehen auch nirgendwo Aschenbecher.«

Wir hörten Geräusche im Flur und richteten uns auf. Jemand rief: »Hulst?«

»Ich bin hier.«

Zwei Männer erschienen in der Tür. Hulst hob eine Hand und winkte. »Da führt der Laufgang entlang, auch der von Meneer Winter. Er hat angerufen. Vorsicht mit dem Feuerzeug, es könnte von den Tätern stammen.«

»Kommen Sie erst mal da raus.«

Sie warteten, bis wir an der Tür waren. Einer der beiden Männer ging zum Schaukelstuhl. Der andere winkte uns in den Flur und sagte: »Bleiben Sie bitte hier stehen.« Er war ein dunkler Typ, um die dreißig, mit einer platten Nase und dem Körperbau eines Berufsboxers. Er ignorierte Hulst, nahm ein Notizbuch zur Hand und schaute mich feindselig an. »Wer sind Sie?«

»Max Winter. Und Sie?«

»Kripo Bezirk Arnheim. Was machen Sie hier?«

Ich wies mit einem Nicken auf Hulst. »Das habe ich Ihrem Kollegen schon erzählt.«

»Erzählen Sie es mir noch einmal.«

Ich ließ mich nicht so schnell von dem ungehobelten Benehmen ärgern, hinter dem manche Fahnder ihre Unerfahrenheit verbergen, aber ich sah, wie Hulst die Zähne zusammenbiss. »Meneer Dufour hatte mich gebeten, bei ihm vorbeizukommen, weil er einen Privatdetektiv suchte«, sagte ich.

»Ein Privatdetektiv. Großer Gott.«

»So heißen Sie?«

Er fand es nicht witzig. »Mein Name ist Hasselt. Was wollte dieser Sowieso von einem Privatdetektiv?«

»Der Mann hieß Dufour. Er wollte es nicht am Telefon mit mir besprechen.«

»Das klingt recht merkwürdig. Sie dürfen das morgen früh auf dem Präsidium erklären.«

»Ich glaube nicht, dass ich Zeit dazu habe«, entgegnete ich.

»Dann werden Sie sich die Zeit nehmen.« Er schaute Hulst an. »Haben Sie seinen Namen und seine Adresse notiert?«

Hulst schwieg. Der andere Mann kam aus dem Wohnzimmer. Er war älter und dicker als Hasselt und erheblich weniger fit. »Er sieht furchtbar aus«, sagte er. »Warten wir auf die Spurensicherung.« Er bemerkte die Stimmung. »Irgendwelche Probleme?«

»Nicht mit mir«, sagte Hasselt. »Aber dieser Meneer hier glaubt, er sei nicht zur Mitarbeit verpflichtet, weil er Privatdetektiv ist.«

Allmählich hatte ich genug von dem Mann. »Sicherlich ist es äußerst frustrierend für Sie, am Sonntagabend vom Fernseher weggeholt zu werden«, sagte ich. »Aber zu meiner Zeit war es üblich, höflich mit Bürgern umzugehen, die so freundlich sind, die Polizei anzurufen, wenn sie einen ermordeten Mann finden. Sonst überlegen sie es sich das nächste Mal nämlich zweimal und machen sich lieber wie der Blitz davon.«

Ich sah, wie sich Hasselts Kiefermuskulatur anspannte, doch der ältere Mann sagte beschwichtigend: »Was mit dem alten Mann geschehen ist, ist schon schlimm genug, wir sollten uns nicht auch noch am Tatort herumstreiten. Wir versuchen ja nur, unsere Arbeit zu tun.«

»Manchmal sind Mörder so schlau, selbst die Polizei zu rufen«, bemerkte Hasselt.

»Dann hätte ich hier aber lange auf Sie gewartet«, erwiderte ich. »Falls Sie mich meinen jedenfalls. Der Mann ist seit mindestens vierundzwanzig Stunden tot.«

»Woher wollen Sie denn das wissen?«

»Ist doch egal«, sagte der ältere Ermittler. »Er hat Recht.« Er schaute mich an. »Expolizist?«

»Ja, früher Kripo Amsterdam. Max Winter.«

Er nickte und streckte mir die Hand hin. »Hans Stelling. Danke, dass Sie angerufen haben. Irgendeine Ahnung, wer die Täter gewesen sein könnten?«

»Nein. Ich bin Dufour nie begegnet. Ich habe nur mit ihm telefoniert, aber er hat mir nicht gesagt, weshalb er mich brauchte.«

Hasselt gab ein verächtliches Geräusch von sich. »Ist das nicht äußerst ungewöhnlich?«

»Für mich nicht«, erwiderte ich. »Er rief von einem Lokal aus an. Vielleicht stand halb Otterlo um ihn herum.«

Stelling schaute Hulst an. »Hatte der Mann Geld im Haus?«

»Das würde mich wundern«, antwortete Hulst. »Er hat bei der Post gearbeitet, von denen bekam er eine Pension und seit kurzem bezog er seine Grundrente. Reich war er nicht.«

»Okay.« Stelling nickte mir zu. »Vielleicht brauche ich Sie später noch einmal, aber wenn Sie mir Ihren Namen und Ihre Adresse hinterlassen, können Sie jetzt gehen. Dir auch vielen Dank, Jan. Wir kommen jetzt schon allein zurecht, fahr ruhig nach Hause.«

»Hast du dir so gedacht«, erwiderte Hulst. »Das hier ist immer noch mein Dorf.«

Stelling seufzte. »Dann warte bitte draußen, damit der Gerichtsmediziner und die Jungs von der Spurensicherung in Ruhe arbeiten können.«

Er nickte mir zu und kehrte ins Wohnzimmer zurück. Hasselt folgte ihm, ohne ein Wort zu sagen. Hulst gab mir ein Zeichen mit dem Kopf. Ich zog meine Handschuhe aus, steckte sie in die Tasche und folgte ihm aus dem Haus hinaus zum Gartenzaun. Die Verhältnisse bei der Polizei konnte ich nicht einordnen, aber die Nacht roch angenehm nach Bäumen und frischer Luft. Bei den Nachbarn spielte noch immer Musik.

Vor dem Haus standen zwei Autos. Der vordere war ein alter Renault Express mit eingeschaltetem Warnblinklicht. Hulst öffnete die Tür und schaltete den Blinker aus, mit dem er wahrscheinlich den Kripoermittlern aus Arnheim den Weg zum Tatort gewiesen hatte.

»Wo steht Ihr Auto?«, fragte Hulst.

»Ein Stück weiter die Straße runter. Das Haus war schwer zu finden.«

Obwohl es ziemlich dunkel war, sah ich das Misstrauen in seinem Gesicht. »Ich hätte auch ein paar Meter weiter geparkt und wäre zu Fuß zurückgelaufen, wenn ich keine Aufmerksamkeit hätte erwecken wollen oder mit Problemen gerechnet hätte«, bemerkte er.

»Es war stockdunkel.«

Scheinwerfer bogen in die Allee ein. »Einen Augenblick«, sagte Hulst. Die Autos kamen auf uns zu und Hulst dirigierte sie unter die Bäume vor dem Haus, ging hinüber und wechselte ein paar Sätze mit einem Mann, der eine Tasche aus dem Wagen holte. Der Arzt und die Leute von der Spurensicherung mit ihren Gerätschaften. Sie gingen zum Haus und Hulst kam zurück.

»Es kann eine Weile dauern«, sagte er. »Meine Frau kocht uns bestimmt einen Kaffee.«

»Ich muss noch zurück nach Rumpt«, erwiderte ich.

Er öffnete seine Beifahrertür. »Dann setzen Sie sich doch einen Moment zu mir.«

Über die Arnheimer Fahnder machte ich mir kaum Illusionen. Hulst schien mir bis auf Weiteres der Einzige zu sein, der mir etwas über Dufour erzählen konnte. Ich stieg in seinen Express. Hinter den Vordersitzen war ein Netz gespannt, auf dem Boden des Laderaums lag eine alte Matratze und es roch stark nach Hund. Hulst setzte sich neben mich und spielte im Halbdunkel mit dem Schaltknüppel.

»Wann hat Dufour Sie doch gleich angerufen?«, fragte er nach einer kurzen Stille.

»Ich glaube, am Donnerstag.«

»Und er hat sonst nichts gesagt? Nur, dass er einen Privatdetektiv brauchte?«

»Das war alles.«

Er drehte sein Fenster herunter, um frische Luft hereinzulassen. »Wie ist er auf Sie gekommen?«

»Keine Ahnung. Ich habe genug zu tun und brauche nicht zu inserieren. Vielleicht über Meulendijk, das könnte ich nachprüfen.«

Er nickte. »Dufour ruft einen Privatdetektiv an und wird zwei Tage später ermordet. Sie haben mehr Erfahrung mit so etwas als ich. Was halten Sie davon?«

»Ich fand es ziemlich merkwürdig, wie es eben da drinnen zuging.«

»Merkwürdig?«

Ich zögerte. »Na ja, was die Zusammenarbeit anging. Ich kann den Umstrukturierungen kaum mehr folgen, aber ist nicht der Senior Project Agent, wie das heutzutage heißt, meist der Zuständige vor Ort?«

Er lachte leise. »Das ist keine Antwort auf meine Frage.«

»Ich weiß immer gern, mit wem ich rede.«

»Das habe ich bemerkt. Mit Stelling habe ich schon öfter zu tun gehabt und wir kommen gut miteinander aus. Den anderen, wie heißt er, Hasselt, habe ich heute Abend zum ersten Mal gesehen.«

»Das war auch keine Antwort auf meine Frage.«

Hulst nickte. »Im Grunde reden Sie mit niemandem«, sagte er. »Ich bin schon seit fünf Jahren pensioniert.« Er blickte mich von der Seite an. »Ich war Brigadier bei der Polizei und bin noch ziemlich fit. Wenn also eine Meldung aus Otterlo kommt, rufen die zuerst mich an, und ich überprüfe, ob sie für den Vorfall überhaupt aus dem Bett müssen. Das ist eine interne Regelung.«

Ich lachte leise. »Werden Sie dafür bezahlt?«

»Ich bekomme die Unkosten erstattet, aber darum geht es mir nicht. Ich habe einen Schreibtisch, ein Telefon, Formulare für Schadensanzeigen, einen Hund und eine Pistole. Mit den Nachbarschaftsstreitigkeiten werde ich meistens allein fertig. Ein Mordfall dagegen wird nach oben weitergeleitet, aber trotzdem werde ich gebraucht. Diese Leute haben keine Ahnung mehr von den örtlichen Gegebenheiten.«

»Ich höre öfter Klagen darüber.«

»Wir haben den Polizeibezirk Gelderland Mitte, darunter fällt der Distrikt West-Veluwe Vallei, und die Einheit Mitte ist wiederum ein Teil davon. Die Einheit Mitte fällt unter das Distriktspräsidium Ede, das zwar einen Chef und einen Sprecher besitzt, aber keine Kripoermittler. Wenn in Otterlo etwas passiert, kommen also erst Uniformierte aus Ede, und bei Mord oder Totschlag müssen die wiederum die Kripo aus Arnheim anrücken lassen. Eine simple Konstruktion, die sich, bis hin zu dem vorgeschriebenen Bindestrich zwischen West und Veluwe, irgendein hoher Beamter in Den Haag mit Spatzenhirn ausgedacht hat.«

»Da ist es kein Wunder, dass man den Kontakt zueinander verliert«, sagte ich.

Wieder blickte er mich von der Seite an. »Ich bin Dorfpolizist ohne offizielle Befugnisse. Aber das hier ist mein Dorf und Dufour war ein freundlicher alter Junggeselle. Seit dem Tod seines Vaters wohnte er hier allein. Er war vielleicht ein bisschen sonderbar, aber er hat keiner Fliege etwas zu Leide getan. Das hier macht mich wütend.«

»Gehörte ihm das Haus?«

»Ich glaube, sein Vater hat es nach dem Krieg gekauft. Louis Dufour, er war Journalist.«

Ich hatte seinen Namen in der Reihe der Redaktionsmitglieder der Zeitschrift *Europa* gelesen. »War Hendrik auch Journalist?«

»Nein, keineswegs.« Er lachte mitleidig. »Hendrik hatte eine unbedeutende Stelle bei der Post in Ede und ansonsten weiß ich genauso wenig wie Sie.«

»Ich heiße Max«, sagte ich.

Er schien erst kurz nachdenken zu müssen, bevor er einen Entschluss fasste. Dann hielt er mir die Hand hin. »Ich bin Jan.«

Die Geste war sonderbar förmlich und überraschte mich. Sein Händedruck war kräftig. Er schaute in den Rückspiegel, als das Innere des Express in das Licht von Scheinwerfern getaucht wurde, die kurz darauf wieder ausgingen. Hulst schaltete die Innenbeleuchtung ein. Ein kräftiger Mann kam auf uns zu und bückte sich zum offenen Fenster herunter.

»Hallo, Jan. Wie steht's?«

»Die Leute aus Arnheim sind drin.« Hulst zeigte von ihm zu mir. »Das ist Inspecteur de Moor aus Ede. Meneer Winter hat die Polizei benachrichtigt, ich nehme seine Aussage auf.«

»Gut«, sagte de Moor. »Müssen Angehörige benachrichtigt werden?«

»Ich werde es herausfinden«, versprach Hulst.

De Moor nickte und verschwand in Richtung Haus.

Hulst schaute ihm nach. »Er ist der Erste, der danach fragt«, bemerkte er.

»Hatte Dufour Familie?«

Hulst zuckte mit den Schultern. »Sein Vater ist 1980 gestorben, glaube ich, seitdem wohnt er hier allein. Er fällt nicht auf, man sieht ihn herumwursteln, weiß aber nichts über ihn. Das ist bei vielen Menschen so. Er heißt Hendrik. Aber wir überprüfen das natürlich.«

»Gibt es Erben?«

»Wenn es sie gibt, kommen die schon von selbst aus den Löchern gekrochen, sobald sie aus der Zeitung von der Sache erfahren. Zu seinen Lebzeiten hat sich niemand weiter um ihn gekümmert.«

»Ich habe im Haus einige Antiquitäten gesehen«, sagte ich. »Die haben sie nicht angerührt. Ich glaube, sie sind auf direktem Weg nach oben gegangen. War Hendrik schwerhörig?«

»Nein, garantiert nicht.«

»Dann war er vielleicht im Badezimmer, als sie die Scheibe eingeschlagen haben. Seine Pantoffeln standen vor dem Bett. Sie haben ihn nach unten gebracht und ihn auf dem Stuhl festgebunden. Sie wussten, weshalb sie kamen, er muss Geld oder etwas anderes Wertvolles im Haus gehabt haben. Ich glaube, dass er ihnen erzählt hat, was sie wissen wollten. Auf den ersten Blick fehlt nichts, aber das hat nichts zu bedeuten. Vielleicht kann die Haushälterin dir helfen, aber es würde mich nicht wundern, wenn du irgendwo einen leeren Tresor findest.«

»Okay.«

Vor dem Auto wurde ein Wagen angelassen. Hulst öffnete seine Tür. »Ich schaue nochmal nebenan vorbei, bevor alle im Bett sind. Vielleicht hat gestern Abend mal jemand zur Abwechslung seine Scheuklappen und Ohrenstopfen vergessen.«

Wir liefen im Dunkeln die Straße entlang. Die Rücklichter der ersten Aufbrechenden verschwanden am Ende der Allee.

»Wenn ich etwas tun kann, musst du es sagen«, meinte ich.

»Ruf mich an, wenn dir etwas einfällt. Ich stehe im Telefonbuch.«

»Du hast keine Aversionen gegen Privatdetektive.«

Hulst lachte leise. »Ich habe noch nie einen kennen gelernt, aber es hat mir gefallen, was du zu Hasselt gesagt hast.«

»Manchmal fällt es einem schwer, höflich zu bleiben. Muss ich noch nach Arnheim?«

»Wenn es nach mir geht, nicht. Aber ich brauche die Adresse deiner Schwiegereltern.«

Ich wusste die Nummer in Feerweerd nicht auswendig und öffnete die Tür des BMW, um mein Notizbuch aus dem Handschuhfach zu holen. Hulst leuchtete mir, während ich die Angaben auf meiner Visitenkarte notierte. Er ließ die Lampe auch durch das Wageninnere und über mein Jackett wandern.

»Ist das eine Pistole?«

Man konnte sich kaum verdächtiger machen, als wenn man mit einer Pistole in der Tasche einen alten Mann besuchen ging. »Ich habe sie aus dem Auto geholt, als ich die eingeschlagene Scheibe sah«, sagte ich.

»Na klar.« Er schaltete seine Lampe aus.

Ich zögerte und sagte dann: »Ich würde den Fall gern ein wenig weiterverfolgen.«

Er lachte leise. »Du verheimlichst mir etwas, und ich hoffe, dass du es mir irgendwann einmal erzählst. Ich bin nicht so schnell beleidigt und ich kann jede Hilfe gebrauchen.«

Ich drückte seine ausgestreckte Hand. »Abgemacht.«

»Wenn es zu einer Gerichtsverhandlung kommt, musst du vielleicht aussagen.«

»Kein Problem.«

Außer dass meine unschuldige Ausrede sich vor dem Richter womöglich in einen Meineid verwandeln würde, falls Victor de Vries mit diesem Fall nichts zu tun hatte und ich meine Klientin schützen musste.

10

»Wir begeben uns immer öfter auf dünnes Eis«, klagte CyberNel, als wir aus dem Auto stiegen.

»Jetzt mach dir mal keine Sorgen.«

Die Adresse, zu der Nel mühelos den passenden Namen herausgefunden hatte, erwies sich als Büroetage mit eigenem Eingang an einem bescheidenen, baumbestandenen Platz in Oud-Zuid. Unten an der Treppe war gerade genügend Platz für einen schmalen Tisch und einen Stuhl, auf dem eine rothaarige junge Frau saß. Um sie herum herrschte ein Riesendurcheinander, und die Treppe, die direkt neben ihrem Schreibtisch nach oben führte, sah aus, als hinterließe jeder, der das Haus betrat oder verließ, seinen Papiermüll, sodass die Holzstufen zur Hälfte von Pappkartons, mit Schnur zusammengebundenen Drucksachen und anderem Krempel in Beschlag genommen wurde. Das Gebäude roch nach Staub und Papier und den typischen beißenden chemischen Ausdünstungen von Druckerfarbe, so wie viele dieser unerwünschten Reklameblättchen riechen, wenn man sie auffaltet. Es war einer jener kleinen Betriebe, wie es in Amsterdam Hunderte gab, chaotisch und bescheiden, wo hart gearbeitet wurde, um den Kopf über Wasser zu halten, und wo kein Mensch jemals reich wurde. Augen zu und durch.

Die junge Frau hatte einen Telefonhörer am Ohr und bedeckte die Sprechmuschel mit der Hand.

»Ist Meneer Laacken im Haus?« Ich griff in meine Innentasche.

»Da müsste ich mal nachhören. Worum geht es?«

»Falls Sie nicht an einer schlimmen Augenkrankheit leiden, kann er hier weder rein noch raus, ohne dass Sie ihn sehen«, sagte Nel streng.

Ich wedelte mit meinem Ausweis. »Mein Name ist Max Winter, das ist meine Partnerin Nel van Doorn.«

Die hellen, irisch grünen Augen sahen ganz gesund aus, aber da sie jetzt ein wenig irritiert war und weiterhin eine Stimme aus dem Hörer in ihr Ohr sprach, schaute sie sich meinen Ausweis kaum an. »Sind Sie von der Justiz?«

Nel schaute mich ein wenig tadelnd an und sagte: »Wir haben wenig Zeit.«

»Entschuldigung«, bat die Frau. »Einen Augenblick«, sagte sie in den Hörer, klickte die Stimme weg und drückte auf eine andere Taste. »Ben, hier sind eine Dame und ein Herr von der Justiz.« Sie hörte einen Moment zu und sagte: »Das weiß ich nicht. Ich bringe sie rauf, okay?«

Wieder betätigte sie einige Tasten, erklärte, sie würde zurückrufen, legte den Hörer auf und kam hinter ihrem kleinen Schreibtisch hervor. »Bitte folgen Sie mir.«

Wir schlängelten uns hinter ihr her zwischen Kartons und Schachteln hindurch die Treppe hinauf und gingen auf eine Tür am Ende eines halbdunklen Ganges zu. Sie klopfte an und ließ uns in ein Büro mit Schreibtisch, einem Tisch und Stühlen ein. Durch das Fenster blickte man auf rückwärtige Hausfassaden. Ein großer, recht verlebt aussehender Mann knöpfte sein Sportsakko zu, das er offenbar extra für die Justiz aus dem Schrank geholt hatte.

»Was kann ich für Sie tun?«, fragte er.

Chefs glauben ihren Empfangsdamen meist aufs Wort, und daher gönnte ich ihm nicht mehr als einen kurzen Blick auf Meulendijk. »Mein Name ist Winter und das ist meine Partnerin, Mevrouw van Doorn. Wir haben ein paar Fragen an Sie. Sie sind Ben Laacken?«

»Ja. Ist das ein offizieller Besuch?«

»Noch nicht«, erwiderte Nel.

Laacken zeigte mit einem Wink auf den Tisch und die Stühle. »Kann ich Ihnen einen Kaffee anbieten?«

»Wir möchten Sie nicht länger aufhalten als unbedingt nötig. Wir sind hier, weil wir Ihren Namen in einer Zeitschrift gelesen haben.«

Er setzte sich mir gegenüber auf einen Stuhl. Nel wanderte durch den Raum und betrachtete ein Regal, in dem allerlei Zeitschriften ausgestellt waren. Laacken wies mit einem Nicken zu ihnen hinüber. »Ich gebe Fachzeitschriften heraus, darin werden Sie also meinen Namen finden.«

»Es war aber kein Fachblatt, sondern eine fünfzig Jahre alte Kulturzeitschrift. Ihr Name stand mit Bleistift auf dem Rand einer Seite im Innenteil. Ben Laacken, Verleger in Amsterdam. Mit einem Fragezeichen dahinter.«

»Damit kann ich nichts anfangen.«

»Ist das Ihre Frau?«, fragte Nel.

Laacken runzelte gereizt die Stirn und wandte sich Nel zu, die ein gerahmtes Foto hochhielt. »Das ist meine Tochter.«

»Ihr Name wurde offenbar erst vor kurzem hineingeschrieben«, sagte ich. »Oder hat es vor fünfzig Jahren in Amsterdam auch schon einen Verleger namens Ben Laacken gegeben?«

Er wurde allmählich nervös. Viele Leute reagieren so, wenn sie Besuch von der Justiz bekommen, selbst wenn sie keinen Mord auf dem Gewissen haben. Laacken wirkte eher wie jemand, der seine Kunden über den Tisch zog oder das Finanzamt beschiss.

»Ich weiß nicht, was Sie von mir wollen«, sagte er. »Wenn die Polizei jedem Namen hinterherrennt, der irgendwo in einer Zeitschrift oder an der Wand steht, bleibt niemand mehr übrig, der den Verkehr regelt. Nicht dass das in Amsterdam viel ändern würde.«

»Es war in Otterlo«, sagte ich. »Die Zeitschrift lag auf dem Schreibtisch eines Mannes, der in der vergangenen Samstagnacht ermordet wurde.«

Laacken erschrak. »Ermordet?«

»Wo waren Sie am Samstag?«, fragte Nel.

Laacken starrte verblüfft von mir zu ihr. »Soll das ein Witz sein?«

»Nur eine Routinefrage«, beschwichtigte ich. »Wir überprüfen alle Personen, deren Namen wir bei einem Mordopfer antreffen.«

Er fing an zu schwitzen. »Sollte ich besser meinen Anwalt anrufen?«

»Das steht Ihnen frei«, antwortete ich, »aber Sie werden uns schneller los, wenn Sie uns einfach einige Fragen beantworten.«

Laacken ließ sich nicht so schnell beruhigen. »Ich weiß noch nicht mal, wo Otterlo liegt«, sagte er. »Was war das für eine Zeitschrift?«

»Sollten nicht lieber wir die Fragen stellen?«, schlug Nel vor.

»Natürlich.« Er dachte nach. »Samstag. Ich habe hier gearbeitet bis gegen sechs Uhr, danach bin ich mit meiner Freundin am Rembrandtplein essen gegangen, dann waren wir im Kino und anschließend sind wir nach Hause gegangen.«

»Sind Sie geschieden?«, fragte Nel.

»Ja. Ich wohne schon seit einem Jahr mit meiner

Freundin zusammen. Ich kann Ihnen ihren Namen und die Adresse geben, wenn es nötig ist. Sie arbeitet von zu Hause aus.«

»Ja, bitte«, sagte Nel.

Laacken zog einen Schreibblock zu sich hin, notierte die Adresse und riss das Blatt ab. »Ich hoffe allerdings, dass Sie ihr keinen Schrecken einjagen.«

»Wir werden uns Mühe geben.« Nel trat an den Tisch und steckte das Blatt in ihre Umhängetasche.

»Die Zeitschrift heißt *Europa*«, sagte ich.

»Du lieber Himmel.« Laacken stieß einen Seufzer aus und wirkte beunruhigt, aber zugleich auch irgendwie erleichtert. »*Europa.* Da sollten Sie sich vielleicht an Abraham Kars wenden.«

»Wer ist das?«

»Ein, äh ...« Er zögerte. »Ein Journalist. Er unterbreitete mir Anfang letzter Woche den unsinnigen Plan für eine Zeitschrift über Europa. Ich hatte ihn schon seit Jahren nicht mehr gesehen. Der Markt ist bis zum Rand mit Zeitschriften gesättigt, und ich fragte ihn, ob er verrückt geworden sei, aber er behauptete, er habe einen Finanzier für das Projekt.«

»Hat er einen Namen genannt?«

»Nein, er sagte nur, dass es sich um einen Privatmann handle, mit Idealen.« Laacken lachte abfällig, als lebten Privatleute mit Idealen auf einem anderen Planeten als er. »Kann sein, dass er mich als möglichen Verleger angegeben hat.« Er spreizte die Hände. »Aber das ist reine Spekulation.«

Nel holte das Blatt Papier aus ihrer Tasche und strich es auf dem Tisch glatt. »Bitte schreiben Sie uns auch seinen Namen und seine Adresse auf.«

Sie trat zurück und Laacken fing an zu schreiben.

Ich dachte an Dufour, der nach Aussage des Dorfpolizisten von seiner Rente gelebt hatte. Ein reicher Privatmann? »Ging es um viel Geld?«

Laacken nickte. »Ja, aber für ein solches Projekt reichte es trotzdem nicht. Deswegen habe ich sofort abgeblockt. Mit einer Million kann man kaum eine Zeitschriftenausgabe auf die Beine stellen, geschweige denn auch noch eine ordentliche Kampagne bezahlen.«

Ich nahm das Papier mit den Adressen und schaute Nel an, die sich mit verschränkten Armen vor Laackens Schreibtisch gestellt hatte. »Was für ein Mensch ist dieser Kars?«, fragte sie.

»Früher war er Journalist bei einer Wochenzeitschrift, er war mal ziemlich gut. Wir haben gelegentlich zusammengearbeitet.« Laacken biss sich auf die Lippe. »Seit er keine feste Anstellung mehr hat, leiert er alles Mögliche an.« Er lächelte flüchtig. »Aber ich glaube, er ist auf dem absteigenden Ast.«

»Woher kennen Sie ihn?«

»Unsere Exfrauen waren miteinander befreundet. Dadurch sind wir uns gelegentlich begegnet. Seit kurzem wohnt er wieder bei seiner geschiedenen Frau, aber wenn man mich fragt, dann nur, weil er ein Dach über dem Kopf und etwas zu essen auf dem Tisch braucht.«

»Sie halten nicht viel von ihm.«

Laacken zuckte mit den Schultern. »Am liebsten würde ich nichts mehr mit ihm zu tun haben. Kars ist ein Schwätzer. Er ist, wie soll ich sagen …«

»Was?«, fragte ich.

Er suchte nach dem richtigen Wort. »Gerissen.«

»Rauchen Sie?«, fragte ich.

»Ob ich rauche?« Er war sichtlich verwirrt. »Warum? Nein, ich habe schon vor zehn Jahren aufgehört. Aber bitte schön, ich habe nichts dagegen.« Er wies mit einem Nicken auf einen Glasaschenbecher, der sauber und leer auf dem Tisch stand, offenbar für Besucher.

Wieder schaute ich Nel an. »Wollten Sie eben andeuten, dass Kars vorhatte, diesen Finanzier aufs Kreuz zu legen?«, fragte sie.

Laacken wandte den Blick ab. »Ich habe nichts mehr von der Sache gehört und das bedaure ich keineswegs. Ich habe es so schon schwer genug, mich über Wasser zu halten, auch ohne Luftschlösser.«

»Ist er je mit dem Gesetz in Konflikt geraten?«

Er vermied meinen Blick. »Das geht mich nichts an.«

»Und Sie?«, fragte Nel.

»Wie bitte?«

»Sind Sie je mit dem Gesetz in Konflikt geraten?«

Laacken wurde sauer. »Was hat das mit der Sache zu tun?«

Er verneinte die Frage nicht. Nel fuhr fort: »Ich brauche nur Ihren Namen in den Computer einzugeben und innerhalb von zwei Sekunden habe ich die ganze Litanei.« Sie schaute mich an. »Vielleicht hätten wir das im Vorfeld erledigen sollen.«

»Man kann nicht an alles denken«, meinte ich.

Laacken schnaufte verächtlich. »Das Einzige, was Sie finden werden, ist ein kleiner Fehler, schon zwanzig Jahre her. Ich hatte mich gerade erst selbstständig gemacht und von Tuten und Blasen keine Ahnung. Mir wurde eine einstweilige Verfügung aufgebrummt im Zusammenhang mit einer Zeitschrift über Nachbarschaftshilfe, die floppte, weil ich laut meinem Auftraggeber die Aussichten allzu rosig dargestellt hätte und so weiter. Ich hätte beinahe die Firma verloren, aber ich habe meine Lektion gelernt und seitdem halte ich mich an Fachzeitschriften mit garantierter Auflagenhöhe.« Er biss sich auf die Lippen und fügte hinzu: »Deshalb wollte ich mit Kars und seiner *Europa*-Geschichte auch nichts zu tun haben.«

Ich stand auf. »In Ordnung, Meneer Laacken. Das war vorläufig alles.«

Nel gab ihm die Hand und sagte: »Wir finden schon allein hinaus.«

»Nur noch eine kleine Frage«, sagte ich. »Sagt Ihnen der Name Victor de Vries etwas?«

Er runzelte die Stirn, als müsse er nachdenken, und schüttelte den Kopf. »Noch nie von ihm gehört. Wer ist das?«

»Ein möglicher Zeuge«, sagte Nel.

Er ging rasch zur Tür und öffnete sie für uns. »Werden Sie mit Kars reden?«

»Bis bald, Meneer Laacken.«

Wir kamen an einer halb geöffneten Tür vorbei, hinter der Männer und Frauen laut durcheinander redeten, und stiegen die Treppe hinunter, ohne uns den Hals zu brechen. Die rothaarige junge Frau saß nicht auf ihrem Posten. Vielleicht war das Personal durch den Besuch der Justiz in Aufruhr geraten und probte den Aufstand. Nel beugte sich über den Schreibtisch zu einem kleinen Licht auf der Telefonanlage.

»Nicht!«, sagte ich, als sie nach dem Hörer griff.

»Schon gut.« Sie ließ die Finger von dem Telefon und folgte mir zur Tür. »Leitung eins, das ist immer der Chef. Er telefoniert mit jemandem.«

»Mit seinem Therapeuten.«

Wir überquerten den Platz. »Fahr du lieber«, sagte ich.

»Warum?«

»Arbeitsteilung.«

Nel schnaubte, aber ich hatte die Beifahrertür schon geöffnet und sie ging um den BMW herum und setzte sich ans Steuer.

»Was meinst du?«, fragte sie.

»Laacken ist vielleicht nicht ganz astrein und die Geschichte klingt ziemlich komisch, aber er sieht mir nicht wie ein Mörder aus.«

»Sein Atem hat nach geräucherter Makrele gestunken.«

Ich faltete das Blatt mit den von Laacken notierten Adressen auseinander, zog den Umschlag aus der Tasche, den ich in Victors Papierkorb gefunden hatte, und hielt beides nebeneinander. Handschriften unterlagen einer zeitbedingten Mode, von der Knotenschrift über die humanistische Kursivschrift bis hin zur sauberen Vorkriegs-Schrägschrift und der Blockschrift, mit der Schüler in den Fünfziger- und Sechzigerjahren terrorisiert wurden, bis Revolten und Demokratisierung der Schuldisziplin ein Ende bereitet hatten und jeder eben schrieb, wie es ihm in den Sinn kam. Die Handschriften waren unterschiedlich, aber beide schräg und flüssig, stammten also wahrscheinlich von zwei Leuten derselben Altersgruppe.

»Da ist er«, sagte Nel.

Ich folgte ihrem Blick zur gegenüberliegenden Seite des Platzes, wo Laacken aus dem Haus gekommen war. Er schaute hinauf in den bewölkten Himmel, als frage er sich, ob es regnen würde. Dann blickte er sich um, doch durch die vielen Fahrradfahrer, Fußgänger und parkenden Autos war der Platz so belebt, dass er uns gewiss nicht bemerken würde. Laacken ging zu einer Gruppe von

Fahrrädern, die angekettet an der Hauswand standen, bückte sich, um Klemmen an seinen Hosenbeinen zu befestigen, befreite ein solides Herrenrad von seinem Kettenschloss und schob es auf die Straße.

»Willst du ihm folgen?«, fragte Nel.

»Man braucht zwanzig Mann, um in Amsterdam einen Fahrradfahrer zu verfolgen, und selbst dann verliert man ihn noch.«

Laacken stieg auf das Rad und verschwand in Richtung De Pijp. Ich griff nach dem Blatt mit den Adressen. Laacken fuhr nicht nach Hause. Die Valeriusstraat, wo er mit seiner Freundin wohnte, lag in der anderen Richtung. »Wo liegt die Hoendiepstraat?«

»Das ist eine Nebenstraße der Rijnstraat, an der Utrechtsebrug.«

Ich nickte. »Fahr mal dahin. Von dort aus ist es nicht mehr weit.«

Nel startete und bog sofort rechts ab in die Ferdinand Bolstraat in Richtung Amstelkade, um die Einbahnstraßen zu vermeiden.

»Was ist von dort aus nicht mehr weit?«, fragte sie.

»Ich hatte für einen Moment das Gefühl, als würde ihm der Name de Vries etwas sagen.« Ich öffnete mein Notizbuch, klappte die Freisprecheinrichtung auf und wählte eine Nummer.

»Hallo?«

»Guten Morgen, Max Winter am Apparat, ist Mevrouw Lommerijns zu sprechen?«

»Meine Frau ist einkaufen.«

»Vielleicht hat sie Ihnen erzählt, dass ich da war, Max Winter von der Bewährungshilfe?«

Ich lächelte Nel zu, die missbilligend die Stirn runzelte.

Das Telefon sagte: »Wegen Victor de Vries?«

»Genau. Ich möchte nur gerne wissen, ob er seitdem zu Hause gewesen ist.«

»Wir haben ihn nicht mehr gesehen.«

»Ist noch einmal Besuch für ihn gekommen?«

»Nein, wir haben nichts gehört und nichts gesehen. Bedeutet das, dass Sie die Polizei hinzuziehen?«

Ich beruhigte ihn. »Nein, das tun wir erst im letzten Moment. Wir können vorerst noch eine Weile abwarten.«

»Das wäre mir recht. Wir versuchen hier, auf anständige Art unser Geld zu verdienen, am liebsten ohne ...«

»Dafür habe ich Verständnis. Vielen Dank auch.«

Ich unterbrach die Verbindung. Nel kurvte durch die Rijnstraat in Richtung Brücke. Eine Straßenbahn überholte uns, Taxis schlüpften in ihr Fahrwasser. Nel blieb brav in der langsameren Schlange. »Ich hoffe, du kannst deine ganzen Berufe noch auseinander halten«, sagte sie. »Und lass deine Hände bei dir.«

Ihre Beine gingen auseinander und ihr Schenkel war weich unter dem Kunststoff ihres Rocks. »Konzentrier du dich aufs Fahren.«

»Der Junge verliert seine Wohnung, hast du daran mal gedacht?«

»Dann springst du als Steuerprüferin ein und belehrst die Vermieterin eines Besseren.«

Ich hielt mit der freien Hand einen Stadtplan auf den Knien. Man konnte nur von einer Seite in die Hoendiepstraat einbiegen. Langsam fuhren wir hindurch. Es war eine ruhige Straße mit Gestängen auf den Treppenstufen, an denen man die Fahrräder anketten konnte, Anwohnerparkplätzen, und am Ende standen die Bäume des Martin-Luther-King-Parks am Amstelufer.

Laackens Fahrrad war vor Nummer 34 nicht zu sehen. Dazu hätte er auch einen Geschwindigkeitsrekord brechen müssen.

Nel hielt ein Stück weiter an. Freie Parkplätze gab es genug. Es war eine friedliche Gegend, so ruhig, wie es in der Stadt nur sein konnte, mit Vögeln und Grün statt Junkies und Müll. Ich kurbelte mein Fenster herunter und verstellte den Seitenspiegel, um Nummer 34 und den Bürgersteig davor beobachten zu können.

»Mir sind Leute suspekt, die den Tag mit Räuchermakrele beginnen«, sagte Nel, »aber ich habe wirklich keine Reaktion auf den Namen Victor de Vries an ihm bemerkt.« Sie nahm meine Hand zwischen ihren Schenkeln weg, legte sie auf ihren Schoß und hielt sie fest.

Ich schaute in den Spiegel. »Es war mehr so ein Gefühl.«

»Könnte es sein, dass wir uns mit etwas beschäftigen, was nichts mit unserem Auftrag zu tun hat?«

»Jemand ruft Victor an und gibt ihm die Adresse von Dufour. Er schreibt sie auf«, sagte ich. »Keine Telefonnummer, nur die Adresse. Und er reißt den Zettel ab, wahrscheinlich, um ihn einzustecken. Woran denkst du dabei?«

»Da musst du hin, oder: Wir treffen uns dort, dann und dann?«

»Zum Beispiel.« Mir fiel etwas ein. »Es war schwer zu finden. Ich musste überall fragen und anhalten, um Schilder zu lesen. Wenn Victor am Samstagabend dort war, musste er das auch tun, und dann erinnert sich vielleicht jemand an ihn. Otterlo ist ein kleines Dorf.«

»Es sei denn, ein Komplize hat das Haus schon vorher ausgekundschaftet, oder sie haben sich an einem einfacheren Treffpunkt verabredet. Konntest du erkennen, ob es sich um einen oder mehrere Täter gehandelt hat?«

»Nein, ich weiß nicht, das Ganze war ziemlich merkwürdig. Aber wenn sie zu zweit waren und sich irgendwo anders trafen, brauchten sie Victor die Adresse nicht zu geben.«

Nel lächelte. »Jetzt hast du mich erwischt«, sagte sie leise.

»Er fährt einen blauen Nissan, der könnte jemandem aufgefallen sein, aber wenn ich diese Dinge meinem Polizistenfreund erzähle, werfen wir Victor den Wölfen zum Fraß vor. Das können wir nicht machen.«

»Wenn Laacken hierher gewollt hätte, wäre er längst angekommen«, bemerkte Nel.

Ich nickte. »Dann lass uns mal nachschauen gehen.«

Sie öffnete die Fahrertür. »Als was? Die Heilsarmee?«

»Europäer.« Ich schloss das Auto ab und wir spazierten über den Bürgersteig die paar Meter zurück.

»Du brauchst hier entweder einen Anwohnerausweis oder einen Parkschein aus dem Automaten am Anfang der Straße«, sagte Nel.

»Ach, die Politessen haben im Zentrum genug zu tun.«

Sie nickte. »Ich glaube, mir ist es lieber, wenn du das übernimmst«, sagte sie, als wir vor Nummer 34 standen.

Eine Frau um die fünfzig öffnete. Sie sah aus wie eine Italienerin, mit einem breiten Mund und langen dunklen Haaren, die im Nacken mit einem Band zusammengehalten wurden. Sie musste einmal auffallend schön gewesen sein, doch jetzt wirkte sie erschöpft und ihr schwarzes Haar war von grauen Strähnen durchzogen. Sie hielt die Tür fest.

»Mevrouw Kars?«

Sie nickte.

»Mein Name ist Winter, das hier ist meine Assistentin. Ist Ihr Mann zu Hause?«

»Nein«, antwortete sie. »Im Übrigen ist er nicht mein Mann, falls Sie Bram meinen.« Sie hatte eine schöne Altstimme mit einem leicht metallischen Klang.

»Aber er wohnt doch hier?«

»Worum geht es?«

»Um eine neue Zeitschrift, *Europa.*«

Wenn sie glaubte, dass wir ihr ein Abonnement andrehen wollten, wären wir rasch fertig, aber sie nickte. Sie wusste von *Europa.* »Dann werden Sie mit ihm persönlich sprechen müssen.«

»Ich interessiere mich für das Projekt. Wissen Sie etwas darüber?«

»So gut wie nichts, ich kann Ihnen nicht weiterhelfen.«

»Ihr ... Exmann ist doch Journalist?«

»Na ja, er war ... Er arbeitet jetzt auf freiberuflicher Basis. Er versucht, ein Buch herauszugeben, und hat noch andere Projekte.« Ihre Stimme war flach, monoton.

»Ein Buch? Über Europa?«

»Ich habe es nicht gelesen.« Es klang ziemlich traurig. Das Ganze machte insgesamt einen traurigen Eindruck.

Ich lächelte und beschloss, es dabei zu belassen. »Wann, meinen Sie, könnten wir uns einmal mit Meneer Kars unterhalten?«

»Er ist häufig unterwegs, aber meistens kommt er vor dem Abendessen nach Hause. Am besten, Sie rufen vorher an. Haben Sie unsere Telefonnummer?«

»Ja, die haben wir. Vielen Dank, Mevrouw. Bis bald.«

Mit einem leicht verblüfften Gesichtsausdruck schloss sie die Tür. Wir kehrten zum Auto zurück.

»Warum hast du Dufour nicht erwähnt?«, fragte Nel.

»Schlafende Hunde. Wenn sie Kars davon erzählt, stehen wir das nächste Mal vor verschlossener Tür.«

Als ich das Auto aufschloss, hörten wir ein Telefon zirpen. »Verflixt, dein Handy!«, sagte Nel. »Das Ding gehört in deine Tasche und nicht auf den Rücksitz.«

»Wo ich auch hinkomme, bimmeln diese Dinger und Leute quatschen ins Leere«, entgegnete ich. »Meistens über Nichtssagendes. Ich beteilige mich so wenig wie möglich daran.« Ich reichte über die Rückenlehne und griff nach dem Apparat. Ich war froh, dass Nel wenigstens nicht *mobieltje* dazu sagte, wie alle übrigen Niederländer mit ihrer einzigartigen Vorliebe für Verkleinerungsformen. Ein nettes Autochen. Ein leckeres Tässchen Kaffee. Ein hübsches Ferienhäuschen. Vielleicht liegt es daran, dass wir in einem kleinen Ländchen leben. Ein Handy. *A cell phone. Een mobieltje.* »Max Winter.«

»Hier Hulst, aus Otterlo.«

»Jan. Wie geht's?«

»Ich weiß nicht, interessierst du dich noch für den Fall hier?«

Nel setzte sich neben mich ans Steuer und steckte den Schlüssel ins Zündschloss. »Ja, natürlich. Tut sich etwas?«

»Ja. Man hat Fingerabdrücke gefunden, auf dem Feuerzeug, weißt du noch? Sie waren registriert. Ein Amsterdamer mit Vorstrafenregister, er ist vor zwei Wochen aus dem Gefängnis entlassen worden. Er hat ein Jahr wegen Einbruch gesessen. Sagt dir der Name Cor van Nool etwas?«

Ich zog mein Notizbuch aus der Tasche. Nel ließ den Schlüssel los und reichte mir einen Kugelschreiber. »Nicht direkt«, antwortete ich ausweichend. »Aber wenn er ein Vorstrafenregister hat, wird er hier wohl bekannt sein. Ich nehme an, dass einer von deinen Arnheimer Freunden schon bei der Amsterdamer Polizei sitzt, um seine Verhaftung in die Wege zu leiten?«

»Das hoffe ich. Die Fahndung läuft und der Haftbefehl wurde ausgestellt, aber die haben etwas andere Prioritäten als ich. Der Fall wurde Hasselt übertragen.« Er gab ein Schnaufen von sich. »Der kann mich nicht besonders gut leiden, na ja, das hast du ja gemerkt.«

Der Frust eines Dorfpolizisten. »Ich habe hier immer noch so meine Kontakte und könnte mich umhören, wenn du willst«, sagte ich. »Weißt du zufällig, wer sein Bewährungshelfer ist?«

»Ich weiß gar nichts, aber ich habe sein Vorstrafenregister gesehen. Dabei ist mir aufgefallen, dass ausschließlich Einbrüche auf sein Konto gehen, meistens in Privathaushalten oder in Büros. Natürlich können sich Menschen ändern und sich unter bestimmten Umständen ungewöhnlich verhalten, aber trotzdem kommt es mir ein wenig seltsam vor.«

»Keine Gewalttaten?«

»Das meine ich. Nichts dergleichen.«

Wieder machte ich mir eine Notiz und wir schwiegen einen Augenblick, er auf seiner Seite, ich auf meiner. »Möglicherweise waren sie zu zweit und der andere war weniger zart besaitet«, spekulierte ich. »Weißt du schon, was gestohlen wurde?«

»Nein, aber wir haben eine Art Versteck gefunden. Erinnerst du dich an den Kamin? Ein paar lose Backsteine in der Stützwand und dahinter ein gemauerter Hohlraum. Von außen war nichts zu sehen, wir haben es nur gefunden, weil einer der Backsteine ein Stück hervorstand.«

»Es war also nichts mehr darin?«

»Vielleicht war von vornherein nichts drin.«

»Wegen irgendetwas sind sie gekommen.«

»Ich höre mich momentan im Dorf um, ob jemand aufgefallen ist, der in der Gegend herumfuhr oder nach dem Weg fragte, aber bisher hat das nichts ergeben. Schließlich haben wir hier viele Touristen.«

»Erledigst du das auf eigene Faust?«

Hulst lachte. »So eine Frage brauche ich nur zwei, drei Leuten zu stellen, und schon verbreitet sie sich wie ein Lauffeuer im ganzen Dorf. Otterlo ist übrigens ziemlich erschüttert, jeder kannte Dufour, obwohl man im Grunde kaum etwas über ihn wusste, das sagte ich ja schon. Die Haushälterin konnte auch nur wenig Auskunft geben. Dufour lebte so vor sich hin, bekam kaum Besuch, fuhr selten weg, nur gelegentlich nach Antwerpen.«

Ich schrieb es mir auf. »Was wollte er in Antwerpen?«

»Das hat er der Haushälterin nie erzählt. Sie wusste es, weil sie einmal eine Zugfahrkarte Arnheim–Antwerpen gefunden hatte.«

»Wann ist die Beerdigung?«

»Er ist noch nicht von der Autopsie in Rijswijk zurück. Ich glaube, Mittwoch oder Donnerstag.«

»Bitte sag mir Bescheid, ich möchte gern dabei sein. Sollte ich vorher etwas entdecken, melde ich mich bei dir.«

»In Ordnung. Auf Wiederhören.«

So etwas sagte man wahrscheinlich nur noch in Otterlo.

Ein Streifenwagen stand in zweiter Reihe geparkt. »Fahr weiter.«

Nel zwängte den BMW vorbei. »Wohnt sie da?«

»Sie hat Besuch von den Kollegen. Rechts ab.«

Sie ließ einen Roller vorbei, bog in die Querstraße ein und danach wieder rechts ab in die Lindengracht. »Die waren aber rasch zur Stelle«, bemerkte sie. »Was machen wir jetzt?«

»Halt mal kurz an.«

»Ich sehe nirgendwo einen Parkplatz.« Sie hielt mit laufendem Motor dicht neben den parkenden Autos gegenüber der Academie. Fahrradfahrer kurvten um uns herum. »Vielleicht an der Gracht?«

»Nicht nötig.« Ich nahm das Blatt Papier mit den Adressen. »Ich warte hier, bis sie weg sind. Fahr du schon mal zu der Freundin von Laacken und überprüfe sein Alibi, vielleicht kommt dabei etwas heraus.«

»Wie sieht diese Betty aus?«

»Ziemlich sexy.« Ich steckte mein Handy in die Tasche. »Sie redet bereitwilliger, wenn ich allein komme.«

Nel grinste. »Du hast das also schon von vornherein so geplant?«

»Könnte sein, dass Laacken seine Freundin noch nicht angerufen hat, und je eher du da bist, desto besser. Wir sind die Einzigen, die diese Spur verfolgen, und es wäre dumm, die Routineermittlungen zu vernachlässigen. Wenn du bei ihr fertig bist, überprüfe noch einmal Kars, über Lily oder Bart. Ich rufe dich an.«

»Willst du damit sagen, dass du vorerst nicht gestört werden möchtest?«

»Ich hoffe, in einer halben Stunde kommen zu können«, antwortete ich.

Sie boxte mich in die Rippen. »Raus mit dir, du Fiesling!«

Ich grinste. Sie streckte den erhobenen Mittelfinger aus dem Fenster, als sie mit aufheulendem Motor davonfuhr.

Ich schlenderte zur Lijnbaansgracht. Auf der anderen Seite klingelte eine Straßenbahn den stockenden Verkehr aus dem Weg. Die Hausboote auf dieser Seite machten einen besseren Eindruck als früher, vielleicht weil es Sommer war oder weil alle seit damals reicher geworden waren. Der alte Botter, in dem Tiffany damals die kleine Nutte gefunden hatte, die an ihrer Stelle ermordet worden war, war weg. Abgewrackt, versenkt, in die Provinz abgeschleppt und zum Entenzüchten verwendet, was immer man auch mit abgedankten Bottern anfing.

Ich dachte an Tiffany, eine verirrte Straßendirne mit Taubenaugen, die, wenn alles gut gegangen war, nicht mehr nach Heroin gierte und irgendwo in Apeldoorn in einer Kinderkrippe arbeitete. Man berührt sie und sie verschwinden, Schatten, die sich in den Kulissen auflösen, unglücklich, glücklich, arm, reich, tot, Männer, Frauen, Opfer, Gewinner, meine Geisterfamilie.

Ich wartete an der Ecke Goudsbloemstraat. Eine mollige Frau, die aussah wie eine Mutter von sechs Kindern, fragte mich, ob ich Gesellschaft suche. Ich lehnte dankend ab, aber sie blieb beharrlich, sie habe ein gemütliches Hausboot ganz in der Nähe. Ich fischte zwanzig Euro aus meinem Portmonee, um sie loszuwerden, aber sie wollte das Geld nicht annehmen, ohne eine Gegenleistung zu erbringen.

Zwei Uniformierte kamen aus Bettys Haus. Einer zog die Tür hinter sich zu und blickte sich um, während der andere sich durch die dicht an dicht geparkten Autos zu dem Streifenwagen durchzwängte. Die Frau folgte meinem Blick, verlor das Interesse an mir und machte sich blitzschnell aus dem Staub. Dabei hätte sie kein Mensch wegen Prostitution verhaftet. Womöglich war ihre Berufsehre genauso falsch wie die Cartier-Uhren und Gucci-Taschen auf dem Markt und sie wurde polizeilich gesucht, weil sie naive Provinzler auf ihr Boot lockte, wo sie sie mit einem Komplizen um mehr als zwanzig Euro erleichterte.

Betty zog an dem Seil, das die Haustür öffnete, und wartete oben an der Treppe. »Ich dachte, du wolltest vorher anrufen«, sagte sie.

»Ich war gerade in der Nähe.«

Sie drehte sich um und ich folgte ihr ins Wohnzimmer. Sie ließ sich auf das orangefarbene Sofa fallen. Von dem blauen Auge war nur noch ein Schatten zu sehen und sie war sittsamer gekleidet als beim letzten Mal, mit knielangem Rock und Silberkettchen im bescheidenen V-Ausschnitt eines kamelhaarfarbenen Pullovers. »Hast du Victor gefunden?«, fragte sie.

»Ich hatte gehofft, du hättest etwas von ihm gehört.«

Sie schüttelte den Kopf. »Die Polizei war bei mir, du hast sie knapp verpasst. Ich dachte schon, sie kämen mit so einer Nachricht, du weißt schon, tut uns leid, Mevrouw, aber Ihr Bruder hat einen Unfall gehabt. Die sagen nie sofort, dass einer tot ist.«

»Was wollten sie?«

»Sie suchen Cor, meinen Exmann.« Sie starrte mich an und seufzte.

»Am Telefon hast du dich über deinen Ex ziemlich vage ausgedrückt.«

»Das würdest du auch, wenn dein Ex die halbe Zeit hinter Gittern säße. Pech mit Männern, das ist der rote Faden in meinem Leben. Cor ist ein Süßholz raspelnder Scheißkerl, aber er würde nie jemanden ermorden, da bin ich mir sicher.«

»Mord?«

»Man hat seine Fingerabdrücke in einem Haus gefunden, in dem ein alter Mann ermordet wurde. Sie wollten wissen, ob ich wüsste, wo Cor letzten Samstagabend gewesen ist. *Shit.*« Sie stand auf und ging um meinen Sessel herum zum Schrank hinter mir. »Zwei Uhr. Ich muss was essen, aber vor allem brauche ich einen Schnaps. Trinkst du was mit um diese Uhrzeit oder erlaubt dein Chef das nicht?«

»Ich habe keinen Chef.«

Sie hörte mir gar nicht zu, griff nach einer Flasche Whiskey. Ihre Hände zitterten, als sie zwei Gläser halb voll schenkte.

»Ich habe kein Eis, aber Erdnüsse.« Sie stellte ein Glas vor mich hin und ging wieder an den Schrank, öffnete eine Tür und fand eine Tüte Erdnüsse, die sie aufriss und mit einer hektischen Bewegung in eine Keramikschüssel leerte. Die Hälfte fiel daneben.

»Jetzt hol erst mal tief Luft«, riet ich.

Sie blieb still stehen und starrte mich an. Sie fegte die daneben gefallenen Nüsse in ihre Hand, gab sie in die Schüssel und stellte diese auf den Tisch.

»Konntest du ihnen sagen, wo Cor letzten Samstagabend war?«

»Woher soll ich das wissen?« Sie sank auf das Sofa und trank einen Schluck von ihrem Whiskey. Das beruhigte sie. »Vor einer Woche ist er hier hereingeplatzt, er kam gerade aus dem Knast. Ich habe ihn rausgeworfen. Danach habe ich ihn nicht mehr gesehen. Ich weiß noch nicht mal, wo er wohnt, vielleicht hat er gar keine eigene Wohnung und ist bei einem seiner Kumpel untergekrochen. Ich konnte ihnen nicht weiterhelfen.«

»Was wollte Cor denn hier?«

»Zweimal darfst du raten. Er hat ein Jahr lang auf dem Trockenen gesessen und hoffte, ich hätte vergessen, dass wir geschieden sind.«

Ich lächelte verständnisvoll. »War das alles?«

Sie schaute weg. »Er suchte Victor, genau wie du.«

»Was wollte er von Victor?«

»Das weiß ich nicht.«

Sie war keine gute Schauspielerin. Ich kostete den Whiskey und rührte in den Erdnüssen auf meiner Handfläche. »Es geht mich ja eigentlich nichts an, aber er kommt hierher und erkundigt sich nach Victor, und du hast mir erzählt, dass Victor dich anrief und fragte, ob du wüsstest, wo Cor ist, und auch, dass Victor sich lieber von Cor fern hält. Was ist los mit den beiden? Haben sie gemeinsam Dinger gedreht?«

»Lass mich bloß damit in Ruhe«, sagte sie. »Ich kann dir da nicht helfen.«

Ich schüttelte den Kopf. »Cor interessiert mich nicht, aber ich suche Victor, und ich vermute allmählich, dass ich ihn über Cor finden kann. Warum würden sie sich sonst nach einander erkundigen?«

»Du bist aber hartnäckig für jemanden, der von der Herzstiftung oder was weiß ich kommt. Kriegst du die Überstunden bezahlt?«

»Hat die Polizei nach Victor gefragt?«

»Nein.«

»Und du hast ihn nicht erwähnt?«

»Ich bin doch nicht verrückt.«

»Was wollte Cor von Victor?«

Sie drückte ihren Rücken gegen die Sofalehne. »Was willst du von Victor? Wenn du wissen willst, wie es seinem Herzen geht, kannst du dich schriftlich danach erkundigen.«

Mit meiner Ausrede kam ich keinen Schritt weiter. »Ich bin nicht von der Herzstiftung«, sagte ich. »Ich bin Privatdetektiv.«

Sie erschrak. Meulendijk hätte sie noch mehr erschreckt, deshalb reichte ich ihr unsere eigene Visitenkarte. Sie verursachte tiefe Falten über ihrer Nasenwurzel.

»Keine Panik«, beruhigte ich sie. »Ich führe private Ermittlungen und Nachforschungen nach Vermissten durch. Victor wurde das Herz eines Mädchens eingepflanzt, das vor drei Jahren verunglückt ist. Ihre Mutter hat mich gebeten, ihn aufzuspüren. Sie hat niemanden mehr und sie ist eine sehr reiche Witwe. Vielleicht sucht sie einen Erben.«

Betty schaute mich verwirrt an, aber ich erkannte, dass die Vorstellung von einer reichen Witwe und Erbschaften ihr Interesse geweckt hatte. »Und das soll Victor sein?«

»Er hat das Herz ihrer Tochter erhalten und das bedeutet ihr eine Menge. Sie will ihn treffen, ihn kennen lernen, daran ist ihr viel gelegen.«

»Die hat doch nicht alle Tassen im Schrank. Er hat schon eine Mutter.«

»Manche Leute denken nun einmal anders über diese Dinge. Ich möchte deinem Bruder die Angelegenheit erklären, und dann soll er selbst entscheiden, ob er die Dame treffen will. Vielleicht kann sie ihm helfen.«

Sie trank von ihrem Whiskey, lehnte sich zurück und kniff die Augen zusammen. »Ich weiß nicht, wo er ist.« Ihr Tonfall veränderte sich. »Ich hoffe, er nimmt wenigstens seine Medikamente ein. Victor ist ein guter Junge, aber ein Pechvogel. Ich habe mich seit jeher für ihn verantwortlich gefühlt, ich bin seine große Schwester. Es wäre schön, wenn ihn zur Abwechslung einmal etwas Gutes erwarten würde.«

»Etwas Besseres als Cor?«

Sie gab ein abfälliges Lachen von sich. »Ich war dreiundzwanzig, Cor ein attraktiver Charmeur. Er behauptete, er handle mit Antiquitäten. Sechs Monate nach unserer Hochzeit wurde er verhaftet. Ich war noch so naiv zu glauben, es sei ein Irrtum, aber dieser aalglatte Kerl hatte eine ganze Reihe von Einbrüchen auf dem Kerbholz. Ich begriff allerdings, dass ich für mich selbst würde sorgen müssen, und habe mich in Kursen weitergebildet. Das letzte Mal haben sie ihn für ein Jahr eingebuchtet, da habe ich mich von ihm scheiden lassen und bin umgezogen. Trotzdem werde ich immer noch wie seine Komplizin behandelt.« Sie seufzte. »Das ist, was Cor van Nool betrifft, die ganze Geschichte.«

»Außer dass Victor nach ihm gefragt hat.«

»Victor würde ihm eher aus dem Weg gehen.«

»Warum?«

Sie schüttelte den Kopf. »Ich habe keine Ahnung.«

»So kommen wir nicht weiter«, sagte ich. »War dein Bruder auf der Hochzeit?«

Betty machte ein verwirrtes Gesicht. »Auf meiner Hochzeit? Ja, natürlich.«

»Und da lernte er Cor kennen, einen Einbrecherkollegen. Willst du mir ein X für ein U vormachen?«

Sie wurde böse. »Mein Bruder war kein Einbrecher und ich wusste von nichts. Das hat sich alles hinter meinem Rücken abgespielt.« Plötzlich schien ihr ein Gedanke zu kommen und sie erschrak. »Wenn diese Frau das erfährt, kann Victor all die Nettigkeiten ja wohl vergessen.«

»Von mir wird sie nichts erfahren. Ich soll sie nur mit Victor in Kontakt bringen, weiter reicht mein Auftrag nicht.«

Sie zögerte. »Ich wünschte, ich könnte dir glauben.«

»Wenn ich Victor die Tour vermasseln wollte, könnte ich das auch ohne deine Hilfe.«

Das verstand sie und sie wurde entgegenkommender. Eine Wohltäterin ihres Bruder könnte auch ihr von Nutzen sein. »Die beiden haben schon manchmal zusammen ein Ding gedreht«, gab sie zu. »Victor war auch bei dem Einbruch in der Stadtverwaltung dabei, für den Cor ein Jahr gekriegt hat. Cor hat ihn nicht verpfiffen, obwohl er glaubt, dass er erwischt wurde, weil Victor ihn im Stich gelassen hat. Deshalb fordert er jetzt dreißigtausend Euro von Victor.«

»Willst du damit sagen, dass Victor sich mit der Beute aus dem Staub gemacht hat?«

»Mir hat er nur gesagt, dass Cor noch einmal zurückwollte, wegen Blanko-Führerscheinen und so, die sind bares Geld wert. Er dachte, es sei Zeit genug, aber offenbar gab es einen stillen Alarm.« Sie zuckte mit den Schultern. »Falls Victor das Geld jemals besaß, hat er es jetzt jedenfalls nicht mehr. Cor jagt ihm panische Angst ein.«

»Diese ganze Aufregung scheint mir ziemlich schädlich für einen Herztransplantierten.«

Sie biss sich auf die Lippen. »Als ob ich das nicht wüsste. Deswegen habe ich Cor versprochen, ihm das Geld zu geben, wenn er Victor in Ruhe lässt.«

»Vielleicht haben sich die beiden trotzdem wiedergefunden und sich gemeinsam eine schnellere Lösung ausgedacht«, sagte ich.

»Das glaube ich kaum.«

»Ein Einbruch in Otterlo?«

Für den Bruchteil einer Sekunde wurde ihr Gesichtsausdruck starr. Dann fragte sie: »Otterlo? Wo liegt das?«

Ich hatte das Gefühl, dass sie den Namen schon einmal gehört hatte, aber das galt für die halben Niederlande, dank des Kröller-Müller-Museums. Es war noch nichts über den Mord in den Zeitungen oder in den Nachrichten bekannt gegeben worden, das würde wahrscheinlich erst heute Abend geschehen. »In Otterlo wurde bei einem Einbruch ein alter Mann ermordet. Sein Name war Dufour.«

Betty reagierte heftig. »Cor würde niemals jemanden ermorden und Victor schon gar nicht. Unmöglich!«

»Wer war dieser Verleger, für den du gearbeitet hast?«

Sie runzelte die Stirn. »Das ist schon ein Jahr her, das hat mit dieser Sache absolut nichts zu tun.«

»Heißt er vielleicht Ben Laacken? Er gibt Fachzeitschriften heraus.«

Ich glaubte, erneut einen Schatten über ihr Gesicht wandern zu sehen, doch sie schüttelte entschieden den Kopf. »Er war Leiter einer Abteilung des PCM-Verlages«, erwiderte sie. »Ich war im Lektorat beschäftigt, habe Manuskripte redigiert, Klappentexte verfasst, solche Sachen. Das hatte ich bei den Weiterbildungskursen gelernt, ich kann gut mit Sprache umgehen.«

»Aber momentan hast du keinen Job.«

»Nein, leider, ich mag diese Art von Arbeit.«

»Wo willst du die dreißigtausend Euro hernehmen, die du Cor versprochen hast, damit er deinen Bruder in Ruhe lässt?«

»Tja, keine Ahnung«, antwortete sie schroff. »Ich habe gehofft, ich könnte mir das Geld leihen. Ich habe ein Buchmanuskript für jemanden abgetippt, und dieser

Mann hatte mir versprochen, mir in naher Zukunft eine fantastische Stelle zu besorgen. Er hat gesagt, wenn ich noch ein paar andere Aufgaben für ihn erledigen würde, könnte ich ohne Weiteres einen Vorschuss von dreißigtausend kriegen.«

»War das der berühmte Scheißjob?«

Sie lachte bitter. »Mein altbekanntes Glück.« Ihre Augen leuchteten auf, als ihr etwas Neues einfiel. »Vielleicht könntest du die Dame so weit kriegen, Victor aus der Patsche zu helfen? Ich meine, ohne dass sie erfährt, was genau dahintersteckt?«

Auf der Straße wurde gehupt. »Wir sollten erst einmal versuchen, Victor zu finden«, erwiderte ich. »Bevor wir solche Pläne schmieden, okay?«

Die Hupe kam mir allmählich bekannt vor und ich ging an Bettys Computertischchen vorbei zum Fenster und schaute hinaus auf die Straße. Betty folgte mir. Nel stand in zweiter Reihe an der Stelle, an der der Streifenwagen geparkt hatte. Wahrscheinlich hatte sie versucht, anzurufen, aber ich hatte mein Handy natürlich nicht eingeschaltet. Vielleicht wollte sie einfach nur nett sein.

Ich winkte hinunter. »Das ist meine Partnerin«, sagte ich. »Ich muss jetzt leider gehen.«

Betty nickte, weniger enttäuscht, als ich erwartet hatte. Vielleicht hatte sie die Nase voll von meinen Fragen. Sie wies mit einem Nicken durch das Fenster zu Nel, die mit einem Fuß in der offenen Autotür hinaufschaute, und sagte: »Ich hoffe für sie, dass du nicht einer von diesen Typen bist, die einem das Blaue vom Himmel herunter versprechen.«

»Ich gehe mit Versprechungen sparsam um. Ach übrigens, hatte Victor mal eine Freundin, die Rosa hieß?«

»Das weiß ich nicht.«

»Ich habe da so ein Motto«, sagte ich. »Wenn du willst, dass dir jemand vertraut, ist die Wahrheit das wirksamste Mittel.«

Sie neigte den Kopf schräg zur Seite und erwiderte: »Ich kenne noch ein anderes wirksames Mittel.« Sie kicherte, weil ich nicht reagierte, dann kehrte die Denkfalte wieder zurück. »Wann soll das gewesen sein?«

»Vor seiner Herzoperation.«

Sie schüttelte den Kopf. »Ich weiß es wirklich nicht«, sagte sie betont aufrichtig. »Alles ist möglich, denn damals haben wir uns so gut wie nie gesehen. Da brauchte er seine Schwester nicht, das kam erst später. Warum?«

»Geht er manchmal ins Museum?«

Verblüfft starrte sie mich an. »Ins Museum?«

»Ja, du weißt schon, Gemälde, Skulpturen, die Nachtwache, Vermeer, Potgieter.«

Sie kicherte noch spöttischer. »Victor? Ich glaube, du suchst den Falschen. Schon eher in einen saftigen Pornofilm.«

Sie brachte mich zur Tür und ich polterte die Treppe hinunter. Nel stieß die Beifahrertür für mich auf. »Wir müssen gelegentlich mal an deiner Telefondisziplin arbeiten«, meinte sie.

Als ich neben sie rutschte, beugte sie sich zu mir hinüber und schnüffelte an meinem Gesicht. »Whisky«, stellte sie fest.

»Eine halbe Stunde später und du hättest auch Frau riechen können. Hatte die Freundin von Laacken etwas Nützliches zu berichten?«

Sie schnaubte verächtlich und bog in eine andere Straße ein.

11

Die Hoge Veluwe wurde von heftigen Regenfällen heimgesucht.

»Was für ein Tag«, murmelte Nel, als wir auf einem Parkstreifen vor dem Eingang zur Kirche neben einigen anderen Autos anhielten. Die dunstigen Bäume und dunklen Hecken ringsum ertranken hinter Fenstergardinen aus Wasser. Jeder blieb im Auto sitzen, die beschlagenen Scheiben wienernd.

Der Leichenwagen traf ein und wartete vor dem offen stehenden Tor. Dahinter hielten ein kleiner Peugeot und der Lieferwagen von Hulst, der sich in Gesellschaft einer dicken Frau befand, seiner Gattin, wie ich annahm. Eine in Schwarz gehüllte Frau stieg aus dem Peugeot. Sie sah traurig aus. Ich ging mit meinem Regenschirm um den BMW herum, damit CyberNel nicht nass wurde. Die kurze Prozession der schwarzen Regenschirme kroch wie in einem Claude-Chabrol-Film durch den strömenden Regen an Grabsteinen und Koniferen vorbei hinter dem Leichenwagen her. Der Wagen hielt vor einer Steinmauer am Ende des Hauptweges. Vier Männer in Schwarz klappten ihre Regenschirme zu, hoben den Sarg heraus und trugen ihn zwanzig Meter durch den Regen zu einem frisch ausgehobenen Grab. Von der Mauer her schauten zwei wenig begeisterte Totengräber unter Schirmen hervor. Die Männer stellten den Sarg auf die Querträger. Einer der vier eilte zum Leichenwagen, kehrte mit zwei Kränzen zurück und stellte diese an den schlammigen Erdwall am Fußende des Grabes. Er ging unter seinem

Schirm in die Hocke und arrangierte die Schleifenbänder. Als er zurücktrat, erkannte ich, dass bereits ein Grabstein am Kopfende der Grube stand, mit der Aufschrift *Ruhe in Frieden* und *Louis Dufour, 1908–1980.*

Einer der Träger hielt einen Schirm über seinen Kollegen, der eine Bibel aufschlug und vorlas, dass Staub wieder zu Staub würde und die Seele auf die Wiederauferstehung warte. *Ruhe in Frieden. Swaan,* stand auf einem Kranz, auf dem anderen nur: *Der Kulturverein.* Der Sarg wurde ins Grab hinuntergelassen.

Niemand sagte ein Wort.

Der Vorleser schloss seine Bibel, nickte der Gesellschaft zu und kehrte mit den drei anderen zum Leichenwagen zurück. Die dicke Dame nahm die Hand der Frau in Schwarz und hielt sie fest. Leute grüßten sich mit ernstem Nicken und traten den Rückzug an. Die Totengräber warteten.

Hulst kam unter seinem Schirm auf mich zu. »Das ging ja schnell«, murmelte er. »Swaan ist die Einzige, die Tränen vergießt.«

Ich stellte ihn Nel vor. »Ist sie eine Angehörige?«

»Nein, die Haushälterin. Sie steht dort bei meiner Frau. Angehörige habe ich keine gesehen, auch nicht in der Totenhalle in Ede. Die Feier war ziemlich trübselig, nur Swaan, meine Frau und ich waren dort, und der Pfarrer.«

»Keine Unbekannten?«, fragte ich.

Er schüttelte den Kopf und wies mit dem Kinn auf die Leute, die hinter dem Leichenwagen her dem Ausgang zustrebten. »Ich bin froh, dass wenigstens seine Nachbarn sich haben blicken lassen.« Er schaute Nel an. »Wissen Sie, was ich meine?«

Nel lächelte ihn an.

»Jarris, der Wirt aus dem Lokal«, fuhr Hulst fort, »und dazu noch ein paar andere Dorfbewohner. Die übrigen hatten Angst, sich die Schuhe schmutzig zu machen.«

Die dicke Frau stand noch immer zusammen mit der Haushaltshilfe unter einem Regenschirm am Grab. Sie blickte zu uns herüber und Hulst gab ihr ein Zeichen. Sie erwiderte seine Kopfbewegung und sprach kurz mit der Putzfrau.

»Lasst uns gehen«, sagte Hulst.

Hinter dem Zaun wurden Autos angelassen. Wir gingen unter zwei Schirmen in Richtung Ausgang. »Gibt es noch einen Empfang?«, fragte Nel.

Hulst schüttelte den Kopf. »Wem sollten wir kondolieren?« Er schwieg einen Augenblick. »Swaan vielleicht. Meine Frau fährt mit ihr ins *Jagersrust.* Habt ihr Zeit für eine Tasse Kaffee?«

»Aber natürlich«, antwortete Nel.

»Wurde er im Grab seines Vaters beigesetzt?«

Hulst nickte. »Louis Dufour. Ich habe ihn nicht gekannt, damals war ich noch in Ede stationiert.« Er deutete auf meinen Wagen. »Fahr einfach hinter mir her.«

»Ist das ein Polizeihund?« Nel wies mit dem Kinn zu einem Schäferhund, der im Lieferwagen mit gespitzten Ohren auf sein Herrchen wartete.

Hulst grinste. »Das bildet sie sich manchmal ein. Sie heißt Herta, wie alle Schäferhunde in der Veluwe.«

Ich öffnete Nel die Beifahrertür. Hulst saß schon in seinem Lieferwagen. Ich schüttelte den Schirm aus und warf ihn auf den Rücksitz. Das Gebläse mühte sich mit der Windschutzscheibe ab, die sofort beschlug, und Nel wienerte eifrig mit einem Lederschwamm darüber, während ich dem Express folgte.

Das *Jagersrust* war das Hotel, in dem ich nach dem Weg gefragt hatte. Heute war die Terrasse menschenleer und verregnet, die Stühle gegen die Tische gekippt. Das Hotel selbst war geräumig und gemütlich, eine alte Dorfherberge, die unter dem Druck des Tourismus modernisiert, aber nicht verunstaltet worden war. Nur drei Tische waren mit frühen Mittagsgästen besetzt. Die Touristen hockten in ihren Pensionen oder frönten bei van Gogh im Kröller-Müller-Museum der Kultur.

Hulst winkte der Serviererin und führte uns zu einem Tisch weiter hinten. Wir bestellten Kaffee. Nel entschied sich für den empfohlenen Apfelkuchen anstatt für einen alten Jenever.

»Komm dir doch gelegentlich mal meinen Polizeiposten anschauen«, sagte Hulst. »Aber nicht heute. Ich muss gleich nach Ede.«

»Gibt es Neuigkeiten?«, fragte ich.

»Hast du noch nichts entdeckt?«

Quid pro quo. »Leider nur wenig. Wir haben van Nools Vorstrafenregister eingesehen, aber das kanntest du ja schon. Ein Profi. Er hat ein Jahr wegen eines Einbruchs in die Stadtverwaltung gesessen. Eine ziemlich harte Strafe, aber ich glaube, die hatten einfach die Nase voll von ihm. Seine jetzige Adresse habe ich nicht herausgefunden.«

»Er wohnt in Amsterdam-Noord, in der Distelstraat 124, unterm Dach.« Ich schaute ihn überrascht an, doch Hulst wandte sich lächelnd Nel zu: »Und, schmeckt der Kuchen?«

»Köstlich«, sagte Nel. »Darf ich auch Jan sagen?«

»Solange du nicht Johnny daraus machst. Früher in der Schule haben sie mich so genannt, wegen der Tarzanfilme. Johnny Weissmuller, weißt du noch?«

»Warst du Tarzan?«

»Ich Tarzan. Jane ist seitdem um einiges fülliger geworden.«

Wieder lächelte Nel und fragte dann: »War van Nool die gute oder die schlechte Nachricht?«

Hulst seufzte. »Die Amsterdamer Polizei hat ihn gestern verhaftet. Netterweise haben sie mit dem Verhör bis zum Eintreffen unserer Leute gewartet, Inspecteur de Moor aus Ede und Hasselt. Max hat sie beide kennen gelernt.« Er warf mir einen bedauernden Blick zu. »Sie haben van Nool heute Morgen wieder auf freien Fuß gesetzt. Er hat eine Nacht in der Zelle verbracht, während die Amsterdamer sein Alibi überprüften. Es ist wasserdicht. Rijswijk hat als Todeszeitpunkt Samstag gegen Mitternacht festgestellt und in dieser Nacht saß Cor van Nool ab zweiundzwanzig Uhr mit vier anderen in einer Amsterdamer Kneipe und feierte die vorzeitige Entlassung einer ihrer Kumpel. Er hat alle Namen genannt. Der Kneipenwirt hat ihm um zwei Uhr morgens ein Taxi bestellt, weil er zu betrunken war, um selbst zu fahren.«

»Diese Jungs neigen dazu, sich gegenseitig Alibis zu verschaffen«, bemerkte ich.

»Das ist denen in Amsterdam schon klar, aber abgesehen von dem Kneipenwirt, den sie für vertrauenswürdig halten, saß auch ein Informant einer ihrer Ermittler in der Kneipe. Seinen Namen kenne ich nicht, aber mit solchen Informationen gehen die sparsam um, das weißt du ja.«

Ich nickte. »Und was war mit dem Feuerzeug?«

»Das ist eine Scheißgeschichte. *Excusez, madame.* Er erklärte, er würde andauernd Feuerzeuge verlieren oder sie würden ihm geklaut. Er behauptet, diesmal müsse es sein Bewährungshelfer genommen haben, denn im Gefängnis habe er es noch gehabt, aber dann sei es weg gewesen, nachdem er sich einen Tag nach seiner Entlassung gemeldet habe.«

»Ein Witzbold«, meinte Nel.

Hulst lächelte ihr zu. »Wie dem auch sei, van Nool war nicht in Otterlo und wir müssen wieder ganz von vorne anfangen. Deshalb muss ich auch gleich nach Ede, ich hoffe, ich kann die bei der Stange halten. Sonst legen sie den Fall auf Eis, bis sich jemand zufällig verplappert oder für etwas anderes verhaftet wird, du weißt ja, wie das läuft, es liegt einfach am Personalmangel.«

Hulst schaute zur Tür und sein Blick wurde weicher, als seine Frau mit der Haushälterin hereinkam. Sie stellten ihre Schirme in einen Ständer. Hulsts Frau keuchte vor Anstrengung und die Haushälterin half ihr aus dem Mantel.

»Keine anderen Fingerabdrücke außer denen von Cor van Nool auf dem Feuerzeug«, bemerkte Nel. »Das macht einen doch misstrauisch.«

»Stimmt«, sagte Hulst abwesend. »Der Täter kennt Cor van Nool und versucht, ihn reinzulegen.« Er hielt den Blick auf seine Frau gerichtet, die mit schwerfälligen Bewegungen auf uns zukam, die Haushälterin auf den Fersen. Seine Stimme erhielt plötzlich einen zärtlichen Klang. »Es ist eine Krankheit«, sagte er. »Es spielt keine Rolle, ob sie viel oder wenig isst. Hermien leidet sehr darunter.«

»Kann man gar nichts dagegen tun?«, fragte Nel.

Hulst hob beide Hände und antwortete: »Sie geht demnächst für einen Monat in eine Spezialklinik in den Ardennen zur Kur. Dort werden alle möglichen Untersuchungen durchgeführt. Wir hoffen, dass das etwas bringt.«

Wir standen auf, als die Damen den Tisch erreichten. Hulst stellte uns nur als Max und Nel vor, Kollegen aus Amsterdam, und wir kondolierten Swaan, der Haushälterin. Wir rückten Stühle für sie zurecht und bestellten Kaffee und belegte Brötchen. »Stellen Sie uns einfach eine gemischte Platte zusammen«, sagte Hulst zu der Serviererin.

Sie sprachen über die Beerdigung und wer alles da war. Swaan schätzte ich um die fünfzig, eine magere Frau mit runzligen Händen und einem traurigen Vogelgesicht. Ihrer Meinung nach hatte Hendrik Dufour keine Angehörigen gehabt. Jedenfalls habe sie nie etwas davon bemerkt, musste aber zugeben, dass Dufour kaum je über sein Privatleben gesprochen hatte, nur über den Haushalt, den Garten, die Einkäufe. Wenn sie vormittags arbeitete, ging er oft allein spazieren, um ihr nicht im Weg zu sein. Er war sehr in sich gekehrt gewesen. »Die meisten Leute fanden ihn reichlich sonderbar, aber er war geistig voll auf der Höhe und er war ein liebenswerter Mann.«

»Das war er wirklich«, pflichtete Hermien ihr bei.

»Haben Sie lange für ihn gearbeitet?«, fragte Nel.

Sie rechnete nach. »Sechs Jahre, glaube ich. Da war er schon in Frührente, er hat bei der Post gearbeitet, in Oosterbeek. Er litt unter Rückenproblemen.«

»Besuchte ihn manchmal jemand?«, fragte ich.

»Der Nachbar schaute gelegentlich auf ein Schwätzchen vorbei«, antwortete sie. »Ansonsten kam selten jemand, und wenn ich vormittags da war, nie. Aber letzte Woche ist jemand da gewesen, das habe ich daran gesehen, dass Hendrik den Abwasch stehen gelassen und etwas zum Tee geholt hatte. Eine Gebäckschachtel von Veenkamp stand in der Küche. Das habe ich Jan schon erzählt.« Sie schaute Hulst an, als warte sie auf eine Bestätigung.

»An welchem Tag war das?«, fragte ich.

Hulst antwortete an ihrer Stelle: »Swaan war am Mittwochvormittag da, also muss es Dienstagnachmittag gewesen sein.«

»Oder am Montag, das wäre doch auch möglich?«

»Swaan meint Nein.«

Die Haushälterin schüttelte den Kopf. »Nein, bis Mittwoch hätte er garantiert aufgeräumt.« Sie verbarg ihre Augen und ich erkannte einen Moment der Erschütterung, als sie an ihren Arbeitgeber dachte und die Alltagsroutine, die abrupt unterbrochen worden war. »Es war auch so schon ziemlich merkwürdig«, sagte sie mit erstickter Stimme.

»Meinen Sie, dass er normalerweise aufgeräumt hätte?«, fragte Nel.

»Er ist sehr ordentlich, nie lässt er etwas für mich stehen«, sagte sie, ohne sich darüber im Klaren zu sein, dass sie in der Gegenwart von ihm sprach. »Aber am Mittwoch stand sogar die Pfanne von seinem Abendessen noch auf dem Gasherd. Er hatte sich ein Kotelett gebraten.«

»Hat er etwas über den Besuch erzählt?«, fragte ich.

»Nein, nur, dass er am Nachmittag arbeiten müsse. Er war sehr gut gelaunt.«

»Mehr als gewöhnlich?«

»Ja, eigentlich schon, aber am Vormittag ging er spazieren wie immer, es war schönes Wetter. Laufen tat seinem Rücken gut.« Sie schwieg einen Augenblick. »Er hatte alte Papiere und Zeitungsausschnitte rausgekramt, die besaß er kistenweise. Sonst hat er sich nie damit beschäftigt.«

»Waren diese Papiere noch da, als Sie am Freitag kamen?«

Swaan nickte. »Sein ganzer Schreibtisch war voll davon. Ich fragte, ob ich sie wegräumen solle, aber das wollte er nicht, er sagte, er müsse nachmittags weiter daran arbeiten. Ich habe also nur ein bisschen abgestaubt und alles gelassen, wie es war. Ich war froh, dass er etwas zu tun hatte. Man denkt doch, dass sich so ein Mann unheimlich langweilen muss, abends fernsehen und Zeitung lesen, mutterseelenallein durchs Dorf wandern.« Sie ließ den Blick durch das Lokal schweifen. »Er kam fast jeden Tag hierher Kaffee trinken, dann hat er dort drüben am Lesetisch gesessen. Was ist das für ein Leben? Mein Mann sagt, manche Leute würden sich an die Einsamkeit gewöhnen und sich damit zufrieden geben, aber das kann ich kaum glauben. Mein Leben ist auch nicht gerade aufregend, aber ich bin wenigstens nicht allein.«

»Das ist ein großer Unterschied«, bestätigte Nel. »Haben Sie Kinder?«

»Zwei, sie sind schon aus dem Haus, beide verheiratet, aber sie kommen uns oft besuchen.«

Wir schwiegen einen Augenblick.

»Er muss seinen Schreibtisch am Samstag aufgeräumt haben«, sagte Hulst.

Ich nickte. Dufour oder jemand anderer, aber warum? Ich hatte keine Ahnung, ob das etwas zu bedeuten hatte, geschweige denn, was. Das Einzige, was Sonntagnacht auf seinem Schreibtisch gelegen hatte, war diese alte Zeitschrift gewesen.

»Trotzdem war er nicht bemitleidenswert oder so«, sagte Swaan, die weiter ihren eigenen Gedanken nachhing. »Nicht glücklich, aber auch nicht unglücklich.« Sie nickte vor sich hin. »Ich habe ihn manchmal gefragt, ob er nicht Lust hätte, mal mit Gerrit, meinem Mann, angeln zu gehen. Dann hat er nur geschmunzelt und gesagt, die Fische würden sich bloß vor ihm erschrecken.«

Sie starrte auf den Regen, der ans Fenster prasselte, und ihre Augen wurden feucht.

Jarris, der Wirt, servierte persönlich die Platte mit den belegten Brötchen und fügte hinzu, dass sie aufs Haus gingen. Swaan erwachte aus ihrer Trance und schüttelte den Kopf, als Hermien ihr die Platte hinhielt. »Nein danke, ich habe keinen Hunger, und mein Mann kommt gleich nach Hause.« Sie stand auf und wandte sich an Hulst. »Ich muss das Haus noch putzen, den Gashahn zudrehen und so weiter«, sagte sie. »Wann ginge das?«

Der Brigadier lächelte der Haushälterin aufmunternd zu. »Warte noch ein bisschen damit«, sagte er. »Ich gebe dir Bescheid, einverstanden?«

Swaan nickte.

»Wussten Sie von dem Versteck im Kamin?«, fragte ich sie.

»Das hat Jan mich auch schon gefragt.« Irritiert schüttelte sie den Kopf. »Vielleicht wusste nicht einmal Hendrik selbst davon. Es ist ein altes Haus.«

Hermien gab ihr einen Kuss. Hulst klopfte ihr auf die Schulter. Ihre Hand lag gewichtslos in meiner und ich fragte mich, woher sie die Kraft nahm, Matratzen zu wenden und Fußböden zu schrubben. Ich dachte auch an Dufour mit seiner kleinen Pension und seiner Grundrente, einer Haushälterin und einer kostspieligen Villa, an Instandhaltung und Steuern. »Wie hat Meneer Dufour Sie eigentlich bezahlt?«, fragte ich.

»Meinen Sie, wie viel?«, fragte sie unsicher.

Ich lächelte. »Nein, ich meine, wie, per Überweisung oder bar?«

Sie warf einen flüchtigen Blick auf Hulst. »Bar auf die Hand«, flüsterte sie schüchtern. »Zweihundert Euro pro Monat.«

»Hatte er immer Geld im Haus?«

»Das weiß ich nicht. Vielleicht holte er es von der Bank. Kann ich jetzt gehen?«

»Natürlich.«

Ich ließ ihre Hand los. Sie nickte den anderen zu und eilte davon.

Hulst schaute ihr nach. »Sie wurde nicht reich davon, selbst wenn sie schwarzarbeitete«, sagte er. »Dufours Bank haben wir übrigens überprüft, nichts Besonderes, ein paar tausend Euro. Er erhielt jeden Monat seine Pension und seit kurzem seine Grundrente. Die Prämien wurden einbehalten. Er war krankenversichert. Sämtliche Zahlungen wurden per Dauerauftrag von seinem Konto abgebucht, Gas und Strom, Grundsteuer, Telefon, Straßenreinigung. Der Mann besaß wahrhaftig keine Reichtümer. Swaan könnte durchaus Recht haben. Vielleicht wusste er gar nichts von dem Versteck. Was könnte da auch drin gewesen sein?« Er schnaufte frustriert. »Vielleicht suchen wir nach etwas, was gar nicht existiert, vielleicht gab es überhaupt keinen Grund, nur kranke Missgeburten aus der Stadt, die Spaß daran haben, sich hin und wieder auf dem Land allein stehende Alte herauszupicken, an denen sie ihr Mütchen kühlen können.« Er schaute mit angespannter Kiefermuskulatur seine Frau an. »Besoffene, Drogenabhängige, Sadisten, gewissenlose Psychopathen. Solche Menschen gibt es eben.«

Hermien nickte deprimiert. »Hier nicht, Gott sei Dank«, sagte sie.

»Mit dem Feuerzeug ist etwas faul«, sagte ich.

Hulst warf mir einen mitleidigen Blick zu. »Wie kommst du darauf? Dieses Feuerzeug sagt uns nur, dass die Täter Cor van Nool kennen oder im selben Milieu verkehren. Das heißt Amsterdam und das heißt, in der Kriminellenszene, was nicht weiter verwunderlich ist.« Er wurde ärgerlich. »Der Einbrecher nimmt irgendwo dieses Feuerzeug mit. Oder er bittet um Feuer und van Nool gibt es ihm und steckt ihm das Feuerzeug in die Tasche: Hier, Piet, ich verliere die auch ewig. Piets Fingerabdrücke sind nicht drauf, weil er das Ding in der kurzen Zwischenzeit nicht brauchte, und hier waren die so schlau, Handschuhe zu tragen. Bei Dufour holt Piet das Feuerzeug aus der Tasche, aber sein Komplize hat sein eigenes schon in der Hand und fängt an, Dufour damit zu malträtieren. Also legt Piet seines solange auf das Büfett. Er vergisst es und es fällt auf den Boden, warum auch immer. Sie befinden sich in einer Extremsituation, da vergisst man manches, sie haben Schiss, glaub mir, und als die ganze Aktion nichts bringt, wollen sie nur noch so schnell wie möglich verschwinden. Deswegen sind nur die Fingerabdrücke von Cor van Nool fast hundertprozentig deutlich darauf. Piet hat sie nicht mit seinen Handschuhen verwischt, einfach weil er das Ding nicht benutzt hat. Das könnte doch sein? Nein, ich glaube nicht an Absicht.«

Er hatte darüber nachgegrübelt und sich eine unwahrscheinliche Geschichte zurechtgelegt, doch ich musste zugeben, dass diverse Varianten einer harmlosen Erklärung denkbar waren.

Nur stellte das Feuerzeug nicht das einzige Rätsel dar. Die Papiere, *Europa,* eine Reise nach Antwerpen. Ben Laacken, Victor de Vries. Victor mit seinem Spenderherzen erschien mir ungeeignet für diese Art von ›Extremsituation‹, wie Hulst sie bezeichnete, aber was hatte Dufours Adresse bei ihm zu Hause verloren und warum war er verschwunden?

»Wenn du denen in Arnheim deine Theorie schmackhaft machen kannst, überlassen sie den Fall Amsterdam und er wandert in den Kühlschrank«, sagte ich. »Bis in zwei Jahren der berühmte Hinweis kommt.«

Er reagierte abweisend. »Ich werde denen gar nichts erzählen. Ich will, dass sie dranbleiben, bis sie die Täter gefunden haben.«

»Hat die Überprüfung der Anrufe etwas ergeben?«

»Nein, nichts. Er hat seine Haushälterin, die Wettervorhersage und im Rathaus angerufen. Man fragt sich, warum er überhaupt einen Telefonanschluss besaß.«

»Wegen eventueller Anrufe?«

»Ja, aber von wem? Wir haben allerdings gebrauchte Telefonkarten bei ihm gefunden und er kam oft zum Kaffeetrinken hierher. Jarris hat ihn ein paarmal das Telefon im Foyer benutzen sehen. So wie dutzende andere Leute auch, das kann man nicht nachprüfen.« Stirnrunzelnd schaute er mich an. »Du hattest doch auch den Eindruck, dass er dich aus einer Gaststätte anrief?«

Nicht mich, aber wen dann? Ich zuckte nur andeutungsweise mit den Schultern und erwiderte: »Wie auch immer, jedenfalls ist es seltsam, dass er nicht von zu Hause aus telefonierte. Kann sich Jarris an irgendetwas von letzter Woche erinnern?«

»Er meint, er habe ihn am Samstagvormittag telefonieren sehen, kann es aber nicht beschwören. Der Apparat befindet sich im Foyer und hier gehen viele Leute ein und aus, jetzt mitten in der Saison.«

Wir aßen ein Brötchen und tranken Kaffee.

»Ich habe einen Kranz vom Kulturverein gesehen«, sagte Nel. »Was ist das?«

»Das ist Hermien.« Hulst entspannte sich und lächelte seine Frau an. »Sie ist die Vorsitzende.«

»Aber ich bin nicht allein.« Hermien schien froh über den Themawechsel. »Wir haben diesen Verein gegründet, weil durch das Fernsehen, den Computer und die Kinos in der Stadt kaum noch Leben im Dorf war. Wir werden von der Gemeinde und der Provinz gesponsert und organisieren alles Mögliche, meistens im Saal hier gegenüber. Damengymnastik, Tangounterricht, Ikebana, sogar einen kleinen Chor haben wir, mit Jan als einzigem Bass. Einmal im Monat veranstalten wir ein Klavierkonzert, einen Vortrag oder eine Lesung über ein aktuelles Thema.«

Hulst schaute auf die Uhr. »Letzteres nicht immer zu unserer Zufriedenheit.«

Hermien reagierte mit einem säuerlichen Lächeln. »Wir können uns nun einmal keine Prominenten leisten, und auf der Liste stand, der Mann sei Auslandskorrespondent. Darauf müssen wir uns verlassen. Wir können ja nicht ahnen, dass ein heruntergekommener Alkoholiker Propaganda für ein faschistisches Europa machen will.«

Hulst lachte. »Jetzt muss ich wirklich los. Esst noch ein Brötchen.« Er legte Hermien die Hand auf die Schulter. »Es klart schon auf. Meinst du, du kannst zu Fuß nach Hause gehen?«

»Sonst fahren wir sie«, schlug Nel vor.

»Laufen tut mir gut«, erwiderte Hermien. »Wann kommst du nach Hause?«

»Keine Ahnung.« Hulst holte einen Schlüssel aus der Tasche und legte ihn vor mich auf den Tisch. »Für den Fall, dass ihr noch einmal reinwollt. Legt ihn einfach auf die Lampe im Hauseingang, wenn ihr geht. Ich bezahle schon mal den Kaffee bei Jarris.«

»Auf keinen Fall«, protestierte ich. »Den übernehme ich.«

Er kniff die Augen zusammen. Ich hatte ihm schon mehrmals einen Anflug von Misstrauen angemerkt, und jetzt wieder, obwohl er nur leichthin bemerkte: »Aber dein Klient ist doch verstorben, bevor er dir einen Vorschuss zahlen konnte?«

Er mochte abstruse Theorien über Feuerzeuge und zufällig vorbeikommende Psychopathen aus Amsterdam entwickeln, doch zugleich nagte die Frage an ihm, warum Dufour zwei Tage vor seinem Tod einen Privatdetektiv engagieren wollte. Meine Ausrede hatte begonnen, auf unangenehme Weise ein Eigenleben zu führen. »Den Kaffee kann ich mir gerade noch leisten«, antwortete ich ebenso leichthin.

Hulst nickte. »Ruf mich an, wenn du durch welchen Zufall auch immer über etwas stolperst, was mir weiterhelfen kann. Ich sitze in meinem Dorf fest und von hier kamen sie garantiert nicht.«

Er drückte seiner Frau einen Kuss auf den Kopf, grüßte uns mit einer Handbewegung und marschierte zur Tür.

Nel sagte zu Hermien: »Du hast wirklich Glück mit deinem Mann.«

Hermien lächelte. »Das Dorf auch. Alle verlassen sich auf ihn, und nicht nur, was die Polizeiarbeit angeht. Er ist sogar Schatzmeister des Kulturvereins, aber das wohl hauptsächlich, weil er mich nicht im Stich lassen will.«

Ich lächelte. »Wer war dieser Mann, der die Lesung über Europa hielt?«

»Ein abgetakelter Journalist. Manche Leute denken

sich, das ist ja nur ein Dorf, und rasseln schnell irgendeinen Text herunter, um anschließend dreihundert Euro abzukassieren. Für uns ist das viel Geld. Er wollte es gleich bar ausgezahlt haben, aber das haben wir abgelehnt.«

»War Dufour bei dieser Lesung dabei?«

»Ja, er ist immer da. War, meine ich. Der arme Kerl. Er hatte kein Auto, ich glaube, er besaß noch nicht mal einen Führerschein, deshalb wurde er meistens von einem unserer Vorstandsmitglieder abgeholt und wieder nach Hause gefahren.« In ihren Augen blitzte ein Funken Schadenfreude auf. »An diesem Sonntag habe ich allerdings diesen Kars dazu eingespannt, hauptsächlich, um ihn loszuwerden, denn er wurde reichlich unverschämt mit seinen Geldforderungen. Wir haben ihn übrigens immer noch nicht bezahlt. Ein Rechtsanwalt aus unserem Bekanntenkreis sagte, wir könnten die Zahlung aufgrund Nichterfüllung einer Leistung verweigern.«

Ich hob den Blick. »Sagten Sie Kars?«

»Ja, Abraham Kars. Kennen Sie ihn? Es stank ihm gewaltig, dass er Hendrik absetzen musste, aber er konnte sich natürlich schlecht weigern.«

»*Quod erat demonstrandum*«, bemerkte Nel klassisch, als wir vor dem Hotel standen und dem Rücken Hermiens hinterherschauten, die sich langsam watschelnd durch die Dorfstraße von uns entfernte. Es hatte aufgehört zu regnen und ich sah ein Stückchen Blau, aber dann und wann bliesen Windstöße neue Regenschauer von den Bäumen rund um die Kirche und die Schule auf der gegenüberliegenden Seite. Der Himmel war von einem Unheil verkündenden Schwarz, wie nach der Sintflut. Ringsum ertönte das Schreien und Johlen der Kinder, die sich auf dem Schulhof zum Unterrichtsbeginn um halb zwei versammelten, und kurz darauf folgte das Singen ihrer rührend hellen Stimmen, so glasklar wie frisch gespültes Kristall: *Schiffer, darf ich überfahren? Hi, ha, ho?*

Das gibt's auch nur noch in Otterlo, dachte ich bei mir. Vielleicht auch noch in Rumpt. Und in Feerweerd. Ich schaute auf die Uhr. »Wir haben eine halbe Stunde Zeit, aber vielleicht ist man hier weniger auf Pünktlichkeit fixiert als in der verdorbenen Großstadt.«

»Du willst dich also nicht dazu äußern«, sagte sie. »Obwohl die Tatsache, dass wir mit unseren Ausreden echten Schaden anrichten, soeben überdeutlich wurde. Ich hoffe sehr, dass es eine schmerzfreie Methode gibt, einem prima Kerl wie Hulst zu erklären, dass wir ihn von Anfang an an der Nase herumgeführt haben.«

»Ich weiß ja auch nicht, was wir machen sollen«, erwiderte ich. »Möchtest du noch kurz bei Dufour vorbeischauen?«

Sie drehte sich um und überquerte die Straße hinüber zu unserem Auto, das halb auf dem Bürgersteig vor dem Rathaus geparkt stand. Dort blieb sie erneut stehen, die Gute war noch nicht fertig. »Die nächstbeste, schlampige, nichtsterile Operationsschwester erfährt ohne Weiteres, wen oder was du suchst und warum, und ein Verbündeter wie Hulst muss sich mit einer faulen Ausrede begnügen.«

Ich tippte mit der Schirmspitze auf den Bordstein, wie ein Blinder, der auf einen Samariter wartete. »Die nichtsterile Operationsschwester war nicht von der Polizei.«

»Ist Hulst auch nicht so richtig. Ich weiß nicht, ob eine Verbindung zu Victor de Vries besteht, aber wenn wir es herausfinden, dann nur dank Hulst. Es ist ohnehin ein Gotteswunder, dass einem so jemand über den Weg läuft.«

Ich ging zu ihr hinüber, öffnete die Autotür und legte eine Hand auf das nasse Autodach. »Wir erfinden solche Ausreden aus dem Stegreif, du genauso wie ich, weil das die einzige Chance ist, nicht vor verschlossenen Türen zu stehen, und die schnellste Methode, Informationen zu sammeln. Es gehört zu unserem Beruf. Wir sind von der Versicherung, vom Gesundheitsamt, von der Justiz. Dufour hat mich angerufen und deshalb bin ich hier.« Ich wischte mir die Hand an der Hose ab. »Es macht mir nichts aus, dämliche Leute zu belügen, aber manchmal läuft es eben schief und da reicht auch eine Flasche guter Cognac nicht, um die Sache wieder gutzumachen. Das ist mir durchaus klar.«

CyberNel nickte und lächelte. »Ich will's dir ja auch nur nochmal unter die Nase reiben«, sagte sie.

Irgendjemand hatte einige Fenster hinter den geschlossenen Läden geöffnet, sodass das Haus weniger nach Grauen und Verfall roch. Und Dufour war nicht mehr da. Ansonsten war alles unverändert. Die Zeitschrift *Europa* lag unberührt auf dem Schreibtisch, aber ich hatte keine Lust auf die chinesischen Weisheiten Papinis und ließ sie, wo sie war. Ich suchte in den Schubladen Dufours und an anderen plausiblen Orten nach Adressen oder Namen von Leuten, zu denen er in Kontakt gestanden hatte, fand aber nichts, auch nicht im Papierkorb, den ich unter seinem Schreibtisch entdeckte. Vielleicht hatte der Mörder Spuren verwischt und Laackens Name in der Zeitschrift war das Einzige, was er übersehen hatte. Er. Sie.

Nel wanderte mit angespanntem Gesichtsausdruck durch das Haus und ich fand die losen Backsteine vor dem Versteck in der Kaminmauer, die zurück an ihren

Platz geschoben worden waren. Sie waren absolut unauffällig, und ich konnte mir vorstellen, dass Swaan sie nie bemerkt hatte. Ich zog sie heraus und leuchtete mit meiner Lampe in ein Rechteck aus staubgrauem Zement von der Größe eines Mikrowellenherdes. Möglich, dass Dufour Papiere darin aufbewahrt hatte, doch die hätte er ebenso sicher und unauffindbar in einer der zahllosen Kisten und Mappen verbergen können, voll gestopft mit getippten Artikeln und alten Zeitungsausschnitten über Kunst und Politik des vergangenen Jahrhunderts, dem journalistischen Erbe seines Vaters, das er aus welchen Gründen auch immer sorgfältig aufbewahrt hatte.

Wir kamen keinen Schritt weiter, und Nel musste gar nicht aussprechen, was sie fühlte, ich sah es ihrem Gesicht an, wie ihre Antennen auf den Geruch und den Staub reagierten und darauf, was an Schmerz und Grausamkeit zwischen den Wänden dieses traurigen Tatortes zurückgeblieben war.

Die Kanzlei des Notars befand sich in seinem eigenen altmodischen Herrenhaus, das von einem ummauerten Garten mit altem Baumbestand umgeben war. Alles hier war alt, der Marmor, die Möbel, die Teppiche. Die Sekretärin war eine ergraute Dame um die sechzig und ihr Chef schien das Pensionsalter längst überschritten zu haben. Er hatte das längliche, traurige Gesicht und die tiefbraunen Augen eines ausgedienten Rennpferdes. Seine Sekretärin mochte einen Computer besitzen; in seinem Büro war wenig Zeitgenössisches zu sehen.

Er begrüßte uns beide mit einem steifen Händedruck. »Gestatten, dass ich mich vorstelle, ich bin Notar van Zomeren«, sagte er mit altmodischer Förmlichkeit. »Sie wollten mich in Bezug auf Meneer Dufour sprechen. Sie sind doch nicht von der Zeitung, hoffe ich?«

Ich reichte ihm meinen Meulendijk-Ausweis. Er studierte ihn gründlich, wie man es von einem Notar erwarten konnte, verglich mein Gesicht mit dem Foto unter der Plastikfolie und betrachtete sogar die Rückseite, bevor er ihn mir wieder zurückgab. »Das sagt mir auch nicht viel«, meinte er. »Bitte setzen Sie sich.« Er wies auf schwere, plüschbezogene Armstühle. »Ein Ermittlungsbüro. Ist das ein Euphemismus für Privatdetektive?«

Ich lächelte. »Wir sind in erster Linie auf der Suche nach Hintergrundinformationen«, erklärte ich. »Wir arbeiten für eine Klientin an einem völlig anderen Fall, bei dem es gewisse Querverbindungen zu dem Mord an Ihrem Mitbürger geben könnte.«

Er wartete, bis Nel sich gesetzt hatte, bevor er sich an seinem Schreibtisch niederließ. »Das klingt reichlich vage«, bemerkte er.

»Mehr darüber zu sagen, wäre ein Verstoß gegen das Vertrauensverhältnis zu unserer Klientin«, sagte ich. »Aber wir arbeiten mit der Polizei und mit Meneer Hulst zusammen.«

Letzteres schien ihn zu beruhigen. »Der Brigadier ist schon hier gewesen, um mit mir über den armen Meneer Dufour zu reden«, sagte er. »Aber Sie hat er nicht erwähnt.«

Der Brigadier. »Sie können ihn anrufen, wenn Sie das beruhigt.« Ich schaute nicht allzu nachdrücklich auf die Uhr. »Er hält sich zurzeit im Polizeipräsidium Ede auf.«

»Erzählen Sie mir erst einmal, was Sie wissen wollen.«

»Gab es ein Testament?«

Er lächelte. »Das ist eine vertrauliche Information.«

»Das verstehe ich, aber gibt es Erben?«

»Nicht im üblichen Sinne«, antwortete er. »Er hatte keine Familienangehörigen.«

»Fällt das Haus in diesem Fall nicht an den Staat?«, fragte Nel.

Der Notar blickte von mir zu Nel und zuckte mit den Schultern. »Ich kann es Ihnen sagen, wenn Sie mir versprechen, es vorläufig für sich zu behalten, denn die Erben wissen bisher von nichts. Das Testament bleibt nämlich vorläufig *sub rosa*, wegen der laufenden polizeilichen Ermittlungen. Aber Hendrik hat in der Tat vor etwa zehn Jahren einen letzten Willen aufgesetzt, in dem er die Villa sowie das Inventar dem Niederländischen Journalistenverband vermacht.« Er lächelte beim Anblick unserer erstaunten Gesichter.

»Ist das nicht äußerst ungewöhnlich?«, fragte Nel.

»Irgendwie hatte er ein Faible für Journalisten«, bemerkte ich.

Der Notar nickte. »Das kam, weil sein Vater Journalist war«, sagte er. »Hendrik selbst war im Schreiben nicht sonderlich begabt, aber ich habe mich bemüht, ihm zu helfen, seine Absichten in einem Kodizill zusammenzufassen. Sein Wunsch war, dass die Villa den Namen Louis-Dufour-Haus erhält und der NJV es Journalisten zur Verfügung stellt, die für kurze oder längere Perioden in aller Ruhe an Büchern oder besonderen Projekten über europäische Themen arbeiten wollen.«

»Na so was«, sagte CyberNel. »Eine gute Idee.« Sie schaute mich an. »Er muss seinen Vater sehr bewundert haben.«

»Und das Erbe besteht nur aus dem Haus?«, fragte ich. »Kein anderes Eigentum?«

Ich sah, dass er zögerte, da wir keinerlei offizielle Befugnisse besaßen, doch dann setzte er sich gutwillig darüber hinweg. »Andere Erben gibt es nicht, aber wenn Sie mir versprechen zu schweigen, sehe ich meinerseits kein Problem«, sagte er mit einem schwachen Lächeln. »Es gibt nur die Villa und das Inventar. Was Hendrik anging, sind das vor allem die Kisten mit den Artikeln seines Vaters. Ich kann mir nicht vorstellen, dass sich etwas Bedeutendes darunter befindet, aber er hat nie etwas davon weggeworfen.«

»Haben Sie seinen Vater gekannt?«, fragte ich.

»Natürlich. Ich bin hier bereits seit über vierzig Jahren als Notar ansässig und habe die Kanzlei von meinem Vater übernommen.« Er wies mit einem Nicken auf die wuchtigen dunkelbraunen Schränke. »Darin befindet sich alles, Leben und Tod, Erbschaften, Kaufverträge, Familienstreitigkeiten, genug für eine Diplomarbeit über das Wohl und Wehe von hundert Jahren Otterlo.«

»Könnte er nichts anderes von Wert besessen haben?«, fragte ich. »Geld, Kostbarkeiten, irgendetwas, von dem die Täter vorher wussten und dessen Aufbewahrungsort sie aus ihm herausbekommen wollten? Ich nehme an, dass Brigadier Hulst Ihnen erzählt hat, wie Dufour ermordet wurde?«

Sein Gesicht wurde ernst. »Einen solchen Tod wünscht man niemandem. Der Brigadier hat mir dieselbe Frage gestellt. Aber mir fällt absolut nichts ein, der Mann besaß nichts, nur diese Villa, genau wie sein Vater vor ihm.«

Ich fragte freundlich: »Was war Louis für ein Mensch?«

Der Notar zuckte mit den Schultern. »Ein netter Mann, nicht besonders auffällig und gewiss keine Größe in der Journalistik. Er schrieb Beiträge über alles und jedes für regionale Tageszeitungen und dann und wann einen Artikel für eine Zeitschrift. Er war immer sehr an dem Thema Europa interessiert, das war zu der Zeit, als es nur die Europäische Gemeinschaft für Kohle und Stahl gab. Nach seiner Rückkehr aus dem Kongo hat er gemeinsam mit Leuten aus Belgien die Monatszeitschrift *Europa* gegründet, aber die ist nie über die erste Nummer hinausgekommen. Ich muss noch irgendwo ein Exemplar liegen haben, er war sehr stolz darauf. Damals, mit Anfang zwanzig, fand ich die Zeitung allerdings wohl eher brav und christlich.«

»Ich habe Fotos aus der Kolonialzeit im Haus gesehen«, sagte Nel. »Als Niederländerin denkt man natürlich an Indonesien, aber es war also der Kongo?«

Van Zomeren nickte. »Louis' Vater besaß Kaffeeplantagen in Belgisch-Kongo und auch eine Diamantmine.« Lächelnd fuhr er fort: »Ich sehe Ihnen an, was Sie denken, aber auch von der Seite gibt es kein Vermögen. Im Gegenteil, das Einzige, was sie aus dem Kongo retten konnten, war ihr nacktes Leben.«

»War Louis bei den Aufständen im Kongo dabei?«, fragte Nel. »Aber das war Ende der Fünfzigerjahre, und da hat er hier doch diese Zeitschrift gegründet?«

Der Notar nickte. »Er kehrte wieder zurück. Ich habe das ein oder andere für den Brigadier aufgeschrieben.« Er zog eine grüne Stoffmappe zu sich hin, öffnete sie und setzte eine Lesebrille auf. »Louis wurde 1908 im Kongo geboren. Sein Vater Henri war Belgier, er besaß Plantagen außerhalb des damaligen Katanga, in der Provinz Kasai. Außerdem war er Miteigentümer einer Diamantmine, aus der übrigens in erster Linie hochwertige Industriediamanten gefördert wurden. Louis hatte offenbar keine große

Lust, Kaffee anzubauen, sondern wollte Journalist werden und kam als junger Mann von 23 Jahren in die Niederlande. Er fand eine Lehrstelle in der Redaktion von *Het Centrum,* einer alteingesessenen katholischen Tageszeitung in Utrecht, die es schon lange nicht mehr gibt. Er heiratete eine Niederländerin, Mathilde, ein Mädchen, das nach seiner Geburt zur Adoption freigegeben wurde und seine Eltern nie gekannt hat. 1937 bekamen sie einen Sohn, Hendrik. Louis verdiente nicht viel und war auf die Unterstützung seines Vaters angewiesen, um die Villa hier in Otterlo kaufen zu können. 1955 war er an der Gründung dieser Zeitschrift beteiligt. Als auch daraus nichts wurde, kehrte er 1956 mit seiner Frau und seinem Sohn zurück in den Kongo. Hendrik war damals 18, er war Niederländer und erhielt vor ihrer Abreise sogar noch seinen Einberufungsbefehl zum Militär, aber er wurde für untauglich erklärt.«

»Warum?«, fragte Nel.

»Er wurde damals, glaube ich, S5 gemustert, bedeutete das nicht so etwas wie seelisch labil? Hendrik war zwar kein Genie, aber meiner Meinung nach ganz vernünftig, vielleicht passte er einfach nicht ins Bild. Wie dem auch sei, sie gingen in den Kongo, wo damals schon chaotische Zustände herrschten. 1959 kam es zu den bis dahin blutigsten Aufständen gegen die belgischen Herrscher und sie setzten sich bis zur Unabhängigkeit am 30. Juni 1960 fort. 1959 wurden die Dufour-Plantagen verwüstet und die ganze Familie einschließlich Mathilde wurde ermordet. Louis und sein Sohn hielten sich in der Stadt auf, und es gelang ihnen, mit einigen Koffern und den Kleidern, die sie am Leib trugen, mit dem Zug zu entkommen, der später durch den Film *Der letzte Zug aus Katanga* berühmt wurde. Das meinte ich damit, dass sie nur ihr nacktes Leben retteten.«

Er nickte Nel zu, die einen Block aus ihrer Tasche gezogen hatte und sich Notizen machte.

»Louis besaß die Villa hier und dahin kehrten er und sein Sohn schließlich zurück. Louis verdiente mühsam seinen Lebensunterhalt mit Artikeln über die Kolonialgeschichte und sein Sohn fand eine Stelle bei der Post in Oosterbeek. Louis starb 1980. Hendrik war damals 42, er hat nie geheiratet. Ich denke manchmal, dass er vielleicht homosexuell war und nicht damit umgehen konnte. Solche Neigungen hängte man in den Sechzigerjahren nicht an die große Glocke, hier auf dem Dorf in der Veluwe. 1993 wurde er wegen Rückenproblemen krankgeschrieben und dann deswegen in Frührente geschickt. Das war im Grunde alles.« Er schloss die Mappe, spreizte die Hände und lächelte ironisch. »Die Geschichte des Louis-Dufour-Hauses.«

12

Einbrecher sind Nachtmenschen. Sie müssen nicht ins Büro oder in die Fabrik und sind um neun Uhr morgens zu Hause.

»Meneer van Nool«, begann ich, doch die Vogelscheuche, die nach langem Warten aufgemacht hatte, war zu alt und steif, um an Fassaden und Balkonen hinaufzuklettern, und konnte höchstens sein Vater sein. Er hatte ein rot geädertes Gesicht auf einem dünnen Hals, der aus einem schwarz-weiß gestreiften Hemd hervorragte. Die Ärmel waren aufgerollt, als sei er allzeit bereit, eine Maurerarbeit wieder aufzunehmen, obwohl er dabei wahrscheinlich nach zehn Minuten umgefallen wäre. Seine Hose war ihm zu groß und schlabberte um ihn herum, sodass er sie mit einer Hand festhalten musste.

»Hier wohnt doch Cor van Nool?«, fragte ich.

»Ja?«

»Ist er zu Hause?«

Er hatte den verhuschten Blick des typischen Knackis. Vielleicht hatte er so lange in diversen Gefängnissen gesessen, dass er keinen Hosengürtel mehr tragen konnte. »Ich gehe mal nachsehen.«

Er wollte schon die Tür schließen, doch ich hinderte ihn daran und betrat hinter ihm die Diele. »Ich komme gerne mit«, sagte ich. »Sind Sie ein Freund von ihm oder nur der Vermieter?«

Er antwortete nicht, sondern blieb unten an der schmalen Treppe stehen und rief plötzlich mit hoher Krächzstimme hinauf: »Cor! Ein Bulle!«

Ich hörte oben eine Tür schlagen. »Danke, Opa!« Ich schob den Alten beiseite und rannte die Treppe hinauf. Ein Treppenabsatz, eine offen stehende Tür und dahinter eine einfache Speichertreppe. Dort musste Cor gestanden und gelauscht haben. Profieinbrecher wurden selten gewalttätig, doch sie reagierten schnell und machten sich ruck, zuck aus dem Staub.

Ich ignorierte die Speichertreppe und stürmte durch die Tür am Ende des Flures. Ein enges Schlafzimmer mit einem schmalen Bett und einem Fenster. Ich riss es auf. Ein dunkelhaariger Mann stand acht Meter von mir entfernt am äußersten Ende eines Gartenhausdachs, bereit, hinunter auf den schmalen Weg zwischen den Gärten zu springen.

Ich rief: »Bleib lieber stehen, Cor!«, und pfiff auf den Fingern. Ich hörte, wie Bart meinen Pfiff erwiderte. Es klang wie in alten Zeiten.

Cor schaute nach unten und seine Arme und Schultern erschlafften. Er wandte sich um und ich erkannte, dass er zur Gartenseite des Schuppendachs hinüberlaufen wollte. Ich stürzte aus dem Zimmer. Der alte Mann stand unten an der Treppe und starrte mich verständnislos an. Ich rannte an ihm vorbei durch den Flur und die Küche zur Hintertür. Diese Häuser waren alle gleich.

Cor landete auf einem schmalen Brett an der Wand des Gartenhauses, das als Bank diente. Bart Simons trat durch das Gartentor. »Los, komm da runter, Cor«, sagte er.

Cor fluchte verhalten, stieg rückwärts von der Bank und drehte sich um. »Meneer van Nool, wenn schon«, murrte er frustriert. »Ich kenne dich nicht, aber sage ich vielleicht Bulle zu dir?«

»Du bist eben ein Einbrecher mit einem Vorstrafenregister so lang wie mein Arm, ich dagegen ein unbescholtener Polizist«, erwiderte Bart.

»Ich habe schon eine Nacht im Präsidium gesessen für etwas, mit dem ich nicht das Geringste zu tun habe«, sagte Cor. Er schien gut in Form zu sein und sein Atem ging so ruhig wie nach einem Spaziergang zu einem Ausflugscafé, trotz der gymnastischen Fenster- und Schuppendach-Übungen. »Wenn es schon wieder um Otterlo geht, klage ich bis rauf zum Justizminister auf Schadensersatz.«

Er streckte die Hände aus, als erwarte er, dass wir ihm Handschellen anlegen würden.

»Otterlo?«, fragte Bart.

Mein ehemaliger Partner von der Kripo wusste haargenau über Otterlo Bescheid, obwohl er nichts mit dem Fall zu tun hatte, für den das Hauptpräsidium zuständig war. Die Distelstraat war auch nicht gerade sein Bezirk, aber Amsterdam seine Stadt, und ich hatte versprochen, ihm Bescheid zu sagen, wenn ich dort operierte. Er kam nur allzu gern, froh wie ein kleines Kind über eine zusätzliche Spielpause.

Ich wies mit einem Nicken auf die Bank. »Setz dich ruhig«, sagte ich. »Das Wetter ist schön und vielleicht können wir das ohne eine Verhaftung regeln.«

Bart packte Cor am Handgelenk und legte ihm eine Handschelle an. Anschließend versetzte er ihm einen Schubs, dass er auf die Bank plumpste. Cor schirmte mit der freien Hand die Augen vor der Morgensonne ab und schaute uns an.

Der kleine Garten war von einem wackligen Zaun umgeben, von Unkraut überwuchert und mit alten Fahrradteilen übersät. Ein Paar mit einer Kordel zusammengebundene Fahrradräder hing an einem Haken über der Bank an der Schuppenwand.

Der alte Mann erschien in der Küchentür. Kopfnickend bemerkte er: »Er ist zu Hause.«

Amsterdamer sind die geistreichsten Bewohner der Niederlande. »Sehr schön«, antwortete ich. »Vielleicht nehmen wir Sie auch gleich mit aufs Präsidium, zu einer Zeugenaussage.«

Prompt verlor der Mann das Interesse und verschwand in seinem Haus. Bart riss Cors gefesselte Hand seitlich in die Höhe und befestigte die andere Handschelle an einem der Fahrradräder.

»Ich dachte, es ginge auch ohne Verhaftung«, schimpfte Cor.

Bart setzte sich neben ihn auf die Bank. Er besaß noch immer den plumpen Körper und das trügerisch sanftmütige Babygesicht von früher, aber die Falten waren ein wenig fleischiger und die Hautfarbe war fahler geworden. »Wir können auch Widerstand bei der Festnahme daraus machen, das gibt zusätzlich Ärger mit der Bewährungshilfe und in einer Stunde sitzt du wieder in der Zelle, kein Problem. Mein Kollege braucht nur ein paar Informationen.« Er lehnte sich an das warme Holz, verschränkte die Arme und schloss die Augen, als säße er neben seiner Frau am Strand.

»Ich suche Victor de Vries«, sagte ich.

Cor gab ein verächtliches Geräusch von sich. »Da bist du bei mir an der falschen Adresse.«

»Deine Exfrau behauptet, er sei vor dir auf der Flucht.«

Ich trat beiseite, sodass ihm die Sonne direkt ins Gesicht schien. Cor blinzelte und schaute weg. Seine Gesichtszüge waren stark ausgeprägt, seine Nase scharf geschnitten, und seine Augen schauten einen nicht direkt an. »Betty quatscht dummes Zeug, das kann sie gut.«

»Und warum ist er dann untergetaucht?«, fragte ich.

Cor sagte nichts. Bart holte versehentlich mit dem Ellbogen aus und traf Cor in die Rippen. Cor quakte wie eine angeschossene Ente. »Ich weiß von nichts.«

»Vielleicht doch lieber aufs Präsidium«, murmelte Bart. »Obwohl ich mich hier schön ein bisschen in der Sonne bräunen könnte.«

Cor rutschte unbehaglich auf der Bank hin und her. »Was wollt ihr von Victor?«

»Was wir von ihm wollen, hat nichts mit dir zu tun und auch nichts mit dem Bruch, für den du ein Jahr gesessen hast, oder anderen Dingern, die ihr gemeinsam gedreht habt. Allerdings weiß ich, dass du keinen Grund hast, ihn zu schützen. Es geht nicht um dich. Wir wollen nur Victor.«

»Da seid ihr nicht die Ersten.«

»Du warst letzte Woche Mittwoch mit ihm verabredet.«

»Quatsch.«

»Du wolltest am Dienstagabend zu ihm und hast einen Brief hinterlassen, um ihm Bescheid zu sagen, wo er dich am nächsten Tag finden konnte. Du wusstest, dass er eine sichere Sache im Auge hatte, und wolltest deinen Anteil haben.«

»Ich weiß nichts von irgendeiner Sache.«

»Die braven Kerle aus der Provinz kannst du vielleicht zum Narren halten, aber nicht uns«, sagte Bart.

Wieder zuckte sein Ellbogen und Cor griff sich reflexartig an die Rippen. »Ich halte niemanden zum Narren!«

»Wer hat dann das Feuerzeug mit deinen Fingerabdrücken in Otterlo liegen lassen?«

»Zum Teufel nochmal, die haben mich eine Nacht in der Zelle hocken lassen, bevor sie dahinterkamen, dass ich es nicht gewesen sein kann. Und glaubt ihr vielleicht, die hätten sich bei mir entschuldigt?«

»Dein Name und dein Ruf sprechen gegen dich«, sagte Bart.

»Ich weiß noch nicht mal, wo Otterlo liegt.«

»Dann hat Victor dich angeschmiert. Das Ding allein gedreht und dein Feuerzeug dorthin gelegt, um dich ein für alle Mal loszuwerden. Fünfzehn Jahre Knast wegen Mord. Bis du wieder rauskommst, hast du keine Zähne mehr und er spielt auf Tahiti den großen Zampano.«

Cor schüttelte frustriert den Kopf.

»Wir verschwenden unsere Zeit und die viele Sonne tut mir nicht gut.« Bart stand auf, schloss die Handschelle um das Rad auf und riss Cor mit einer solchen Kraft von der Bank, dass er gegen ihn taumelte und er ihn wieder von sich wegschubsen musste. »Wir erledigen das auf dem Präsidium und diesmal ein bisschen anders als beim letzten Mal. Zweimal vierundzwanzig Stunden und dann verknacken wir dich wegen Widerstand bei der Festnahme, dafür haben wir einen Zeugen, und für Beihilfe zum Mord, dafür brauchen wir keinen.« Bart griff in die Innentasche seines Sportsakkos und zog seine Walther heraus. »Ich kann ihm auch einen Schubs Richtung Gartentor geben, sodass es nach einem Fluchtversuch aussieht, und dann schieße ich erst in die Luft und dann in seinen Hintern.« Bart schaute mich an. »Dann rufen wir einen Krankenwagen und können nach Hause gehen. Was hältst du davon?«

Cor schaute die Pistole an. Er wirkte um einiges kleinlauter.

»Hat deine Walther immer noch diese Abweichung nach oben?«, fragte ich. »Dann muss eher der Leichenwagen kommen.«

»Okay. Das ist mir zu viel Papierkrieg.« Bart steckte seine Pistole weg. Wieder versetzte er der Handschelle einen Ruck, packte Cors freies Handgelenk, schloss die andere Handschelle darum und marschierte mit ihm auf das Gartentor zu. »Komm mit.«

Cor fand das nicht komisch. »Verdammt!«, sagte er. »Jetzt warte mal!«

Wir blieben stehen. »Was denn?«

»Victor hat mich angerufen.«

»Du hast also mit Victor gesprochen?«

Cor nickte frustriert. »Nur am Telefon.«

»Worum ging es?«, fragte Bart.

»Eine alte Geschichte, nur etwas zwischen ihm und mir.«

»Diese alte Geschichte ist der Einbruch bei der Stadtverwaltung. Den hat er dich ausbaden lassen und du kriegst dreißigtausend Euro von ihm, darum ging es«, sagte ich. »Stimmt's?«

Cor zuckte mit den Schultern.

»Und er wollte dir mit einem lukrativen Bruch die Schulden zurückzahlen«, spekulierte Bart.

»Ich will keine Schwierigkeiten.«

Bart seufzte. »Reden und Pläne schmieden ist nicht verboten. Ich träume schon seit Jahren davon, eine Bank auszurauben. Dafür kommt man nicht in Schwierigkeiten. Wir suchen Victor, das ist alles.«

»Ich habe nur am Telefon mit ihm gesprochen.«

»Wann war das?«

»Dienstagnacht. Ich bin erst zu ihm nach Hause gefahren, aber er war nicht da. Ich habe eine Nachricht mit meiner Nummer hinterlassen und er hat mich nachts angerufen. Er hat mir nicht verraten, was genau er vorhatte, nur, dass es um ein paar hunderttausend ginge und kinderleicht sei. Wir wollten uns am Mittwoch treffen, um die Sache klarzumachen, aber er ist nicht aufgetaucht. Ich habe den Penner nicht mehr gesehen. Seit ich aus der Kur zurück bin, bin ich ihm nicht ein einziges Mal begegnet. Das ist alles, was ich weiß, so wahr mir Gott helfe. Kann ich jetzt gehen?«

Wir standen dicht beieinander, Bart hielt Cor an den Handschellen fest. Eine Amsel kam über den Zaun geflogen und landete auf dem geborstenen Ledersattel eines Fahrrads ohne Lenker und Räder. Sie hatte einen dicken Wurm im Schnabel und schaute uns eine Sekunde lang argwöhnisch an, bevor sie in eine magere Hortensie eintauchte, um ihre Brut von vegetarischen Anwandlungen zu heilen. Die Hälfte ihrer Artgenossen war nämlich durch den Verzehr von weggeworfenen Pommes mit Mayo bereits unfruchtbar geworden.

»Und seitdem bist du auf der Suche nach ihm?«, fragte Bart.

»Kein Mensch weiß, wo er ist.« Cor warf einen Blick hinüber zum Haus, das Gesicht von der Sonne abgewandt. »Ich weiß nichts von diesem Bruch, auch nicht, ob er in Otterlo stattfinden sollte. Was gibt es denn in Otterlo zu holen?«

»Gemälde von van Gogh zum Beispiel«, sagte Bart überraschend kulturversiert. »Stimmt's?«

Verwirrt fragte Cor: »Gemälde?«

»Hatte Victor ein Feuerzeug von dir?«, fragte ich.

Cor schaute Bart stirnrunzelnd an. »Victor raucht nicht. Nicht mehr jedenfalls. Er hatte vor ein paar Jahren eine schwere Herzoperation. Genauso gut könnte er irgendwo tot umgefallen sein.«

Der Gedanke war mir nicht neu. Man kommt unwillkürlich darauf, wenn ein Mann mit transplantiertem Herzen seit über einer Woche spurlos verschwunden ist. »Ich glaube, du weißt verdammt genau, wo du dieses Feuerzeug verloren hast«, sagte ich. »Und komm mir nicht nochmal mit so einer dämlichen Ausrede.«

Cor schüttelte den Kopf.

»Willst du mit aufs Präsidium oder willst du uns loswerden?«, fragte Bart.

Cor biss sich auf die Unterlippe und sagte: »Bei Betty.« Ich sah ihm an, dass ihm das schwer fiel, als plagten ihn Loyalitätsgefühle, deren Haltbarkeitsdatum inzwischen längst überschritten sein musste. »Meine Exfrau«, fügte er hinzu.

Bart zog die Augenbrauen hoch. »Victors Schwester?«

»Ich kann das nicht glauben«, murmelte Cor.

»Du kennst Victor gut, stimmt's?«, fragte ich.

»Gut, was heißt gut?« Wieder biss sich Cor auf die Lippen. »Er ist ein komischer Kerl. Ich habe gelegentlich was mit ihm zusammen gedreht, kein Problem. Das war vor seinem Unfall.«

»Hatte Victor damals eine feste Freundin?«, fragte ich.

»Nicht dass ich wüsste, aber er sah gut aus und arbeitete in einer Disco, also wird er schon seinen Spaß gehabt haben. Dann hatte er diesen Unfall und damit war er eine Weile beschäftigt. Er zog bei Betty und mir ein, er hing an seiner Schwester. Sie hat gut für ihn gesorgt, bis er wieder allein zurechtkam. Das muss man ihr lassen.«

Ich konnte mir keine drei Leute in Bettys zwei Zimmern vorstellen. »War das da, wo sie jetzt wohnt?«

»Nein, natürlich nicht«, antwortete Cor verächtlich. »Wir hatten eine Wohnung in Bijlmermeer.«

»Wie lange ging das so?«

»Gut ein Jahr. Nachdem er wieder ein bisschen zu sich gekommen war, fand er einen Job in einer Kneipe am Leidseplein und ergatterte mithilfe eines ärztlichen Attests ein eigenes Apartment. Keine Ahnung, warum er dort ausgezogen ist, es war besser als seine jetzige Bude.«

»Aber in dem Jahr, bevor du eingebuchtet wurdest, hattest du Kontakt mit ihm und ihr habt wieder Dinger gedreht.«

Cor zuckte mit den Schultern. »Victor brauchte ständig Geld. Wir mussten vorsichtig sein, bei seinem Zustand. Aber ich habe ihn nie im Stich gelassen.«

»Er dich schließlich schon, oder nicht?«

»Ich weiß nicht.« Er seufzte. »Ich habe dafür gesessen, also könnt ihr mir nichts. Betty hat er weisgemacht, er habe Blaulichter gesehen, als er im Auto auf mich wartete. Sie sagt, er sei losgefahren und kurz darauf zurückgekommen, um mich vielleicht irgendwo aufzulesen, aber da wimmelte es in der Straße schon von Polizei. Und ich war der Dumme.« Er ließ den Blick durch den Garten schweifen. »Ich will nur haben, was er mir schuldig ist, das ist alles. Er braucht keinen Bammel vor mir zu haben.«

»Warum versucht er dann, dich mit dem Feuerzeug reinzureißen? Er kann es bei deiner Ex eingesteckt haben.«

Cor seufzte. »Victor ist ein Mistkerl und zieht die Leute über den Tisch, wo er nur kann, aber er weiß, dass er mit mir normal reden kann. Deshalb ist es mir ein Rätsel, warum er vor mir abgehauen sein soll.« Er schüttelte den Kopf. »Und was mir überhaupt nicht in den Kopf geht, ist, dass er mir angeblich einen Mord anhängen will.«

Ich lud Bart zu Kaffee und belegten Brötchen auf einer Holzterrasse am Wasser ein, gegenüber vom Bahnhof. Wir saßen nebeneinander, den Tisch zwischen uns, und betrachteten die vorbeituckernden, mit Touristen besetzten Rundfahrtboote. Bart war ziemlich schweigsam, und ich fragte mich, wie es ihm ging.

»Manchmal habe ich das Gefühl, nichts ändert sich«, sagte er. »Nichts wird besser, es gibt nur von allem immer mehr. Auch die Stadt wird nicht besser, sondern nur verkommener.«

Das Gefühl kannte ich gut. »Du kannst dich immer noch zum Polizeieinsatz in Afghanistan oder im Irak melden.«

Er lachte, nicht sehr fröhlich. »Dieser kleine Einbrecher roch noch nach früher. Sein Kumpel auch. Im Frühjahr haben die mir so einen jungen Griffelpisser ans Bein gehängt, frisch von der Akademie, der alles gelesen hat. Wo ist eigentlich Nel?«

»In Breda, zusammen mit einer Gruppe Computerfreaks, die sich im Auftrag von Philips und EMI eine Technik ausdenken sollen, um die Film- und Musikpiraterie einzudämmen. Eddy ist auch dabei.«

»Was heißt das?«

»Die Welt dreht sich einfach zu schnell. Kaum haben die einen neuen Star herausgebracht, wird der ganze Gewinn schon am nächsten Tag durch illegale Raubkopien zunichte gemacht. Große Verzweiflung. Frag lieber nochmal jemand anderen danach.«

»Ich dachte, CyberNel hätte ihre Firma an einen Verein in Nimwegen verkauft?«

»ASN, aber da ging es um Firmennetzwerke und was weiß ich alles. Du glaubst doch nicht, dass sie die Finger von den Computern lassen kann?«

»Und wie ist es mit deiner Arbeit?«

»Mir wird Amsterdam allmählich fremd. Es wundert mich, dass Einbrecher hier noch von ›klarmachen‹ und ›Kur‹ reden.«

Er schaute mich an. »Nur die Einheimischen. Der Rest lässt Messer und Ketten sprechen. Ich habe dich nach deiner Arbeit gefragt.«

»Es ist anders als früher.«

»Macht's dir Spaß?«

Ich dachte nach. »Man ist freier. Man hat Zeit, sich auf einen Fall einzulassen. Man sieht die Menschen dahinter. Das Positive ist, dass man manchmal etwas für sie tun kann, besser und anders als bei der Polizei. Ich kann dir das nicht erklären, ohne wie ein Sozialarbeiter zu klingen.«

»Du willst doch nicht zufällig damit sagen, dass dich deine Arbeit ausfüllt?«

Ich lächelte. »Doch, so in der Art. Die Menschen entwickeln sich meistens zu mehr als nur Namen in einem Bericht, und man hat eher die Möglichkeit, Fälle ordentlich zu Ende zu führen. Man folgt seinem Instinkt, weniger den Vorschriften. Manchmal kann das allerdings auch lästig sein.«

Ich griff nach meinem zirpenden Handy und erkannte die Nummer. »Meine Klientin.«

»Lass dich durch mich nicht stören.« Bart biss in sein Schinkenbrötchen.

»Max Winter, guten Tag, Mevrouw Reider«, meldete ich mich.

»Hier spricht Henri. Sind Sie in der Stadt?«

»Ja, ich habe gleich ...«

»Mevrouw Reider lässt fragen, ob Sie vorbeikommen könnten.«

»Jetzt sofort?«

»So schnell wie möglich. Es gibt eine Programmänderung.«

»Okay«, sagte ich.

»Mevrouw Reider hat eine Verabredung zum Mittagessen, also müssten Sie vorher hier sein. Um halb zwölf.« Henri unterbrach die Verbindung.

Ich steckte das Telefon ein und trank von meinem Kaffee. »Wie ich schon sagte, manchmal ist es lästig.«

»Wieso?«, fragte Bart mit vollem Mund.

»Diese Armenierin zum Beispiel. Sie wird zu einem Problem. Ich befürchte nämlich, dass Nel Recht hat.«

»Womit?«

»Sie reagierte schon komisch, als sie erfuhr, dass das Herz ihrer Tochter einem Mann eingepflanzt worden ist. Sie erwartete eine zwanzigjährige Reinkarnation ihrer Tochter, die sie zu ihrer Erbin machen konnte. Stattdessen kriegt sie Victor de Vries, einen halbseidenen Typen, der einen laut seinem Kollegen über den Tisch zieht, wo er nur kann. Wenn sie erfährt, dass er obendrein den Unfalltod ihrer Tochter verursacht hat, kann ich mir vorstellen, dass es mit ihren guten Vorsätzen vorbei ist. Nel meint, sie würde ihn aus dem Weg räumen lassen und ihm das Herz rausreißen. Rate mir doch mal, was ich tun soll.«

Bart dachte kurz nach. »Erzähl ihr ein Märchen«, sagte er nüchtern.

Ich lachte. »Was denn für eins?«

»Du gehst zum Metzger und kaufst ein Schweineherz, das sieht angeblich genauso aus wie ein Menschenherz. Das steckst du in ein hübsch versiegeltes, mit Formalin gefülltes Glasgefäß und bindest eine Schleife drum. Du erzählst ihr, Victor sei den Heldentod gestorben, als er, ohne auch nur eine Sekunde an seinen Zustand zu denken, von einer Brücke sprang, um eine junge Frau vor dem Ertrinken zu retten. Das Mädchen überlebte, aber als das hilfsbereite Amsterdamer Publikum auch ihn endlich aus der Gracht gezogen hatte, um ihm einen Orden zu verleihen, hatte sein Austauschherz leider den Geist aufgegeben.«

Ich starrte ihn an. »Das ist eine verdammt gute Idee!«

»Und typisch für jemanden, der nicht immer streng nach Vorschrift handelt.« Bart lächelte, schaute aufs Wasser und fragte dann wie nebenbei: »Und, hast du genug Arbeit?«

»Ich hatte zum Glück ein paar lukrative Fälle und kann es mir erlauben, wählerisch zu sein. Angebote gibt es genug, über Mundpropaganda, durch die Kanzlei Louis Vredeling oder ansonsten über Meulendijk.«

»Sag mir Bescheid, wenn du eine Filiale in Amsterdam eröffnen willst.«

Ich betrachtete sein Profil. »Was ist los?«

»Mia wirft mir vor, ich sei überarbeitet und würde mich zu einem zynischen Nörgler entwickeln. Sie sieht mich um drei Uhr nachts oder tagsüber, wenn ich zur Arbeit gehe und sie gerade von der Schule nach Hause kommt, oder andersherum, dir brauche ich ja nicht zu erklären, wie das läuft.«

»Arbeitet sie noch?«

»Besser, sie unterrichtet Niederländisch an einer nervtötenden Schule, als zu Hause herumzusitzen und auf mich zu warten.« Er wandte mir sein Gesicht zu. »Du bist doch auch nicht nur deshalb ausgestiegen, weil du eine Kugel abgekriegt hast.«

»Dir kann ich nichts weismachen«, antwortete ich.

Bart nickte. »Anfangs hat man Ideale, aber man wird mit so viel sinnloser Gewalt konfrontiert, dass die hehren Vorstellungen vom Wert und der Heiligkeit des Lebens verschleißen. Man wird gegen Schmerz und Leid immun, wie die Leute, die die Pesttoten aus den Häusern holten, auf Karren stapelten und draußen vor der Stadt verbrannten. Es ist wie mit dem Lärm. Durch den ganzen Krach stumpfe ich ab.«

»Wow«, sagte ich. »Dir geht's wirklich nicht gut. Vielleicht solltest du genau wie ich die Stadt verlassen.«

Er nickte. »Mia könnte überall arbeiten, aber wir sind beide Stadtmenschen.«

»Rede mit Meulendijk. Der sucht immer Leute.«

Er schüttelte den Kopf. »Ich habe mich dort schon umgesehen, aber das ist nichts für mich. Industriejobs, Personenprofile, Hightech, eine Informationsfabrik. Du wolltest doch auch nicht da arbeiten.«

»Nein, aber er hat auch Aufträge, bei denen er sich keinen Rat weiß, weil sie nicht in seinen Computer passen. Das sind meistens die interessanten.«

»Ich beneide dich, weißt du das?«

Ich fühlte mich, als hätte ich ihn zweimal im Stich gelassen. Erst, indem ich den Dienst quittierte und mich selbstständig machte, und nun, indem ich mit meiner Arbeit zufrieden war. »Ihr kommt uns doch besuchen«, sagte ich. »Lass uns dann darüber reden, bei einem schönen Glas Cognac.«

»Träumen mit den Füßen im Fluss«, sagte er.

Bart war fünfzig und er war müde. Er tat mir leid.

Henri führte mich wieder in den Büroraum, der angenehmer war als das Mausoleumszimmer mit dem Staatsporträt von Rosa Siroun, mir aber zugleich das Gefühl vermittelte, aus den Privatgemächern ausgeschlossen zu werden. Ich würde deswegen keinen Komplex entwickeln, vielleicht fiel ich unter geschäftliche Angelegenheiten, obwohl es doch kaum etwas Privateres geben konnte als die Suche nach dem Herz einer Tochter.

Statt mit Handschlag wurde ich lediglich mit einem distanzierten Nicken und einem Wink zum Konferenztisch begrüßt. Arin trug wieder eines dieser langen Kleidern in demselben Retrostil, diesmal in einem nachtblauen Stoff, in dem bei jeder Bewegung hellere Indigotöne glänzten. Sie hatte ihr langes Haar im Nacken zusammengebunden und es lag dick und dunkel auf ihrem Rücken. Ihre Augen flackerten unruhig.

»Ich habe bereits seit einer Woche nichts mehr von Ihnen gehört«, sagte sie.

»Es gab nichts zu berichten«, erwiderte ich. »Victor ist schwer zu finden, es könnte sein, dass er untergetaucht ist. Henri sagte etwas von einer Programmänderung?«

»Finden Sie ihn oder soll ich jemand anderen beauftragen?«

Das klang Unheil verkündend. »Natürlich finde ich ihn«, erwiderte ich. »Man kann jeden finden, erst recht jemanden mit einem Spenderherzen.« *Tot oder lebendig.*

Arin spitzte die Lippen. »Die Programmänderung besteht darin, dass ich bereits in zwei Wochen nach Armenien reise, ich kann nicht bis September warten. Können Sie diesen Mann bis dahin aufspüren?«

Diesen Mann. Ich machte mir Gedanken über die veränderte Atmosphäre. »Wenn ich Victor bis nächste Woche nicht gefunden habe, muss ich annehmen, dass ihm etwas Ernstes zugestoßen ist«, sagte ich.

»Etwas Ernstes?«

»Menschen mit einem Spenderherzen leben gefährlich.«

Ich erkannte, dass ihr der Ausdruck Spenderherz gegen den Strich ging. »Falls es doch länger dauern sollte und ich schon weg bin, können Sie seinen Aufenthaltsort und weitere Informationen auch Henri mitteilen«, sagte sie schroff.

»Und was fängt Henri damit an?«

Ihr Blick sagte mir, dass mich das nichts anging, aber sie wollte mich nicht vor den Kopf stoßen. Ihre Stimmungen schienen so wechselhaft wie die Farbe eines Chamäleons. »Henri leitet sie an einen armenischen Bekannten weiter. Der wird sich weiter um die Sache kümmern.«

»Wäre es nicht einfacher, wenn ich mich direkt an den Bekannten wenden würde?«

»Mir ist es lieber so«, entgegnete sie.

Wir schwiegen einen Augenblick. Ich erkannte, dass sie die Unterhaltung beenden wollte. Das hätte sie mir auch am Telefon sagen können.

»Was für ein Mensch war Siroun?«, fragte ich.

Ich hoffte, sie mit dem armenischen Namen milder zu stimmen, doch sie blieb zunächst abweisend. »Warum wollen Sie das wissen?«, fragte sie.

»Fällt es Ihnen schwer, über sie zu sprechen?«

Sie faltete die Hände. »Natürlich nicht.«

»Hatte sie viele Freundinnen?«

»Ein paar. Anfangs brachte sie manchmal Klassenkameradinnen mit nach Hause, aber auf der höheren Schule ging sie meistens zu ihnen, um Schulaufgaben zu machen und so weiter.«

»Wie war sie in der Schule?«

»Gut.« Sie biss die Zähne zusammen und gestand: »Nun

ja, mittelmäßig, muss ich zugeben. Sie war wirklich kein Genie, das war … Ich stamme aus einer Familie von hoch begabten und überaus intelligenten Menschen. Das fehlte ein wenig bei Siroun.«

»War das eine Enttäuschung für Sie?«

»Sie war meine Tochter. Sie besaß andere Qualitäten.«

»Ging sie gern in Museen?«

»Das ist aber eine merkwürdige Frage.« Arin runzelte die Stirn und schüttelte den Kopf. »Nicht aus eigenem Antrieb, aber als sie jünger war, nahm ich sie mit, auch in Konzerte. Sie mochte die französischen Impressionisten.«

»Ich würde mir gern ihr Zimmer ansehen.«

Das brachte sie aus der Fassung. »Warum?«

Ich lächelte. »Aus reiner Neugier, aber ich werde nicht darauf bestehen, wenn es Ihnen unangenehm sein sollte. Oder ist es schon seit langem neu eingerichtet?«

»Ich habe nichts daran verändert. Ihre Kleider habe ich dem Roten Kreuz gegeben, das ist alles.«

Ich schaute auf die Uhr. »Es bleibt noch ein wenig Zeit vor Ihrer Verabredung zum Mittagessen, wenn es Ihnen also recht ist …«

Ich gab ihr die Chance, abzulehnen, doch sie erhob sich mit einem Seufzer von ihrem Stuhl. »Dann kommen Sie mal mit.«

Henri erschien, sobald sie die Tür zum Flur öffnete. Sie gab ihm flüchtig ein Zeichen und führte mich bis ans Ende des Ganges und durch eine breite Glastür in eine mit Stoff ausgekleidete Diele mit Toilette, von wo aus eine Treppe ins oberste Stockwerk führte. Ich sah durch die Glasscheibe, dass der Hausdiener hinten im Flur stehen geblieben war.

Arin wusste, was sich gehörte, und ließ mich vorgehen.

Statt Marmor gab es hier ein hübsches, frisch gestrichenes Holztreppengeländer und einen dicken roten Läufer mit Kupferstangen. Was sonst noch anders war, bemerkte ich, als ich das Jaulen einer Polizeisirene wahrnahm. Dieses Stockwerk war nicht schalldicht verkleidet worden und die Straßengeräusche drangen durch die Fenster und die Spalten in dem auf schwere Balken gezimmerten Speicherfußboden.

»Hier befinden sich nur Gästezimmer und die Wäschekammer, ansonsten hatte Siroun das Stockwerk ganz für sich allein, mit eigenem Badezimmer.« Arin öffnete eine Tür und ließ mich vorausgehen. »Dies ist ihr Zimmer.«

Ein großer Raum unter einer Balkendecke, mit zwei niedrigen Fenstern zur Gracht hin und Türen zum Bad und vor Einbauschränken. Ein normales Mädchen hätte dieses Dachgeschoss innerhalb einer Woche romantisch oder auch fröhlich gestaltet, stattdessen herrschte jedoch eine düstere, spartanische Atmosphäre. Das einzig farbenfrohe Element war eine bunte Patchworkdecke auf dem Bett. Es gab einen Schreibtisch mit geschlossenem Laptop darauf und Fächern darüber, einen Glastisch mit niedrigen Sesseln, ein Regal mit ordentlichen Reihen und Stapeln von Literatur und Schulbüchern sowie einen Kassettenrecorder. Auf dem Glastisch stand eine Vase mit getrockneten Blumen. Die düstere Stimmung entstand vor allem dadurch, dass die Wände anstatt mit lustigen Plakaten oder Bildern von Popstars mit dem großen Schwarz-Weiß-Foto eines recht unwirtlichen Tals, einem Poster mit kursiv gedruckten Gedichtzeilen sowie einer strengen Reihe großer und kleiner gerahmter Porträts berühmter Armenier bedeckt waren. Ich erkannte André Agassi, Alain Prost und Charles Aznavour, andere nur, weil die Namen darunter standen: Henri Verneuil, Aram Katchaturian, William Saroyan und andere, die mir nichts sagten, wahrscheinlich berühmte Politiker oder historische Persönlichkeiten. Vor drei Jahren hatte hier ein achtzehnjähriges Mädchen gewohnt. Das Zimmer war leer, ich fühlte nichts.

Arin führte mein Stirnrunzeln auf Cher und Prinzessin Diana zurück, die auch dazwischen hingen. »Chers Vater war John Arkisian«, erklärte sie. Die Armenier beanspruchten sogar Prinzessin Diana für sich, die offenbar zu einem vierundsechzigsten Teil Armenierin gewesen war, dank ihrer Ururgroßmutter Eliza Kewarkian. »Daher rührte ihr beharrlicher Charakter«, behauptete Arin, wie ein Führer in einem Museum.

Ich versuchte, mir Rosa in diesem Zimmer vorzustellen. Ich konnte kaum glauben, dass sie diese armenische Ahnensammlung aus eigenem Antrieb aufgehängt hatte. »Keine Impressionisten«, bemerkte ich.

Arin lächelte schwach. »Ich versuchte seit jeher, sie mit unserer eigenen Kultur zu umgeben, damit sie sich ihrer Wurzeln und der Bedeutung Armeniens für uns bewusst werden konnte.«

»Ich war immer der Meinung, Teenager wünschten sich große Teddybären und Poster von Madonna und Britney Spears in ihrem Zimmer.«

Sie nickte. »Mit zwölf kam sie einmal mit einem Poster von so einer Punkband an. Aber solche Dinge kann ich nicht in meinem Haus ertragen.«

Siroun hatte das ganze Stockwerk für sich. »Gab es Streit deswegen?«

»Nein!«, entfuhr es ihr heftig. Mit einem versöhnlichen Tonfall fuhr sie daraufhin fort: »Siroun und ich hatten nur selten Meinungsverschiedenheiten, aber sie war noch sehr jung. Manchmal wurde sie von Freundinnen beeinflusst, die solche Klatschzeitungen lasen und für Instant-Seifenopernstars schwärmten, doch es gelang mir ganz gut, ihr zu erklären, dass solche Dinge nicht in unsere Welt hineingehörten.«

»Also haben Sie das Zimmer für sie eingerichtet?«

»Sie überließ das gerne mir. Sie war Armenierin, das wurde ihr immer klarer, Blut lässt sich letztendlich nicht verleugnen.«

Rosa musste Siroun sein, eine Projektion ihrer Mutter. »Aber sie war doch zur Hälfte Niederländerin. Sie ging zur Schule, sie hatte Freundinnen ...«

Arin schüttelte den Kopf. »Saroyan hat das auf unnachahmliche Weise ausgedrückt.« Sie wies mit einem Nicken auf das Poster mit den kursiven englischen Gedichtzeilen. »Keine Macht der Welt kann diese Rasse vernichten, man kann ihr Land verwüsten, ihre Häuser und Kirchen niederbrennen, man kann sie mit Wasser und Brot in die Wüste jagen, aber bald werden sie wieder lachen und beten und singen, denn wenn zwei von ihnen sich irgendwo auf der Welt begegnen, gründen sie ein neues Armenien.« Ihre Augen strahlten.

»Wie schön«, sagte ich unbeteiligt.

Die Ironie entging ihr. »Das sind wir, ich und Siroun.« Sie fasste mich am Arm, führte mich ans Bett und zeigte mir das Foto von dem unwirtlichen Gebirgstal, das darüber hing. »Das liegt in der Nähe von Jerewan, der Hauptstadt. Es ist eine uralte religiöse Weihestätte, eine aus dem Felsen gehauene Kirche. Die Sträucher ringsherum hängen voller weißer Stofflappen, die Opfer und Gebete symbolisieren. Auf der anderen Seite des Flusses wurden die Zellen der Mönche aus der Felswand gemeißelt. Eine uralte Weihestätte aus vorchristlicher Zeit. Siroun und ich waren um Ostern herum dort. Ganze Familien kamen, um Schafe rituell zu schlachten und zu essen, zu beten. Als wir dort standen, wussten wir, dass das unser Projekt werden würde. Wir würden die Kirche und die gesamte Umgebung restaurieren, Geld ist ausreichend vorhanden.« Eine Wolke glitt über ihr Gesicht und sie umklammerte meinen Arm. »Ich kann den Gedanken, dass ich es allein tun muss, kaum ertragen«, sagte sie dann.

Sie ließ mich los und setzte sich auf das Bett. Ich blieb am Bücherregal stehen und schaute Rosas Radio an. An einer Scherenlampe darüber hingen Kopfhörer. Ich drückte auf einen Knopf. Eine Frauenstimme schrillte durch den Raum: *Underneath your clothes.*

Arin fuhr mit einem Schock auf. »Bitte!«

Ich hatte es schon ausgeschaltet. »Sie lieben die Stille«, bemerkte ich.

»Ja.« Sie sank zurück auf das Bett und biss sich auf die Lippen. »Ich kann Lärm immer weniger vertragen. Stille ist eine reinigende Kraft. Joachim sträubte sich dagegen, aber nach dem Unfall habe ich meinen Willen durchgesetzt und sämtliche Räume unten schalldicht verkleiden lassen.«

Der Unfall hatte manches einfacher gemacht. »Aber Rosa mochte offenbar …«

»Siroun«, unterbrach sie mich. »Sie heißt Siroun.«

Ich wies mit einem Nicken auf das Radio. »Siroun hörte Popmusik.«

»Nicht, wenn ich in der Nähe war.« Sie war wütend wegen dieses Popsenders und vergaß, ihre Tyrannei zu verbrämen, als verwechsle sie mich mit ihrer Tochter, als durchlebe sie erneut eine Meinungsverschiedenheit mit ihr. »Auf keinen Fall!«

»Hatte sie eine gute Beziehung zu ihrem Vater?«

Sie schwieg einen Augenblick. »Joachim war ständig unterwegs. Sirouns Erziehung überließ er mir. Er hatte ein Boot und nahm sie manchmal mit, wenn er segeln ging.«

»Sie nicht?«

»Ich glaube, Siroun machte sich auch nicht viel daraus, ich denke, sie fuhr nur mit, um ihrem Vater eine Freude zu bereiten.«

Ich glaube, ich denke. »Siebzehn Jahre«, sagte ich.

»Achtzehn. Mädchen in diesem Alter gehen in Popkonzerte und auf Ravepartys.«

»Ich hoffe, sie nicht«, sagte Arin.

»Wissen Sie es nicht?«

Sie schaute mich vom Bett her vorwurfsvoll an. »Sie war achtzehn und hier zu Lande kann man achtzehnjährige Mädchen nicht einfach so einsperren.«

Es klang, als täte ihr das leid.

Teenager sind beängstigend rebellisch, sie tun alles, um ihre Eltern zu enttäuschen, rauchen und trinken, bringen die falschen Jungs mit nach Hause, wollen unter keinen Umständen ihrer Mutter ähneln. Siroun hielt sich zu Hause an die Regeln, Rosa lebte draußen die Rebellin aus. Das hatte sie gelernt. Victor arbeitete in einer Disco.

»Könnte sie nicht heimlich in die Disco gegangen sein? Mädchen behaupten gern, sie würden ihre Hausaufgaben bei einer Freundin machen und dort übernachten.«

Arin reagierte ungehalten. »Ich weiß nicht, was Sie wollen«, sagte sie. »Es scheint mir, als könnten Sie nicht akzeptieren, dass ich meine Tochter besser kenne als irgendjemand sonst, als versuchten Sie, eine andere Siroun aus ihr zu machen.«

Ich schüttelte den Kopf. »Ich versuche nur, sie zu verstehen. Aber vielleicht ist das von vornherein unmöglich, weil ich kein Armenier bin.«

»Siroun war ernsthaft. Nicht brillant, das sagte ich ja bereits, aber ernsthaft. Sie war eine echte Armenierin.«

Ich suchte Rosa, nicht Siroun. Ich gelangte immer mehr zu der Überzeugung, dass es zwei gegeben hatte. Eine zu Hause, eine andere draußen. »Hatte sie keinen Freund?«

Arin blickte auf. »Wie meinen Sie das?«

»Ich meine jemanden, in den sie verliebt war, mit dem sie nach Zandvoort fuhr, um Sex in den Dünen zu haben.«

Beleidigt schüttelte Arin den Kopf. »Das hätte sie mir erzählt. Siroun und ich hatten keine Geheimnisse voreinander.«

Das Zimmer erinnerte mich an eine Zelle, dabei hatte ich Zellen gesehen, die behaglicher und menschlicher aussahen. Das hier gemahnte mehr an Einzelhaft. Kein Wunder, dass Siroun Ausreden erfand, um aus dem Haus zu kommen, um irgendwo anders das Leben von Rosa führen zu können und schwanger zu werden.

13

Betty öffnete nicht sofort. Ich musste viermal klingeln. »Was ist denn?«, rief sie gereizt, und als sie mich erkannte: »Oh, shit!«

Ich stieg hinauf. Sie stand oben an der Treppe, hielt diesmal mit einer Hand einen hastig übergeworfenen, schwarzseidenen chinesischen Peignoir zusammen, der so kurz war wie das Gedächtnis einer Fruchtfliege. »Max, ich kann dich jetzt wirklich nicht gebrauchen.«

»Herrenbesuch?« Es war um die Mittagszeit, Betty im Morgenmantel, mit offenbar nichts darunter.

»Was willst du?«

»Nur mit dir reden.«

»Er muss um Viertel nach eins weg, wenn du also danach kommst ...«

Ich blieb drei Stufen unter ihr stehen und dämpfte meine Stimme. »Wer ist er?«

»Ein Freund.«

»Der mit dem Scheißjob?«

»Max, bis gleich.«

Ich hob die Hand und ließ sie in Ruhe. Viertel nach eins. Ich wanderte durch das Viertel und betrat einen Schnellimbiss, trank eine Tasse Kaffee und aß ein Shoarmabrötchen. Viel koscheres Fleisch, stark gepfeffert, man kann das ungefähr einmal im Jahr vertragen.

Um Viertel vor eins stand ich an der Ecke der Dwarsstraat und beobachtete Leute, die auf dem Weg zurück zur Arbeit ihr Fahrrad bestiegen, eine recht abgespannt wirkende Frau, die einen XXL-Kinderwagen mit heulenden Zwillingen schob, und einen mageren Mann, der schräg gegenüber aus Bettys Haustür trat, scheue Blicke um sich warf und zu Fuß in Richtung Gracht verschwand.

Er war über fünfzig, trug eine braune Aktentasche und hatte eine Hakennase sowie langes, fast ergrautes Haar, das im Nacken mit einem Gummi zusammengebunden war. Ich hatte ihn noch nie zuvor gesehen.

Ich gab Betty ein paar Minuten, um sich herzurichten, bevor ich erneut bei ihr klingelte. Sie erwartete mich in einer orangefarbenen Hose, einem T-Shirt mit interessanter Passform um den Busen, frisch gekämmten Haaren und einem Hauch Orange auf den Lippen.

»Heimarbeit?«, fragte ich.

Sie schnaubte. »Willst du mich ärgern?«

Ich folgte ihr in das rosa Wohnzimmer. Die Glastür war geschlossen, das Fußbodenbett dahinter mehr oder weniger zurechtgemacht. Keine benutzten Tassen auf dem Tisch, zum Kaffeetrinken war der Besuch nicht gekommen.

»Es ist nicht das, was du denkst«, erklärte sie geziert. »Das war dieser Verleger, er ruft hin und wieder an und fragt, ob er vorbeikommen kann.«

Wie, nicht das, was ich dachte? »Der verheiratete Buchverleger?«

»Wir haben jetzt eine andere Vereinbarung«, sagte sie.

Ich lachte. »Hauptsache, du kriegst dein Geld.«

»Eben, also was soll's. Ich habe keinen Job, aber trotzdem Rechnungen zu bezahlen. Hast du Victor gefunden?«

»Nur deinen Exmann, in Amsterdam-Noord. Der weiß nicht, warum Victor Angst vor ihm haben sollte, und ich glaube, er sagt die Wahrheit und du weißt das ganz genau.«

Betty ließ sich auf das orangefarbene Sofa sinken. »Was willst du damit sagen?«

»Cor hat letzte Woche Dienstag spätnachts mit ihm telefoniert. Victor hatte einen Plan, der viel Geld einbringen sollte und den er zusammen mit Cor durchziehen wollte. Dadurch wollte er zugleich seine Schulden einlösen. Sie verabredeten sich für den nächsten Tag, Mittwoch. Victor tauchte nicht auf und seitdem ist er spurlos verschwunden. Da ist also was anderes im Busch.«

Sie starrte mich an. »Davon weiß ich nichts.«

»Natürlich nicht. Ich weiß nicht, ob Victor es allein getan hat, aber ich bin mir sicher, dass dieser Plan, von dem er redete, etwas mit Otterlo zu tun hatte. Und mit einem alten Mann, Hendrik Dufour.«

Sie schüttelte den Kopf. »Woher willst du das wissen?«

»Warum hätte die Adresse Dufours sonst in Victors Zimmer liegen sollen, unter seinem Telefon?«

Sie erstarrte. »Hast du das der Polizei erzählt?«

»Noch nicht.«

Ich sah ihr an, dass sie nervös und unruhig wurde. »Victor würde niemals jemanden ermorden«, behauptete sie. »Ein Einbruch, ja, aber so was ...« Wieder schüttelte sie den Kopf. »Er könnte es schon rein körperlich nicht.«

»Dann hilf mir, verdammt nochmal!« Ich wurde ärgerlich.

Sie verheimlichte mir etwas. Schon beim letzten Mal hatte sie auf den Namen Dufour reagiert und es hinter der Empörung darüber verborgen, dass ihr Bruder angeblich zu einem Mord fähig sein sollte. »Ein gelbes Feuerzeug mit einer Disney-Ente drauf. Sagt dir das etwas?«

Sie schaute noch verständnisloser. »Ich rauche schon seit einem Jahr nicht mehr.«

»Es wurde in Otterlo gefunden und Cors Fingerabdrücke waren darauf. Cor wurde verhaftet, aber sie haben ihn wieder freigelassen, er hatte ein Alibi. Die Frage ist, wie sein Feuerzeug nach Otterlo gekommen ist. Cor war so nett, dir Scherereien mit der Polizei zu ersparen, indem er behauptete, er wisse es nicht, aber mir hat er versichert, er habe dieses Feuerzeug bei dir liegen gelassen.«

Sie erschrak. »Bei mir?«

»Victor kann es hier eingesteckt und in Otterlo zurückgelassen haben, entweder aus Versehen oder um Cor reinzulegen.«

»Das kann nicht sein.« Ich sah, wie ihr alles Mögliche durch den Kopf schoss, während sie, verzweifelt die Hände ringend, auf dem Sofa saß. »Cor ist nur einmal hier gewesen«, sagte sie dann. »Letzte Woche Montag.«

»Und Victor?«

Ihr Gesicht hellte sich auf. »Victor war auch am Montag da, aber er ist abgehauen, bevor Cor kam, und danach ist er nicht mehr hier gewesen.« Sie seufzte erleichtert. »Victor kann es also nicht gewesen sein.«

»Wer dann?«

»Ich weiß überhaupt nichts von einem Feuerzeug«, sagte sie.

»Aber du hattest den Namen Dufour schon mal gehört. Wie kommt Victor an seine Adresse?«

Sie antwortete nicht, aber ich konnte ihre Angst förmlich riechen. Irgendetwas lag ihr auf dem Herzen. Mit Bart zusammen hätte ich ›guter Bulle, böser Bulle‹ spielen können und es aus ihr rausgekriegt.

Ich schlug entnervt mit den Händen auf die Knie, als wolle ich aufbrechen. »Mir egal, dann soll die Polizei das eben herausfinden«, sagte ich. »Ich fände es sowieso vernünftig, eine Fahndung nach Victor auszulösen. Er könnte irgendwo im Koma liegen, weil die Aufregung zu viel war für sein Herz. Die Polizei könnte die Krankenhäuser überprüfen.«

»Wenn er in einem Krankenhaus läge, wüssten wir das längst«, erwiderte Betty. »Er trägt seinen Ausweis bei sich und dazu ein Armband. Die würden sofort im UMC anrufen und die wiederum bei meiner Mutter.«

»Ich wollte dich nicht beunruhigen«, sagte ich. »Schließlich ist er dein Bruder. Kann ja sein, dass du ihn manchmal ewig nicht siehst, aber diesmal liegt die Sache doch ein bisschen anders. Er war jetzt schon seit zehn Tagen nicht mehr zu Hause, nicht auf der Arbeit, nicht bei Cor, nirgends. Machst du dir denn keine Sorgen?«

Sie biss sich auf die Lippen. »Jemand vom UMC hat schon bei meiner Mutter angerufen, weil er zu einem Kontrolltermin nicht erschienen ist.«

Ich stand auf. »Irgendwann finden ihn vielleicht spielende Kinder in Otterlo zwischen den Sträuchern.«

»Nicht in Otterlo«, entgegnete sie verbissen.

»Und woher stammte die Adresse in seinem Zimmer?« Ich zuckte mit den Schultern und ging zur Tür.

Ich hörte sie seufzen. »Vielleicht von Bram.«

Ich blieb stehen. »Bram?«

»Er war Sonntagnacht hier. Er kam von einer Lesung und ließ mir etwas Geld da. Dabei hat er aus Versehen auch eine Visitenkarte vergessen, ich habe es erst am nächsten Morgen bemerkt, weil Victor sie in der Hand hielt.«

»Aha.« Puzzlesteinchen fielen an ihren Platz. »Jetzt kommen wir endlich weiter. Bram. Redest du von Abraham Kars?«

Erstaunt schaute Betty mich an. »Kennst du ihn?«

»Nur vom Hörensagen.« Ich kehrte um und blieb neben ihr stehen. »Ist Kars der mit dem Scheißjob?«

Sie nickte betreten und biss sich erneut auf die Lippen.

»Und die Lesung war in Otterlo?«

»Das weiß ich nicht.«

»Woher kennst du Kars?«

»Von einer Buchmesse, ich habe an einem Verlagsstand gearbeitet, den Job hatte mir eine Zeitarbeitsfirma vermittelt. Er war geschieden, hatte eine kleine Wohnung, suchte jemanden, der ein Manuskript für ihn lektorierte. Aber vor allem war er auf Sex aus. Er schwang tolle Reden, machte einen auf interessanten Künstler und berühmten Journalisten, aber er ist ein Arsch. Er hat mich ein halbes Jahr lang hingehalten. Jetzt ist er wieder bei seiner Frau und ich wollte ihn letzte Woche schon rausschmeißen, aber er behauptete, er habe jetzt endlich alles mit einem Verleger und einem Finanzier unter Dach und Fach. Er versprach, ich würde Chefsekretärin im Lektorat werden und viel Geld verdienen, solange ich nur weiterhin nett zu ihm wäre.«

»Und dieser Finanzier war Hendrik Dufour aus Otterlo.«

»Das weiß ich nicht. Er sagte nur, es sei ein reicher Privatmann.«

»Hendrik Dufour war ein ehemaliger Briefsortierer, der von seiner Grundrente lebte.«

»Dann muss es jemand anderes gewesen sein, denn sein Privatmann besaß angeblich Diamanten. Ich sollte sogar mit nach Antwerpen, um beim Verkauf zu helfen.« Sie sah mein Stirnrunzeln. »Bram behauptete, alles sei völlig legal.«

Diamanten.

Der letzte Zug aus Katanga. Louis Dufour und sein Sohn Hendrik waren an dem Tag, an dem der Rest der Familie abgeschlachtet wurde, in der Stadt gewesen, wahrscheinlich hatte sich dort die Hauptverwaltung der Diamantmine befunden.

Der Notar hatte von einem einzigen Koffer geredet. Vielleicht war mehr darin gewesen als nur Zahnpasta und Rasierzeug.

»Wusste Victor von den Diamanten?«

»Nein. Ich habe ihm nur gesagt, dass ich ihm dabei helfen würde, seine Schulden bei Cor abzuzahlen.«

»Die Dufours besaßen eine Diamantmine im Kongo.«

»Oh, shit.« Betty wandte den Blick ab. »Na gut«, sagte sie. »Es war ein Silberstreif am Horizont und jetzt ist es wieder vorbei. Mit den zweihundert Euro von Thomas für jedes Mal komme ich schon zurecht, und wenn ich keine Arbeit finde, nehme ich mir noch ein paar Thomasse dazu.« Sie lächelte verbittert.

»Und Kars?«

Seufzend blickte sie zu Boden. »Der ist ein Psychopath. Du hast es ja selbst gesehen.« Ihre Hand wanderte zu dem undeutlichen Schatten unter ihrem Auge. »Er hat mich verdroschen, weil er nicht glauben wollte, dass ich nichts damit zu tun hatte.«

»Womit?«

»Er hatte sich in den Kopf gesetzt, dass Victor und ich es mit seinem Finanzier verdorben hätten. Und für so was rackert man sich ab. Widerling. Ich weiß immer noch nicht, wovon er überhaupt geredet hat. Das ist bei Gott die Wahrheit.«

Nicht Victor und Betty, dachte ich. Möglicherweise Victor und Kars.

Mevrouw Kars sagte, ihr Mann ruhe sich oben aus, ob sie ihn rufen solle? Ich erwiderte, sie brauche ihn wirklich nicht zu belästigen.

Ich befand mich bereits in der Rijnstraat und fuhr links ab in die Uiterwaardenstraat. Ich wollte Kars nicht wieder verpassen und parkte am Anfang der Straße auf einem der freien Anwohnerparkplätze. Es fing leicht an zu regnen, einer jener sommerlichen Schauer, die man uns täglich versprach und die wir meist auch bekamen. Ich hätte Nel gebraucht, aber die demonstrierte ihre Cyberkünste an einem schicken Konferenzort.

Ich tippte Barts Durchwahl. Eine hohe Männerstimme meldete sich. »Kripo, Lasveld.«

»Ist Inspecteur Simons da?«

»Worum geht es?«

»Dürfte ich ihm das persönlich erklären? Mein Name ist Max Winter.«

»Wenn es mit einem Fall zusammenhängt, können Sie mit mir vorlieb nehmen, Bart Simons ist mein Partner.«

Herrgott, dachte ich. »Es geht schneller, wenn Sie ihm das Telefon über Ihren Schreibtisch anreichen, der steht doch seinem direkt gegenüber?«

Er schien das prüfen zu müssen, denn er schwieg einen Augenblick. »Er ist zu einer Besprechung beim Hoofdinspecteur«, sagte er dann abweisend.

»Dann sehen Sie ihn durch die Glasscheibe. Apparat zwölf.«

Ich hörte ihn atmen, dann verband er mich. Zehn Sekunden später meldete sich Bart.

»Du schon wieder?«

»Guckt Grundmeijer wie immer, wenn er unterbrochen wird?«

Bart räusperte sich und sagte: »Ich bin in einer wichtigen Besprechung, bitte fasse dich kurz.«

»Mach dir Notizen, das sieht besser aus.« Ich wartete, bis er nach seinem Notizblock gegriffen hatte und »Schieß los« sagte, wie Kripoleute, die zum Film wollen. Ich las ihm Victors Nummer von meinem eigenen Block vor.

»Ich brauche die ausgehenden Gespräche der ersten Monatshälfte, ab Sonntag, dem ersten. Ginge das?«

»Kein Problem.«

»Ich bin bei Kars, diesem Europa-Journalisten. Grüß Grund von mir.«

»Lieber nicht.« Bart unterbrach die Verbindung. Hoffentlich hatte Cor van Nool nicht doch Anzeige erstattet, sodass Bart gerade dem Chef erklären musste, warum er Dienststunden mit einem ehemaligen Kollegen verplemperte anstatt die Amsterdamer Mafia zu jagen.

Eine Viertelstunde war verstrichen und ich spazierte im Nieselregen zu Nummer 34. Mevrouw Kars, in wadenlangem Rock, violetter Bluse und Silberanhänger zwischen den Brüsten, war noch dieselbe schöne Frau wie zuvor, nur sah sie noch niedergeschlagener aus, und müde. Mein Erscheinen brachte sie in Verwirrung. »Ach ja, Meneer Winter, Sie hatten angerufen. Ich wusste nicht …«

»Komme ich ungelegen?«, fragte ich.

»Nein, aber ich glaube, dieses ganze Projekt ist vom Tisch. Er schläft noch …«

»Ich würde mich trotzdem gern mit ihm unterhalten.«

»Oh.« Sie trat zurück. »Dann kommen Sie doch bitte herein.«

Sie wartete oben an der Treppe und führte mich in ein zur Straßenseite hin gelegenes Wohnzimmer. Dort gab sie mir die Hand und sagte: »Ich bin Julia Kars. Ja, ich habe den Namen meines Exmannes behalten«, fügte sie zerstreut hinzu. »Das war einfacher, wegen der Mädchen und …«

Ich lächelte verständnisvoll. »Und außerdem wohnen Sie wieder zusammen.«

»Ja, nun ja …« Sie lächelte gezwungen, als scheue sie private Bekenntnisse. »Ich sage Bram Bescheid.«

Von einem Erker aus konnte ich mein Auto und Fahrräder auf der anderen Straßenseite sehen. Die Möbel im Zimmer waren verwohnt: ein paar Armsessel, ein Büfett mit Telefon auf einem verstaubten Anrufbeantworter, Zeitungen, Selbstbauregale, ein Fernseher mit Putzmittelschlieren auf dem Bildschirm. Keine Anzeichen von Reichtum. An der Wand hing ein gerahmtes Foto von zwei Mädchen, die mindestens sechs Jahre auseinander waren, vermutlich die Töchter.

Kars war ein magerer Mann mit tief liegenden Augen in einem schmalen Gesicht. Er war unrasiert, seine Hose und sein Hemd sahen aus, als habe er darin geschlafen, und sein glattes, dunkles Haar rief nach einem Friseurbesuch. Er marschierte auf mich zu. »Ich empfange keine Leute bei mir zu Hause«, sagte er. »Ihr Besuch kommt äußerst ungelegen.«

Julia hatte ihn begleitet und lehnte am Büfett.

»Ich war gerade in der Nähe«, erklärte ich. »Mein Name ist Max Winter.«

Ein schlaffer Händedruck. »Kars. Worum geht es?«

»Ich habe gehört, Sie planen die Herausgabe einer neuen Europa-Zeitschrift.«

»Das hat sich erledigt.«

»Ach ja? Warum denn?«

Er bot mir nicht an, mich zu setzen, ließ sich aber selbst auf einem alten Rauchsessel gegenüber dem Fernseher nieder, wie es schien, sein Stammplatz. »Der Finanzier hat sich zurückgezogen. Das ist bedauerlich, aber ich kann Ihnen leider nicht helfen, falls Sie Arbeit suchen. Sind Sie Journalist?«

»War es ein Fall von höherer Gewalt?«

Seine Augen verengten sich. »Wie bitte?«

»Der Rückzug des Finanziers. Es handelte sich doch um Hendrik Dufour, aus Otterlo?«

Er verlor einen Moment die Fassung, erholte sich aber schnell wieder. »Ich glaube nicht, dass das noch eine Rolle spielt«, erwiderte er aalglatt. »Wie sind Sie übrigens auf mich gekommen?«

»Über eine Freundin von Ihnen, Betty.«

»Betty?«, fragte Julia plötzlich scharf.

Kars warf einen verstörten Blick in ihre Richtung und wandte sich mir zu, als habe ich die Frage gestellt. »Sie hat mal Schreibarbeiten für mich erledigt.«

»Triffst du dich immer noch mit dieser Frau?«

»Seit Samstag nicht mehr, Mevrouw«, antwortete ich freundlich.

Kars wurde wütend und schnauzte seine Exfrau an: »Julia, ich brauche dich hier nicht. Im Übrigen sind wir, glaube ich, fertig.« Aus seinen Augen schossen Blitze und er schlug mit beiden Händen auf die hölzernen Sessellehnen, als wolle er aufstehen. »Ich begleite Sie hinaus, ich kann nichts für Sie tun.«

Ich griff in die Innentasche meines Sakkos. »Sie wissen doch noch gar nicht, was Sie für mich tun sollen«, entgegnete ich. »Ich habe ein paar Fragen im Zusammenhang mit dem Tod von Meneer Dufour.« Dabei achtete ich auf seinen Blick.

Kars war aufgestanden, mit dem Rücken zum Erker, wodurch sein Gesicht im Schatten blieb. Stattdessen reagierte seine Ex. »Meneer Dufour ist tot?«

Ich nickte. »Ich war gestern auf seiner Beerdigung. Kannten Sie ihn?«

Sie wirkte aufrichtig erschüttert. »Ich habe ein paarmal mit ihm telefoniert, ein netter Mann. War er krank?«

»Krank, überfahren, Leute sterben nun mal«, fiel Kars ihr grob ins Wort. »Das geht uns nichts an.« Er schaute mich an. »Sind Sie ein Angehöriger von ihm?«

Ich zückte meinen Meulendijk-Ausweis. »Er ist auf wesentlich grausamere Art gestorben als durch eine Krankheit oder einen Unfall.« Ich reichte ihm den Ausweis. »Ich bearbeite zusammen mit der Polizei in Otterlo den Raubüberfall in seinem Haus, bei dem Meneer Dufour ermordet wurde.«

Julia stieß einen Seufzer aus. Kars hielt meinen Ausweis ins Licht. Ich rechnete nicht damit, dass er von dem *Exstaatsanwalt* beeindruckt sein würde, aber als Amsterdamer Journalist musste ihm Meulendijks Detektei ein Begriff sein.

»Ein Privatdetektiv«, stellte er herablassend fest. »Ich bräuchte überhaupt nicht mit Ihnen zu reden.«

In dem Moment klingelte das Telefon.

Kars schreckte bei dem Geräusch auf und setzte sich in Bewegung, doch seine Frau stand neben dem Apparat und nahm ab. »Julia Kars.«

Kars beugte sich dicht zu mir hin und redete gedämpft auf mich ein. Sein Atem stank nach ungeputzten Zähnen.

»Jetzt hören Sie mal, ich unterhalte mich ja gerne mit Ihnen über diese Zeitschrift, aber nicht hier …«

Ich sah, wie Julia erschrak, dann sagte sie: »Ja, einen Augenblick.«

Sie hielt mir den Hörer hin und schaute Kars an. »Für Meneer Winter«, erklärte sie. »Die Polizei, ein Inspecteur Simons.«

Kars murmelte etwas Unverständliches. Mit einem Lächeln nahm ich den Hörer von Julia an. »Hallo Bart, was gibt's?«

»Warum, glaubst du wohl, habe ich diese Nummer gewählt?«

»Sie steht auf der Liste«, riet ich.

Ich drehte mich zu Kars um, der seine Exfrau an der Schulter packte und versuchte, sie aus dem Zimmer zu bugsieren.

»Zweimal«, sagte Bart ins Telefon. »Beide Male in der Nacht von Dienstag auf Mittwoch, der Nacht, bevor der Junge verschwunden ist, um halb drei und um Viertel nach drei.«

»Schön.« Ich deckte die Sprechmuschel ab und winkte Kars: »Einen Augenblick mal.«

Beide blieben stehen.

»Zwischen diesen beiden Gesprächen hat Victor noch eine andere Nummer angerufen«, sagte Bart. »Ich habe sie überprüft, es ist die von Cor van Nool, seine Geschichte stimmt also. Das letzte Gespräch fand am frühen Mittwochmorgen statt, mit seiner Schwester.«

»Das ergibt ja ein hübsches Bild«, meinte ich.

»Brauchst du mich?«

»Noch nicht. Halte dich aber bereit.«

Ich hoffte, das klang drohend genug, doch Kars blieb

ruhig und schaute mich irgendwie herausfordernd an, als fühle er sich unverwundbar. Julia hatte sich unwillkürlich von ihrem Ex entfernt und stand ein wenig verloren neben der Tür. Ich nickte ihr zu und legte den Hörer auf. »Vielen Dank.«

Kars wartete ab, mit berechnendem Blick. Betty hatte ihn als oberflächlichen Charmeur und Psychopathen bezeichnet. Mir schien er der Typ Mensch zu sein, der sich mit List und Tücke durchs Leben schlängelt und ausschließlich und gewissenlos seine eigenen Interessen verfolgt. »Ich habe mich bereits mit Ben Laacken unterhalten«, sagte ich. »Aber ich würde gerne noch einmal von Ihnen hören, wie Sie auf Dufour als Finanzier dieser *Europa*-Zeitschrift gekommen sind.«

Kars gab einen verächtlichen Laut von sich. »Laacken weiß nichts davon. Ich habe mich nur an ihn gewandt, weil ...« Er unterbrach sich. »Seit wann arbeiten Privatdetektive für die Polizei?«

»Ich arbeite für eine Klientin. Die Polizei ist durch den Mord in Otterlo an dem Fall beteiligt und Ihr Name fiel, weil diese Zeitschrift das Letzte war, womit der Ermordete sich beschäftigte. Noch ist nichts offiziell.« Ich wies mit einem Nicken auf das Telefon. »Aber das kann sich rasch ändern.«

Er seufzte theatralisch. Es war klar, dass er mit Besuch gerechnet hatte, wenn nicht von mir, dann von der Polizei, und dass er vorbereitet war. »Ich habe nichts zu verbergen. Julia, ich möchte das lieber allein regeln.«

Sie blickte mich an. Ich nickte. Sie verließ den Raum und schloss die Tür hinter sich. Kars ging zu seinem Sessel und ich setzte mich ihm gegenüber und legte meinen Block aufs Knie.

»Ich werde häufig für Lesungen engagiert«, begann Kars. »Über zahlreiche spezielle Themen, das gehört nun einmal zu meinem Beruf. In diesem Fall fand die Lesung in Otterlo statt und handelte von Europa. Dufour saß im Publikum und war ganz begeistert von meinen Ideen.«

»Laut der Vorsitzenden war er so ziemlich der Einzige«, bemerkte ich, damit er auf dem Teppich blieb.

Kars wedelte wütend mit einer Hand am Ohr vorbei, als verscheuche er eine Fliege. »Was wollen Sie, mitten auf dem Land in der Veluwe, denen ist wahrscheinlich schon eine Lesung über Mistkäfer zu hoch. Wenn ich das gewusst hätte, wäre ich gar nicht hingefahren und hätte meine Zeit für etwas Sinnvolleres genutzt. Damit hätte ich mir zugleich diese Scherereien erspart.«

»Mit Dufour?«

Er nickte. »Er wollte eine Zeitschrift über Europa finanzieren. Ich hielt nicht viel davon, und noch weniger von diesem Mann, aber er hörte nicht auf, mich zu belästigen, und deshalb habe ich ihn eben aufgesucht.«

»Wann war das?«

Er tat, als müsse er nachdenken. »Vor etwa zehn Tagen. Letzte Woche Dienstag, glaube ich. Er besaß allerhand alte Papiere von seinem Vater, der war offenbar auch so etwas wie ein Journalist gewesen, wenn auch mit mehr Idealen als Talent, denn kein Mensch hat je etwas von dem Mann gehört. Er versuchte vor einem halben Jahrhundert, eine europäische Zeitschrift herauszugeben, aber schon nach der ersten Nummer ging sie ein. Dufour kannte mich natürlich durch meine Arbeit, ich habe viel über Europa publiziert und ...«

»Das glaube ich Ihnen gern«, sagte ich. »Lassen Sie uns diesen Part überspringen.«

Kars zuckte mit den Schultern. »Wie dem auch sei. Er kannte meinen Ruf, er wusste, dass ich einer der wenigen Leute mit genügend Kapazität und Erfahrung bin, um eine tonangebende internationale Zeitschrift aufzubauen und herauszugeben.«

»Das würde mindestens eine Million kosten, meint jedenfalls Ben Laacken. Besaß Dufour genügend Diamanten, um das bezahlen zu können?«

Das brachte ihn für einen Moment aus der Fassung. »Diamanten?«

»Ein Topjournalist wie Sie würde doch für jemanden, der nur von seiner Grundrente lebt, keinen Finger krumm machen.«

Er hatte sich wieder unter Kontrolle und runzelte misstrauisch die Stirn. »Haben Sie das von Betty?«

»Stimmt es etwa nicht?«

Kars seufzte. »Ich wollte ihr zu einem Job als Lektoratssekretärin verhelfen, aber dafür kann man ja wohl eine gewisse Diskretion erwarten. Na ja, es spielt ja sowieso keine Rolle mehr, warum sollte ich es Ihnen nicht erzählen.« Er fuhr nonchalant mit zwei Fingern in die Hemdentasche, zog ein zusammengefaltetes Papiertaschentuch heraus, schlug es auseinander und legte es auf den Tisch.

Ich erblickte zwei undurchsichtige Steinchen, die stumpf, milchig und sehr billig aussahen. »Ungeschliffene Diamanten«, sagte ich. »Muss es dazu nicht irgendwelche Zertifikate geben oder hatte Dufour eine andere Methode, seine Investition der Steuer zu erklären? Das wäre doch wohl notwendig, wenn man offiziell eine Zeitschrift finanziert?«

Kars bedachte mich mit einem mitleidigen Lächeln. »Das hier ist so genannte mittlere Qualität«, erklärte er belehrend. »Darunter fällt alles zwischen einem fünftel und einem halben Karat, der unkontrollierbare Teil des Diamantenhandels. Dufour und sein Vater brachten eine größere Menge mit aus dem Kongo, als sie von dort flüchten mussten.« Er warf einen Blick auf die Steine. »Sie sind in kleinen Stückzahlen für hundert bis fünfhundert Euro frei verkäuflich. Es ist ganz unproblematisch, sie an Juweliere oder die Industrie loszuwerden, gegen Verrechnungsscheck oder Überweisung.« Er zwinkerte mir kumpelhaft zu. »Sie scheinen ein Mann von Welt zu sein und wissen, wie diese Dinge laufen, man schiebt die Summen ein wenig hin und her und irgendwann ist es nur noch Geld auf der Bank, für das man Steuern zahlt. Dufour hatte bereits ein paarmal kleine Partien für fünf- oder zehntausend Euro in Antwerpen verkauft. Man kannte ihn dort und er hätte problemlos größere Mengen an den Mann bringen können.« Er hob den Blick, spreizte die Hände und zog eine Miene aufrichtigen Bedauerns. »Nun, aber jetzt hat sich die ganze Sache ja erledigt und das ist alles, womit ich für meine Mühe belohnt wurde, also war es so gut wie umsonst.«

»Wussten Sie, wo Dufour die Steine aufbewahrte?«

»Keine Ahnung.«

Ich wies mit einem Nicken auf die Diamanten. »Sie saßen doch bei ihm im Wohnzimmer, als er die Dinger zum Vorschein holte?«

»Ich habe nicht darauf geachtet, das wäre ziemlich indiskret gewesen.«

»Aber es war in seinem Wohnzimmer?«

»Kann sein.«

Ich schwieg einen Augenblick und fragte dann: »Wann erfuhren Sie, dass das Projekt vom Tisch war?«

Er zuckte mit den Schultern. »Ich rief ihn an, um einen Termin zu vereinbaren, wir wollten diese Woche nach Antwerpen fahren.«

»An welchem Tag war das?«

»Am Samstag. Er sagte, das Projekt habe sich erledigt.«

»Hat er einen Grund genannt?«

Kars verzog das Gesicht. »Nein. Er sah eben davon ab.« Er seufzte gelassen. »Schade, aber so etwas kommt öfter vor. Es ist wie beim Film, da werden zehn Projekte entworfen und lediglich ein, zwei davon realisiert.«

Am Samstag. In derselben Nacht war Dufour ermordet worden. »Ich bin außerdem auf der Suche nach Victor de Vries«, sagte ich. »Sie kennen ihn, nehme ich an?«

Kars verbarg den Schreckmoment hinter einem erstaunten Gesicht und einer Bewegung zu den Steinen, die er wieder ins Papier einwickelte und in sein Hemd steckte. »Ach, meinen Sie vielleicht Bettys Bruder? Den habe ich mal getroffen, ja.«

»Sie machen keine Geschäfte mit ihm?«

»Geschäfte?«, fragte er mit einem abfälligen kleinen Lachen. »Ich wüsste nicht, was für welche. Ist etwas mit ihm?«

»Er ist spurlos verschwunden, seit letzte Woche Mittwoch«, erklärte ich.

»Da kann ich Ihnen leider nicht helfen.«

Ich schaute ihn zwei Sekunden lang schweigend an und sagte: »Laut der Telefongesellschaft hat Victor in der Nacht vor seinem Verschwinden zweimal bei Ihnen angerufen.«

Seine Augen wurden für einen kurzen Moment dunkel vor Wut. Dann produzierte er eine Denkfalte und tat anschließend, als fiele ihm etwas ein. »Ach ja«, sagte er.

»Das war mir schon wieder ganz entfallen. Der arme Kerl krebst von Job zu Job, Sie wissen vielleicht, dass er eine Herztransplantation hatte? Dufour hätte in der nächsten Zeit regelmäßig nach Antwerpen gemusst. Aber er konnte nicht Auto fahren und ich eigne mich nicht für die Rolle des Chauffeurs, also dachte ich, Victor mit einem hübschen Nebenverdienst einen Gefallen zu tun.«

»Sie sagten eben, Sie selbst wollten mit Dufour nach Antwerpen fahren.«

»Das erste Mal vielleicht, um alles zu organisieren, er wirkte auf mich recht ungeschickt.«

»Laut seiner Haushälterin fuhr Dufour immer mit dem Zug.«

»Davon weiß ich nichts.«

»Fanden Sie es normal, dass Victor um drei Uhr nachts anrief?«

»Soweit ich weiß, jobbt er in einem Nachtclub, deshalb kommt er immer erst spät nach Hause. Ich selbst arbeite auch regelmäßig bis tief in die Nacht hinein und das wusste er.«

Ich nickte wie ein guter Schüler, der dank seines geduldigen Lehrers etwas von Mathematik kapiert. Dann sagte ich: »Victor ist wegen Einbruchs vorbestraft. Wussten Sie das?«

Kars ließ sich nicht noch einmal überraschen. Er hatte sich fest hinter seinen Fantasiegeschichten verschanzt und keine Panzergranate hätte ihn herausgetrieben. Er seufzte wie ein enttäuschter Wohltäter. »Du meine Güte«, sagte er. »Das habe ich nicht gewusst.«

»Haben Sie ihm Dufours Adresse gegeben?«

»Ich habe ihm höchstens gesagt, dass es um Fahrten von Otterlo nach Antwerpen ging. Victor war für fünfzehn Euro pro Stunde plus sämtliche Spesen gerne dazu bereit.«

»Haben Sie ihm gesagt, dass es um Diamanten ging?«

»Natürlich nicht, das hatte ihn doch nicht zu interessieren. Er war nur der Chauffeur.«

»Woher wusste er dann davon?«

»Ich äh …« Ein kurzer Moment der Unsicherheit. »Wieso?«

»War das am Samstagvormittag, als Sie Dufour anriefen?«

Kars schüttelte den Kopf, als wisse er es nicht. »Kann sein, warum?«

»Haben Sie von Betty aus telefoniert?«

Sein Schützengraben schien enger zu werden. »Von Betty aus?«

»Sie hätten mich beinahe umgerannt, als sie von ihr weggingen. Meinetwegen bin ich für Sie ein Mann von Welt, aber eine nette Frau derart zuzurichten, halte ich für regelrechte Zuhältermethoden. Nur weil Sie dachten, sie hätte Sie gemeinsam mit ihrem Bruder bei Ihrem Finanzier ausgebootet? Meiner Meinung nach hatte die Gute keine Ahnung, wovon Sie redeten.«

»Die Gute hat eine blühende Fantasie.« Aufflackernde Wut.

»Sie wussten also sehr wohl, dass Victor ein Einbrecher war.«

»Ich sehe wahrhaftig nicht ein …«

Ich unterbrach ihn. »Ich habe mit Cor van Nool gesprochen, Bettys Exmann. Auch ein Einbrecher. Victor hatte eine lukrative Sache im Auge, zusammen mit van Nool. Sie wollten sich am Mittwoch treffen, aber Victor ist nicht aufgetaucht und van Nool hat nichts mehr von ihm gehört. Was glauben Sie, hat Victor diese Sache allein durchgezogen?«

Sein Gesicht war jetzt aschfahl. »Das müssen Sie Victor fragen. Ich habe keine Ahnung. Ich wäre sehr enttäuscht von ihm. Und da gibt man sich so viel Mühe für diese Leute.«

Wieder schaute ich ihn eine Weile schweigend an.

»Sind wir fertig?«, fragte er, endlich nervös.

»Die Polizei wird wissen wollen, wo Sie an dem fraglichen Abend waren.«

»Die Polizei?«

»Ein Mörder wird gesucht, da ist das meist die erste Frage.«

Er starrte mich an. »Keine Ahnung.« Er runzelte die Stirn, als dämmerte ihm jetzt erst, dass er ein Alibi brauchte. »Sie meinen am Samstag? Da bin ich im Kino gewesen.«

»Ohne Julia?«

Kars nickte und schaltete wieder um auf die vertrauliche Tour. »Jetzt hören Sie mal, ich hatte gerade erfahren, dass Dufour sich zurückzog. Ich hatte fest mit diesem Projekt gerechnet, andere Aufträge deswegen abgesagt. Ich sollte zum Beispiel einen qualifizierten Medienkursus auf die Beine stellen. Das erledigt jetzt ein anderer und ich kann es nicht mehr rückgängig machen. Ich hatte Brücken hinter mir abgebrochen. Verstehen Sie?«

»Ich gebe mir Mühe«, antwortete ich.

»Sie sollen ruhig wissen, dass es ein schwerer Schlag für mich war. Ich war deprimiert und wollte allein sein. Ich habe in der Stadt etwas gegessen, mir die neueste *Matrix*-Folge angesehen und mich anschließend in einer Kneipe gepflegt betrunken, das hätten Sie auch getan. Ich weiß nicht, um welche Zeit ich nach Hause gekommen bin, das müssten Sie Julia fragen.«

»Okay«, sagte ich.

»War das alles?«

Ich stand auf. »Vorläufig schon, was mich betrifft.«

Er folgte mir bis an die Flurtür und blieb dort stehen. Julia wartete an der Treppe und ich verabschiedete mich von ihr. Sie drückte leicht meine Hand und sagte: »Bis bald.« Dann warf sie einen Blick über meine Schulter und im selben Moment spürte ich eine verstohlene Bewegung ihrer anderen Hand in meiner Jackentasche.

Ich lächelte sie an und verließ das Haus. Der BMW war unbehelligt geblieben. Ich schloss die Tür auf, setzte mich ans Steuer und griff in meine Tasche.

Eine winzige Kassette, aus einem Anrufbeantworter.

Heutzutage waren Anrufbeantworter mit Chips bestückt, die man – außer man hieß CyberNel – nicht herausnehmen konnte. Aber ich hatte den Apparat unter dem Telefon im Wohnzimmer gesehen und er passte zur billigen Einrichtung eines Journalisten, der mehr Pläne als Einkünfte hatte. CyberNel könnte etwas mit der Kassette anfangen, aber CyberNel war in Breda.

Solche alten Geräte fand man höchstens noch im verstaubten Regal eines Reparaturshops, eines Secondhand-Elektronikladens. Telekomservice. Audiotechnik. *Ein Trödelhehler!*

Ich stellte mein Auto an der Egelantiersgracht ab und spazierte in die Gasse hinein.

Die Türglocke bimmelte. Alles war unverändert, ein Chaos von Porzellan und Nippes, Autoradios, Fernsehern, Kupfergegenständen, viel Staub und undefinierbaren Gerüchen. Das schlaue Fuchsgesicht von Nol Chaski,

An- & Verkauf, war um zwei Jahre gealtert, das war alles. Er trug anscheinend noch immer denselben altmodischen, dreiteiligen grauen Trödleranzug mit einer goldenen Uhrkette über der Weste. Er erschrak, als er mich erkannte.

»Nol«, sagte ich. »Immer noch hier? Ich dachte, du hättest dir inzwischen mindestens eine Villa an der Costa Brava zusammengehehlt.«

»Bei mir findest du nichts Gestohlenes!«, protestierte er.

Ich lachte. »Nol, wem willst du das weismachen? Deiner seligen Mutter?«

»Ich weiß nicht, was du willst, aber bei mir bist du an der falschen Adresse. Du bist doch gar nicht mehr bei der Schmiere?«

Ich zeigte ihm die Kassette. »Ich brauche nur eine Expertise, wenn du weißt, was ich meine.«

Er nickte. »Ich kenne mich mit allen Marken aus. Was soll ich damit?«

»Weißt du, was das ist?«

Er nahm mir die Kassette aus der Hand. »Philips«, diagnostizierte er. »Völlig unmodern, die Dinger sind nichts mehr wert.«

»Aber bestimmt hast du irgendwo hinten noch eins von diesen alten Modellen rumstehen?«

»Die sind nicht billig«, erwiderte er sofort. »Du wirst es nicht glauben, aber solche Apparate haben mittlerweile Sammlerwert, das ist genau wie mit diesen Erdnussschälchen-Sets.«

»Ich will nur wissen, was auf der Kassette drauf ist«, erklärte ich. »Und du bist der einzige durch und durch zuverlässige Bekannte, der mir eingefallen ist. Betrachte es als Gegenleistung. Oder hast du die Geschichte schon vergessen?«

Ich hatte ihn damals in einem nass gepissten Pyjama gefunden, wie eine Roulade in Elektrokabel eingeschnürt, ein Geschirrtuch vor den Augen und einen Knebel im Mund, infolge eines nächtlichen Besuchs von Tiffany und ihrer Freundin Patty. Er hätte tot sein können, doch anstatt dankbar zu sein, verzog er enttäuscht das Gesicht. »Für mich springt also nichts dabei raus?«

»Nol, mach hin, ich habe nicht den ganzen Tag Zeit.«

Er schnaufte gekränkt, legte die Kassette auf seine schmutzige Theke und verschwand durch die Tür dahinter. Kurz darauf kehrte er mit einem alten Anrufbeantworter zurück. Er bückte sich zu einer Mehrfachsteckdose an einem losen Kabel, steckte den Stecker ein und legte das Band in den Apparat.

»Abraham Kars«, sagte Kars knatterig. »Ich bin unterwegs, aber Sie können mir eine Nachricht hinterlassen ...« Ich schaltete das Band aus.

»Nol. Das ist privat«, sagte ich.

»Auch das noch.« Nol zog eine Grimasse und verschwand durch die Tür. Ich wusste, dass er mit dem Ohr am dünnen Holz dahinter stehen blieb, aber das störte mich nicht weiter. Erneut startete ich das Band.

»Nach dem Signalton.« *Piep.* Eine Frauenstimme. »*Hallo, Julia, ich habe mit Doktor Wemels geredet, sie suchen tatsächlich jemanden, er erwartet dich am Dienstag in der Praxis. Ich habe gesagt, du wärst um elf Uhr da, ist das in Ordnung?*

Das konnte es nicht sein, was immer es auch war. Wieder ein Piep. Ein alter Mann, er drückte sich sonderbar förmlich aus, aber seine Stimme zitterte vor Empörung:

«Kars, Hendrik Dufour am Apparat. Ich habe Ihnen mein vollstes Vertrauen geschenkt und Sie haben mich schamlos hintergangen. Sie sind ein abscheulicher Verräter und ein kriminelles Element. Ich will Sie nie wiedersehen. Europa kann auf einen Mann wie Sie verzichten wie … wie auf Zahnschmerzen.

14

Der Einbruch und der Mord waren in zwei aufeinander folgenden Nächten geschehen, nicht in ein und derselben, wie die Polizei vermutete, weil sie am Tatort keinerlei Spuren gefunden hatte, die auf etwas anderes hinwiesen. Cor hatte Zweifel in mir geweckt und jetzt war ich mir sicher: Freitag der Einbruch, Samstag der Mord.

Ich aß ein Brötchen und stellte eine Theorie auf.

Am Samstagmorgen hatte Dufour die eingeschlagene Scheibe und das leer geräumte Versteck entdeckt. Er war so deprimiert und schockiert gewesen, dass er nicht einmal die Scheibe repariert hatte, woraus die Polizei schloss, dass der Einbruch und der Mord in derselben Nacht geschehen waren. Er hatte auch nicht die Polizei gerufen. Was hätte er sagen sollen? Dass ihm ein geheimes und der Steuer nie gemeldetes Vermögen in Form von Diamanten gestohlen worden war? Sie hätten ihm nicht mal geglaubt. Ein spinnerter alter Mann. Sein Traum war zerstört worden und für ihn gab es nur einen, der es getan haben konnte: der Europa-Journalist mit seinen schönen Versprechungen.

Wie Zahnschmerzen. Dufour hatte nach diesem unzulänglichen Ausdruck suchen müssen und er klang wie ein verzweifelter Schluchzer machtloser Frustration. Es war Mitleid erregend.

Samstagmorgen. Als Dufour die Nachricht hinterließ, war Kars bei Betty. Er hatte sie nie abgehört, sonst hätte er das Band sofort gelöscht. Julia konnte zu diesem Zeitpunkt noch nicht wissen, wovon Dufour redete, doch sie hatte die Kassette aus dem Apparat genommen und Kars nichts gesagt, aus welchen Gründen auch immer. Heute Nachmittag jedoch hatte sie draußen auf dem Flur den Reden ihres Exmannes gelauscht und begriffen, dass dieses Band ihn des Diebstahls überführte. Wahrscheinlich brachte sie Kars nicht mit dem Mord in Zusammenhang, der später begangen worden sein musste, sonst hätte sie vielleicht gezögert, mir die Kassette zuzuspielen, aber sie wollte, dass er für den Diebstahl bestraft wurde. Ihr war klar, dass ihre Kinder durch einen Vater im Gefängnis gezeichnet würden, aber man brauchte ihr nur ins Gesicht zu sehen, um zu erkennen, wie verbittert sie war. Sie hatte eine Stelle bei einem Arzt in Aussicht, sie würde schon über die Runden kommen. Vielleicht tat sie es auch nur aus dem einfachen Grund, weil sie schlicht die Nase voll hatte von Kars und einem von Desillusionierungen geprägten Leben.

Im Nachhinein entdeckt man oft eine sonderbare Verkettung der Umstände, aber diesmal lag ein bösartiger Glanz auf der Harmonie des Zufalls.

Denn an demselben Samstagmorgen rief Kars selbst bei Dufour an, von Betty aus. Vielleicht wollte er Betty bei der Stange halten, indem er ihr durch ein simples Telefongespräch bewies, dass er tatsächlich einen Finanzier an der Hand hatte und eine goldene Zukunft vor ihr lag. Doch stattdessen meldete sich ein wütender, bestohlener Dufour. Derselbe Text oder noch mehr: Dufour hatte ihn womöglich rundheraus des Diebstahls bezichtigt. Kars kapierte sofort, dass Victor ihn verraten hatte, und ließ seine Wut an der ahnungslosen Betty aus.

Das alles verriet, dass Dufour ein naiver Sonderling gewesen war, ein ideales Opfer für jeden gewieften Halbintellektuellen. Er war bei Kars' Besuch am Dienstag sofort von dessen Gerede beeindruckt gewesen und arglos genug, in dessen Anwesenheit einige Diamanten aus dem Versteck zu holen. Kars kam an Ort und Stelle auf die Idee, dass ein Einbruch mehr einbringen und weniger Scherereien bedeuten würde als der Aufbau einer Zeitschrift.

Doch Kars war kein Einbrecher, er wusste nicht, wie er es anfangen sollte, oder er wagte sich allein nicht heran. Das Szenario war einleuchtend. Der einzige Einbrecher, den er kannte, war Victor. Er rief ihn im Nachtclub an, versprach ihm einen Job und bat ihn, noch in derselben Nacht zurückzurufen, wenn er von der Arbeit nach Hause kam. Victor tat es und Kars erzählte ihm von den Diamanten, eine sichere Sache, weil der Besitzer nicht zur Polizei gehen konnte, und vereinbarte einen Deal mit ihm. Sicher hatte Kars ihm keine fünfzig Prozent versprochen, höchstens hunderttausend.

Eine Viertelstunde später dachte sich Victor ganz richtig, dass er mehr davon hätte, wenn er Kars ausspielte und einfach mit seinem früheren Kumpanen gemeinsame Sache machte, der ihm außerdem wegen einer alten Sache auf die Pelle rückte. Er rief Cor an und sie verabredeten sich für den nächsten Tag.

Um Viertel nach drei rief Victor Kars zum zweiten Mal an, vielleicht mit der Ausrede, dass zuerst die Lage gründlich gepeilt werden müsse. Oder Cor hatte ihn ermuntert, weitere Fakten in Erfahrung zu bringen, die Adresse, das Versteck und um wie viel es eigentlich ging. Victor notierte die Adresse auf seinem Post-it-Blöckchen, zog das Blatt ab und steckte es ein.

Victor.

Ich hatte das Zimmer des Jungen gesehen, den an der Wand festgeschraubten Fernseher und die Waage, die Erinnerungen in seinem Koffer, die Kuhle auf dem nicht benutzten Bett, auf dem er die halbe Nacht wach gelegen und nachgedacht hatte. Er war fünfundzwanzig. Er lebte mit einem fremden Herzen und hatte eine Lebenserwartung von weiteren fünfzehn Jahren, wenn er seine Medikamente nahm und gesund lebte. Erheblich weniger, wenn er sein jetziges Leben weiterführte, Jobs in zwielichtigen Nachtclubs, ein Bein in der Unterwelt.

Mit einer Million konnte er den täglichen Risiken fataler Aufregung und Anstrengung entkommen und sich für die verbleibenden Jahre ein lockeres Leben erkaufen, in Finnland, Hawaii, Slowenien oder irgendeinem anderen Paradies, in der Nähe einer Privatklinik. Er könnte sogar seine Schwester zu sich holen und sich so bei ihr revanchieren. Er wäre frei, *fuck Cor, fuck the rest.* Victor packte am Mittwochmorgen in aller Herrgottsfrühe eine Sporttasche, stieg in sein Auto und verschwand. Seine Spur ließe sich finden, in einem kleinen Hotel irgendwo in der Veluwe, nicht in Otterlo. Victor hatte die Sache garantiert gründlich angepackt, denn es ging um den Rest seines Lebens. Er nahm sich zwei Abende Zeit, um das Haus auszukundschaften, und brach Freitagnacht ein.

Hatte Kars Dufour ermordet?

Hatte Kars das Feuerzeug bei Dufour zurückgelassen? *Warum?*

Plötzlich fiel mir eine Erklärung ein, so abrupt wie ein Flashback in einem Film: Kars ist bei Betty, ihm wird klar, dass ihr Bruder ihn betrogen hat, er schlägt zu. *Er hat bereits beschlossen, in dieser Nacht nach Otterlo zu fahren.* Sein Blick fällt auf das Feuerzeug. Er weiß nicht, dass Cor da gewesen ist. Er weiß, dass Betty nicht raucht, er glaubt, Victor habe es liegen lassen. Er nimmt ein Taschentuch, tut so, als müsse er sich die Nase schnäuzen oder sich den Schweiß von der Stirn wischen, und hebt damit heimlich das Feuerzeug auf. *Es ist seine Rache an Victor.*

Aber warum fuhr Kars nach Otterlo?

Vielleicht glaubte er, dass Dufour noch mehr Diamanten besaß, an einem anderen Ort. Oder er war einfach ein durchgeknallter Psychopath, dem es nicht reichte, Betty zu misshandeln. Ich konnte mich nicht in die Gedanken eines Psychopathen hineinversetzen, aber Dufour hatte ihm nach lebenslanger Herumkrebserei Aussicht auf ein Vermögen geboten und von einer Minute auf die andere war ihm diese Hoffnung geraubt worden.

Ich misstraute Theorien, bei denen alles zu stimmen schien. Jeder Ermittler versucht natürlich, für sämtliche Elemente eines Falles die einfachste und logischste Erklärung zu finden, in dem Wissen, dass die so entstehenden schönen Theorien einen oftmals auf die falsche Spur locken und die zähe Fahndungsarbeit am Ende womöglich ein ganz anderes Bild ergibt. Dennoch passten alle Informationen, die ich besaß, in meine Theorie hinein. Sie hörte sich gut an. Nur konnte ich nichts beweisen. Zwei Anrufe von Victors Anschluss aus bei Kars, was hieß das schon. Kars suchte einen Chauffeur. Vielleicht gelang es uns, ein Hotel zu finden, wo jemand, auf den Victors Beschreibung passte, Mittwoch und Donnerstag abgestiegen war, und vielleicht war an diesen Tagen ein blauer Nissan in Otterlo gesehen worden. Vielleicht konnten wir Kars' Alibi knacken.

Ohne Victor hatten wir nichts in der Hand.

Sie war eine kleine, mollige Frau mit gelbweißem Haar und freundlichen Augen. »Ich bin Gerda«, sagte sie. »Kommen Sie doch rein. Betty hat mir schon von Ihnen erzählt. Sie sind bestimmt wegen Galip hier.«

Ich blieb stehen. »Galip?«

Sie drehte sich um. »So heißt er.«

Galip und Siroun. Hatten sie mehr gemeinsam gehabt als Verliebtheit und französische Impressionisten? »Ist das ein armenischer Name?«

Sie kicherte. »Eher im Gegenteil.« Ihre blauen Augen lachten mit. Ich sah ihre Tochter in ihr, nur war sie kleiner und zehn Kilo zu schwer. Sie konnte nicht viel älter sein als Arin Reider, aber diese Dame hatte mit ihren Händen gearbeitet, das war der Unterschied.

Sie führte mich in ein helles Wohnzimmer mit Aussicht auf Bäume und Sportplätze. In einer Ecke stand ein professioneller Nähtisch; ringsum war der Fußboden übersät mit abgeschnittenen Stofffetzen und auf einem Bügelbrett daneben lag ein Stapel neuer Hosen. Zwei Leute hatten an einem noch nicht abgeräumten Esstisch am Fenster gegessen.

»Entschuldigen Sie die Unordnung«, sagte sie. »Karel, mein Freund, ist eben erst gegangen. Seine Spätschicht beginnt um sieben Uhr, dann essen wir immer früh. Er arbeitet bei einer Sicherheitsfirma. Ich räume erst mal ab. Soll ich gleich Kaffee aufsetzen?«

Sie nahm ein Tablett und räumte Teller, Besteck und zwei Glasschüsseln darauf. An einer von ihnen klebte Pudding, der Rest vom Nachtisch. Gerda verschwand damit in der Küche. Auf der Fensterbank standen zahlreiche Grünpflanzen, das Sofa war mit sandfarbenem Leinenstoff bezogen, auf dem große gelbe Rosen und grüne Efeuranken prangten. Ein Seitenfenster ließ durch einen Spalt Gerüche von Amstelveen nach einem Regenschauer herein und das gedämpfte Dröhnen des Verkehrs, der nie aufhörte, auch nicht zur Essenszeit. Auf dem Büfett standen Fotos von Betty und ihrem Bruder, darüber hing das Porträt eines gut aussehenden, dunkelhaarigen Mannes in den Vierzigern mit glatten Haaren und Saddam-Schnäuzer. Im Rahmen steckten einige trockene Heidekrautzweige.

Gerda kehrte zurück, nahm die Tischdecke ab und ging damit zu dem Seitenfenster an der Nähmaschine. »Ich arbeite halbtags als Änderungsschneiderin in einem Modehaus«, sagte sie mit einem Nicken auf die Unordnung. »Hosen kürzen, andere Knöpfe an Röcke oder Jacken nähen, Sie wissen schon. Manchmal nehme ich mir Arbeit mit nach Hause, diese Hosen müssen alle nach Maß umgesäumt werden.« Sie öffnete das Fenster und klopfte die Tischdecke aus, kehrte damit zurück an den Tisch, faltete die Decke und auch die Servietten ordentlich zusammen und verstaute alles im Büfett. »So«, sagte sie. »Das war's, der Kaffee kommt gleich. Setzen Sie sich doch.«

Das tat ich. »Woher kommt der Name Galip?«

Ihr lächelnder Gesichtsausdruck blieb. »Galip kommt aus dem Türkischen und bedeutet Sieger, genau wie Victor. Offiziell heißt er Galip Victor, also eigentlich Victor Victor.«

Sie setzte sich mir gegenüber auf das geblümte Sofa und legte ihre kräftigen Hände auf die Knie. »Für mich heißt er Galip, genau wie sein Vater, aber er und Betty mochten Victor lieber. Ich kann das gut verstehen, denn als Türke hat man nun mal schlechtere Chancen hier, da können wir in unserem nasskalten kleinen Land noch so fortschrittlich tun.«

»Lebt sein Vater in den Niederlanden?«

»Galip?« Wieder lächelte sie. »Wenn das so wäre, würde Karel hier nicht wohnen. Was er übrigens genau weiß.« Sie verstummte und starrte das Porträt mit den Heidekrautzweigen an. »Einmal im Leben begegnet man seiner großen Liebe«, sagte sie. »Wenn man Glück hat. Ich hatte dieses Glück und es hieß Galip.«

»Und Bettys Vater?«

»Ich bin eine zweifach ledige Mutter. Bettys Vater war ein Schlappschwanz.« Sie schüttelte den Kopf. »Einer dieser typischen Feiglinge, die nur ihren Spaß wollen. Als ich schwanger wurde und mich weigerte, abzutreiben, zog er prompt mit seiner Familie nach Belgien, ich habe ihn nie wiedergesehen. Aber ich wollte das Kind. Unseren Lebensunterhalt konnte ich selbst verdienen, das habe ich immer getan.«

Probleme mit verheirateten Männern zogen sich wie ein roter Faden durch das Leben von Mutter und Tochter. »Galip entschädigte mich für alles«, sagte sie, und ihre himmelblauen Augen strahlten. »Soll ich Ihnen davon erzählen?«

Betty musste nett über mich gesprochen haben. Gerda setzte sich hin.

»Mein Vater war Kranführer und meine Mutter vermietete Zimmer an Türken, um etwas dazuzuverdienen«, begann sie. »Die meisten waren Kollegen meines Vaters vom Bau, manchmal drei, vier gleichzeitig, meine Eltern hatten ein großes Haus. Ich war ihre einzige Tochter, ich wohnte schon allein, aber die Wochenenden verbrachte ich immer bei meinen Eltern, mit Betty, sie war damals drei Jahre alt. Alle Mieter liebten Betty, auch Galip. Man merkte ihnen an, dass sie ihre eigenen Familien in der Türkei vermissten, und sie wurde schrecklich verwöhnt. Obwohl wir eigentlich keine Pension betrieben, kochte Doris, meine Mutter, jeden Sonntag ein Essen für alle. Im Sommer aßen wir im Garten unter einem Riesensonnenschirm, den meine Eltern selbst gemacht hatten.«

»Hatte Galip auch eine Familie in der Türkei?«

Die Ironie berührte sie nicht.

»Ja, natürlich. Er war fünfundvierzig und schon seit fünfzehn Jahren hier. Jeden Monat schickte er seiner Frau und seinen beiden Kindern Geld. Dass er schon eine Familie hatte, spielte für mich keine Rolle, und für ihn auch nicht.«

»Eine andere Kultur«, bemerkte ich.

Sie schüttelte energisch den Kopf, wenn ich dabei an Seemannsliebe oder muslimische Polygamie dächte, hätte ich nichts begriffen. »Und wenn er Chinese gewesen wäre«, sagte sie. »Ich habe mich einfach in Galip verliebt und er sich in mich. Galip war ein richtiger Geliebter.« Sie schwieg einen Moment. »Ich habe es nie übers Herz gebracht, Karel zu erzählen, wie romantisch und wundervoll das war, es würde ihn nur verletzen. Karel weiß genau, dass die Welt nicht aufhört, sich zu drehen, wenn ich mit ihm im Bett liege, aber es ist egal, auch ihm, man kann auch mit ein bisschen weniger sehr gut miteinander leben. Verstehen Sie das?«

Ich nickte. Wenn wir nicht rechtzeitig einen Kompromiss gefunden hätten, wäre die Menschheit schon vor fünftausend Jahren ausgestorben. »Ist er in die Türkei zurückgekehrt?«, fragte ich.

»Ja, aber anders, als Sie meinen. Wir haben zwei Jahre

lang in meiner Wohnung zusammengelebt und das waren die schönsten Jahre meines Lebens.«

»Wie dachten Ihre Eltern darüber?«

»Wir gingen jeden Sonntag zu ihnen essen, mit Betty, das war immer etwas Besonderes, meine Eltern waren gute Menschen.« Sie lächelte wieder und dann legte sich eine Wolke über das Blau. »Ich habe Galip in der Türkei begraben. Er erkrankte an Krebs. Als er herkam, arbeitete er mit diesem Gipszeug, wie heißt das noch, das hat ihn erwischt.«

»Asbest«, sagte ich.

Sie nickte. »Es war unheilbar. Er wollte seine Familie noch einmal sehen. Kurz vor seinem Tod sind wir hingefahren. Ich war schwanger mit seinem Sohn, aber man sah noch nichts. Seine Frau verstand es, wir konnten uns zwar nicht unterhalten, aber sie war eine liebenswerte, intelligente Frau. Sie hatten eine erwachsene Tochter und einen sechzehnjährigen Sohn. Waren Sie schon mal auf einer türkischen Beerdigung?« Ihre Augen wurden feucht. »Dieser ganze Teil meines Lebens war wie im Märchen. Manchmal stellt man sich im Nachhinein solche Fragen, so wie bei Kennedy, wenn der nicht erschossen worden wäre, wäre er vielleicht ein mittelmäßiger Präsident geworden und man hätte ihn längst vergessen, wie Johnson, und vielleicht wäre das Leben mit Galip zum Alltagstrott verkommen, und bestimmt hätte es eines Tages Probleme mit seiner Familie gegeben, so konnte es nicht ewig weitergehen. Doch diese beiden Jahre werden immer der schönste Teil meines Lebens bleiben, das kann mir niemand mehr nehmen.« Sie stand auf. »Der Kaffee ist bestimmt schon ganz eingekocht«, sagte sie und verließ rasch das Zimmer.

Ich verschränkte die Arme und lehnte mich in die Rosen. Ich dachte an meine armenische Klientin und fragte mich, wie in drei Teufels Namen ich ihr erklären sollte, dass das Herz ihrer Tochter in einem kriminellen Mann schlug, der nicht nur für Rosas Tod verantwortlich, sondern obendrein halber Türke war und damit zum Erbfeind gehörte. Statt das Erbe abzuwarten, hatte er sich mit einem Vermögen an Diamanten aus dem Staub gemacht.

»Was grinsen Sie denn so?« Gerda stellte ein Tablett auf den Tisch. »Hat Ihnen die Märchenstunde gefallen?«

»Ja.« Lächelnd schaute ich sie an. »Aber wo steckt Victor?«

Sie schenkte Kaffee ein. Sie nahm Zucker und ich fummelte einen dieser Minibehälter mit Milch auf. Dabei bekleckere ich mir jedes Mal die Finger.

»Was ist das eigentlich für eine Dame?«, fragte sie dann.

»Sie ist reich, verwitwet, hat niemanden mehr.« Vorerst ließ ich Armenien noch aus dem Spiel. »Sie glaubt, das Herz sei der Sitz der Seele. Im Grunde will sie einfach ihre Tochter wiederhaben. Irgendwann wird sie schon einsehen, dass das unmöglich ist, aber ich habe den Auftrag angenommen und versuche, ihn zu Ende zu führen.«

»Betty sagte, sie suche einen Erben.«

»Das kommt vielleicht noch hinzu.«

»Galip hat großes Glück gehabt, er hat alles gut überstanden. Aber in den letzten zwei Jahren haben wir nur wenig Kontakt gehabt. Muss ich mir Sorgen machen?«

Ich dachte an CyberNel und ihre Sorgen, aber hier sprach nur die Mutter eines gefährdeten Sohnes. »Er ist seit ein paar Tagen spurlos verschwunden«, sagte ich vorsichtig. »Kommt das öfter vor?«

Gerda erwiderte achselzuckend: »Ich sehe ihn nur selten, er lebt sein eigenes Leben, ich weiß kaum, was er so treibt. Er telefoniert auch nicht gerne.«

»Hatten Sie vor der Operation mehr Kontakt zu ihm?«

Sie nickte. »Er kam immer zu seiner Mutter, wenn er unglücklich war oder Probleme hatte.«

»Liebeskummer?«

Sie runzelte die Stirn. »Woher wissen Sie das?«

»Sind Sie ihr je begegnet?«

»Nein, aber ich sah, welchen Einfluss sie auf ihn hatte. Er begann, sich für andere Dinge zu interessieren, und kaufte neue Kleidung, sie stammte aus einem sehr noblen Milieu. Galip war ganz hin und weg.« Sie schüttelte den Kopf. »Fast wie im Fernsehen, aber die große Liebe mit unglücklichem Ausgang liegt bei uns in der Familie.«

»Betty hatte noch nie von Rosa gehört«, sagte ich.

Sie erschrak. »Woher wissen Sie ihren Namen?«

»Es ist mein Beruf, so etwas herauszufinden.«

Sie biss sich auf die Lippen. »Ich war die Einzige, mit der er über Rosa redete. Sie hielten ihre Beziehung geheim, weil ihre Eltern es niemals erlaubt hätten. Sie ging noch zur Schule, aber sie schmiedeten allerlei romantische Pläne, wollten nach ihrem Abschluss abhauen und heimlich heiraten, dann hätte ihre Mutter sich damit abfinden müssen. Die Mutter war nämlich das größte Problem, meinte Galip.«

»Hat er sie je kennen gelernt?«

»Nein. Nur den Vater. Er ...« Sie zögerte und seufzte. »Ach, ist ja jetzt alles lange her, warum sollten Sie es nicht erfahren. Eines Tages kam Galip völlig außer sich zu mir. Rosa war schwanger und sie hatten sich furchtbar gestritten, weil sie abtreiben wollte. Galip war strikt dagegen, er wollte das Kind behalten, vielleicht weil er halber Türke ist, manchmal war mir, als hörte ich seinen Vater reden, der hätte auch nichts davon wissen wollen, obwohl er eine Frau und Kinder in der Türkei hatte. Nicht dass ich vorhatte abzutreiben, ich liebte diesen Mann und wünschte mir ein Kind von ihm, verheiratet oder nicht, und im Übrigen war ich sechsundzwanzig und unabhängig. Dieses Mädchen dagegen war kaum achtzehn, das ganze Leben lag noch vor ihr.« Sie zuckte mit den Schultern. »Manchmal denke ich auch bei mir, dass Galip das Kind vor allem deshalb wollte, um sie an sich zu binden.«

»Meinen Sie, er war sich ihrer nicht so sicher?«

Gerda seufzte. »Es mag altmodisch klingen, aber so ist Galip nun mal. Er versuchte, Rosa zu überzeugen, dass das ihre Chance sei, dass sie die Schwangerschaft nur so lange verheimlichen müsse, bis es zu spät für eine Abtreibung sei, und dann müssten ihre Eltern akzeptieren, dass sie heirateten.« Sie schüttelte den Kopf. »Mein Sohn neigt seit jeher dazu, sich alles zu einfach vorzustellen und zu vergessen, dass er nur ein kleiner Barkeeper ist und ... na ja, er hatte auch schon mal mit der Polizei zu tun. Diese Familie hätte ihn niemals akzeptiert. Ich habe ihm vorausgesagt, dass sie Rosa ins Ausland schicken würden, um dort das Kind zur Welt zu bringen und anschließend zur Adoption freizugeben. Ich habe ihm auch vorgehalten, dass man ein Kind nicht dazu benutzen dürfe, seinen Kopf durchzusetzen, und ihm erklärt, sein Mädchen habe Recht, wenn sie es nicht wolle, sie sei viel zu jung. Er schrie mich an, ich würde rein gar nichts verstehen, und dann fing er an zu weinen, und ich wusste nicht, was ich tun sollte, um ihn zu trösten, er ließ nicht mit sich reden.«

Sie schwieg. »Armer Junge«, sagte sie dann.

»Warum hat er sich an Rosas Vater gewandt?«, fragte ich.

»Weil er nicht glauben konnte, dass sie wirklich abtreiben wollte und es vorbei war. Er war bis über beide Ohren verliebt, da ist man blind. Vielleicht hatte sich ihre Liebe zu ihm abgekühlt oder ihr gingen die Augen auf, als sie merkte, dass sie schwanger war, und sich ihr zukünftiges Leben ausmalte. Galip konnte das nicht verstehen, er war davon überzeugt, dass ihre Eltern ihr das mit der Abtreibung eingeredet hatten. Deshalb fuhr er hin, sie wohnt in einem tollen Haus an der Herengracht, sogar mit Butler.«

Henri. »Wann war das?«

»Ein paar Tage vor seinem Unfall. Rosas Mutter war nicht zu Hause. Ihr Vater empfing ihn in einer Art Sprechzimmer und sagte, seine Tochter habe ihm alles erklärt, sie würden das Problem innerhalb der Familie lösen und Rosa wolle ihn nicht mehr sehen. Als Galip ihn einen Lügner nannte, ließ er Rosa von dem Butler aus ihrem Zimmer holen. Sie sagte, er solle sich besser damit abfinden, dass es vorbei sei. Galip verlangte, dass sie mit ihm kam, um sich irgendwo anders unter vier Augen auszusprechen, aber Rosa entgegnete, es gebe nichts mehr zu besprechen. Galip weigerte sich zu gehen, und der Vater drohte, die Polizei zu holen. Erst als Rosa sagte, er würde alles nur noch schlimmer für sie machen, ist er gegangen.«

Henri hatte seiner Arbeitgeberin bei ihrer Rückkehr aus Armenien offenbar weder von Victors Besuch noch von Rosas Schwangerschaft erzählt oder dass Vater und Tochter sich auf dem Rückweg von einer Abtreibung befanden, als das Unglück geschah. Arin wusste von nichts, es sei denn, sie hielt mich mit großem Talent zum Narren. Sie hatte mich sogar gebeten, herauszufinden, was ihr Mann und ihre Tochter dort in der Nacht des Unglücks taten, und meine Bemerkung, dass achtzehnjährige Töchter Freunde mit Autos und Sex in den Dünen hätten, schien sie als Sakrileg zu betrachten. Vielleicht hatte Henri geschwiegen, um sie zu schonen oder weil er wusste, dass die Überbringer schlechter Nachrichten mit fristloser Entlassung rechnen mussten. Die Frage war, ob er sein Schweigen nicht brechen würde, jetzt, da er wusste, dass Rosas Herz ihrem Geliebten eingepflanzt worden war, dem Vater von Arins ungeborenem Enkelkind.

Ich blickte Gerda an. Sie war eine fröhliche Frau, aber dies war eine traurige Geschichte. »Rosa sagte also, Ihr Sohn würde alles nur noch schlimmer für sie machen?«

Sie nickte. »Das hat ihn sehr getroffen. Seiner Überzeugung nach wollte Rosa damit ausdrücken, dass sie von ihren Eltern gezwungen wurde. Er schwor, er würde sie niemals im Stich lassen, er hatte vor, sie zu entführen. Danach habe ich ihn erst wieder im Krankenhaus von Utrecht gesehen.«

»Was wissen Sie über den Unfall?«

»Wir erfuhren im Krankenhaus, dass es Tote gegeben hatte, aber ich muss gestehen, dass ich das kaum zur Kenntnis nahm, Betty und ich waren in heller Aufregung, ich wusste nicht, ob mein Sohn überleben würde. Ein Jahr später musste er vor Gericht, weil es seine Schuld gewesen war, er hatte getrunken. Er wurde zu einer Bewährungsstrafe verurteilt.«

»Hat er Ihnen je erzählt, was genau geschehen ist?«

Sie schüttelte den Kopf. »Er redet nicht darüber, ich

weiß nicht, warum, vielleicht aus Schuldgefühl. Ich habe ihn nie gedrängt. Wir sehen uns auch immer seltener.«

»Hat der Richter nicht gefragt, was er mitten in der Nacht in der Gegend von Zeist zu suchen hatte?«

»Er sagte, er habe sich um einen Job in einem Bilthovener Nachtclub beworben und ein paar Gläser getrunken, weil sie ihn nicht genommen hatten. Ich weiß es nicht. Er hatte einen Job in einer Disco in Amsterdam, dort hat er Rosa kennen gelernt. Vielleicht wollte er deshalb woanders hin.« Sie seufzte. »Ich denke oft bei mir, dass das alles nie geschehen wäre, wenn diese Rosa nicht sein Leben auf den Kopf gestellt hätte.«

»Redet er manchmal von ihr?«

»Nein. Er war durch die Operation praktisch ein Jahr außer Gefecht gesetzt. Ich weiß nicht, ob er danach noch einmal versucht hat, sich mit ihr zu treffen, aber ich glaube, er hat schon lange kapiert, dass er sie verloren hat, und versucht, sie zu vergessen.«

Wir schwiegen eine Weile. Der Kaffee war kalt geworden. Eine Fliege summte im Zimmer herum, bis sie das offene Fenster fand. Bart könnte sich bei Juwelieren und Informanten umhören, aber Amsterdam war Victor sicher zu heiß. Vermutlich war er nach Antwerpen gegangen.

»Wann haben Sie ihn zum letzten Mal gesehen?«, fragte ich.

»An meinem Geburtstag«, sagte Gerda. »Letzte Woche Montag. Betty war auch da. Die beiden lassen nie meinen Geburtstag aus.«

»Ist Ihnen etwas Ungewöhnliches an ihm aufgefallen?«

»Nein, er war aufgekratzt wie immer, Tee und Kuchen, wie geht's dir so. Aber er hat sich verändert, seit er das neue Herz hat. Verschlossener ist er geworden. Er ist nur ein Stündchen geblieben, abends musste er wieder arbeiten. Er hat auch nichts davon gesagt, dass er für ein paar Tage wegmüsse.« Sie schaute mich an. »Vielleicht macht er einfach mal Urlaub, das Wetter ist schön, vielleicht ist er für eine Woche mit Freunden ans Meer oder nach Valkenburg gefahren.«

»Ohne Ihnen oder Betty etwas davon zu erzählen?«

»Galip war ein Jahr völlig abhängig von uns, vor allem von Betty, die hat ihn Tag und Nacht bemuttert. Er ist froh, wieder auf eigenen Beinen zu stehen und sein eigenes Leben führen zu können.«

»Hat er Freunde?«

Sie antwortete mit einem kleinen Lachen. »Natürlich, was dachten Sie denn, er ist ein normaler junger Mann mit Freunden und Kollegen. Kann auch sein, dass er eine neue Freundin hat, das würde ich ihm wünschen.«

»Kennen Sie seine Freunde?«

Sie runzelte die Stirn. »Nein, aber ich verstehe, warum er sie von uns fern hält. Betty und ich erinnern ihn einfach an alles, was geschehen ist, und an sein Herz, dass er vorsichtig sein muss und so, davon hat er die Nase voll. Im Umgang mit anderen kann er das vergessen, sie bedeuten ein normales Leben.«

»Betty sagte, er habe einen Kontrolltermin verpasst.«

Gerda nickte. »Ich kenne seinen Terminplan nicht mehr, er kümmert sich um alles selbst, aber offenbar hätte er am Dienstag zu einer Kontrolle gemusst. Das Krankenhaus hat schon ein paarmal bei mir angerufen und gefragt, ob ich wüsste, wo er sich aufhält.« Wieder seufzte sie. »Ich glaube, diese Kontrollen hängen ihm zum Hals raus, nicht zuletzt, weil sowieso immer alles in Ordnung ist.«

»Aber er würde Sie oder Betty anrufen, wenn etwas nicht in Ordnung wäre, mit seinem Herzen zum Beispiel?«

»Ja, ganz bestimmt«, meinte Gerda. »Wenn so etwas passieren würde, wäre er auf uns angewiesen, und dann hätte er schon längst angerufen. Und wenn nicht, dann hätten wir es schon vom UMC erfahren. Deshalb bin ich der Meinung, dass alles in Ordnung ist und er in einer Woche einfach wieder auftaucht. Das können Sie dieser Dame ausrichten, es kommt schon in Ordnung und er wird sie bestimmt gerne kennen lernen.« Sie lachte wieder. »Ich kenne doch meinen Galip. Er ist ein lieber Junge, aber wenn er irgendwo einen Vorteil für sich wittert, ist er gleich zur Stelle.«

Unerschütterlicher Optimismus. Ich konnte gut verstehen, warum Menschen nach einer Herztransplantation irgendwann genug hatten von den Medikamenten, den Kontrollen und einem streng geregelten Leben, und ich sah es ihren Augen an, dass sie sich an diese Erklärung klammerte. Sie verdrängte ihre Zweifel, redete darüber hinweg. Sie hatte genug Probleme mit ihrem Sohn gehabt und lebte seit zwei Jahren ein normales Leben. Sie wollte nicht *zurück*.

Doch Victor war nicht am Meer. Er hatte seine Arbeit im Stich gelassen, mit Abraham Kars und Cor van Nool verhandelt, war auf eigene Faust eingebrochen und verschwunden, um die Beute an den Mann zu bringen. Betty hatte ihrer Mutter nichts erzählt, um sie zu schonen, und ich hatte bis auf Weiteres ebenfalls kein Bedürfnis, ihr die Illusionen zu nehmen.

Ich hinterließ ihr meine Visitenkarte mit meinen Telefonnummern. Sie versprach, mich anzurufen, sobald sie etwas von ihrem Sohn hörte.

Es dämmerte, als ich den dichten Verkehr hinter mir gelassen hatte und den Polderdeich hinauffuhr. Ich hatte die Fenster heruntergekurbelt und atmete die heimischen Gerüche ein, links milden Moder und würzigen Schlamm am Lingeufer, rechts den Duft junger Äpfel und Birnen in Bokhofs Obstplantagen, saftige Weiden nach Regenschauern. Es war sehr still im Haus ohne Nel und Hanna.

Ich entledigte mich meiner Kleider und schlüpfte in alte Shorts und ein T-Shirt. Ich besitze keinen Jogginganzug, weil ich kein Jogger bin, geschweige denn ein Mensch für Trainingspläne, aber dann und wann laufe ich mir auf der Polderdijk-Runde die Flausen aus dem Kopf. Erst auf dem Radweg an der Landstraße entlang und dann an der Tankstelle vorbei wieder zurück zum Polderdijk. Wenn Nel da ist, kommt sie meistens mit, wegen der Kondition. Wenn wir zu faul sind, fahren wir mit dem Fahrrad.

Ich ließ das Licht auf der Terrasse brennen und spazierte in meinen Turnschuhen den Deich hinauf. Ich bog rechts ab und verfiel in einen Laufschritt, an Nels Heuschober vorbei, auf das Haus der pensionierten Nachbarn und das dunkle Auto zu, das am Straßenrand stand. Es sah neuer aus als meines, wie die meisten BMW.

Alle Deichbewohner besitzen Garagen, meist am Fuße des Deichs. Bei den restaurierten, kostspieligeren Gebäuden wie dem Haus an der Schleuse, in dem früher Ingrid und Peter Bracks wohnten und jetzt das neue Ehepaar aus Den Haag, sind sie ins Haus integriert. Niemand ließ sein Auto auf dem Deich stehen, höchstens Besucher, die auf einen Sprung vorbeikamen. Ich erkannte durch die Heckscheibe die Köpfe zweier Männer und sie sahen nicht wie Besucher aus, es sei denn, sie diskutierten im Dunkeln über die Frage, in welchem Deichhaus sie mal vorbeischauen sollten. Ich joggte näher heran und versuchte, in der fast völligen Dunkelheit das Nummernschild zu entziffern. Ich prägte mir murmelnd Ziffern und Buchstaben ein, während ich das Auto überholte und zur Seite schaute. Zwei Männer im Dunkeln. Der linke hatte die Arme auf das Steuer gelegt, als sei er mit einem Nickerchen an der Reihe, der andere starrte geradeaus vor sich hin, sein Gesicht ein undeutlicher Fleck. Zweifellos hatte er mich im Rückspiegel kommen sehen und tat jetzt, als sei er zu vertieft in neue Ideen über Gott oder Königin Beatrix, um auf Jogger auf einem verlassenen Deich zu achten.

Ich konnte mir nicht vorstellen, dass das pensionierte Ehepaar von gegenüber observiert wurde. Vielleicht waren sie mir von Amsterdam aus hierher gefolgt. Ich hatte nichts davon bemerkt. Ich hatte auch nicht darauf geachtet, denn wer sollte sich schon für mein Tun und Lassen interessieren? Doch wenn es tatsächlich um mich ginge, wären sie mir über den Deich hinterhergefahren und hätten, nachdem ich in meine Garage eingebogen war, ein Stück weiter geparkt. Auch dass sie noch dort standen, passte ins Bild, denn wer rechnet schon damit, dass eine Zielperson, die gerade erst heimkehrt, gleich wieder rauskommt und joggen geht?

Ich hatte das Haus nicht abgeschlossen, das tat hier niemand, der nur eine Runde laufen ging, aber diesmal beunruhigte mich der Gedanke, wodurch der Abend plötzlich weniger angenehm roch. An der Schleuse beschloss ich, umzukehren und mich zu erkundigen, ob sich die Herren vielleicht verfahren hatten.

Als ich mich bis auf zwanzig Schritte genähert hatte, wurde der BMW gestartet, und ich musste meine Augen vor den plötzlich aufleuchtenden grellen Scheinwerfern abschirmen. Ich sprang beiseite, als der Wagen mit heulendem Motor auf mich zukam. Sie waren wütend und frustriert, weil sie aufgeflogen waren, wie es im Jargon heißt, und versuchten gezielt, mich zu rammen. Ich wartete auf dem Deich, bis sie um die Kurve hinter der Schleuse verschwunden waren. Kurz darauf sah ich ihre Scheinwerfer über die Zufahrt zur Landstraße wandern. Durch die Hecken aus hohen Weißdornbüschen, die die Obstplantagen vor Wind schützten, konnte ich nicht erkennen, ob sie in Richtung Autobahn oder in Richtung Leerdam fuhren, aber sie konnten das Haus von verschiedenen Punkten an der Landstraße aus mit einem Fernglas beobachten.

Wer?

Ich schloss die Terrassentür hinter mir und drehte den Schlüssel im Schloss.

Das Haus fühlte sich leerer und kälter an. Ich duschte und ging nackt nach oben, um eine Hose und ein sauberes Hemd anzuziehen. Danach ging ich in Pantoffeln in die Küche und setzte Kaffee auf.

Allein zu Haus. Ich saß an meinem Schreibtisch und schaute in das Dunkel hinter den Terrassenglastüren. Mit einem Fernglas könnten sie mich von der Landstraße aus hier sitzen sehen. Ich sah nur dunkle Umrisse und Schatten. Ich rief Nel an.

»Hi, Max«, sagte sie. »Ich vermisse dich.«

»Wo bist du?«

»Ich liege auf einem schönen großen Bett in Zimmer Nummer 148 im Novotel. Ich komme gerade aus der Bar, von den Jungs.«

»Nette Jungs?«

»Auch nette Mädchen, alle Hackerjäger sind zusammen in dieses Hotel gesteckt worden. Die Hälfte kommt aus England.«

»Wie ist es denn so?«

»Zu viele Leute, eine merkwürdige Kombination aus Geschäftsleuten und Computerfreaks. Die eine Hälfte weiß meistens nicht, wovon die andere Hälfte redet, manchmal ist es genau wie bei uns beiden, wobei du die unwissende Hälfte bist.«

»Du fehlst mir auch«, sagte ich. »Mehr kann ich nicht sagen.«

Nel schnaufte kurz. »Die Firmen geben einen Haufen Geld aus, um etwas gegen die Piraterie zu unternehmen. Jeden Monat werden über zwei Milliarden Dateien illegal runtergeladen, und ich rede nur von Musik. Es werden dreimal mehr Leer-CDs verkauft als Alben, und jeder weiß, wofür sie benutzt werden.«

»Und die Ritter zu Pferd wollen das ändern?«

CyberNel lachte nicht. »Ich habe mich eben noch mit einem Kollegen aus Indien an der Bar darüber unterhalten. Unsere Antwort lautet Nein.«

»Nein?«

»Vielleicht gelingt es uns, den Kopierschutz der CDs so weit zu perfektionieren, dass sie nur noch ein- oder zweimal kopiert werden können, aber sie sind einfach zu teuer für den durchschnittlichen Musikliebhaber, der im Grunde nur ein oder zwei Titel von so einem Album haben will. Es braucht aber nur eine Kopie zu Gnutella oder Kazaa auf der Insel Vanuatu zu gelangen, und die ganze Welt zieht sich so viele davon aus dem Netz, wie sie nur will. Es ist nicht aufzuhalten. Die Zeiten, als die Popstars Millionen durch Plattenverkäufe verdienten, sind vorbei.

Sie werden sich ihr Einkommen durch Livekonzerte zusammenkratzen müssen, das ist das Einzige, was sie noch selbst in der Hand haben.«

»Also könntest du doch genauso gut nach Hause kommen?«

»Wir sind noch nicht fertig. Und du?«

Ich gab ihr einen kurzen Überblick.

»In der rechten Schublade unter meiner Werkbank im Heuschober liegt ein grüner Apparat«, sagte Nel sofort. »Sieht aus wie eine Fernbedienung, nur mit weniger Knöpfen. Wenn du auf den viereckigen Knopf unten drückst und ein grünes Licht aufleuchtet, arbeiten die Zellen. Geh damit um dein Auto herum und halte den Knopf gedrückt. Wenn irgendwo ein Sender sitzt, hörst du einen Summton, der lauter wird, je mehr du dich ihm näherst. Wahrscheinlich hängt er mit einem Magneten irgendwo am Fahrgestell. Nimm ihn ab und hefte ihn am besten an irgendein anderes Auto, das von Bokhof zum Beispiel.« Sie kicherte. »Der bringt sie zur Auktion oder zu seinem geheimen Sexclub in Gorinchem, geht er da immer noch hin?«

»Das wissen wir nicht, Cornelia«, antwortete ich streng. »Aber sie wissen, dass ich sie entdeckt habe, und ich glaube nicht, dass sie es riskieren, heute Nacht zurückzukommen und einen Sender anzubringen.«

»Das brauchen sie auch nicht, wenn er schon dranhängt. Warum, glaubst du, solltest du heute Vormittag Punkt halb zwölf bei Arin sein? Hast du einen Parkplatz an der Gracht gefunden?«

»Ja, das reinste Wunder.«

»Oder sie haben ihn für dich freigehalten. Sie hatten alle Zeit der Welt, das Ding anzubringen. Deswegen konnten sie Abstand halten und du hast sie nicht gesehen, denn das würdest du ja wirklich noch merken, wenn dir ein Auto bis auf den Deich folgt.«

»Wie beruhigend.«

»Mich beruhigt vor allem, dass es nicht um dich geht, sondern darum, wo du sie hinführst. Ich meine Victor.«

»Ich verstehe. Ich dachte einen Augenblick an Kars, aber der hat weder die Mittel noch die Leute.«

»Ich kann das nicht von hier aus erledigen, aber wenn Bart das Kennzeichen für dich überprüft, wirst du garantiert auf jemanden stoßen, der in Verbindung zu Arin Reiders armenischem Bekannten steht, wetten? Wenn ein Name wie Katchaturian oder Kalikpapian rauskommt, habe ich gewonnen. So viel zur Seelenwanderung.«

Ich konnte mir nicht vorstellen, dass Henri seiner Chefin erzählt hatte, dass Victor ihre Tochter geschwängert hatte und schuld war an dem Unfall. Vielleicht hatte schon die Tatsache, dass Victor ein ordinärer Einbrecher war, für Arin gereicht, um sie von dem Glauben in die Metempsychose durch das Herz abzubringen.

»Okay«, sagte ich. »Ich überprüfe das, aber ich scheuche sie nicht auf. Ich will sie nur nicht im Rücken haben. Die machen mich ganz nervös, und ich frage mich allmählich, was Arin mit ›sich weiter um die Sache kümmern‹ meinte.«

»Bitte sei ein bisschen vorsichtig«, bat Nel. »Die armenische Mafia könnte dahinterstecken und böse werden, wenn sie merkt, dass du Armenien außer Gefecht zu setzen versuchst.«

Wir wechselten noch ein paar Kuscheleinheiten aus. Nel in dem großen Hotelbett und ich an meinem Schreibtisch, jenseits der Glasscheiben die Nacht. Ich schenkte mir ein Glas Cognac ein, um die Schatten fern zu halten. Damit kehrte ich an den Schreibtisch zurück, um Bart aus dem Bett zu klingeln, als das Telefon läutete.

Jan Hulst.

»Hör mal«, sagte er. »Es ist schon spät, ich hoffe, du hast noch nicht geschlafen?«

»Ich denke gerade nach«, antwortete ich.

»Sagt dir der Name Abraham Kars etwas?«, fragte er.

»Hermien hat mir von ihm erzählt«, erwiderte ich vorsichtig. »Er hat bei euch eine Lesung gehalten.«

»Heute Morgen ist mir eingefallen, dass er Dufour nach der Lesung nach Hause brachte und sie sich über eine europäische Zeitschrift unterhielten, an der Dufour großes Interesse hatte. Weißt du, was als Einziges auf Dufours Schreibtisch lag?«

»Eine alte Zeitschrift, *Europa*«, sagte ich. »Ich wollte dich noch …«

»Dufour hatte sich den Namen eines Verlegers darin notiert, ein gewisser Ben Laacken aus Amsterdam. Ich habe den Mann angerufen. Er erzählte, Kars habe sich in der Tat mit dem Plan einer neuen Zeitschrift an ihn gewandt, er hätte einen Privatfinanzier dafür gefunden. Er wusste nicht, wer es war, der Name Dufour sagte ihm nichts.« Er schwieg einen Moment. »Aber er erzählte, dass bereits Leute von der Justiz bei ihm gewesen seien, von denen sich einer Max Winter nannte.«

Mist. »Das mit der Justiz muss er falsch verstanden haben.«

»Kann sein.«

»Es tut mir leid, Jan«, sagte ich. »Ich hätte es dir erzählen sollen, aber es hat nichts ergeben. Ich hatte diese Notiz auch gesehen und dachte, ich schaue da mal vorbei.«

Ich konnte mein eigenes blödes Blabla kaum anhören und biss die Zähne zusammen.

»Hast du zufällig auch bei Kars vorbeigeschaut?«, fragte er mit einer Ironie, die seine Gereiztheit kaum verbergen konnte.

»Ich wollte dich morgen deswegen anrufen«, behauptete ich lahm. »Ich habe ihn erst heute Nachmittag erwischt. Er gab zu, dass er mit Dufour über eine Zeitschrift geredet hatte, aber aus dem Projekt ist nichts geworden.«

»Na so ein Wunder«, sagte Hulst. »Und, womit wollte Dufour diese Zeitschrift finanzieren? Mit seiner Rente?«

Ich spürte, dass er die Antwort wusste. »Kars behauptete, Dufour habe eine große Menge Diamanten besessen, die sein Vater aus dem Kongo herausgeschmuggelt hatte. Aber letzte Woche Samstag sagte Dufour ihm ab. Das Projekt kam nicht zu Stande.«

»Und in derselben Nacht wurde Kars ermordet.«

»Ja. Ich weiß nicht, was du vorhast, aber es wird schwierig sein, zu beweisen, dass es Kars war.«

Hulst schwieg eine Weile. Als die Stille unangenehm wurde, sagte er: »Ich habe über Arnheim mit der Polizei in Amsterdam Kontakt aufgenommen, ich fahre morgen hin. Ich würde dir raten, dich nicht weiter in diesen Fall einzumischen, es sei denn, du willst wegen Behinderung der Ermittlungen verhaftet werden und deine Lizenz verlieren.«

»Jan, hör mal«, begann ich. »Du hast von Anfang an gewusst, dass ich an einem Fall arbeite, der eng damit zusammenhängt ...«

Er unterbrach mich. »Ich will's gar nicht wissen«, sagte er. »Alles Gute noch.«

Das war alles. Ich lauschte dem Schweigen und dann dem Besetztzeichen und legte auf. *Verdammt!* Nel hatte Recht, ich setzte Freunde aufs Spiel und solche, die es hätten werden können. Manchmal sind Datenschutz und die Privatsphäre eines Klienten nur Vorwände, praktische Ausreden, um ungestört seinen eigenen Weg gehen zu können. Hulst hatte mir von Anfang an alles anvertraut, was er wusste, und noch mehr, wie einem verlässlichen Kollegen, und ich hatte ihn verletzt, indem ich dieses Vertrauen nicht erwiderte.

Ich rief Bart an und erwischte seinen Anrufbeantworter. Vielleicht kuschelte er gerade nett mit Mia oder er schlief, nach dem Kuscheln. Ich buchstabierte ihm das Kennzeichen auf Band und sagte, ich würde zu einer christlicheren Uhrzeit wieder anrufen.

Ich hatte nicht mal mehr Lust auf ein weiteres Glas Cognac. Ich löschte das Licht und ging zu Bett, ohne große Hoffnung, gut schlafen zu können ohne Nel und mit diesen nagenden Schuldgefühlen. Aber kaum lag ich mit dem Kopf auf dem Kissen, war ich schon weg.

Eine Stunde später wurde ich wieder rausgeklingelt.

15

»Victor liegt in Antwerpen im Krankenhaus«, keuchte Betty ins Telefon. »Tut mir leid, dass ich so spät noch anrufe, aber ich dachte mir, du willst es bestimmt sofort wissen. Die haben bei Gerda angerufen.«

Ich war runter in die Küche gestolpert, weil sich dort der nächste Apparat befand, stand halb nackt auf den Fliesen und rieb mir den Schlaf aus den Augen. *Antwerpen.* »Was ist passiert?«

»Er ist im Auto ohnmächtig geworden und gegen eine Absperrung gefahren, nichts Ernstes. Die Rettungsassistenten haben sein Armband gesehen und kapiert, dass er nicht betrunken war oder so. Gerda sagt, alles sei wieder unter Kontrolle, er liegt schon nicht mehr auf der Intensivstation.«

»Hat sie mit Victor gesprochen?«

»Nein, das ging nicht. Sie hat nur mit dem Herzspezialisten geredet, und mit dem Arzt vom UMC, der hat auch nochmal angerufen.«

»Wann darf er wieder raus?«

»Gerda hat gesagt, sie würden ihn heute Nacht zur Beobachtung dabehalten und bei der Morgenvisite entscheiden, ob er noch länger bleiben muss.«

»In welchem Krankenhaus liegt er?«

»Im Middelheim, in der Innenstadt. Willst du hinfahren?«

»Wenn die ihn morgen auf die Straße setzen, können wir ihn nur dort erwischen, sonst ist er wieder über alle Berge.«

Sie schwieg einen Augenblick, ein missmutiges Schweigen. »Du glaubst, er ist in Antwerpen, weil er den Einbruch begangen hat und die Diamanten loswerden will«, sagte sie dann.

Sie war auch nicht dumm. »Schätzchen, jetzt mach dir mal keine Sorgen, ich brauche deinen Bruder nur, um meinen Auftrag zu Ende zu führen. Danke für deinen Anruf, ich melde mich wieder.«

Ich schaute auf die Uhr. Viertel vor eins. In meinem halb bewusstlosen Zustand hatte ich nicht daran gedacht, dass das Haus observiert wurde, und automatisch das Licht im Flur und in der Küche eingeschaltet. Ich löschte es, als ich nach oben ging und zog mich im Schein der Nachttischlampe an. Unten im Wandschrank stand immer eine Reisetasche für Notfälle bereit, mit einem sauberen Hemd, Socken, Unterwäsche, Batterien und Kulturbeutel. Ich packte meine Beretta und Reservemunition dazu und schraubte die Abschirmkappe auf eine der dünnen Stabtaschenlampen. Ich löschte die Nachttischlampe und schlich durch die Dunkelheit nach unten. Nel hatte einen Bewegungsmelder installiert, aber den konnte ich von innen ausschalten.

Ich wartete an der Tür, die Reisetasche in der Hand, und schaute in die Nacht. Es regnete nicht und es stand kein Mond am Himmel, nur ein paar Wolken und hier und da ein Stern. Die hohen Pappeln nahmen Gestalt an, der Carport. Ich wusste nicht, wo sie waren, in der Nähe oder weiter entfernt, mit Ferngläsern bewaffnet hinter einer Hecke am Rande der Landstraße. Oder in einem Hotel, den Wecker auf sechs Uhr gestellt, aber darauf durfte ich mich nicht verlassen. Ihr kleiner Fehler hätte jedem passieren können, auch Profis. Irgendetwas von dem, was Betty gesagt hatte, quengelte in meinem Hirn, aber ich kam nicht darauf, was es war.

Ich schloss die Tür ab und schlich über die Terrasse und am Carport vorbei zu der Öffnung in der Trennhecke zwischen unserem Haus und dem Heuschober. Im Dunkeln ging ich zur Hintertür und ertastete mit den Fingerspitzen das Schlüsselloch. Wenn sie Nachtsichtgeräte hatten, war meine Heimlichtuerei umsonst.

Der Heuschober roch nach Elektrizität und elektronische Apparate summten mit 50 Hertz. Ein grünlicher Schirm meldete, dass irgendwo E-Mails warteten. CyberNels Domäne war ein lebendiger Organismus, der auf eigene Faust Kontakte unterhielt, auch wenn die Chefin nicht da war.

Ich zog die tiefe Schublade unter ihrer Werkbank auf, leuchtete mit der Lampe hinein und fand den Apparat zwischen Drähten, Batterien und anderem Kram. Ein grünes Lämpchen leuchtete auf, als ich den unteren Knopf drückte. Ich steckte einen Schraubenzieher ein, schlüpfte aus dem Heuschober hinaus und schloss ihn ab. Ich hielt mich dicht an der Hecke im Schatten, schlich in den Carport und gebückt durch den engen Spalt zwischen meinem Auto und den Holzwänden. Das Ding fing sofort an zu summen, doch zur Sicherheit lief ich um das ganze Auto herum und dann wieder zu der Stelle unter der hinteren Stoßstange, wo es sofort zu summen begonnen hatte.

Amsterdam war eine belebte Stadt, wegen der Passanten hatten sie es schnell erledigen müssen, zu zweit vielleicht, ein fingiertes Gespräch zwischen parkenden Autos, der eine schaut sich um, der andere bückt sich, als jucke ihn sein Fuß, und befestigt die Dose an der Karosserie, auf der Innenseite oder an der hinteren Stoßstange. Ich fühlte mit meinen Fingern eine Kunststoffkappe, ein Metallboden. Es hatte einen starken Magneten. Nel wüsste, wie man ganz einfach die Pole umkehren konnte, sodass einem das Ding von selbst in die Hand plumpste, aber ich musste den Schraubenzieher am Boden ansetzen und stoßen und hebeln und mir die Fingerknöchel aufschürfen, um es abzukriegen.

Bokhofs Wagen war eine nette Idee, aber dank der Wunder der Technik hätte es sein können, dass irgendwo Zeiger ausschlugen und Glocken klingelten, sobald sich das Ding nur einen Meter bewegte. Daher klickte ich das Schächtelchen an einen leeren Benzinkanister, hübsch auffällig an der Wand neben dem Eingang zum Carport, um ihnen keinen Vorwand zu liefern, alles kurz und klein zu schlagen, wenn sie ihr Eigentum abholen kamen. Ich wickelte ein Taschentuch um meine aufgeschürften Knöchel, schmiss die Tasche auf die Rückbank und schlüpfte ins Auto.

Ich ließ die Fenster herunter und lauschte. Die Innenbeleuchtung war für zwei Sekunden aufgeflammt, aber sie hätten schon direkt gegenüber auf dem Deich hocken müssen, um das zu bemerken, denn die einzige Deckung dort, ein großer Weißdorn, war vor drei Jahren von irgendeiner Kontrollbehörde mit gelber Farbe markiert und wegen der grassierenden Ulmenkrankheit anschließend ausgerupft und in den Verbrennungsofen gesteckt worden.

Durch die Seitenfenster hörte ich in der Ferne das ununterbrochene Rauschen des Verkehrs und in der Nähe nur das Pfeifen von Bernhard der Kröte, einem Freund von Hanna, der unter alten Dachpfannen am Birnbaum hauste und dann und wann zu Hanna ins Plantschbecken zum Baden kam.

Der BMW war noch nicht ganz abgekühlt und der Motor sprang fast geräuschlos an. Ich fuhr ohne Licht den Deich hinauf und bog links ab. Der Deich schlief. Ich sah keine Scheinwerfer und hörte nirgendwo ein Auto starten. Am wahrscheinlichsten war, dass sie auf der Landstraße oder der Auffahrt zur Autobahn Utrecht–Den Bosch auf mich warteten, deshalb überquerte ich am Ende des Polderdeichs so langsam wie möglich die Querstraße und bog in das Dorfzentrum von Rumpt ab. Erst dort schaltete ich die Scheinwerfer ein und folgte dem Lingedeich, an schlafenden Häusern und vertäuten Booten vorbei. Zwei von ihnen waren noch erleuchtet und ich hörte die gedämpfte Musik später Bootspartys. Ich sah keine Verfolger, als ich gegenüber von Gellicum die Landstraße erreichte, dann fuhr ich über Leerdam in Richtung Autobahn.

Ein paar Lkws, wenig Verkehr. Eine halbe Stunde später nahm ich die Ausfahrt bei Bavel. Ein anderes Auto folgte mir auf den Parkplatz und ich sah noch Leben an der Rezeption; um diese Uhrzeit konnte man ohne Aufsehen zu erregen das Hotel betreten, als kehre man vom abendlichen Ausgehen in Breda zurück. Ich kannte das Hotel, über hundert Zimmer in langen, niedrigen Flügeln. Ein Mann und eine Frau stiegen aus dem anderen Wagen. Ich schlenderte hinter ihnen her ins Foyer, suchte in meiner Brusttasche nach einer imaginären Schlüsselkarte und nickte dem jungen Mann am Empfang zu. Ich wünschte dem anderen Paar eine gute Nacht und verschwand im halbdunklen Flur. Zimmer 148 lag fast am Ende. Schon meine Mutter wusste, dass man überall reinkommt, wo man nur will, solange man tut, als gehöre man dorthin.

Es dauerte eine Weile, bis CyberNel stirnrunzelnd durch den mit Kette gesicherten Türspalt schaute. »Wer sind Sie?«, fragte sie prompt. »Ich habe keinen Escortservice bestellt, Sie müssen sich im Zimmer geirrt haben.«

»Hundertachtundvierzig«, sagte ich. »Es steht an der Tür. Sie haben mich sehr erregt, als Sie mir von dem breiten Bett erzählten und dass Sie so einsam wären. Sie waren doch nicht so dumm und haben die Konkurrenten von der Agentur *Der junge Hengst* angerufen? Wie der Name schon sagt, für die heißt es rauf, runter und schnell wieder weg. Diese Leute haben einfach keinen Stil.«

»Und was für einen Stil haben Sie?«

»*Der ältere Wolf* ist eine etwas kostspieligere Agentur, aber wir führen Sie ganz langsam in ungeahnte Höhen, Sie müssen sich nur schnell entscheiden. Ich sah nämlich eine Doppelgängerin von Nicole Kidman in Zimmer 120 hineingehen, sie hat die Tür offen gelassen und wirkte interessiert. Ich muss meinen Lebensunterhalt verdienen, also was wünschen Sie?«

Nel löste die Kette und stand warm und rosig in ihrem dünnen Nachthemd da, ich trat die Tür hinter mir zu, schob das Nachthemd mit beiden Händen über ihren Po und drückte sie an mich. Sie legte mir die Arme um den Hals. Ich hob sie hoch, trug sie quer durchs Zimmer und warf mich mit ihr auf das Bett.

»Wie lange heißt ›ganz langsam‹?«, fragte sie.

»Ich muss nur vor der Morgenvisite in Antwerpen sein.«

»Dann lohnt sich zumindest das Ausziehen.« Sie knöpfte mir das Hemd auf, mein Sakko hatte ich schon ausgezogen, die Hose beinahe, und ihr Nachthemd war bis zu den Achseln hochgeschoben. »Was hast du mit deiner Hand gemacht?«

»Diesen Sender vom Auto geklopft.«

»Warte mal.« Sie schob mich beiseite und rutschte vom Bett. Ihr Hemd fiel zurück über ihren runden Po, als sie ins Badezimmer ging. Ich folgte ihr und schüttelte mein Hemd ab. Nel wühlte in ihrem Kulturbeutel herum und fand eine kleine Spraydose. Sie stand mit dem Rücken zu mir und ich schlang die Arme um ihre Taille und hielt sie gegen das Waschbecken gefangen, während ich mir die Hände wusch und abtrocknete und mir das Bild tief ins Gedächtnis einprägte, von Nel und mir, zerzaust und halb nackt im Spiegel. Alles verändert sich auf dem langen Weg bis zum Ende, aber manche Dinge möchte man aufbewahren und mitnehmen, und dies hier war eines von ihnen.

»Du hast keinen Schlafanzug dabei«, sagte Nel.

»In diesem Beruf sind Schlafanzüge nur hinderlich.«

Nel lächelte in den Spiegel, die Lippen leicht geöffnet, ich sah die Reihen ihrer schönen weißen Zähne, in der ein Eckzahn ein wenig schief stand. Sie nahm meine Hand und sprühte Sterilon auf die aufgeschürften Knöchel. Es brannte und roch nach Krankenhaus. Vielleicht war es dieser Geruch, der in meinem Gehirn ein paar Drähte verknüpfte, denn plötzlich fiel mir ein, wo dieses unterschwellig bohrende Warnsignal herrührte.

Shit.

Nel sah mein Gesicht. »Was denn?«

Ich ließ sie los und rannte ins Zimmer. Mein Sakko lag auf dem Fußboden. Ich zog mein Adressbuch heraus, warf mich auf das Bett und griff zum Telefon.

Betty nahm nicht ab, es dauerte mir zu lange. Ich wählte die Nummer ihrer Mutter. Auch dort dauerte es, normale Leute schliefen längst. »Karel de Waard.«

»Max Winter. Entschuldigen Sie, dass ich um diese Zeit anrufe, aber ich muss unbedingt mit Gerda reden.«

Sie meldete sich verschlafen. Wieder entschuldigte ich mich. »Ich habe von Betty erfahren, dass Victor in Antwerpen ist«, sagte ich. »Und sie hat mir erzählt, dass Sie noch einmal von jemandem aus dem UMC angerufen wurden. War das heute Nacht?«

»Ja.«

»Wer war es?«

»Doktor Lankforst«, antwortete Gerda. »Er hatte es schon ein paarmal versucht, ich glaube, die fingen allmählich an, sich Sorgen zu machen, weil Galip zur Kontrolle hätte kommen müssen.«

»Wann hat dieser Arzt angerufen?«

Es blieb einen Moment still, vielleicht schaute sie auf die Uhr. »Etwa vor anderthalb Stunden.«

Mitten in der Nacht? »Victor trug doch sein Armband und hatte diesen Ausweis bei sich?«

»Natürlich, und das war auch gut so, dadurch wussten die Rettungskräfte sofort, was sie tun mussten. Er ist am Steuer ohnmächtig geworden …«

»Ja, aber wusste dieser Doktor Lankforst denn nicht, dass er in einem Krankenhaus in Antwerpen liegt?«

»Nein, aber ich habe es ihm gesagt«, antwortete Gerda. »Habe ich etwas falsch gemacht?«

Es hatte keinen Sinn, sie verrückt zu machen. »Natürlich nicht, das war schon richtig. Ich wollte das nur nochmal überprüfen. Vielen Dank, und jetzt gehen Sie schnell wieder ins Bett.«

Ich legte auf. »Mist.«

Nel saß im Schneidersitz auf dem Bett. »Was denn?«

Ich blätterte mein Adressbuch durch. »Wenn ein Patient mit Spenderherz eingeliefert wird, ruft jedes Krankenhaus und jeder Arzt zuallererst das Transplantationskrankenhaus an, in diesem Fall Utrecht, und sei es nur wegen der medizinischen Daten. Das ist Vorschrift, die Nummer steht auf dem Armband. Die Belgier haben das garantiert getan. Dass sie auch die Angehörigen benachrichtigt haben, war nett von ihnen, offiziell sind sie nicht dazu verpflichtet, das erledigt die Transplantationsklinik.«

Ich fand die Nummer und begann zu wählen. Nel sprang vom Bett auf und zog das Nachthemd über den Kopf.

Wieder eine Momentaufnahme, in der sie mit erhobenen Armen und gereckten Brüsten so schön war wie Venus in der Muschel bei Sonnenaufgang.

»Was machst du da?«, fragte ich.

»Was glaubst du denn?« Sie begann mit einem umgekehrten Striptease, erst Slip, dann BH.

»Julia Kars«, tönte es aus dem Hörer. Sie war hellwach.

»Mevrouw Kars, hier spricht Max Winter. Ist Ihr Mann zu Hause?«

»Nein. Er musste ganz plötzlich weg.«

»Wissen Sie, wohin?«

»Er war raus, bevor ich ihn fragen konnte.«

»Wann war das?«

»Vor über einer Stunde.«

»Ist er mit dem Auto weggefahren?«

»Ja, es steht nicht mehr da. Ich kann ihn auch nicht erreichen, er hat kein Autotelefon mehr und sein Handy liegt hier. Was ist denn los?«

Ihr eine Ausrede aufzutischen war schon schwieriger. »Vielleicht gar nichts Wichtiges.«

»Sie rufen mich doch nicht wegen einer Lappalie mitten in der Nacht an. Haben Sie die Kassette abgehört?«

»Ja. Es tut mir leid, ich habe jetzt keine Zeit.«

»Können Sie mir wenigstens sagen, ob Bram diesen Mann bestohlen hat?«

»Ich weiß es noch nicht, Mevrouw. Ich melde mich bei Ihnen.«

Ich legte auf. Nel kam angezogen aus dem Badezimmer und hielt mir mein Hemd hin.

Ich fuhr in die Ärmel. »Du verpasst die Morgenbesprechung.«

»Wie viel Zeit haben wir?«

»Keine.« Ich zog die Hose hoch. »Kars ist vor gut einer Stunde in Amsterdam losgefahren.«

Sie hatte ihren Laptop schon eingestöpselt und ihre Finger wanderten über die Tasten. Als ich aus dem Bad kam, steckte sie ein Blatt Papier mit Notizen in die Tasche. »Bist du dir sicher?«, fragte sie.

»Wir dürfen jedenfalls nichts riskieren.«

Eine halbe Minute später durchquerten wir das Foyer. Nel lächelte und winkte dem jungen Mann am Empfang zu, ich hatte ihr den Arm um die Taille gelegt. Der junge Mann erwiderte ihr Lächeln nicht, sondern runzelte misstrauisch die Stirn. Er wusste natürlich, dass Nel allein da war, und erwog möglicherweise, die Polizei zu rufen, weil sie von einem Nachtschwärmer mit dem Grinsen eines älteren Wolfs entführt wurde.

Das Autobahnstück zwischen Breda und Antwerpen ist rund vierzig Kilometer lang, aber aus irgendeinem Grund kommt es einem immer vor wie hundert Kilometer oder mehr. Wir fuhren schneller, als gut für uns war, aber es herrschte nur wenig Verkehr und die Polizei schlief.

»Kars ist nicht dumm«, meinte Nel.

»Natürlich nicht. Warum?«

»Du glaubst doch, er plante schon an dem Dienstag den Einbruch bei Dufour wegen der Diamanten, und so muss es auch gewesen sein, denn deswegen heuerte er Victor an. Trotzdem wandte er sich am Mittwochvormittag noch an Ben Laacken mit einem Plan für diese Zeitschrift.«

Ich nickte. »Um der Polizei Sand in die Augen zu streuen.«

»Du meinst, er rechnete damit, verdächtigt zu werden?«

»Er wurde in Otterlo gesehen, die Leute wissen, dass er Dufour nach der Lesung nach Hause gebracht hat und ihn noch einmal besuchte. Dufour könnte darüber geredet haben, mit der Putzfrau oder den Nachbarn. Warum sollte er seinen Finanzier bestehlen? Er wollte nur eine Zeitschrift mit ihm zusammen gründen, fragen Sie doch den Verleger.«

Nel schwieg einen Augenblick. Ich hielt mich auf der linken Spur, jagte an einer nächtlichen Lkw-Kolonne vorbei.

»Da stimmt was nicht«, warf Nel ein. »Jedenfalls nicht, wenn Kars schon an dem Dienstag nur an Einbruch dachte. Ihm konnte doch nichts passieren. Dufour hätte sich höchstens über die eingeschlagene Scheibe beschweren können, den Diebstahl anzuzeigen war unmöglich, schwarze Diamanten, man hätte ihm nicht mal geglaubt. Das mit Ben Laacken hätte nur Sinn gehabt, wenn er an dem Dienstag auch schon vorhatte, Dufour zu ermorden.«

Womöglich hatte sie Recht. Vorsätzlicher Mord. »Ich bezweifle, dass Victor dabei mitgemacht hätte.«

»Vielleicht sollte auch Victor sterben«, sagte Nel. »Ich könnte mir das folgendermaßen vorstellen: Den alten Mann zu töten ist keine Kunst und Victor ist ein wandelnder Herzinfarkt. Die Polizei findet eine eingeschlagene Scheibe vor, einen toten Mann und einen jungen Einbrecher mit fremdem Herzen, das vor Schreck stehen blieb, als er von dem alten Mann überrascht wurde und ihn töten musste. Kars wäre fein raus gewesen. Dufour behauptete, er könne ihm vielleicht bei der Gründung einer Zeitschrift helfen, also hat er sich bei einem Verleger erkundigt, ohne je ernsthaft zu glauben, dass Dufour wirklich Vermögen besaß. Niemand weiß etwas von Diamanten, es gibt keine Diamanten.«

»Klingt plausibel«, musste ich zugeben. »Und jetzt ist er außer sich, weil Victor ihn übers Ohr gehauen hat.«

Nel hatte die Wegbeschreibung und lotste mich den Ring entlang.

»Abfahrt Nummer vier, Berchem-Mortsel, oben an der Ausfahrt links ab«, sagte sie. »An der Ampel rechts.« Wir fuhren bis zur nächsten Kreuzung mit Ampeln. »Wieder rechts«, sagte Nel. »Noch dreihundert Meter. Es ist das modernste Krankenhaus von Antwerpen.«

Am Ende eines Blumengürtels lag ein breites, erleuchtetes Gebäude mit imposantem Eingang, aber Nel lotste mich daran vorbei. »Die Kardiologie befindet sich im B-Flügel im achten Stock«, sagte sie. »Das muss also das hohe Gebäude sein. Kommst du irgendwie dahin?«

Eine schmale Teerstraße führte rund um das Gebäude herum. Hier und da waren Autos auf dem Bürgersteig geparkt, wahrscheinlich von Mitarbeitern, die nicht wie die Ärzte und Chirurgen reservierte Parkplätze besaßen. Nel zeigte auf den Leuchtbuchstaben B vorn an einem Flügel und ich fuhr daran vorbei. Im Erdgeschoss befanden sich in gewissen Abständen überdachte Eingänge für Krankenwagen. Neben einem saßen Schwestern im Halbdunkel auf Fensterbänken und rauchten. Ich fuhr vorbei und parkte den BMW in der Nähe des folgenden Eingangs hinter einem anderen Auto auf dem Bürgersteig.

Neben dem Krankenwageneingang befand sich eine kleinere Tür, die sich öffnete, als ich gegen die Metallstange drückte. Im erleuchteten Gang dahinter saß eine hochschwangere Frau und wartete auf Erlösung. Eine ältere Frau saß neben ihr und hielt ihr die Hand. Wir lächelten ihnen aufmunternd zu und durchquerten rasch die Entbindungsstation, bis wir einen Hauptgang mit einem Grünstreifen exotischer Pflanzen in der Mitte erreichten. Es war Nacht und sehr ruhig. Wir passierten zwei Schwestern, einen Arzt, Sanitäter, die eine Krankenbahre schoben und auch einige Besucher. Wir fielen überhaupt nicht auf. In einem Flur, der zum Empfang führte, fanden wir Aufzüge. Einer davon brachte uns in den achten Stock.

Viele Schilder. Kardiologie, PTCA. STENT. Elektrophysiologie, Koronarographie. Wir folgten dem Hinweis *Intensivstation* bis zu einem Schalter mit Computern und einer wachen blonden Nachtschwester. »Victor de Vries«, sagte ich. »Er wurde gestern eingeliefert.«

Sie lächelte. »Der Holländer mit der Herztransplantation. Sind Sie Verwandte von ihm?«

»Ich bin seine Schwester«, sagte Nel. »Mir ist klar, dass jetzt keine Besuchszeit ist, aber wir sind umgehend aus den Niederlanden angereist.«

»Es geht ihm gut, machen Sie sich keine Sorgen«, sagte die Flämin freundlich. »Ich glaube, er darf morgen wieder raus. Wir haben ihn für diese Nacht in ein Zimmer ein Stockwerk tiefer verlegt. Sie sollten ihn lieber schlafen lassen, aber Sie können mit Doktor Welbaert reden, zu dem habe ich auch den Arzt aus Utrecht geschickt.«

»Ein Arzt aus Utrecht?«, fragte ich.

»Doktor Lankforst vom UMC, wo die Transplantation durchgeführt wurde. Meneer de Vries hatte anscheinend eine Kontrolle verpasst. Doktor Welbaert hat Nachtdienst.«

»Welche Zimmernummer hat er?«, fragte ich.

»Ich weiß nicht, da müssten Sie unten nachfragen. Soll ich Doktor Welbaert anrufen?«

»Ja, gern«, sagte Nel.

»Gibt es hier eine Toilette?«, fragte ich.

»Ein Stück zurück«, antwortete sie. »Bei den Aufzügen.«

Sie griff zum Telefon. Ich nickte Nel zu und eilte durch den Gang. Neben den Aufzügen befand sich eine Tür zum Treppenhaus. Ich stieß sie auf und rannte die Stufen hinunter. Jemand kam aus dem Aufzug, als ich ein Stockwerk weiter unten den Flur betrat. Ein paar Meter entfernt stand eine Krankenschwester mit Medikamentenwagen. Ich ging auf sie zu, blieb jedoch nach drei Schritten stehen, als hinter mir jemand überrascht ausrief: »Max!«

Ich drehte mich um. »Was machst du denn hier?«

Betty marschierte auf mich zu. »Dreimal darfst du raten. Ich wusste, dass du herfahren würdest.«

»Dann komm mit.«

Wir wandten uns an die Schwester. »In welchem Zimmer liegt Victor de Vries?«, fragte ich.

Die Schwester ließ eine grüne Pille in ein Becherchen fallen und stellte das Glasfläschchen zurück auf ihren Rolltisch. »Sie können jetzt nicht zu ihm rein«, sagte sie. »Der Meneer braucht seinen Schlaf.«

»Ist jemand bei ihm?«

»Natürlich nicht. Die Besuchszeit beginnt um zwölf Uhr.«

»Ich bin seine Schwester und komme extra aus den Niederlanden«, erwiderte Betty. »Ich habe schon mit Doktor Welbaert gesprochen. In welchem Zimmer liegt er?«

»Das müssen Sie mit der Oberschwester … Weiß Doktor Welbaert Bescheid?«

Wir vergeudeten Zeit. »Ja, natürlich«, sagte ich.

Sie seufzte noch einmal und sagte dann: »Zimmer achtzehn.«

Wir eilten den Flur entlang. Hinter uns verschwand die Schwester mit ihrem Becherchen in einem Zimmer.

»Hast du mit Welbaert geredet?«

»Ja, er war sehr nett.«

»Hat er einen Doktor Lankforst erwähnt?«

»Nein. Wer ist das denn?«

»Aha.«

Ich öffnete die Tür von Zimmer achtzehn. Abgerissene Schläuche und die Drähte eines Herzmonitors baumelten rund um das Bett und Kars lag auf dem Patienten, Victor, wie ich annahm. Betty stieß einen Schrei aus. Ich war in drei Schritten am Bett, packte Kars an den Schultern und versuchte, ihn herunterzuzerren, doch er hielt die Hände wie die Kiefer eines Pitbulls um Victors Hals geklammert, sodass Victor mit hochgerissen wurde.

»Lass los!«

Kars schaute sich um. Er stank nach Schnaps und Schweiß und sein Blick verhieß nichts Gutes. Victor gab keinen Laut von sich, sein Gesicht war bläulich violett angelaufen. Ich fluchte und versetzte Kars einen knallharten Schlag mit der rechten Faust an die Schläfe. Und noch einen.

Kars erschlaffte. Ich zog ihn über den Boden. Betty rannte auf die andere Seite des Bettes. »Hol Hilfe«, befahl ich. »Sofort!«

Sie ignorierte mich und beugte sich über ihren Halbbruder. Ich suchte vergeblich nach einem Alarmknopf. Ich sah Victors Augenwimpern zittern. »Er lebt«, sagte Betty. »Victor!«

Victor schlug die Augen auf und bewegte die Lippen; er gestikulierte heftig mit einer Hand, wie Sterbende es tun, wenn sie noch etwas sagen wollen. Betty hielt ihn im Arm und legte ihr Ohr an seinen Mund. Ich schleifte den bewusstlosen Kars vom Bett weg und ließ ihn gegen die Wand sacken. Ich war auf dem Weg zur Tür, als Nel hereinkam, die Medikamentenschwester auf den Fersen. »Da ist schon eine Schwester von Meneer de Vries ...«, begann die Schwester verärgert.

»Er hat zwei Schwestern, okay?« Nel sah das Chaos und den auf dem Boden liegenden Kars. »Mein Gott ...« Der Gesichtsausdruck der Schwester verwandelte sich und sie trat sofort ans Bett und betätigte den Knopf, den ich übersehen hatte. Kurz darauf erschienen zwei weitere Schwestern, dann ein Arzt. Sie forderten Betty auf, aus dem Weg zu gehen und umringten Victor, schlossen ihn an Sauerstoff und diverse Apparate an. Eine Schwester sprach in ein Funktelefon.

Ich stand neben Kars, der sich wieder rührte. Die telefonierende Schwester bemerkte ihn und kam besorgt auf uns zu. »Was ist denn mit dem los?«

Sie wollte sich neben Kars hinhocken, aber ich hinderte sie daran. »Ihm fehlt nichts, er hat nur einen kleinen Klaps auf den Kopf gekriegt.« Ich winkte mit dem Ausweis von Meulendijk. »Das ist ein Fall für die Polizei. Ist jemand vom Sicherheitsdienst im Haus?«

Sie nickte und verließ das Zimmer. Kars fing an zu stöhnen. Nel reichte mir Plastikhandfesseln aus ihrer Tasche und ich rollte Kars mit dem Gesicht zur Wand, führte seine Handgelenke auf dem Rücken zusammen und zog die Fesseln stramm darum. Betty ging zum Einbauschrank und versetzte Kars im Vorbeigehen einen Tritt in die Seite. Er schrie auf.

Pfleger schoben eine Bahre herein. Betty öffnete den Schrank, holte eine graue Windjacke heraus und fing an, die Innentaschen zu durchsuchen.

Ich trat hinter sie. »Was machst du da?«

»Er hat etwas zu mir gesagt ...«

Sie fand einen kleinen Umschlag, öffnete ihn. Ein flacher Schlüssel und eine Karte steckten darin. Sie schaute mich fragend an. Ich las die Buchstaben KBC und erkannte, was für ein Schlüssel es war.

»Einstecken«, flüsterte ich.

Sie tat es. Ich stellte mich schützend vor sie, nahm ihr die Jacke ab und hängte sie zurück in den Schrank. Hinter uns sagte der Arzt: »Auf drei. Eins, zwei, drei!«

Ich schaute mich um. Victor lag auf der Bahre, sie legten ihm eine Infusion und rollten ihn aus dem Zimmer. Niemand hatte auf uns geachtet, nicht einmal Nel.

»Was ist das?«, flüsterte Betty.

»Der Schlüssel zu einem Schließfach. Du musst mich

später mit deiner Aussage decken, du bist Zeugin.« Mit einem Nicken wies ich auf ihre Tasche. »Aber sag davon nichts, wir gehen morgen mal nachschauen, jetzt ist sowieso geschlossen. In Ordnung?«

Betty nickte und wandte sich an die Medikamentenschwester, die als Einzige zurückgeblieben war. »Wo wird mein Bruder hingebracht?«

»Auf die Intensivstation, die ist ein Stockwerk höher. Sie können nicht zu ihm, aber es gibt einen Warteraum. Ich werde ... Was soll das denn?«

Sie schaute erschrocken zu dem Mann auf dem Fußboden, der sich auf den Rücken gewälzt hatte und plötzlich anfing zu fluchen und um sich zu treten. Nel ging mit einem beherzten Schritt zu ihm hin, bückte sich und packte ihn an den Haaren. »Halt die Klappe oder ich schlag dich bewusstlos!«

Die Schwester erbleichte. Kars spuckte nach Nel, traf aber nicht. Sie hielt Kars weiter an den Haaren, doch bevor sie ihn mit dem Kopf auf den Boden knallen konnte, fragte jemand: »Was ist hier los?«

Nel ließ von Kars ab. »Nichts weiter. Dieser Kerl hier hat versucht, einen Patienten zu ermorden. Sind Sie vom Sicherheitsdienst?«

»Dieser Scheißkerl«, zischte Betty. »Ich bin bei Victor, falls ihr mich braucht.« Sie ging und die Schwester folgte ihr.

Der Mann vom Sicherheitsdienst hieß Jean Baron, ein gedrungener Fünfziger in grauer Uniform. Ich gab ihm meinen Ausweis und eine kurze Zusammenfassung. Baron bückte sich zu Kars und kontrollierte seine gefesselten Handgelenke. »Das ist ein Fall für die Polizei«, sagte er.

»Machen Sie mich los!«, forderte Kars. Seine Augen funkelten Baron fiebrig an. »Ich bin Journalist, mein Presseausweis steckt in meinem Portmonee. Ich habe diesen so genannten Patienten aufgespürt. Sein Name ist Victor de Vries und er wird in den Niederlanden wegen Raubüberfall und Mord gesucht. Ich wollte lediglich verhindern, dass er wieder flüchtet. Ich kenne diese Leute nicht, aber wenn ich Sie wäre, würde ich sie festhalten, das sind garantiert Komplizen!«

»Jetzt hör aber auf, Bram.« Ich lächelte Baron zu, der merklich verunsichert war, und schaute Nel an. »Wie hieß noch der Inspecteur bei der Kripo?«

»Conincx«, sagte Nel. »Wir haben mit ihm zusammengearbeitet.«

Baron schien noch nicht ganz überzeugt. »Ich frage mal nach«, sagte er. »Aber Sie bleiben solange hier, ich bin draußen auf dem Flur.«

Er nahm meinen Meulendijk-Ausweis mit und schloss die Tür hinter sich. Ich zog einen Stuhl heran und setzte mich rittlings darauf, direkt vor Kars.

»Ich weiß, wo ihr wohnt«, drohte Kars. »Und ihr habt eine kleine Tochter, richtig?«

Ich spürte Nels Bewegung und hielt sie zurück. »Es wird eine Weile dauern, bis du uns besuchen kommen kannst«, erwiderte ich. »Bete schon mal, dass Victor überlebt, sonst fährst du ein für Doppelmord, und zwar zweimal vorsätzlich. Sogar der Brigadier in Otterlo weiß inzwischen, wer Dufour ermordet hat, und die Kripo Amsterdam sowieso. Und ich würde gar nicht erst auf Unzurechnungsfähigkeit plädieren, obwohl jeder Psychiater schon nach zwei Sekunden merkt, dass du das Gehirn eines Salamanders hast.«

»Du kannst mir nichts nachweisen«, gab Kars zurück. »Ich kenne die Gesetze.«

»Ich glaube nicht, dass er vorhat, sich für verrückt erklären zu lassen«, meinte Nel. »Der große Journalist.«

Ich lachte. »Übers Ohr gehauen von einem dummen kleinen Barkeeper.«

»Mich lockt ihr nicht aus der Reserve!«, fauchte Kars. Ein schlauer Zug schlich sich in seine Augen. »Wartet nur, bis die von den Diamanten erfahren.«

Ich machte ein erstauntes Gesicht. »Diamanten? Welche Diamanten?«

»Ich habe dir doch davon erzählt. Was, meinst du, hat dieses kleine Arschloch hier gemacht?«

Ich blickte Nel an. »Keine Ahnung. Du?«

»Seine Mutter hat gesagt, er würde Urlaub machen«, sagte Nel.

»Er hat hier ein Hotelzimmer. Und irgendwo steht sein Auto.«

»Logisch«, meinte Nel. »Er konnte ja schlecht zu Fuß gehen.«

»War es das, was du aus ihm rauskriegen wolltest?«, fragte ich.

Kars rieb den Kopf über den Fußboden. Er tat ihm weh, aber er kam nicht mit den Händen dran. »Ich teile mit euch«, sagte er. »Fifty-fifty.«

Ich beugte mich zu ihm hin. »Teilen?«

»Victor hat Diamanten im Wert von mindestens einer Million, hier in Antwerpen. Ich weiß, wo. Wir können hier weg sein, bevor die Fritte draußen fertig ist mit Telefonieren.«

»Hat Victor dir verraten, wo die Diamanten sind?«

»Mach mich los, dann bringe ich dich hin.«

»Lieber nicht«, sagte Nel.

Kars schaute sie an. »Dann eben für jeden ein Drittel.«

Ich blieb auf meinem Stuhl sitzen und schaute ihn an. Nel ging an mir vorbei. Kars versuchte, zurückzuweichen, als sie sich neben seinen Kopf hockte. Nel lächelte ihn an. »Ich werde es dir erklären«, sagte sie. »Wir machen nicht gemeinsame Sache mit einem Psychopathen, der zum Spaß einen alten Mann zu Tode foltert und nach Antwerpen fährt, um einen halb toten Patienten zu ermorden. Wir können dir allerdings einen kleinen Ausblick auf den Rest deines Lebens bieten. Der Junge stirbt. Das kostet dich zwanzig Jahre hinter Gittern in Belgien. Ich glaube nicht, dass deine Töchter dich oft besuchen werden, und bis du rauskommst, ist Julia längst wieder verheiratet, mit einem netten Arzt. Nach diesen zwanzig Jahren wirst du an die Niederlande ausgeliefert, wo du nochmal zwanzig Jahre für den Mord an Dufour kriegst. Anschließend bist du neunzig. Du musst mich unbedingt besuchen kommen, wenn du bis dahin noch lebst, denn ich würde dir gern erklären, was ich von einem Typen halte, der Frauen misshandelt.«

Kars öffnete den Mund, sah aber die offene Tür hinter uns, in der Baron stand und mithörte.

Baron räusperte sich. »Die Polizei ist unterwegs.« Er lächelte Nel an. »Schöne Rede.«

»Ich fand sie auch ziemlich gut«, sagte ich.

Nel rümpfte die Nase und richtete sich auf. »Ich glaube, Doktor Lankforst hat in die Hose gemacht.«

Betty saß in dem beklemmend stillen Warteraum, die Hände vor dem Gesicht. Die Medikamentenschwester hatte ihr den Arm um die Schultern gelegt. Ein älterer

Mann im Arztkittel stand daneben. Er sah mich hereinkommen und schaute die Schwester fragend an.

»Das ist der Mann von der anderen Schwester«, flüsterte sie.

Der Arzt nickte erleichtert, winkte mich zur Tür, gab mir die Hand und fing an, gedämpft auf mich einzureden, wie Ärzte es tun.

»Ich bin Doktor Welbaert. Wir konnten ihn nicht retten. Es tut mir leid. Der Kardiologe war sofort da, aber ein Patient mit transplantiertem Herzen ist nun mal ...« Er deutete eine Bewegung an.

»Es wäre ein Wunder gewesen, wenn er überlebt hätte«, sagte ich. »Wir alle wissen das. Wo ist er jetzt?«

Der Doktor nickte, als habe er meine Frage nicht gehört. Er wirkte ziemlich verstört. »Ein tragischer Fall. Er hatte nichts Ernstes. Wenn hier jemand in Eile hereinkommt und behauptet, er sei ein Arzt aus Utrecht, fragen die an der Rezeption nicht nach dem Ausweis, aber wenn ihn jemand erst zu mir gebracht hätte, anstatt ihn auf eigene Faust losgehen zu lassen, wäre mir sofort klar geworden, dass da etwas nicht stimmte. Wir stehen in Kontakt mit Utrecht und haben seine Akte hier ... Wenn jemand vom UMC vorgehabt hätte, herzukommen, hätte man mich sofort informiert.« Wieder hob er die Hände. »Ich muss das der Polizei erklären, das ist ganz wichtig. Wir sind ein Krankenhaus, wir arbeiten mit reduzierter Nachtschicht und wir haben Vertrauen in Ärzte. Wir kennen das nicht, dass sich Leute einfach so als Mediziner ausgeben.«

»Niemand wird das Krankenhaus dafür verantwortlich machen«, beruhigte ich ihn. »Sie haben getan, was Sie konnten.«

»Ich bin froh, dass Sie so darüber denken.« Er war sichtlich erleichtert.

»Ist er noch einmal bei Bewusstsein gewesen?«, fragte ich.

»Nein. Er hat nichts gemerkt.«

Wir schauten uns an und dachten beide dasselbe: außer in diesem einen Moment.

Der Arzt räusperte sich. »Ich habe noch ein anderes Anliegen, es betrifft Ihre Schwägerin.« Er schaute Betty an. »Ihr Bruder ist als Organspender registriert, und ich wollte sie fragen, ob sie einverstanden ist, dass wir die Organe entnehmen. Wenn wir den Körper kühlen, haben wir vierundzwanzig Stunden Zeit ...«

»Aber nicht sein Herz, nehme ich an?«

Doktor Welbaert lächelte säuerlich. »Nein, es geht um die Nieren, die Netzhäute, vielleicht die Leber, und es herrscht immer ein Mangel an Haut. Aus seinen Krankenakten vom UMC können wir sofort ersehen, was verwendbar ist. Er hat nur seinen letzten Untersuchungstermin verpasst, aber das ist erst ein paar Tage her, es wird sich nicht viel verändert haben. Vielleicht verlangt die Polizei eine Autopsie, die werden öfter hier bei uns durchgeführt. Wir könnten beides mehr oder weniger gleichzeitig erledigen.«

»Ich frage seine Schwester. Muss sie etwas unterschreiben?«

»Ja, wenn das ginge.« Er zog ein dreifach gefaltetes Schreiben aus seinem Kittel. »Ich nehme an, dass die Familie die Leiche in die Niederlande überführen lassen will«, sagte er. »Wenn die Polizei keine Einwände hat, könnte das bereits am Wochenende geschehen.«

Ich nickte in Richtung Betty. »Gibt es irgendwo einen

Raum, in dem sie sich ein wenig ausruhen kann? Und vielleicht könnten Sie ihr etwas geben, damit sie ein paar Stunden schläft?«

»Natürlich. Auch ihrer Schwester? Ist sie noch da?«

»Sie spricht mit der Polizei. Sie ist übrigens nicht ihre Schwester, da ist ein Irrtum passiert in der ganzen Aufregung. Ich erkläre Ihnen das später noch. Und ich wollte noch über etwas anderes mit Ihnen reden. Sind Sie noch eine Weile hier?«

»Ja, bis um zehn Uhr morgens. Ich habe ein Sprechzimmer ein Stockwerk tiefer, die Schwestern zeigen es Ihnen schon.«

»Wann würde die Autopsie stattfinden?«

»Bestimmt nicht vor morgen Vormittag.« Er schaute auf die Uhr.

Ich wedelte mit dem Formular. »Soll ich das anschließend der Schwester geben?«

»Gern. Sie kann auch nachsehen, ob ein Zimmer frei ist.« Er winkte die Schwester zu sich und sie entfernten sich in Richtung Flur.

Ich setzte mich neben Betty und sie ließ sofort ihren Kopf an meine Schulter sinken. Sie weinte nicht. Ich tätschelte ihr Knie.

»Wir sind alle zu spät gekommen«, sagte ich.

Ich fühlte, wie sie nickte. »Es ist so dumm«, sagte sie. »Er hatte nichts, es war nur eine Kleinigkeit.«

»Du musst das hier noch kurz unterzeichnen, danach legst du dich ein paar Stunden schlafen.«

»Was soll ich unterzeichnen?«

Ich faltete das Papier auseinander. Wortreiche Erklärungen, darunter gepunktete Linien für Unterschriften. Ich hatte keine Lust, es durchzulesen. Ich holte einen

Kuli aus der Innentasche. »Ob sie seine Organe verwenden dürfen.«

Sie begriff die Ironie und grinste, nicht gerade fröhlich. »Bei uns würden sie nicht mal fragen.«

»Belgier sind viel höflicher als wir.«

»Vic würde bestimmt darüber lachen. Vielleicht sieht er uns ja.« Sie nahm den Stift und ich legte das Papier auf mein Knie und deutete auf die gepunktete Linie. »Man sagt doch, wenn jemand plötzlich stirbt, bliebe der Geist noch eine Weile in der Nähe des Körpers, weil er nicht weiß, wo er hinmuss.« Sie kritzelte ihren Namen. »Hoffentlich verirrt er sich nicht, hier in Belgien.« Sie lehnte wieder ihren Kopf an mich. »Armer Victor.«

Ich faltete das Schreiben zusammen und sah CyberNel hereinkommen.

»Und was jetzt?«, fragte Betty.

»Jetzt schläfst du ein paar Stunden.«

»Ich bin nicht müde.«

»Ich schon. Ich kann mich kaum noch auf den Beinen halten. Und Nel auch nicht.« Ich blickte auf. »Hallo, Nel. Das ist Betty. Betty, das ist Nel.«

Betty blieb an mich gelehnt sitzen. »Ich hab dich schon mal gesehen, vor meiner Haustür.«

»Außerdem kennt man uns in Belgien als Schwestern.« Nel holte sich einen Stuhl und setzte sich uns gegenüber. »Wie geht's dir?«

»Bescheiden«, sagte Betty.

Nel lehnte sich zu ihr hin. »Natürlich ist das schrecklich. Aber du darfst dir keine Vorwürfe machen.«

»Das ist leicht gesagt«, entgegnete Betty.

»Es ist nicht deine Schuld«, erklärte Nel. »Jeder kriegt es im Leben mit Mistkerlen zu tun. Sie missbrauchen dich und tun schlimme Dinge. Aber in dem Fall sitzt der Mistkerl für immer hinter Schloss und Riegel, auch wenn das nur ein schwacher Trost ist.«

Betty lächelte andeutungsweise. Ich tätschelte ihr das Knie.

»Ein paar Stunden in einem richtigen Bett wären bestimmt erholsamer, als die ganze Zeit an seiner Schulter zu lehnen«, bemerkte Nel.

»Ich möchte lieber nicht allein sein.«

»Wir bleiben bei dir«, versprach Nel. »Es tut mir so leid für dich.«

Betty ließ ihren Kopf, wo er war, und schaute Nel an. »Ich werde schon darüber hinwegkommen«, sagte sie. »Ich habe diesen Schlag vor drei Jahren schon einmal verkraften müssen, und was Victor angeht … Wie wäre es mit ihm weitergegangen? Er hatte schon seit einer ganzen Weile die Nase voll. Die vielen Medikamente, ständig vorsichtig sein, am Steuer bewusstlos werden. Er hat mal gesagt, eines schönen Tages würde er einfach ins Meer gehen. Am schlimmsten wird es für Gerda sein.«

»Jetzt komm schon.« Nel nahm Bettys Tasche, die auf dem Stuhl neben ihr lag, half ihr auf und nahm sie ins Schlepptau. Die Schwester stand auf dem Flur. Ich übergab ihr das Formular und sie brachte uns zurück in den siebten Stock. Ich dachte für einen Moment, sie würde uns in Victors Zimmer führen, doch sie ging uns voraus in einen anderen Gang und öffnete die Tür zu einem kühlen Raum mit vier Betten und einem Fernseher an der Wand. Sie gab Nel eine Tablette für Betty.

Die Schwester blieb noch einen Augenblick unschlüssig vor der Tür stehen, und als Betty und Nel ins Zimmer gingen, sagte sie: »Wir alle sind erschüttert, auf diese

Weise einen Patienten zu verlieren. Er war ein netter Junge.«

Ich zog die Tür etwas weiter zu. »Sie konnten es leider nicht verhindern.«

Sie nickte. »Es ging ihm sehr schlecht, als er eingeliefert wurde, aber er erholte sich schnell. Als er nachmittags zu uns auf die Station kam, war er richtig fröhlich.«

»Fröhlich?«

»Er sagte, er sei schon seit einer Woche in Antwerpen und hätte hier viel Glück gehabt, Antwerpen sei für ihn die schönste Stadt der Welt. Er hörte sich an, als habe er im Lotto gewonnen. Er wollte Blumen für uns kaufen und machte Witzchen, dass er uns heiraten wollte, er war ein netter Junge. Von seinem Zustand her hätte er gestern Abend schon entlassen werden können, aber der Kardiologe hielt es für ratsam, ihn wenigstens für eine Nacht hier zu behalten, nicht zuletzt, um sich in Ruhe mit Utrecht zu beraten. Ist das nicht merkwürdig?«

»Was, ihn für eine Nacht hier zu behalten?«

»Nein, das meine ich nicht, das ist völlig normal«, sagte sie. »Unter normalen Umständen jedenfalls. Man kann doch davon ausgehen, dass ein Krankenhaus der sicherste Ort für einen Herzpatienten ist. Nein, das Merkwürdige ist, dass es hier für ihn am gefährlichsten war und er vielleicht noch leben würde, wenn wir ihn gestern vor die Tür gesetzt hätten.«

»Sie sollten sich keine Vorwürfe machen«, riet ich ihr.

»Nein, aber natürlich machen wir uns unsere Gedanken darüber. Wissen Sie, warum dieser Mann ihn ermordet hat? Es heißt, er sei ein Auftragskiller gewesen.«

»Auf mich wirkte er eher wie ein Verrückter, aber ich kann dazu nichts sagen, das ist ein Fall für die Polizei.«

Ich dankte ihr und sie ging. Die Damen waren im Badezimmer und ich ließ sie allein. Ich wanderte durch das nächtliche Krankenhaus und verließ es durch die Entbindungsstation. Ich packte Nels Kulturbeutel in meine Reisetasche, ließ das Auto an Ort und Stelle stehen und kehrte in das Gebäude zurück. Ich begegnete Pflegepersonal und einigen schlaflosen Patienten in Pyjamas. Im siebten Stock wurde ich von einer Oberschwester aufgehalten, die wissen wollte, was ich hier tat. Ich erklärte, dass ich in einem Gästezimmer übernachtete, und fragte, wo ich Doktor Welbaert finden könne. Sie brachte mich zu seinem Sprechzimmer.

Als ich eine halbe Stunde später zurückkehrte, schnarchte Betty unter einem Laken auf einem der Betten. Bis auf ein kleines Licht neben der Tür war es dunkel. Nel lag angezogen auf einem Bett nahe am Fenster. Sie hatte es geöffnet und die Jalousie bewegte sich leise im Wind. Sie war wach. Sie war hübsch gebräunt und ein Wölkchen von Sommersprossen lag wie ein zarter Schatten um ihre Nase. Ich fuhr mit einer Hand unter ihren Leinenrock und küsste sie auf die Lippen.

»Das Bett ist zu schmal«, sagte sie. »Und der Mann ist zu müde, um sich auch nur die Zähne zu putzen.«

Ich stellte die Tasche vorsichtig ab und streckte mich auf dem Bett neben ihr aus. »Sie schnarcht genau wie du«, sagte ich.

»Du sollst nicht lügen.«

»Nur, wenn du auf dem Rücken liegst.« Wir flüsterten. »Hat sich Conincx noch blicken lassen?«

»Kurz bevor sie Kars mitgenommen haben. Er erwartet dich morgen Vormittag im Präsidium zu einer Aussage, aber die Belgier haben auch schon mit Amsterdam Kontakt aufgenommen.«

»Redet Kars?«

»Nicht, als ich dabei war.«

»Ich hoffe, dass sie ihn nicht auf freien Fuß setzen.«

»Keine Chance.«

»Hat er einen Rechtsanwalt verlangt?«

»Nein, aber er kommt schon noch auf die Idee.«

Meine Lider wurden schwer. »Ich muss Hulst morgen anrufen.«

»Stimmt.« Sie schwieg eine Weile. »Wo warst du denn die ganze Zeit?«

»Kleine Erpressung für unsere Klientin. Darf ich jetzt schlafen?«

16

Am nächsten Vormittag fuhren wir durch das Verkehrsgewühl von Antwerpen, Betty in ihrem Honda hinter uns her. Wir stellten die Autos im Stadsschouwburg-Parkhaus am Theaterplein ab, von wo aus wir alles zu Fuß erreichen konnten. Ich erinnerte mich an das hohe und ziemlich hässliche Präsidium am Oudaan. Eine Polizistin meldete Conincx unsere Ankunft und wir warteten unten.

Betty war nervös. »Geht das denn nicht ohne mich?«

»Sie brauchen nur deine Zeugenaussage«, beruhigte sie Nel. »Sonst hätten sie nur die von Max und der könnte schließlich alles Mögliche behaupten. Tut er ja auch meistens.«

Betty schaute mich an. »Und die andere Geschichte?«

»Das ist etwas zwischen dir und deinem Bruder, du weißt nicht, was es bedeutet, und kein Mensch wird dich danach fragen. Also sag nichts davon.«

»Wovon?«, fragte Nel.

»Später.« Ich schaute Betty an. »Als Kars letzte Woche Samstag nach Victor fragte, hast du ihm da erzählt, dass er einen Kontrolltermin im Krankenhaus verpasst hatte?«

»Ich glaube schon, da benahm er sich ja noch ganz normal. Warum?«

Ich schüttelte den Kopf. »Erzähl einfach gar nichts über Kars, dann geht es am schnellsten.«

Sie umklammerte meinen Arm, als ein Beamter uns holen kam. Er brachte uns nach oben, klopfte an eine Tür und ließ uns vorgehen. Er kam mit hinein, schloss die Tür und blieb daneben stehen. Das Büro mit den hohen Fenstern hatte sich nicht verändert, und der Mann, der sich hinter dem Schreibtisch erhob, war noch genauso dunkelhaarig wie früher und hatte höchstens ein Kilo zugenommen. »Max«, sagte er. »Wie ist es Ihnen ergangen seit diesem französischen Sumpf damals?« Auch wenn Flamen einen beim Vornamen nennen, sagen sie weiterhin »Sie«. Außerdem sind sie so einfühlsam, einen in Anwesenheit einer Dame, deren Bruder gerade ermordet wurde, nicht allzu überschwänglich zu begrüßen. Ich drückte ihm die Hand und stellte ihm Nel und Betty vor.

»Mein Beileid zum Tod Ihres Bruders«, sagte Conincx zu Betty. »Ich werde Sie nicht länger aufhalten als unbedingt nötig.« Er nickte dem Beamten zu. »Wenn Sie diesen Herrn begleiten würden, dann kann er nebenan Ihre Personalien und Ihre Aussage aufnehmen. Haben Sie einen Ausweis oder Ihren Führerschein dabei?«

Betty nickte und warf mir einen nervösen Blick zu.

»Die Zeugen müssen nun einmal einzeln aussagen«, erklärte Conincx, der ihre Unsicherheit bemerkte.

Ich nickte Betty beruhigend zu. »Das geht ganz schnell.«

Zögernd folgte sie dem Beamten.

Conincx wartete, bis die Tür sich geschlossen hatte. »Ich habe mit Amsterdam gesprochen und allmählich wird mir die Sache klar.« Er kehrte an seinen Schreibtisch zurück und bedeutete uns mit einem Wink, Platz zu nehmen. »Wir haben hier inzwischen auch das ein oder andere herausgefunden und wissen jetzt, dass Kars zusammen mit Victor de Vries, dem Bruder der Dame nebenan, einen Einbruch bei einem alten Mann bei euch in der Veluwe plante. Victor hat Kars ausgebootet und den Einbruch allein begangen. Die niederländische Polizei verdächtigte anfangs den Einbrecher des Mordes an dem alten Mann, aber inzwischen geht sie davon aus, dass Kars den Mord einen Tag später begangen hat und sich anschließend auf die Suche nach dem Einbrecher machte. Es ist ein Rätsel, wie er Victor im Krankenhaus gefunden hat.«

Das ›ein oder andere‹, das Conincx herausgefunden hatte, musste recht erheblich sein, denn sogar in Amsterdam hatte man bisher Victor de Vries nicht im Entferntesten mit dem Einbruch in Verbindung gebracht.

»Kars wusste, dass Victor eine Herztransplantation gehabt hatte und zur letzten Kontrolle nicht erschienen war«, sagte ich. »Er hat einfach jeden Tag Victors Mutter angerufen und sich als besorgter Arzt vom UMC ausgegeben. Sie hat ihm erzählt, dass Victor hier war. Auch hier hat er sich als Doktor Lankforst aus Utrecht eingeschlichen.«

Conincx nickte. »Kars wollte ihm die Beute abluchsen.«

»Hat er das behauptet?«

»Kars sagt nichts, nur dass er einen Rechtsanwalt verlangt. Das können wir noch eine Weile verhindern und nach den Vernehmungen wird er sowieso erst mal in die Strafanstalt überführt. Der wandert erst wegen des Mordes hier in den Knast und danach nochmal für den in den Niederlanden.«

»Ist Victors Wagen durchsucht worden?«

»Ja, und sein Hotelzimmer, er hatte eine Schlüsselkarte in der Jackentasche. Der junge Mann war hier, um die Beute an den Mann zu bringen, dafür ist Antwerpen genau die richtige Stadt.« Der Inspecteur zog eine Schublade auf und holte ein Säckchen aus schwarzem Samt heraus. Er öffnete den Kordelverschluss und schüttelte einige milchig weiße Steinchen auf seinen Schreibtisch.

»Was ist das?«, fragte Nel naiv.

»Ungeschliffene Diamanten«, antwortete Conincx. »Von der mittleren Qualität, die sich ziemlich problemlos verkaufen lässt, wenn man weiß, wohin man sich wenden muss. Wir wussten, wonach wir suchen mussten, weil wir einige einzelne Steine in Victors Kleidung gefunden hatten. Wir gehen davon aus, dass Victor auf der Suche nach einem Käufer war. Er zeigte wohl diese Steine als Probe vor und wollte einen Deal für alles zusammen vereinbaren. Vielleicht war dieser Deal bereits zu Stande gekommen und er befand sich auf dem Rückweg zum Hotel, um die restlichen Steine zu holen. Vielleicht ist er im Auto ohnmächtig geworden, weil ihn das Geschäft zu sehr aufgeregt hat. Eine solche Aufregung kann laut der Ärzte vom Middelheim für jemanden mit transplantiertem Herzen tödlich sein.«

Nel hielt einen Stein zwischen Daumen und Zeigefinger. »Sieht gar nicht aus wie ein Diamant«, bemerkte sie.

Conincx lächelte. »Wir sind eben Laien und denken bei Diamanten gleich an Kronjuwelen. Aber das Labor sagt, sie sind echt. Das kann man mithilfe einfacher Proben feststellen. Glas bleibt nass, nachdem man es in Wasser getaucht hat, Diamant ist sofort wieder knochentrocken, und wenn man diese Steinchen unter die Lupe hält, erkennt man auch die typische Kristallstruktur. Das prüft ein Juwelier als Erstes, um zu verhindern, dass man ihm geschliffenes Glas oder Zirkonia andreht.«

»Was sind sie wert?«, fragte ich.

»Zwölf Millionen.« Conincx fegte die losen Steinchen zusammen und gab sie zurück in das Säckchen. Er sah meinen Gesichtsausdruck und grinste. »Um in unserem simplen flämischen Geist große Beträge erfassen zu können, denken wir oft noch in Francs.« Er hielt das Säckchen auf. »Die hier sind rund dreihunderttausend Euro wert, ein hübscher Betrag, um sich damit zur Ruhe zu setzen.« Er ließ das Säckchen in die Schublade fallen und schloss sie mit einem Knall. »Ich habe mich erkundigt, welche Lebenserwartung man nach einer Herztransplantation noch hat. Der Junge wollte sich ein paar angenehme Jahre gönnen und befürchtete zu Recht, einem Typen wie Kars gegenüber den Kürzeren zu ziehen. Ist ja dann doch noch so gekommen.«

Wir schauten uns eine Weile schweigend an. Conincx zog eine Tastatur zu sich hin und startete seinen Computer.

»Bestimmt möchte der Inspecteur gern wissen, was wir mitten in der Nacht in Antwerpen zu suchen hatten«, meinte CyberNel.

Wir hörten die Tür aufgehen. Der Beamte schaute hinein und hielt ein Blatt Papier hoch. Conincx gab ihm mit einem Wink zu verstehen, uns allein zu lassen, und sagte: »Sie sind Privatdetektiv, Sie arbeiten für Privatpersonen. Aber laut der Polizei in Antwerpen lebte der Ermordete ganz allein, und falls er Angehörige hatte, möchten diese die Mordermittlungen gewiss lieber der Polizei überlassen.«

Ich nickte und antwortete: »Eine Klientin hatte uns aus völlig anderen Gründen beauftragt, Victor de Vries für sie ausfindig zu machen. Es ging nicht um den Mord, davon wusste sie gar nichts. Über Victors Mutter erfuhr ich von diesem Doktor Lankforst und misstraute der Sache. Wie man sieht, zu Recht. Das ist alles.«

»Worin bestanden diese völlig anderen Gründe?«, fragte Conincx sofort.

»Das ist leider vertraulich.«

Er runzelte irritiert die Stirn, und Nel sagte: »Ach Unsinn. Die Tochter unserer Klientin ist vor drei Jahren verunglückt, ihr Herz wurde transplantiert, und wir wurden gebeten, dieses Herz ausfindig zu machen.«

Der Inspecteur blickte mich erstaunt an und fing dann an zu lachen. »Ist das überhaupt zulässig?«

»Es gibt kein Gesetz, das mir verbietet, irgendetwas oder irgendjemanden aufzuspüren«, antwortete ich. »Ich glaube nicht, dass es Probleme gibt, solange man kein Porzellan zerschlägt. So was ist ja schon öfter vorgekommen.«

Er schüttelte den Kopf. »Nicht in Europa. Diese Informationen unterliegen dem Datenschutz. Sie könnten also durchaus Schwierigkeiten bekommen.«

Ich lächelte. »Deswegen bin ich froh, dass Privatdetektive sich auf den Schutz der Privatsphäre ihrer Klienten berufen dürfen. Unser Fall ist ohnehin abgeschlossen, denn Victor de Vries war der Empfänger dieses Herzens, und er ist tot.«

Conincx war immer noch nicht restlos überzeugt. »Ich hoffe für Sie, dass der Richter sich damit zufrieden gibt.«

»Nel und ich sind gerne zur Mitarbeit bereit, und ich weiß, dass wir vor einem Gericht in Antwerpen als Zeugen erscheinen müssen, aber wenn man uns fragt, was wir hier taten, werden wir uns auf das eben Gesagte berufen.«

Conincx erwiderte achselzuckend: »Gut, dann nehme ich das so auf.« Er fing an zu tippen. »Legen Sie los. Sie wissen ja, wie so eine Zeugenaussage aussieht. Der Zeuge Max Winter und so weiter.«

Nach einer Viertelstunde waren wir fertig und Conincx schaltete den Drucker ein. Ich unterschrieb. Der Beamte schaute wieder vorbei und wurde jetzt hereingebeten, mit der unterschriebenen Aussage Bettys. Conincx las sie durch und wirkte zufrieden. Fünf Minuten später standen wir wieder draußen.

Wir spazierten zum Groenplaats. Am Freitagvormittag ist jede Stadt belebt und Antwerpen hatte genau wie die Städte in den Niederlanden mit zu viel Verkehr auf zu wenig Raum zu kämpfen. Außerdem waren überall die Straßen aufgerissen und es wurde umgebaut und modernisiert. Die Buchstaben KBC standen meterhoch an einem Büroturm. Im Erdgeschoss befand sich eine große Halle mit Theken, Schaltern und viel Publikum. Wir fanden die Schließfachabteilung und Betty zeigte ihren Schlüssel und die Karte vor, auf der ein Code und Initialen standen. Der Bankangestellte trat durch eine Seitentür heraus und bat uns, ihm zu folgen.

Betty wollte, dass ich sie begleitete. Nel sagte, sie würde lieber warten, setzte sich neben eine grauhaarige Dame auf ein Ledersofa und fing an, eine Broschüre über sinnvolle Geldanlagen zu studieren. Ich hatte ihr unterwegs von Victors letzten Worten erzählt und dem Umschlag, den Betty in seiner Windjacke gefunden hatte. Nel war auch klar, dass Victor kein Schließfach gemietet hatte, um seine saubere Unterwäsche darin aufzubewahren, doch manchmal bringt ein schützender Instinkt sie dazu, sich lieber fern zu halten. *Was ich nicht weiß, macht mich nicht heiß.* Sie wusste, dass sie hinterher alles erfahren würde, doch sie wollte es nicht unbedingt mit eigenen Augen sehen und eine Entscheidung mittragen müssen.

Bettys Finger zitterten, als sie den Schlüssel ins Schloss steckte. Der Bankangestellte drehte seinen Schlüssel, und wir traten zurück, als er die graue Metallschublade aus der Schließfachwand zog und sie für uns in einen der kleinen, abgesonderten Räume trug. Er zeigte auf einen Knopf. »Klingeln Sie einfach, wenn Sie fertig sind«, sagte er und ließ uns diskret allein.

Der Behälter stand auf einem kleinen Wandtisch und Betty blieb zögernd davor sitzen, sodass ich ihn schließlich öffnete. Unser Blick fiel auf Geld. Sehr viel Geld, alles in gebrauchten Scheinen von zwanzig, fünfzig, hundert, fünfhundert Euro, in unordentlichen Stapeln, als habe Victor eine Woche lang jeden Tag die Aufkäufer abgeklappert und abends kurz vor Feierabend in der Bank seine Taschen geleert. Die Gesamtsumme war schwer zu schätzen. Dreihunderttausend, vielleicht mehr.

»Lieber Himmel«, flüsterte Betty. »Victor.« Sie beugte sich über die Lade und fing an zu weinen.

Ich klopfte ihr auf die Schulter. »Was hattest du denn erwartet?«

Ihre Tränen tropften auf das Geld. Ich hielt eine Hand darüber und fing sie auf, mit der anderen zog ich ein Taschentuch heraus. »Schwester, ich habe doch noch für dich gesorgt«, flüsterte sie. »Das hat er gesagt.«

Ich reichte ihr das Taschentuch. »Komm, hör auf zu weinen.«

Sie betupfte sich die Augen. »Das gehört mir nicht.«

»So? Wem denn dann?«

Sie beruhigte sich und gab mir mein Taschentuch zurück. Dann schloss sie den Deckel des Behälters, schaute mich an und schüttelte den Kopf. »Ich weiß nicht, ob ich das kann«, sagte sie.

Ich wischte meine Hand an dem nassen Taschentuch ab und fragte mich, wie lange sie brauchen würde. »Dann bleibt es hier liegen, bis die Bank in hundert Jahren bei einer Weltrauminvasion in Schutt und Asche gelegt wird.«

Sie nahm wieder mein Taschentuch und schnäuzte sich die Nase. »Ich finde das nicht witzig«, erwiderte sie.

Ich zuckte mit den Schultern. »Es ist ein Geschenk deines Bruders an dich. Die Schwester im Krankenhaus hat schon geglaubt, er habe im Lotto gewonnen. Er war sehr fröhlich.«

Sie holte Luft. »Nicht dass ich Geld verachte«, sagte sie. »Aber hierfür wurde ein alter Mann ermordet.«

»Dieser alte Mann wurde von Abraham Kars ermordet«, wandte ich ein. »Der Einbruch hat in der Nacht davor stattgefunden. Dabei ging es um Diamanten. Die Diamanten wurden wiedergefunden, sie lagen in Victors Hotelzimmer.«

Sie schaute mich verwundert an. »Woher weißt du das?«

»Von der hiesigen Polizei.«

Ich beugte mich zu ihr. »Man hat einen Sack mit Diamanten im Wert von dreihunderttausend Euro in seinem Zimmer gefunden und geht davon aus, dass das die Beute war. Die Polizei meint, Victor habe einen Käufer dafür gefunden und sei auf dem Weg zurück zu seinem Hotel gewesen, um sie abzuholen. Der Deal hat ihn derart aufgeregt, dass er unterwegs einen Herzanfall erlitt. Man wird versuchen, die Diamanten den Erben Dufours zurückzugeben, aber ich habe mit seinem Notar gesprochen und er hat gar keine Erben. Das bedeutet, dass die Diamanten verkauft werden und der Gewinn dem belgischen Staat zufällt.«

Sie schwieg eine Weile und wies mit einem Nicken auf die Metallbox. »Und das da?«

Nicht einmal Kars wusste, wie viel es gewesen war. Er konnte Zeter und Mordio schreien, aber er hatte nicht den geringsten Beweis und die Polizei würde ihm sowieso nicht glauben. Sie hatten die Beute und der Fall war abgeschlossen.

»Mich geht das ja nichts an«, sagte ich leichthin, »aber ich sehe hier keine Diamanten, nur ein bisschen Geld. Du kannst es dem belgischen Staat schenken oder den Hare-Krischna-Jüngern, aber das wäre nicht im Sinne deines Bruders. Er hat dir und Gerda große Sorgen bereitet und du hast ihn ein Jahr lang während der Nachwehen seiner Herzoperation wie eine Mutter versorgt. Das ist sein Dank.«

»Shit«, sagte Betty. Sie fasste meine Hand. »Dann nimm du die Hälfte oder wenigstens einen gehörigen ...« Ich fing an zu grinsen. Sie hatte den Schock überwunden und konnte wieder realistisch denken, doch als sie mein Grinsen sah, biss sie sich schuldbewusst auf die Unterlippe. »Die Hälfte«, sagte sie entschieden.

Vielleicht, in jungen Jahren und lange bevor es Nel gegeben hatte, die vieles zurechtgerückt hatte. »Meine reiche Klientin hat mich schon bezahlt«, erwiderte ich. »Wenn du Geld loswerden willst, schick es doch an Victors Geschwister in der Türkei, das hätte seinen Vater gefreut.«

»Wie denn?«

Auf ihren ratlosen Gesichtsausdruck hin öffnete ich erneut den Behälter. »Was heißt denn ›wie‹? Geld an sich ist nicht schmutzig, nur das, was die Leute manchmal damit anstellen.«

»Ich meine, es ist Bargeld.«

»Dann nimm etwas davon mit und verwöhne Gerda mit

einer schönen Kreuzfahrt auf dem Mittelmeer«, schlug ich vor. »Den Rest lässt du hier, als Notreserve.«

Ich stand auf und blieb diskret an der Tür stehen. Es waren keine *Millionen.* Für Pastoren und Erbsenzähler hätte das keinen Unterschied bedeutet, eine Million oder zehn Euro. Aber für mich war es durchaus ein Unterschied. Dufour war tot, niemand wurde geschädigt und es war nur ein Tropfen im Geldmeer. Ich hatte überhaupt kein schlechtes Gewissen, sondern fühlte mich ziemlich zufrieden. Ich hörte den Deckel zuklappen.

»Soll ich klingeln?«, fragte ich.

»Warte noch einen Moment.« Betty stand neben der geschlossenen Schublade, die Tasche über der Schulter und ein Lächeln auf dem Gesicht. Sie kam auf mich zu, schlang mir die Arme um den Hals und küsste mich auf den Mund. Ausgiebig. »Vielen Dank«, sagte sie, als sie mich losließ.

»Gern geschehen.«

Nel stand auf, als wir die große Halle betraten. »Nanu«, sagte sie zu Betty. »Du siehst ja aus wie die Katze, die auf eine Platte mit gebratenen Rebhühnern gefallen ist.«

Betty nickte. »Victor ist ein Schatz«, sagte sie, und wieder: *»Shit.«*

Sie hielt die Hand fest auf die Tasche gelegt, als wir zum Theaterparkhaus zurückspazierten. Dort verabschiedeten wir uns. »Fahr vorsichtig«, sagte ich. Nel bekam auch einen Kuss. Wir verfrachteten Betty in den Honda und winkten ihr nach.

»Und?«, fragte Nel, als wir im BMW saßen.

Ich blickte auf die Betonmauer gegenüber. »Victor hatte schon ein paar kleinere Partien verkauft und ein Schließfach für das Geld gemietet.«

»Wie klein ungefähr?«, fragte Nel.

»Alles lose Scheine, schwer zu schätzen, vielleicht hunderttausend. Kann auch sein, dass er Glück im Spielcasino hatte.«

»Keine Diamanten?«

»Nicht die Spur.«

Nel nickte. »Dann war's wahrscheinlich das Casino.«

Ich rieb ihr liebevoll übers Knie.

Diesmal stellten wir das Auto auf dem kostenpflichtigen Besucherparkplatz ab und gingen zum Haupteingang hinein. Tagsüber sah das Krankenhaus freundlicher aus; sonnenbeschienene Grünpflanzen, kleine Springbrunnen und helle Treppenhäuser. Es war auch belebter, lauter Leute, die nachts nicht da waren. Wir fuhren mit dem Aufzug in den siebten Stock. Bei den Krankenschwestern war Schichtwechsel gewesen. Drei Schwestern standen hinter dem Empfang, eine vierte davor. Sie hielt uns auf. Tagsüber hätte ein Doktor Lankforst keine Chance gehabt, eigenmächtig auf Visite zu gehen.

»Wir möchten zu Doktor Welbaert«, sagte ich.

Sie schaute den Gang hinunter, dann auf die Armbanduhr unter ihrem frisch gestärkten Leinenärmel. »Der ist schon lange weg. Er hatte Nachtdienst, der endet um zehn Uhr.«

»Er wollte auf uns warten«, sagte ich. »Ich weiß, wo sein Sprechzimmer ist, wir schauen mal eben nach.«

Sie machte ein bedenkliches Gesicht, hielt uns aber nicht zurück. Vielleicht hätte es tagsüber also auch geschehen können. Vor Welbaerts Sprechzimmer verbreiterte sich der Flur zu einer kleinen Halle und Stühle für die Patienten standen an den Wänden. Kurz davor passierte man einen verglasten Raum mit medizinischem Personal. Ein Mann in Arztkittel schaute durch die Glasscheibe zu uns heraus, doch Welbaert war nicht zu sehen. Es warteten keine Patienten vor seinem Zimmer und niemand reagierte auf mein Klopfen. Ich drückte probehalber auf die Klinke, doch die Tür war fest verschlossen.

»Mist«, murmelte ich.

»Was denn?«, fragte Nel. »Er ist weg und das wundert mich nicht. Die machen so was nicht.«

Vielleicht mussten wir doch, wie Bart es vorgeschlagen hatte, zum Metzger gehen. Oder die ganze Idee begraben. »Lass uns gehen.«

Auf dem Weg zum Aufzug hörte ich, wie hinter uns jemand gegen die Glasscheibe klopfte. Der Arzt, der uns beobachtet hatte, kam heraus auf den Flur. Er nahm mit einer raschen Bewegung sein Namensschild vom Kittel und ließ es in der Brusttasche verschwinden, bevor wir es lesen konnten.

»Sind Sie Meneer Winter?«

»Ja?«

»Sie wollten zu Doktor Welbaert?«

»Er hatte versprochen, auf mich zu warten.«

»Er musste weg.« Der Arzt stellte sich nicht vor. Er war ein magerer Mann, etwa im selben Alter wie Welbaert. Er hatte graue Augen, die mich kühl musterten. »Können Sie sich ausweisen?«

Ich verstand nicht, was los war, und zögerte. »Es geht um eine Privatangelegenheit«, sagte ich.

Er nickte und wartete ab.

»Ich bin Nel van ...«, begann Nel, aber der Arzt hob die Hand und sagte: »Je weniger Namen, desto besser.«

Ich gab ihm den Meulendijk-Ausweis, den ich auch

Welbaert gezeigt hatte. Der Arzt schaute sich das Foto an und kurz erschien eine Falte auf seiner Stirn, wahrscheinlich wegen des Staatsanwalt-Getues auf dem Ausweis. Es passte nicht recht zu dem, was wir hier vorhatten.

Der Arzt seufzte. »Dann kommen Sie mal mit.«

Er brachte uns zurück zu Welbaerts Zimmer, holte einen Schlüssel aus der Tasche und öffnete die Tür. Er wies mit einer Geste auf die beiden Stühle vor dem Schreibtisch und ich saß wieder dem großen Poster gegenüber, auf das ich in der vergangenen Nacht geblickt hatte, mit einer dicht gedrängten Menge afrikanischer Kinder, die ihre Hände zu einem Lkw mit Brot und Reis ausstreckten. Vielleicht hatte Welbaert es über seinem Kopf aufgehängt, um seine Patienten daran zu erinnern, dass ihre Probleme hauptsächlich Luxuswehwehchen waren im Vergleich zu der Not in anderen Teilen der Welt.

Der Arzt ohne Namen öffnete einen Schrank und stellte eine braune Papiertüte auf den Schreibtisch. Er setzte sich auf Welbaerts Stuhl und zog die Tüte oben ein wenig auseinander. »Das ist für Sie«, sagte er.

Ein Gefäß aus grünem, halb durchsichtigem Glas mit einem versiegelten Korken auf einem kurzen, weiten Hals, gefüllt mit einer Flüssigkeit, in der ein dunkler Herzklumpen trieb.

»Wir haben beschlossen, Ihnen zu helfen«, sagte er. »Aber nur inoffiziell. Wir verlassen uns darauf, dass dem Krankenhaus keine Schwierigkeiten erwachsen, weder durch das hier noch durch die andere Angelegenheit.« Er schaute mich viel sagend an und ich nickte. »Es ist nicht üblich«, sagte er überflüssigerweise. »Falls sich unverhofft jemand erkundigt, weiß niemand etwas davon. Wir zählen auf Ihre Diskretion.«

»Selbstverständlich«, versprach Nel.

Ich wollte aufstehen und ihm danken, aber dann fügte er noch hinzu: »Niemand sieht einen Unterschied, aber wir fanden, dass Sie es wissen sollten, für den Fall, dass es der Dame in den Sinn kommt, es von einem Spezialisten untersuchen zu lassen. Sie müssen sie von vornherein daran hindern.«

Ich sank zurück auf den Stuhl. »Sie meinen, das ist gar nicht das Herz von Victor de Vries?«

»Nein, dabei handelte es sich um ein transplantiertes Herz, das bereits zurück in Utrecht ist, auf Bitten des UMC, für wissenschaftliche Forschungen. Mein Kollege hätte Ihnen sagen sollen, dass daran kein Weg vorbeiführte.« Er wies mit einem Nicken auf die Flasche. »Mehr als das konnten wir nicht für Sie tun.«

»Von wem stammt es denn dann?«

»Spielt das eine Rolle? Es kommt aus dem Forschungslabor, ich glaube, von einem dreißigjährigen Mann, der an Krebs gestorben ist. Der einzige Unterschied besteht darin, dass es 320 Gramm wiegt, ein Männerherz ist im Schnitt etwa sechzig Gramm schwerer als das einer Frau.«

»Und es schlägt langsamer«, sagte Nel.

Er lächelte nachsichtig. »Auch das, aber dieses schlägt gar nicht mehr.«

Der Arzt, der ebenso gut ein Laborant hätte sein können, zog die Tüte wieder fest um das Gefäß und band sie mit einem Gummi zu. Wir hatten nichts, worin wir die Flasche hätten transportieren können. Er suchte unten im Schrank und gab uns eine Supermarkt-Plastiktüte. Beim Abschied beschwor er uns noch einmal, zu schweigen. Er blieb in jedem Fall anonym. Welbaert wusste von nichts, und wenn man mich jemals zwingen sollte, den edlen

Spender preiszugeben, müsste man das gesamte tausendköpfige Krankenhauspersonal vor mir aufmarschieren lassen.

Diesmal fand ich nur ziemlich weit entfernt einen Parkplatz, und das auch nur, weil ich rechtzeitig jemanden zurücksetzen sah. Ich rannte durch den Regen zum Parkscheinautomaten und dann unter meinem Regenschirm zum Haus. Die Flasche steckte noch in der Papiertüte, doch den Supermarktbeutel hatte ich gegen eine Kühltasche von Albert Heijn eingetauscht, die in meinem Kofferraum gelegen hatte.

Henri wirkte überrascht, als er mich vor der Tür stehen sah. »Mevrouw ruht«, verkündete er.

»Vielleicht hätte ich vorher anrufen sollen, dann hätten Sie die beiden Herren bitten können, mir einen Parkplatz freizuhalten«, sagte ich. »Ich war zwischendurch noch nicht wieder zu Hause, aber wenn sie immer noch da hocken, sollten Sie sie lieber zurückpfeifen, bevor sie aus Langeweile oder Frustration mein Haus in Brand stecken. Darüber wäre ich ziemlich sauer.«

Er runzelte seine weißen Augenbrauen und sagte: »Ich werde Sie melden, kommen Sie herein.«

Ich klappte meinen Schirm zu, betrat die Diele und ließ den Schirm in einen Ständer fallen.

Henri schloss die Tür und ich folgte ihm mit der Kühltasche durch den grabesstillen Eingangsflur. Er öffnete die Tür zu einem kleinen Seitenraum mit einigen Armstühlen und einem Tisch voller Zeitschriften und wollte mich allein lassen.

»Warten Sie mal, Henri«, sagte ich. »Wir sind noch nicht fertig.«

Henri blieb stehen. Seine knochigen Kiefer mahlten. »Ich glaube, Mevrouw …«

»Machen Sie die Tür zu.«

Widerwillig sagte er: »Ich glaube nicht, dass ich etwas für Sie tun kann.«

Ich ging an ihm vorbei und schloss die Tür. »Wusste Mevrouw Reider von den Kerlen, die mich verfolgt haben, oder war das eine Idee ihres armenischen Bekannten?«

Henri zögerte und sagte dann: »Ich halte es für unnötig, Mevrouw Reider damit zu belästigen.«

»Wer ist dieser Bekannte?«

»Ein Freund von Mevrouw Reider. Er besitzt eine Reederei in Rotterdam. Mevrouw Reider hatte mich gebeten, mich gemeinsam mit ihm um die Sache zu kümmern, da sie nach Armenien musste. Das ist alles.«

»Nein, das ist nicht alles, denn Sie und der Armenier beschlossen, sofort mit dem Kümmern anzufangen, obwohl Ihre Arbeitgeberin noch gar nicht abgereist war. Warum?«

Er saß in der Klemme. »Sie weiß nichts davon«, antwortete er widerstrebend. »Es tut mir leid, aber der armenische Herr hielt es für besser, Sie im Auge zu behalten. Er hat mich mit einem der Männer in Kontakt gebracht. Sie werden von ihm bezahlt.«

»Warum durfte Arin die Wahrheit nicht erfahren?«

Er warf einen raschen Blick zur Tür. »Ich glaube, es wäre besser …«

»Schon gut, Henri. Ich kann es ihr auch erzählen, wenn das einfacher für Sie ist.«

Er blieb stehen. Schweißtropfen traten ihm auf die Stirn und seine Stimme wurde unsicher. »Bitte nicht, das würde ihr nur Kummer …«

»Ich will lediglich von Ihnen wissen, welchen Auftrag die Herren in dem gestohlenen BMW hatten.«

»Gestohlen?«

»Die Kennzeichen stammten von einem Audi, der kürzlich in Alkmaar geklaut wurde. Ein alter Trick. Wie lautete der Plan?«

»Dafür zu sorgen, dass Ihnen nichts geschah.« Es klang ziemlich lahm.

Ich grinste. »Netter Versuch. Ist das das Zimmer, in dem der weniger erwünschte Besuch empfangen wird, etwa Victor de Vries?«

»Victor de Vries?«

»Daran können Sie sich doch bestimmt noch erinnern«, sagte ich. »Es ist drei Jahre her. Madame war in Armenien und Victor spielte verrückt, weil er Rosa von der Abtreibung abbringen wollte. Sie wussten, wer Victor de Vries war und dass Rosa und ihr Vater von einer Abtreibungsklinik kamen, als der Unfall geschah. Als Sie die Initialen in der Zeitung lasen, wird Ihnen auch klar geworden sein, wer den Unfall verursacht hatte. Sie haben sich doch sicher nach Victor de Vries erkundigt, oder nicht?«

Ein knappes Nicken. Ein feuchter Film lag auf seinem Gesicht, und nicht vom Regen, wie auf meinem.

»Dann wussten Sie auch, dass er eine Herztransplantation gehabt hat. Sie waren dabei, als das Krankenhaus anrief und mitteilte, dass sie Rosas Herz verpflanzen würden. Sie kannten Datum und Ort und brauchten nur eins und eins zusammenzuzählen, um zu wissen, wer es erhielt. Warum haben Sie Ihrer Arbeitgeberin nichts davon erzählt?«

Henri holte tief Luft. »Es hätte keinen Sinn gehabt«, sagte er. »Damit wäre niemandem geholfen.«

Ich nickte. »Okay. Das kann ich verstehen. Der treue Butler, der seine Chefin vor der Erkenntnis schützt, dass ihre Tochter nicht der gehorsame Ausbund armenischer Tugend war, sondern heimlich in die Disco ging und von einem Halbtürken schwanger wurde. Aber warum haben Sie *mir* nichts gesagt? Glaubten Sie, ich hätte kein Verständnis für das Problem? Oder hofften Sie, ich würde ihn nicht finden? Sie hätten mir eine Menge Sucherei ersparen können.«

»Tut mir leid«, sagte er.

»Oder hofften Sie auf ein Wunder?«

»Ein Wunder?«

Allmählich verlor ich die Geduld.

»Sie hatten Angst, entlassen zu werden, falls sie dahintergekommen wäre, dass Sie drei Jahre lang geschwiegen haben.«

Henri ließ sich in einen der Wartezimmerstühle sinken. Seine Augen flehten um Verständnis. »Sie würde mich entlassen, aber das würde ich schon überleben, ich habe genügend Geld gespart. Warum glauben Sie mir nicht?« Er hob die Hände, als trügen sie ein unsichtbares Gewicht. »Ich arbeite hier seit vierzig Jahren, zuerst für ihre Eltern, sie war ihre einzige Tochter. Sie ist immer gut zu mir gewesen. Sie hat genug Kummer gehabt. Ich wollte sie nur beschützen.«

Ich schaute ihn eine Weile an. Die alte Treue. Sie ist inzwischen so selten geworden, dass man erstaunt und misstrauisch reagiert, wenn man ihr begegnet. »Sie wussten, dass ich Victor auf der Spur war«, sagte ich. »Deswegen wurden mir diese Männer auf den Hals gehetzt. Sie sollten Victor zum Schweigen bringen, bevor er den Mund aufmachen konnte.«

Er blickte hartnäckig zu Boden. Die Stille füllte summend den Raum.

»Henri?«

Er nickte. »Das war nicht richtig«, flüsterte er. »Ich wusste mir nicht anders zu helfen.«

Verbrechen, erklärt für simple Gemüter. Ich hätte darüber gelacht, wenn mir nicht klar gewesen wäre, dass alles viel schlimmer hätte kommen können. Schlimmer, als es für Victor ohnehin schon war.

»Außerdem war es unnötig«, fuhr ich fort. »Ein anderer ist allen zuvorgekommen. Victor ist tot.« Ich stellte die Tasche neben ihn auf den niedrigen Tisch und hörte die Tür. Blitzschnell stand Henri auf.

»Hier sind Sie, Henri!« Arin Reider schwieg abrupt, als sie mich sah.

»Guten Tag, Mevrouw«, grüßte ich.

Sie stand groß und dunkel und indigoblau inmitten der Stille, in der jede Stimme zu laut klang und sich durch ihr Timbre verriet – auch die ihre. Sie blickte ihren Hausdiener an, als biete er ihr den einzigen Halt. »Warum haben Sie mir nicht Bescheid gesagt?«

»Das ist meine Schuld, Mevrouw«, sagte ich. »Ich wollte mich erst kurz mit Henri beraten.«

Sie runzelte unsicher die Stirn, als vermute sie eine Verschwörung und schrecke vor dem Grund zurück. »Worüber?«

»Victor de Vries ist tot.«

»Oh.« Ihr Blick wanderte zu der Kühltasche.

Ich öffnete die Tasche und schob die Papiertüte herunter, sodass diese zurückblieb, als ich das Glasgefäß herausnahm. Ich richtete mich auf und hielt ihr die Flasche hin.

Ihre Augen trübten sich und ich sah, dass sie für einen Moment aus dem Gleichgewicht geriet. »Ist das …«

»Ja, Mevrouw«, sagte ich sofort, um die Antwort auf eine konkrete Frage zu vermeiden. »Setzen Sie sich einen Augenblick.«

Arin schüttelte den Kopf. Fasziniert betrachtete sie das Herz in der Flasche. »Henri«, sagte sie.

Der Hausdiener kam auf mich zu und nahm mir das Gefäß ab.

Arin blieb stehen. »Ich hatte einen schrecklichen Traum«, sagte sie. »Siroun wurde durch einen Gang gefahren und auf einen Tisch gelegt. Sie rief nach mir und dann wurde alles dunkel.«

»Sie können sie jetzt in Frieden ruhen lassen, Mevrouw«, sagte Henri. Er stand an der Tür, die Flasche in einem Arm, die andere darauf gelegt.

»Danke, Henri.« Sie sah mir in die Augen. »Was ist geschehen?«

Ich dachte an Bart. Ich wollte es hinter mich bringen und es spielte sowieso keine Rolle mehr. Ich warf Henri, der noch immer an der Tür stand, einen Blick zu. »Ein guter Freund von mir bei der Polizei wusste, dass ich auf der Suche nach Victor de Vries war«, begann ich. »Er rief mich an, als er erfuhr, dass Victor ins Krankenhaus eingeliefert worden war.«

Arin legte die Handflächen zusammen. »Sehen Sie?« Sie schaute mit seltsamer Genugtuung Henri an, als habe er nie an ihre Träume glauben wollen.

»Ja, Mevrouw«, sagte Henri.

»Sie konnten ihn leider nicht retten.« Ich wies mit einem Nicken auf das Gefäß. »Ich habe mich mit meiner Bitte an jemanden im Krankenhaus gewandt, aber Sie werden verstehen, dass das absolut vorschriftswidrig ist und mir diese Person nur unter der Bedingung geholfen hat, dass sie unter allen Umständen anonym bleibt. Das habe ich Henri soeben erklärt.«

»Das hätten Sie mir doch auch sagen können«, erwiderte Arin. »Aber warum musste der junge Mann ins Krankenhaus?«

Ich zögerte. Vielleicht packte sie schon ihre Koffer für die Reise nach Armenien. Ein Mord in Antwerpen würde ihr wenig sagen und sie nicht interessieren, diese Art von Nachrichten überblätterte sie vermutlich. Amsterdamer Heldentaten wurden im Lokalteil von Zeitungen erwähnt, die sie nicht las. Ich zuckte mit den Schultern und schaute zu Henri hinüber, der die Zeitungen wahrscheinlich zensierte. »Mit einem transplantierten Herzen gerät alles, was man tut, zu einem Risiko«, sagte ich. »Vor allem wenn man in die Gracht springt, um eine junge Frau vor dem Ertrinken zu retten. Alle anderen standen nur herum und guckten zu, Victor sprang rein. Ohne nachzudenken. Offenbar hatte er nicht nur kriminelle Neigungen.«

»Das Herz von Siroun«, sagte sie.

»Das wird es gewesen sein.«

Sie wandte sich um zu ihrem Hausdiener. »Bitte bringen Sie es weg, Henri.«

Henri nickte. Unsere Blicke trafen sich und er lächelte flüchtig, bevor er die Tür öffnete und verschwand.

»Wann wird der junge Mann beerdigt?«, fragte sie dann.

»Das ist eine Familienangelegenheit.«

»Ich würde gern für die Bestattung aufkommen.«

Ich schüttelte den Kopf. »Lieber nicht. Reisen Sie nach Armenien. Hier gibt es nichts mehr zu tun.«

Sie zögerte und schaute mich eine Weile schweigend und mit wehmütigem Gesichtsausdruck an. Dann nickte sie und ging mir voraus in die Diele. An der Haustür reichte sie mir meinen Schirm, lehnte sich in der Stille zu mir hin, gab mir einen Kuss auf die Wange und sagte: »Danke, Max, für das schöne Märchen.«

Dann war sie weg.

Ein paar Minuten später trat ich denselben Weg an wie vor einer Woche, durch die Flevopolder und über die Ketelbrug. Nur waren heute viel weniger Segelboote auf dem Wasser, weil der Regen hartnäckig anhielt.

Krimis von Felix Thijssen

»Felix Thijssen ist ein guter Erzähler, er nimmt sich Zeit für seine Figuren und für die Motivationen der Bösen wie der Guten; nichts gerät ihm aus den Fugen und nichts gibt er zu früh preis. Dafür hat man ihm völlig zu Recht den holländischen Krimipreis gegeben.« Heilbronner Stimme

»Thijssen bietet dem Krimi-Leser eine beachtliche Menge: Volumen ohne Leerlauf, eine distanzierte Liebeserklärung an seine niederländische Heimat, das Flair weiterer europäischer Landschaften und Spannung, die sich nicht an der Anzahl der Leichen misst.« Rheinische Post

»Max Winter und CyberNel sind ein tolles Gespann, und was die beiden herausbekommen, ist verdammt spannend.« WDR

Cleopatra
Max Winters erster Fall
ISBN 3-89425-504-8

Isabelle
Max Winters zweiter Fall
ISBN 3-89425-513-7

Tiffany
Max Winters dritter Fall
ISBN 3-89425-520-X

Ingrid
Max Winters vierter Fall
ISBN 3-89425-524-2

Caroline
Max Winters fünfter Fall
ISBN 3-89425-530-7

Charlotte
Max Winters sechster Fall
ISBN 3-89425-536-6

Rosa
Max Winters siebter Fall
ISBN 3-89425-541-2

Aus dem Niederländischen von Stefanie Schäfer

grafit

Krimis von Jac. Toes

Auf der Strecke geblieben

Ein Fall für Fred Benter und Donald de Wacht
Aus dem Niederländischen von Stefanie Schäfer

Der Anwalt Fred Benter und der Journalist Donald de Wacht kommen einer vertuschten Affäre aus den Achtzigerjahren auf die Spur und geraten dabei selbst in Lebensgefahr.

»Subtil die Morde, subtil aber auch die Personen, die letztlich für Aufklärung sorgen. Toes baut dabei Spannung auf, die den Leser fesselt, ihn nicht mehr loslässt.« Emsdettener Volkszeitung

Tief gesunken

Der zweite Fall für Fred Benter und Donald de Wacht
Aus dem Niederländischen von Stefanie Schäfer

In der Arnheimer Mafia rollen Köpfe. Eine Abrechnung unter Kriminellen? Oder hat die Polizei ihre Finger im Spiel?

»Der Leser wird durch eine hervorragend konstruierte und entwickelte Handlung geführt, die fast atemlos geschilderte Einsatzszenen ebenso enthält wie absolut glaubwürdige Psychologisierungen der handelnden Personen.« Bergsträßer Anzeiger

Verrat

Der dritte Fall für Fred Benter und Donald de Wacht
Aus dem Niederländischen von Stefanie Schäfer

Der Tod einer jungen Prostituierten führt Fred Benter nach Südamerika. Währenddessen steckt Donald de Wacht in einer schweren Lebenskrise.

»Toes liefert mit ›Verrat‹ eine unterhaltsame, spannende, aber auch Hintergründe aufzeigende Story mit reichlich Action. Die Probleme bleiben nicht oberflächlich, ihnen geht er nach.« NRZ

Fotofinish

Aus dem Niederländischen von Stefanie Schäfer

In vier Marathonläufen kämpft Stan Dewende um den ersten Platz – und um das eigene Überleben.

»Diese genial konstruierte Erzählung ist viel mehr als bloß ein Krimi.«
Badische Neueste Nachrichten

Spannung aus den Niederlanden

Henk Apotheker
Ayse ist weg

Aus dem Niederländischen von Stefanie Schäfer
Deutsche Erstausgabe
ISBN 3-89425-511-0

Arnheim: Ein vierjähriges türkisches Mädchen wird vermisst. Die Kripobeamten Klein Drienen und Peter Kressen beginnen mit den Nachforschungen im so genannten ›Türkenhaus‹ – und stoßen auf eine Mauer des Schweigens. Dennis Hiemstra, werdender Vater und Jungunternehmer, gerät durch seine Bekanntschaft mit dem türkischen Jungen Ibrahim in den Strudel der Ereignisse.

»Apothekers Schreibkunst, die auch eine Heilkunst ist, hat einen lebenswarmen Kern: Es ist das Mitgefühl mit ihren Figuren. Die Geschichte geht anders als erwartet aus, auf berückende Weise gut, ohne Happy End. Ein Kind ist gestorben, ein anderes wird geboren. Das gab es noch nie im Krimi: Das Timing wird bestimmt vom Verlauf einer Schwangerschaft.« Die Zeit

Jacob Vis
Der Kopf von Ijsselmonde

Aus dem Niederländischen von Stefanie Schäfer
Deutsche Erstausgabe
ISBN 3-89425-538-2

In einem Wald bei Ijsselmonde findet ein Arbeiter den abgetrennten Kopf eines Farbigen. Wer der Mann ist, erfahren Inspecteur Ben van Arkel und sein Team noch am selben Tag, doch warum Ronnie van Splunter umgebracht wurde, bleibt im Dunkeln. Der Schlachthofangestellte Mulder will der Polizei einen heißen Tipp geben, doch das bekommt ihm nicht gut: Mit einer Sendung tiefgekühlter Schweine verschwindet er nach Italien – fachkundig in zwei Hälften zerlegt.

»Ein äußerst clever konstruierter, dabei spannender und fesselnder Kriminalroman mit einer überaus überraschenden Schlusspointe.«
Bergsträßer Anzeiger